정민 · 이홍식 편역

한국 산문선

5

보지 못한 폭포

김창협 외

민음사

책을 펴내며

조선 초에 정도전은 "해달별은 하늘의 글이고, 산천초목은 땅의 글이며, 시서예악은 사람의 글이다."라고 말했다. 해와 달과 별이 있어 하늘은 빛나고, 산천과 초목이 있어 대지는 화려한 것처럼, 시서와 예악의 인문(人文)이 있기에 사람은 천지 사이에서 빛나는 존재로 살아간다. 글은 사람에게 해와 달과 별이요 산천과 초목이다.

인문은 문화이자 문명이다. 글이 있어 문화가 빛나고, 글이 있어 문명이 이루어진다. 우리는 글로 인재를 뽑고, 글하는 선비가 나라를 이끈 문화의 나라, 문명의 터전이었다. 시대마다 그 시대의 인문이 글 속에서 찬연히 빛났다. 글로 자신의 위의를 지켰고, 세계에서 문명국의 대접을 받았다.

글로 빛나던 선인들의 인문 전통은 명맥이 끊긴 지 오래다. 자랑스럽게 읽던 명문은 한문의 쓰임새가 사라지면서 소통이 끊긴 죽은 글로 변했다. 오래도록 한문 산문은 동아시아 공통의 문장으로 행세했다. 말을 전혀 못해도 필담으로 얼마든지 깊은 대화가 오갈 수 있었다. 국경과 언어 장벽을 넘어선 소통이 이 한문을 끈으로 이루어졌다. 이제 그 전통이 단절되었다 하여 해와 달과 별처럼 빛나고, 산천과 초목인 양 인문 세계를 꾸미던 명문의 전통을 없던 일로 밀쳐 둘 수 있을까?

한문으로 쓰인 문장은 오늘날 독자에게는 암호문처럼 어렵다. 그러나 그 안에 담긴 인문 정신의 가치는 현대라도 보석처럼 빛난다. 그 같은 보석을 길 막힌 가시덤불 속에 그냥 묻어 둘 수만은 없다. 이에 막힌 길을 새로 내고 역할을 나눠, '글의 나라' 인문 왕국이 성취해 낸 우리 옛글의 찬연한 무늬를 세상에 알리려 한다.

삼국 시대로부터 20세기에 이르는 장구한 시간을 씨줄로 걸고, 각 시대를 빛냈던 문장가의 아름다운 글을 날줄로 엮었다. 각 시대의 명문장을 선택하여 쉬운 우리말로 옮기고 풀이 글을 덧붙였다. 이렇게 만나는 옛글은 더 이상 낡은 글이 아니다. 오히려 까맣게 잊고 있던 자신과 느닷없이 대면하는 느낌이 들 만큼 새롭다.

상우천고(尙友千古)라고 했다. 천고를 벗으로 삼는다는 말이다. 한 시대를 살면서 마음 나눌 벗 한 사람이 없어, 답답한 끝에 뱉은 말이다. 조선 후기 장혼은 "백근 나가는 묵직한 물건은 보통 사람이 감당하기 어렵겠지만, 다섯 수레의 책은 돌돌 말면 가슴속에 넣고 심장 안에 쌓아 둘 수 있으며, 이를 잘 쓰면 대자연의 이치를 깨달아 우주를 가득 채우리라."라고 했다. 글에서 멀어진 독자들과 다섯 수레에 실린 성찬을 조금씩 덜어 먹으며 상우천고의 위안과 통찰을 함께 누리고 싶다.

책 엮는 일을 2010년부터 시작해 꼬박 여덟 해 이상 시간이 걸렸다. 여섯 명의 옮긴이가 세 팀으로 나뉘어 신라에서 조선 말기까지 모두 아홉 권으로 담아냈다. 먼저 방대한 우리 고전 중에서 사유의 깊이와 너비가 드러나 지성사에서 논의되고 현대인에게 생각거리를 제공하는 글을 선정했다. 각종 문체를 망라하되 형식성이 강하거나 가독성이 떨어지는 글은 배제했으며 내용의 다양성을 확보하고자 했다. 부드러우면서도 분명하게 읽히도록 우리말로 옮기고, 작품의 이해를 돕는 간결한 해설을 붙였다. 더불어 권두의 해제로 각 시대 문장의 흐름을 조감해 볼 수 있도록 했다.

조선 초 서거정의 『동문선』 이후 전 시대를 망라한 이만한 규모의 산문 선집은 처음 기획되는 일이다. 글마다 한 시대의 풍경과 사유가 담기는 것을 작업의 과정 내내 느꼈다. 작업을 마치면서 빠뜨린 구슬의 탄식이 없을 수 없다. 그래도 일천 년을 훌쩍 넘긴 한문 산문의 역사를 이렇게 한 필의 비단으로 엮어 주욱 펼쳐 놓고 보니 감회가 없지 않다. 대방의 질정을 청한다.

2017년 11월
안대회, 이종묵, 정민, 이현일, 이홍식, 장유승 함께 씀

산문의 이론적 모색과 넓어진 스펙트럼
효종과 숙종 연간

5권은 양대 전란 이후 효종조에서 숙종조에 이르는 시기의 산문을 다루었다. 허목(許穆), 김득신(金得臣), 남용익(南龍翼), 남구만(南九萬), 박세당(朴世堂), 김석주(金錫冑), 김창협(金昌協), 김창흡(金昌翕), 홍세태(洪世泰), 이의현(李宜顯), 최창대(崔昌大), 이덕수(李德壽), 이하곤(李夏坤), 신유한(申維翰) 등 14인의 산문 61편을 간추려 소개했다.

문체에 따른 다양성이 살아 있어 단선적으로 규정하기는 어렵지만, 정통 고문의 근엄한 표정이 이 시기 문장의 주요 특색이다. 다만 정치적으로 정쟁(政爭)이 격화되어 지적 풍토와 학술 경향마저 분화되면서 글에도 당파적 성향이 반영될 수밖에 없었다. 이에 전반적으로 다소 경직된 정치성 짙은 글이나 사변적 논의가 많아 문장의 파란과 생동감을 느끼기는 힘들다. 특히 몇 차례 사사(賜死)를 동반한 환국(換局)을 거치는 동안 지식인 사회의 단절과 분화가 고착되면서, 정치적 부침 속에서 정치 담론과 인물에 대한 평가를 담은 비지(碑誌)나 전기(傳記) 류의 창작이 특별히 중시되었다. 양란 이후 가중된 사회 경제적 혼란상과 청나라와의 접촉에서 오는 가치관의 난맥상도 글 속에 반영되었다.

한편 산문 이론의 체계적 정리가 이 시기에 본격적으로 이루어졌다. 앞 시기 작가들의 성과에 대한 의미 부여와 노선 정리 작업이 활발해졌고, 구체적 작법에 대한 모색이 깊어졌다. 실제 비평 활동도 전에 없이 활성화되었다. 작가별로 자기주장이 한층 선명해지면서 글쓰기를 둘러싼 논쟁과 충돌의 현장도 심심찮게 목격된다. 김창협 계열의 노론 문사들과 허목 계열의 남인 문사들, 남구만과 박세당 계열의 소론 문사들과 홍세태와 신유한 계열의 중인과 서얼 문사들이 동시대에 활동하면서, 이 시기 산문의 이론적 모색은 이전 시기보다 더욱 풍성해지고 스펙트럼 또한 넓어진다.

허목은 남인의 영수로 그의 문체는 육경과 선진(先秦) 고문에 바탕을 둔 독특한 고풍의 문장을 구사한 것으로 유명하다. 군더더기 하나 없이 깡마른 문체가 특징이다. 때로 난삽하게 느껴질 정도로 간결하고 기굴한 그의 산문은 이 시기 산문사에서 독특한 위상을 차지한다. 글쓰기에 대해 성찰하고 고문(古文)의 역사를 정리하는가 하면, 주변 하층민에 대한 관찰도 보여 준다. 지리와 역사, 회화에 이르기까지 다양한 관심을 그만의 색채에 입혀 독특한 개성을 뽐냈다.

김득신은 「백이열전」만 1억 번 넘게 읽은 것으로 유명한 전설적 둔재였다. 그가 자신이 책 읽은 횟수에 대해 기록한 글을 보면 어안이 벙벙할 정도다. 그러나 김득신의 이러한 집념의 독서는 진한과 당송의 고문에 대한 깊은 이해를 가능케 하였고, 이는 다시 담백하고 화려하지 않은 산문 창작의 중요한 밑거름이 되었다. 선배 시인들의 시 세계를 이론적으로 정리한 글에서 독서에 바탕을 둔 격 높은 문학적 안목의 참모습을 엿볼 수 있다.

남용익의 문장은 문학성이 뛰어나다. 특히 인간의 감성적인 면을 주로 다루는 데 관심을 두었는데, 묘사에 집중력이 돋보인다. 젊어서부터 남의 글의 장단점 논하기를 즐기고 자신의 문장에 대해서도 비평을 아끼지 않았던 터라, 한시사의 전반적 흐름을 정리한 글에서 남들과 다른 자기만의 명확한 관점을 담았다.

남구만은 소론에 속한 당대의 정객이었다. 그의 열린 마음과 툭 트인 생각이 글 속에도 잘 드러나 있다. 해박한 식견과 깊은 통찰력으로 사물의 본질을 꿰뚫어 보는 힘이 있다. 단군에 대한 견해를 밝힌 글은 우리나라 역사와 문화에 각별한 관심을 가졌던 소론계 학풍의 한 특징을 보여 준다. 최명길에 대한 평가의 안목을 제시한 긴 글은 명백하고 적절하다는 정조의 평을 받았고, 한 시대를 치우침 없이 바라본 공정한 태도는 높이 인정할 만하다. 낚시질에서 글쓰기의 문제를 이끌어 낸 글은 오늘날 읽어도 대단히 인상적이다. 남구만의 산문에는 의표를 찌르는 전개와 단락 간의 긴장이 살아 있다.

박세당 또한 소론계에 속한 문인 학자로 개방적 사유와 독특한 문풍으로 주목을 받았다. 그의 글은 구성이 탄탄하고 글자의 선택이 꼼꼼해 필력을 느끼게 해 준다. 특별히 인물 묘사에 탁월했고, 시를 바라보는 관점도 노론계 문사들의 그것과는 사뭇 다르다. 그는 천기(天機)와 성령(性靈)에 바탕한 새로운 시풍을 추구해 김창협 계열의 문학관과 차별성을 드러내기도 했다.

김석주는 글에서 면밀한 배치를 통한 표현의 조탁과 논리 전개에 특장이 있다. 특별히 임금에게 올리는 글인 상소문과 차자(箚子) 같은 문체에서 폐부를 찌르고 격조를 잃지 않았다는 평가를 들었다. 젊은 시절에 쓴 글에서 이미 문단의 배치와 단락의 전개에 조숙함을 보였고, 건물에 붙여서 쓴 여러 편의 기문(記文)도 사유가 경쾌하다. 의원과의 대화를 옮긴 글 또한 기발한 생각과 치밀한 구성력이 단연 돋보인다. 전체적으로 짜임새 있고, 법도가 있는 글쓰기의 한 모범으로 삼을 만하다.

김창협은 17세기에서 18세기 전반에 이르는 기간에 가장 큰 영향력을 발휘했던 노론계를 대표하는 산문 작가다. 그는 글쓰기의 이론 방면에서도 뚜렷한 위치를 차지한다. 한유와 구양수를 바탕으로 당송 고문가의 바른 맥을 잇는 것을 문장 학습의 바른길로 제시해 후대에 이른바 한구정맥(韓歐正脈)의 흐름을 열었다. 특별히 비지류(碑誌類) 산문에 뛰어나 오래 회자되는 명편을 많이 남겼다. 간결하면서도 함축이 깊고, 화려하지 않지만 풍부한 표현이 특징이다. 산수유기에서도 사물에서 의미를 발견하는 깊은 시선이 인상적이다. 철리(哲理)를 담은 기문뿐 아니라 정치적 의사를 밝힌 소차(疏箚)나 권면의 뜻을 담은 증서(贈序) 등 문체에 구애받지 않고 이 시기를 대표하는 산문 작가로 위상이 뚜렷하다.

　　김창흡은 김창협의 아우다. 그는 시학 방면의 성취로 더 주목을 받았으나 산문의 성취도 지나칠 수 없다. 학문의 바탕과 투식에 얽매이지 않는 참신성이 어우러진 독특한 풍격을 보여 준다. 이가 빠진 일을 두고 쓴 산문은 일상에서 깊은 통찰을 이끌어 내는 사유의 힘이 두드러지고, 먼저 세상을 뜬 손녀를 그리며 쓴 글은 통상적 묘지문의 투식을 벗어나 소소한 에피소드를 통해 깊은 슬픔을 끌어올리는 참신성이 돋보인다. 누정기(樓亭記) 또한 기문의 격식을 따르면서도 대화체의 삽입과 장면의 전환을 통해 변화를 주었다.

　　홍세태는 중인 출신의 문인으로 산문보다는 시로 명성이 더 높았다. 그의 글은 빠른 전개 속에 함축을 담아 울림이 있다. 자신에 대해 서술한 자전적 글 속에는 가난과 신분에 대한 안타까움이 묻어난다. 깊은 이치나 학문적 온축보다 소소한 일상의 포착이 눈에 띤다.

　　이의현은 김창협의 문인으로 노론계 문장가의 정통 흐름 위에 놓인 작가다. 그는 문기(文氣)의 배양을 특별히 강조했고, 당송 고문가의 법도를 충실히 계승했다. 문예취가 짙은 문장보다는 묘비문과 정치적 성격의 글에 특장을 보인다. 그가 쓴 필기류 산문인 「도협총설(陶峽叢說)」과 「운양만록(雲陽漫錄)」에 문장과 비평 등에 대한 인식이 잘 드러나 있다.

최창대는 소론계 학맥을 이었고, 학문적으로 양명학에 가까웠다. 진한(秦漢) 고문을 전범으로 삼으면서도 모방을 거부했고, 진정(眞情)이 담긴 글을 중시했다. 발랄함보다는 질박함이 담긴 표현을 높였다. 이덕수와 문장에 대한 인식 차이를 두고 벌인 논쟁은 이 시기 글쓰기에 대한 입장차가 선명하게 엇갈리고 있어 흥미롭다. 사론(史論)은 의표를 찌르는 전개가 주목을 끄는 한편, 속도감 있는 사건 전개를 간결한 문체로 구현해 냈다. 논설문도 주제를 담아내는 구성에서 힘이 느껴진다.

이덕수의 산문은 당대에 이름이 높았다. 금석문에 장점이 있었고, 폭넓은 독서에 바탕을 두고 유불도를 섭렵한 학문의 바탕 위에서 그만의 문예미를 펼쳐 보였다. 그림에 얹은 서문에서는 논지를 펼쳐 가는 시선이 독특했고, 기문의 형식에다 논변체 산문의 면모를 얹은 것은 개성적 면모를 보여 준다. 글쓰기의 이론적 탐색을 보여 주는 글 또한 이 시기 산문의 이론적 성취를 헤아려 볼 수 있게 한다. 죽은 아내를 애도한 글은 잔잔한 울림을 준다. 그의 글은 문장의 파란은 없지만 차분하면서도 깊이가 있어 정통 고문의 온자(溫藉)한 맛을 느끼기에 손색이 없다.

이하곤은 특별히 제발문(題跋文)에서 그만의 역량을 뽐냈다. 대단히 짧은 편폭에 속도감을 더해 인상적인 풍경을 만들어 내는 솜씨를 발휘했다. 우언의 문장도 호흡이 길지 않다. 일상의 제재 속에 깨달음을 얹어 담백하게 자신의 생각을 담아냈다.

최창대의 문인인 신유한은 서얼임에도 불구하고 뛰어난 문장력과 폭넓은 교유로 당대 문단에서 독특한 위치를 차지하고 있다. 특히 김창협 계열과 달리 진한 고문에 흥미를 가져 낭만적이고 문예미 넘치는 글을 선보였다. 유학만을 고수하지 않고 불교 등에 관심을 가진 사유의 활달함은 그의 문학의 중요한 토대가 되었다. 자신의 문장 공부 과정을 진솔하게 밝힌 글을 통해 이 시기 문장론의 또 다른 흐름을 이해할 수 있다.

이렇듯 이 시기는 작가층이 확산되면서 문장에 있어서 앞 시기를 이어 볼만한 성과를 거두었다. 노론의 김창협 계열로 대표되는 정통 당송 고문파와 미수 허목을 위시한 이어진 남인 문장가들이 서로 다른 취향을 보였고, 여기에 소론 계열 문장가들의 시선이 엇갈리면서 이 시기 문단은 나름대로 활기를 띨 수 있었다. 홍세태와 신유한으로 대표되는 중인과 서얼 문사의 등장도 빠뜨릴 수가 없다. 문장 작법에 대한 심도 있는 논의가 펼쳐진 것도 이 시기 문단의 성과 중 하나다.

차례

일러두기

1 각 작품이 실린 문집이나 선집, 역사서 등에서 좋은 판본을 선별하여 저본으로
   삼았으며, 원문을 해치지 않는 범위에서 풀어 번역했다.
2 주석과 원문은 본문 뒤에 모아 실었다. 원문에는 필요한 경우 교감주를 달았다.
3 저자의 원주는 〔 〕로 표시했다. 원문에서 □는 결락된 부분이다.

허목

許穆

1595~1682년

본관은 양천(陽川), 자는 문보(文甫)·화보(和甫), 호는 미수(眉叟), 시호는 문정(文正)이다. 1626년 박지계(朴知誡)를 유생 명부에서 지운 일로 인해 과거 응시를 금지당했고, 이후 광주 자봉산(紫峯山)에 들어가 학문을 닦았다. 1657년 공조 정랑과 사복시 주부를 시작으로 본격적으로 벼슬길에 올랐으며, 이후 우참찬·이조 판서 등을 거쳐 우의정에까지 올랐다. 산림(山林)으로 정승의 자리에 오른 그는 두 차례의 예송 논쟁을 이끄는 등 조선 중기 정치사의 중심에 서 있었다. 특히 송시열의 처벌에 강경했던 청남(淸南)의 영수였다.

그는 학문적으로 영남 남인인 이황(李滉)과 정구(鄭逑)의 학통을 이어받아 이익(李瀷)에게 이어 줌으로써 기호 남인의 선구가 되었고, 근기 남인 실학의 기반을 마련하였다. 특히 사서(四書)와 주희의 학문에만 몰두하지 않고 육경을 기반으로 원시 유학에 관심을 둠으로써 새로운 학문의 경지를 열었다. 그의 탈주자적 상고주의는 최근 들어 단순한 복고주의가 아니라 당시의 모순들을 극복하기 위한 새로운 활로의 개척이라는 의미로 이해되기도 한다.

그의 문학과 예술(서예나 전각) 또한 학문관과 밀접하게 연계되어 있는데 특히 육경과 진한(秦漢) 이전의 고문에 조예가 깊었다. 이에 정조는 "대개 80년 동안 독서하면서 진한 이후의 글은 읽지 않았기 때문에, 그 글이 기이하고 독특하며 굉대하고 거리낌이 없다.(蓋其

八十年讀書, 未嘗讀秦漢以後文. 故其文奇崛宏肆.)"라고 평하였고, 박세당(朴世堂, 1629~1703년)은 "그의 문장을 살펴보니, 또한 산야에 살며 우직하고 고집스러워 다만 옛날에만 빠져 있는 사람이 아니라는 것을 알 수가 있다.(觀其文, 亦知非山野木强, 徒泥於古者也.)"라고 했다. 허훈(許薰, 1836~1907년)은 명나라의 멸망으로 삼대(三代)의 기상이 중국에서는 기대할 수 없게 되었는데 조선에서 허목이 태어나 다시금 문장에서 삼대의 기상을 볼 수 있게 되었다고 극찬했다.

그의 문학적 성취는 문집 『기언(記言)』을 통해 살펴볼 수 있다. 그는 이 밖에도 역사서 『동사(東事)』, 예서(禮書) 『경례유찬(經禮類纂)』, 삼척 읍지 『척주지(陟州誌)』 등을 남겼다.

나의 묘지명

許眉叟自銘

늙은이는 허목 문보(文父)라는 사람이다. 본관은 공암(孔巖, 양천)으로 한양의 동쪽 성곽 아래에 살았다. 늙은이는 눈썹이 길어 눈을 덮었으므로 스스로 호를 '미수(眉叟)'라 하였다. 태어날 때부터 손에 '문(文)' 자 무늬가 있어서 스스로 자를 '문보'라 하였다.

늙은이는 평생 고문(古文)을 아주 좋아하여 늘 자봉산에 들어가 고문으로 된 공씨전(孔氏傳)을 읽었다. 늦게서야 문장에서 성취를 이루었는데 그 글은 아주 호방했으나 지나치지는 않았다.

희소한 것을 좋아하며 스스로 즐겼다. 마음으로는 옛사람이 남긴 가르침을 좇아 늘 지키며 자신에게 허물이 적게 하고자 했지만 그렇게 하지는 못하였다. 그 스스로 지은 명(銘)은 다음과 같다.

말은 행실을 가리지 못했고
행실은 그 말을 실천하지 못했네
한갓 떠들썩하게 성현의 글 읽기만 좋아하고
그 허물은 하나도 깁지 못했지
돌에다 이를 써서
뒷사람을 경계하노라

해설

허목이 자신의 삶을 돌이켜 보며 지은 자찬 묘지명이다. 분명치 않으나 1674년(80세) 이후에 지은 것으로 보인다. 비슷한 시기에 지은 「자명비음기(自銘碑陰記)」와 짝을 이룬다. 집안의 내력과 자신의 관력을 시기별로 정리한 「자명비음기」와 달리 상고적 삶과 문학에서의 성취를 압축적으로 잘 담아내었다. 묘지명의 기본 형식을 따르면서도 짧은 편폭 속에 변화를 주어 소품(小品)처럼 읽힌다.

송백옥(宋伯玉)은 『동문집성(東文集成)』에서 이 글을 허목의 대표작으로 소개하면서 "단편이지 결코 묘지명이 아니다.(短篇, 決非誌銘.)"라고 평했다. 허목은 자신의 초상화를 보고 두 편의 자찬을 지었고 「자평(自評)」과 「자서(自序)」 등의 작품으로 자신에 대한 통찰을 담았다.

모습에는 형상 있고	貌有形
정신에는 형상 없네	神無形
형상 있는 것은 그릴 수 있지만	其有形者可模
형상 없는 것은 그릴 수가 없다네	無形者不可模
형상 있는 것이 정해져야	有形者定
형상 없는 것이 온전하다네	無形者完
형상 있는 것이 쇠하면	有形者衰
형상 없는 것은 시들어지고	無形者謝
형상 있는 것이 다하면	有形者盡
형상 없는 것은 떠나간다네	無形者去

인용한 글은 자신에 관한 또 다른 글인 「사영자찬(寫影自贊)」이다. 허목이 1664년(70세) 가을에 공암의 서재에서 젊은 날의 자기 초상화를 보고 느낌이 일어 썼다. 23세 때 사위이자 문인 화가였던 허의(許懿, 1601년~?)가 그린 초상화였다. 늙고 쇠잔한 상태로 옛 그림을 마주하니 마치 다른 사람 같아 탄식하며 쓴 글이라고 한다. 세월 앞에 변해 버린 자신을 대면하고 느낀 감정은 아마도 이후 자찬 묘지명과 관련 작품을 짓는 중요한 자양분이 되었을 터이다.

『기언』을 짓다

記言序

나는 옛글을 몹시 좋아하여 늙어서도 공부를 게을리하지 않았다. 늘 경계하여 마음에 두려고 금인(金人)의 명(銘)을 외웠다. 그 글은 이렇다.

"경계할지어다. 말은 많이 하지 말고 일은 많이 벌이지 말라. 말이 많으면 실패가 많고 일이 많으면 해로움이 많다. 안락을 반드시 경계하여 후회할 일은 행하지 말라. 무엇이 문제냐고 말해서는 안 된다. 그 화가 장차 길게 가리라. 무엇이 나쁘냐고 말하지 말라. 그 재앙이 장차 클 것이다. 듣는 사람이 없다고 말하지 말라. 귀신이 사람을 엿듣고 있다. 불길이 일어날 때 끄지 않으면 활활 타오를 때야 어찌하겠는가? 졸졸 흐를 때 막지 않으면 마침내 강하(江河)가 될 것이다. 근근이 이어질 때 끊어 버리지 않으면 혹 그물이 되고 말 것이다. 터럭 끝만 할 때 뽑지 않으면 도끼를 찾은들 무슨 소용이겠는가? 진실로 능히 삼가는 것이 복의 뿌리다. 입은 무엇에 해로운가? 재앙의 문이다. 멋대로 흉포한 자는 제명에 못 죽고, 이기기 좋아하는 자는 반드시 적수를 만난다. 도둑은 주인을 미워하고 백성은 윗사람을 원망한다. 군자는 천하의 윗자리가 될 수 없음을 알기에 아래에 처하고, 뭇사람보다 앞서지 말아야 함을 알아 뒤에 선다. 강하가 비록 낮아도 모든 시내보다 큰 것은 낮추었기 때문이다. 하늘의 도는 친소(親疏)가 없어 언제나 선한 사람과 함께한다. 경계할지어다."

『주역』「계사전(繫辭傳)」에서는 이렇게 말하였다.

"군자가 집에 있으면서 말을 하여 선하면 천 리 밖에서도 호응하니 하물며 가까운 데 있는 자임에랴? 집에 있으면서 말을 하여 선하지 않으면 천 리 밖에서도 떠나가니 하물며 그 가까운 데 있는 자임에랴? 말은 자신에게서 나와 백성에게 미치고 행동은 가까운 데서 행해져 멀리서 드러난다. 언행은 군자의 추기(樞機, 문의 지도리와 돌쩌귀처럼 중추가 되는 기관)다. 추기가 발하여 영욕을 주재한다. 언행은 군자가 천지를 움직이는 바탕이 되니 삼가지 않을 수 있겠는가?"

내가 다만 이를 두려워하여 말하면 반드시 글로 써서 날마다 반성하며 힘을 쏟았다. 그래서 내 글을 『기언(記言)』이라고 이름 지었다. 옛사람의 글 읽기를 좋아하여 옛사람의 실마리를 마음으로 좇아 부지런히 애를 썼다. 『기언』에 실린 글은 육경(六經)을 근본으로 삼되 예악(禮樂)을 참고하여 제자백가의 변론에 두루 통하였는데, 능히 발분하여 힘을 쏟은 지 오십 년이 되어 간다. 그래서 그 글은 간략하면서도 갖추어졌고, 제멋대로인 듯하나 엄정하다.

천지의 화육(化育, 천지자연의 이치로 만물을 만들어 기르는 것), 해와 달과 별의 운행, 바람과 비와 추위와 더위의 오고 감, 산천과 초목과 조수(鳥獸)와 오곡(五穀)의 생장, 인사(人事)의 마땅함, 사람의 떳떳한 윤리와 사물의 법칙, 시서와 육예의 가르침, 희로애락애오욕의 칠정(七情)과 형기(形氣)의 감응, 제사와 귀신과 요상(妖祥, 흉조와 길조)과 물괴(物怪, 괴이한 사물이 출현하는 것)의 기이함, 사방 풍기(風氣)의 차이, 성음(聲音)과 요속(謠俗)의 같지 않음, 기사와 서사와 논술과 답술(答述), 도의 낮고 높음, 세상의 다스려지고 어지러워짐, 현인(賢人)과 열사(烈士)와 정부(貞婦)와 간인(奸人, 간사한 사람)과 역수(逆豎, 도리에 어긋난 일을 하는 자)와 우매한 자에 대한 경계 등도 한결같이 글 속에 담아 옛사람과 비슷해지기를 바랐다.

정미년(1667년) 동지에 양천 미수 허목이 쓴다.

해설

허목이 자신의 대표작인 『기언』에 붙인 서문이다. 1667년(73세) 11월에 허목은 이제까지 자신이 지은 저술을 손수 차례 매겨 『기언』이란 이름을 붙이고 서문을 지었다. 전체 분량 가운데 절반 이상을 차지하는 금인의 명과 『주역』 「계사전」의 긴 도입부가 워낙 파격적이어서 독자의 시선을 끈다.

금인의 명은 많은 말과 일을 경계해서 재앙을 미리 막고 삼가고 낮추는 자세를 지녀야 한다는 처세훈을 담았다. 「계사전」 역시 언행에서 화복과 영욕이 비롯되니 언행을 삼갈 것을 다짐한 내용이다.

허목은 자신의 문집에 『기언』이란 제목을 단 이유가 자신이 직접 한 말을 되돌아보아 반성하기 위해서였고 말했다. 그 안에 담은 것은 삼라만상과 우주 만물의 모든 것이다. 허목 자신이 밝히고 있는 것처럼 『기언』은 육경을 중심으로 진한 이전의 문학에 침잠했던 허목 문학의 총체다. 방산 허훈의 평가대로라면, 조선에서 중국 삼대(하·은·주) 문학의 기상을 엿볼 수 있는 텍스트인 셈이다. 이는 각 작품의 내용과 형식뿐 아니라 문집의 편차 방식을 통해서도 확인된다. 특히 독특한 문집의 편차 방식은 그의 문학이 지향하는 지점을 정확하게 보여 준다.

허목이 직접 편집한 책에는 원집(原集)과 속집(續集)이 있었다. 원집은 상·중·하·잡(雜)·내(內)·외(外) 편으로 나누어 1674년 이전 저술을 모아 놓았고, 속집은 속집·산고(散稿)·서술(敍述) 등으로 나누어 1675년 이후 저술을 모아 놓았다. 그리고 원집에 빠진 것을 습유(拾遺)라 하여 뒤에 붙였다. 특히 하위 편목에서는 기존의 문집 편차에서 주로 사용했던 문체별 분류를 버리고 주제별 분류라는 새롭고 독특한 형태를 취하였다. 이 글의 말미에 기록한 주제들은 바로 이 책의 내용이자 문집 편차 항목에 해당한다.

문집 편차에서 주제별 분류는 허목 이전에 전혀 없었던 방식이다. 시보다 산문을 중시하여 산문을 앞에 내세우는 경우는 더러 있었지만 문집 전체를 주제별로 구성한 것은 허목이 처음이다. 이 같은 새로운 편집이 가능했던 것은 『기언』이 육경과 예악 및 제자백가를 탐구하여 옛사람의 실마리를 찾으려 했던 학문적·문학적 노력의 결과물이었기 때문이다. 반성과 권면이라는 창작 동기, 육경과 진한 이전의 고문이라는 문학 지향 그리고 그 속에서 얻어 낸 "간략하면서도 갖추어지고, 제멋대로인 듯하나 엄정한(簡而備, 肆而嚴)" 기상은 허목의 문학을 떠받치는 세 기둥이다.

중국 고문의 역사　　　　　　　　　　文學

태곳적의 서적은 전함이 없다. 우하(虞夏) 이래로 요사(姚姒, 순임금과 우임금)의 혼혼(渾渾)함과 은주(殷周)의 호호(皞皞)하고 악악(噩噩)함은 육경에서 볼 수 있다. 성인의 글은 천지의 문채다. 공자의 문하에 문학으로 일컬어진 사람은 자유(子游)와 자하(子夏)다.

　주나라의 도가 쇠하고 공자가 돌아가시자 성인의 글은 무너지고 말았다. 노자에서 둘로 갈라져 백가에서 흩어지더니 진(秦)나라에 이르러 또 남김없이 불태워져 없어졌다. 천지의 순후한 기상이 『국어』와 『춘추좌씨전』까지는 간결하고 심오하게 그대로 남아 있었으나 『전국책』의 길고 짧은 글에 이르자 그만 어지러워졌다. 태사공 사마천이 선진(先秦)을 이었고, 그 후 양웅(揚雄)이 있었지만 옛날에 미치지 못한 채 기이함으로 들어갔다. 하지만 양웅이 죽자 고문이 망하고 말았다.

　위진 시대 이래로는 쓸쓸해서 아무것도 없다. 당나라 때 한유와 유종원이 나와서 서한(西漢)의 말기를 이었고, 그 후 소동파가 변화를 얻어서 공교롭게 하였으나 옛글에는 멀리 미치지 못한다.

　또 그 후에 공동(崆峒) 이몽양(李夢陽)과 봉주(鳳洲) 왕세정(王世貞)이 있지만 혼후함은 한유에 미치지 못하고 변화는 소동파에 미치지 못하니 다만 근사하게 속였을 뿐이다.

진나라와 한나라 이래로 고문은 변하여 어지러워졌고 어지러운 것이 변하여 기이하게 되었으며 기이한 것이 변하여 속이게 되었다.

　　경술년(1670년) 팔일 하현(下弦) 저녁에 대령노인(台嶺老人) 미수가 석록(石鹿)의 모암(茅庵)에서 쓴다.

해설

역대 중국 고문의 흐름을 시대별로 간명하게 정리했다. 짧지만 핵심을 찔러 깊은 함축을 담았다. 지나칠 정도로 간결한 정리가 대단히 인상적이다.

　　삼대에서 시작하여 진한과 당송을 거쳐 명대에 이르는 고문사의 큰 흐름을 허목은 '난(亂), 기(奇), 궤(詭)'의 세 단계로 구분했다. 시대가 내려올수록 문학이 퇴보했다는 상고주의적 문학 인식이 분명하게 드러난다. 실제로 많은 문사들은 삼대 때의 순정한 고문이 제자백가를 거쳐 한나라에 전해졌으나 위진을 거치며 어지러워졌다가 당송에 이르러 기이해졌고 다시 명대에는 흉내 내기로 바뀌었다고 본다. 각 시기를 대표하는 문장가로는 좌구명과 사마천, 한유와 소동파, 이몽양과 왕세정을 꼽았다.

　　이 글을 통해 허목의 문장이 당송 고문이나 명대 전후칠자의 표절과 모의에서 나온 것이 아닌 육경과 진한 이전의 고문 학습에 뿌리를 둔 것임을 잘 보여 준다. 경술년을 상장엄무(上章閹茂)라 하여 고갑자를 사용하는 등 현실과 맞지 않은 작위적 고어 투의 사용으로 의고(擬古)의 비판을 적잖이 받았지만 당송 고문과 명대의 의고문파와 스스로의 문학 지향을 구분하려 했던 그의 의도가 선명하게 드러난 글이다.

거지 은자 삭낭자 　　　索囊子傳

전주 사는 거지는 이름을 물으면 모른다 하고 성을 물어도 모른다고 했다. 어떤 사람은 그를 '홍(洪)'이라고 불렀다.

많이 먹을 수 있어도 배불리 먹지 않았고 먹지 않아도 배고파하지 않았다. 눈보라 속에서 벌거벗고도 추워하지 않았고 사람들이 옷을 주어도 받지 않았다. 쌀을 동냥해 먹고 남으면 배고픈 사람에게 주었다. 한 번도 다른 사람과 함께 살지 않았고 말도 하지 않았다. 잠은 관사 아래서 잤다. 고을의 노인조차도 모두 거지가 처음 이곳에 온 해를 기억하지 못하는데, 용모는 처음과 같았다.

혹 '삭낭자(索囊子)'로도 불렀다. 대개 새끼로 망태기를 엮어서 매고 다녔으며, 다른 물건이나 별다른 일도 없었기 때문이다. 가끔 서울로 놀러 갔지만 그가 가고 오는 것을 사람들이 몰랐다.

해진 옷에 나막신을 신고 저자에서 동냥하며 다녔다. 지금 정승으로 있는 원 공(元公)이 전주 부윤으로 있을 때 마음으로 그를 기이하게 여겨 몹시 후하게 초대하자 사양하지 않았다. 먹을 것을 주면 먹었지만 말을 시키면 말을 하지 않았다. 하루아침에 간 곳을 몰랐는데, 그 뒤 남쪽 지방에 큰 기근이 들었다. 이제껏 오지 않은 지가 몇십 년이라고 한다.

이 사람은 아마 방외를 노닐며 사물에 얽매이지 않고 세상을 잊어 종적 감추는 것을 즐기며, 메추라기처럼 살고 새끼 새처럼 먹으니 토태(土駄)의 광인(狂人) 접여(接興)의 무리가 아니겠는가?

셰묘년(1663년) 졍월에 ㅁㅢㄴㅜ가 쓰다.

해설

1663년(69세) 전주의 거지였던 삭낭자의 삶을 기록한 전(傳)이다. 역시 허목 특유의 간결한 문체가 빛난다. 먼저 삭낭자를 간단히 소개한 뒤에 그의 행동과 처세를 짧게 보여 주고 이름의 유래와 원두표(元斗杓, 1593~1664년)와의 일화를 통해 은자로서의 면모를 드러낸 후 간단한 평설을 덧붙였다. 편폭이 몹시 짧지만 간결한 필치 속에 함축을 담아 읽고 나면 제법 긴 글을 읽은 느낌이 든다.

이 글은 거지를 입전한 몇 안 되는 작품 중 하나다. 허균의 「장생전」과 성대중의 「개수전」, 박지원의 「광문자전」과 김려의 「장생전」 등이 더 있다. 근대 이전 대부분의 전은 사대부 남성, 그 가운데서도 유교적 가치관에 충실한 삶을 살았던 충신과 효자를 대상으로 삼았다. 그렇다 보니 중인 이하 평민들의 삶은 기록에서 배제될 수밖에 없었다. 비록 은자의 이미지가 덧씌워진 채 기록되었지만, 거지의 삶을 오롯이 그려 냈다는 점에서 이채롭다.

이 글은 홍극기(洪克己)에게 전해 들은 이야기를 기록한 것이다. 별도로 홍극기에게 준 서문(「증홍수재서(贈洪秀才序)」)에서 허목은 "세상에 나를 알아주는 사람이 없으면 또한 그만이지 남을 업신여기거나 세상을 경시하는 일은 군자가 하지 않는다. 이에 이 글을 써서 세상을 떠나 홀로 살아가는 자의 경계로 삼는 바이다.(世旣莫我知, 則亦已矣. 傲物輕世, 君子不爲. 書之以爲高蹈獨行者之戒.)"라고 했다. 끝내 자신을 드러내지 않은 삭낭자의 처세와 기근의 기미를 미리 알아 사라진 지혜가 엇갈리는 가운데 묘한 여운을 남긴다. 당시 허목은 1차 예송에서 패한 뒤 삼척 부사에서 물러나 연천에 머물고 있었다.

빙산기 氷山記

빙산은 문소(聞韶, 지금의 경북 의성)에서 남쪽으로 사십칠 리 떨어진 곳에 있다. 산에는 바위가 무더기로 쌓여 구멍이 많다. 처마나 사립문 같고 외짝 문이나 부뚜막 또는 방처럼도 생겨서 일일이 다 적을 수가 없다.

입춘에 찬 기운이 처음 생겨나 입하에 얼음이 처음 언다. 하지의 막바지에 이르면 얼음은 더욱 단단해지고 찬 기운도 점점 더 차가워진다. 비록 대서 때 불기운이 성대해 푹푹 찌는 더위가 기승을 부려도 한기가 서늘하고 땅이 얼어 초목조차 나지 않는다. 입추가 되면 얼음이 비로소 녹고, 입동에는 찬 기운이 사그라진다. 동지의 끝 무렵에는 구멍이 모두 텅 비어 버린다. 얼음이 없는 계절에 얼음이 보여서 기이함을 기록하려고 산을 빙산(氷山), 즉 '얼음산'이라고 부르고 시내는 빙계(氷溪), 곧 '얼음내'라고 부른다.

일찍이 들으니 천지의 기운은 봄과 여름에는 내뿜어 발육시키니 차가운 기운이 안에 있고, 가을과 겨울에는 거두고 감추는지라 따스한 기운이 안에 있다고 한다. 이곳은 대체로 바위틈의 구멍이 끝도 없이 통해 있어서 땅속에 잠복해 있던 기운이 이곳으로 새어 나온 것이다. 그래서 입춘에 차가워지기 시작해 입하에 처음 얼음이 얼고 하지에 얼음이 단단해지며, 입추에 얼음이 녹아 입동에 얼음이 나 없어지고 동시에 구멍이 텅 비게 되니, 하나의 음(陰)과 하나의 양(陽)의 없어졌다 커지고 갔다가 돌아오는 기운을 징험할 수 있다.

하지만 개괄해 논하자면 땅의 기운은 충만한데 동남쪽이 부족하므로 이처럼 들뜨고 성근 것이 새어 나온 것이다. 서쪽으로 백수십 리 떨어진 주흘산(主屹山) 아래에 조석천(潮汐泉)이 있다. 바닷가에서 사백여 리나 떨어져 있는데도 차고 마르는 것이 바다의 조수에 따라 변한다고 한다.

해설

경북 의성군 춘산면 빙계리에 있는 빙산에 붙인 기문이다. 빙산의 위치와 주변 풍광을 간단히 적고 빙산이란 이름의 유래를 밝혔다. 삼복더위에 얼음이 얼고 엄동설한에는 오히려 얼음이 다 녹는 희한한 이곳의 특징을 논리적으로 설명하는 데 공을 들였다. 음양(陰陽)의 이론을 끌어와 논리를 세우고 끝 단락에서 내륙 지방임에도 조수의 차이에 따라 수위가 달라지는 조석천(潮汐泉)을 비슷한 근거로 내세웠다.

이 글에서는 빙산과 그 주변 계곡의 기이한 풍광 묘사를 찾아보기 어렵다. 도입 단락에서 빙산의 바위 모양을 간략히 묘사한 게 전부다. 빙산과 빙계가 경북을 대표하는 명승지임을 감안할 때 굉장히 낯선 구성임에 분명하다. 그렇다 보니 이 글은 기문임에도 불구하고 오히려 설(說)과 같은 글이 되었다. 송백옥이 『동문집성』에서 이 글을 허목의 대표 기문으로 선정한 뒤에 "기사기문(奇事奇文)"이라 평했던 것도 이와 무관하지 않을 것이다. 말 그대로 기이한 일을 기이한 문장에 담았다.

우리나라의 명화들 朗善公子畫貼序

그림은 비록 육예(六藝)에 들지는 못해도 글씨의 다음이 된다.

책이 생긴 이래로 헌원씨(軒轅氏, 황제(黃帝))가 처음으로 문장을 지어 귀천을 드러내었고, 당우씨(唐虞氏, 요순)는 십이장(十二章)을 만들었다. 주공(周公)은 구회(九繪)를 만들고, 무정(武丁)은 얼굴을 그려 부암(傅巖)의 들판에서 부열(傅說)을 얻었다. 명당(明堂)에서는 요순과 걸주, 충신과 열녀, 성현과 우암(愚暗, 어리석고 우매한 자)에 대한 경계를 그렸다. 형산(衡山)의 구정(九鼎)에는 괴이한 동물과 요망한 귀신과 도깨비들을 그려 넣었고, 영광전(靈光殿)에는 비익(比翼)과 구두(九頭), 인신(鱗身), 사구(蛇軀)와 태고 시대의 질박한 모양을 그렸다. 어진 재상과 용맹한 장수를 그린 것은 기린전(麒麟殿)에서 시작되었다. 당나라 때 왕유(王維)는 공자(孔子)를 그렸고, 유봉선(劉奉先, 유단(劉單)은 「적현창주도(赤縣滄洲圖)」를 그렸으며, 예씨(倪氏, 예찬(倪瓚))는 매화를 그렸고, 필굉(畢宏)은 소나무를 그렸으며, 하소정(夏少正, 하규(夏珪))은 대나무를 그려 지금까지 천하에 이름을 떨치고 있다.

우리나라는 신라 이래 해인사 불당 벽에 천년 묵은 옛 그림이 보이는데 당나라 때 화가 오도자(吳道子)가 그린 것이라 일컬어진다. 고려 시대에는 경천사(敬天寺) 십층 석탑에 새겨진 부도 그림이 있고, 성서산(聖居

山) 화장사(華藏寺)에는 공민왕(恭愍王)이 거울에 비춰 자신을 그린 그림이 있다. 우리 조선에 와서는 고인(顧仁, 생몰년 미상)과 안견(安堅, 생몰년 미상)이 그림에 뛰어났다. 그 뒤로도 이름난 그림이 많다.

이제 왕손인 낭선군(朗善君)의 서화첩에서 또 공민왕의 「천산대렵도(天山大獵圖)」와 안견·이상좌(李上佐, 생몰년 미상)·이정(李楨, 1578~1607년)·이징(李澄, ?~1690년)의 산수도(山水圖), 학림정(鶴林正) 이경윤(李慶胤, 1545~1611년)과 죽림정(竹林正) 이영윤(李英胤, 1561~1611년) 두 분 공자(公子)의 인물화와 영모도(翎毛圖), 사포(司圃) 김식(金埴, 1579~1662년)의 「목우유마도(牧牛游馬圖)」, 석양정(石陽正) 이정(李霆, 1554~1626년)의 대나무 그림, 소정(少正) 어몽룡(魚夢龍, 1566년~?)의 매화 그림을 보게 되니 모두 대단한 그림들이다. 우리나라 인재 중에 빼어난 기예가 성대하기로는 또한 이들에게서 정점을 찍었다.

정미년(1667년) 시월 열닷샛날에 미수가 쓰다.

해설

낭선군(朗善君) 이우(李俁, 1637~1693년)가 엮은 화첩에 붙인 서문이다. 이 화첩에는 공민왕을 비롯하여 고려 말부터 조선 현종 대까지 활동했던 화가 가운데 산수화와 인물화와 영모화 등에서 일가를 이룬 작가들의 작품이 망라되어 있었다. 오늘날 실물 화첩이 전하지 않아 전모를 파악하기 어렵지만 글 속에서 꼽은 공민왕의 「천산대렵도」 등의 작품 목록을 통해 화첩의 가치와 수록된 작품들의 수준을 가늠해 볼 수 있다.

허목은 특유의 툭 던지듯 말하는 짧은 한 문장으로 서두를 열었다.

한 문장이 한 단락을 대신한다. 그림이 육예의 반열에는 못 들어도 글씨 다음으로 중요하다. 이어지는 단락에서 중국 고대에 그림이 차지한 비중과 중국 역대의 명화들을 연거헤 꼽았다. 다시 우리의 벽화와 부노화를 들어 고대 회화사의 성과를 짧게 거론한 뒤 후대의 걸작은 모두 낭선군의 화첩 한 권 안에 모두 망라되어 있다고 칭찬했다. 은연중 중국에 견줘 부족함이 없다는 자부를 보이며 서첩의 가치를 최고로 높인 것이다. 이 밖에 한중 회화사에 대한 허목의 인식은 이후 식산(息山) 이만부(李滿敷, 1664~1732년)에게 전해진 윤두서의 그림을 평한 「윤공재화평(尹恭齋畫評)」에서도 볼 수 있다.

이우는 선조의 열두째 아들인 인흥군(仁興君) 영(瑛)의 큰아들로 자는 석경(碩卿), 호는 관란정(觀瀾亭)이다. 허목보다 마흔두 살이나 어렸지만, 그림과 글씨에 능하고 예술을 애호하여 망년의 사귐을 맺었다. 「형산신우비발(衡山神禹碑跋)」, 「왕손낭선군금석첩서(王孫朗善君金石貼序)」, 「열성어필첩서(列聖御筆帖序)」, 「낭선군서첩발(朗善君書帖跋)」 등의 글로 서화를 통한 사람의 교류 자취를 엿볼 수 있다.

예양의 의리　　　　　讀史記作豫讓讚

조삭(趙朔)의 시절에 정영(程嬰)과 공손저구(公孫杵臼)의 일이 있었고 지백(智伯)이 망하자 또 예양(豫讓)이 있었다. 삼진(三晉) 땅에 기이한 인물이 많은 것은 까닭이 있다. 그 일을 이루기도 하고 이루지 못하기도 했지만 제 몸을 죽여 의리를 따름으로써 죽어서도 그 이름이 없어지지 않아 지사의 마음을 격동시키는 것만큼은 똑같다.

『국사(國事)』(『전국책』을 가리킴)에는 예양의 일을 더욱 상세하게 드러내어 "옷을 다 베자 피가 나왔고, 조 양자(趙襄子)의 수레바퀴가 한 차례도 채 못 돌아서 죽었다."라고 하니, 후세 사람들이 모두 괴이하게 여겼다. 내가 연나라 태자 단(丹)의 일을 읽어 보니 "까마귀 머리가 희게 되고 말에게 뿔이 솟아났다."라고 했는데 어떤 이들은 너무 지나치다고 여긴다. 그러나 원한의 독기가 사무치면 생기지 않을 일이 없으니 이것은 알 수가 없다.

슬프다! 예양 같은 사람은 그 뜻이 열렬하다 할 만하다.

해설

사마천의 『사기』 「자객열전(刺客列傳)」 가운데 '예양' 편을 읽고 쓴 사찬 (史讚)이다. 고작 123자의 짧은 글 속에 할 말을 다 했다. 조삭의 이야 기는 조씨고아(趙氏孤兒)로 널리 알려져 지금도 중국에서는 연극 무대 에 자주 올려지는 유명한 이야기다. 또 예양의 이야기도 유명하다. 예양 은 자기를 알아준 지백이 조 양자에게 죽임을 당하자 여러 번 복수를 시 도했으나 모두 실패했고, 조 양자의 옷을 베는 것으로 복수를 대신한 뒤 자결한다. 허목은 「자객열전」 중 예양의 이야기를 읽고 나서 든 특별한 느낌을 그의 이야기는 거의 하지 않은 채 모두 말해 여운을 길게 남긴다.

　허목은 예양의 죽음과 의리를 직접 논평하는 대신 예양의 죽음을 다 소 과장되게 표현하여 독자의 의심을 산 『전국책』의 서술 대목 하나를 끌어왔다. 얼핏 보아 말도 안 되는 얘기를 덧붙인 예를 진시황의 볼모로 잡혀 있던 연나라 태자 단의 예화와 나란히 놓고 논리만으로는 따질 수 없는 원한의 독기를 긍정했다. 일의 성공 여부는 중요하지 않다. 어떤 마 음으로 그 일에 임했는가가 더 중요하다. 예양이 비록 암살에 실패했지 만 제 몸을 버려 의리를 좇은 그 정신이 불가능한 일을 만들어 냈다. 그 렇다면 우리는 무엇을 위해 매운 뜻을 쓸 것인가?

김득신

金得臣

子公

柏谷

1604~1684년

본관은 안동(安東), 자는 자공(子公), 호는 백곡(柏谷)이다. 조부가 임진왜란 때 진주 대첩을 이끈 김시민(金時敏)이다. 부친 김치(金緻, 1577~1625년)는 예조 참의, 대사성, 동부승지 등을 거쳐 경상도 관찰사를 지냈다. 그는 택당(澤堂) 이식(李植)이 광해군 당대 최고의 시인이라고 평가한 인물이기도 하다.

김득신은 어려서 몹시 노둔해 10세 때 처음 부친에게 『사략(史略)』을 배웠으나 제대로 읽지도 못했다. 하지만 전설로 일컬어지는 부지런한 노력으로 39세 때인 1642년에 진사시에 낮은 성적으로 겨우 합격했고, 대과는 다시 20년 뒤인 1662년에 59세의 나이로 증광시 병과 19위로 급제했다. 34세 때부터 본격적으로 고문 읽기를 시작해서 67세까지 34년간 읽은 고문의 횟수와 목록을 기록한 「독수기(讀數記)」가 특히 유명하다. 그중 「백이열전(伯夷列傳)」은 무려 1억 1만 3000번을 읽어 자신의 서재 이름을 억만재(億萬齋)로 지었다. 벼슬은 성균관 전적과 홍천 현감, 정선 군수 등 미관 말직을 전전했고 역량도 인정받지 못했다.

그의 노둔함에 바탕을 둔 수많은 일화가 전해지고, 그럼에도 끊임없는 노력으로 문단에 우뚝한 성취를 드러낸 삶이 사람들의 입에 널리 회자되었다. 시화서 『종남총지(終南叢志)』를 남겼고, 문집 『백곡집(柏谷集)』 7책이 전한다.

내가 읽은 책　　　　讀數記

「백이전(伯夷傳)」은 일억 일만 삼천 번을 읽었고 「노자전(老子傳)」·「분왕(分王)」·「벽력금(霹靂琴)」·「주책(周策)」·「능허대기(凌虛臺記)」·「의금장(衣錦章)」·「보망장(補亡章)」은 이만 번을 읽었다. 「제책(齊策)」·「귀신장(鬼神章)」·「목가산기(木假山記)」·「제구양문(祭歐陽文)」·「중용서(中庸序)」는 일만 팔천 번, 「송설존의서(送薛存義序)」·「송수재서(送秀才序)」·「백리해장(百里奚章)」은 일만 오천 번, 「획린해(獲麟解)」·「사설(師説)」·「송고한상인서(送高閑上人序)」·「남전현승청벽기(藍田縣丞廳壁記)」·「송궁문(送窮文)」·「연희정기(燕喜亭記)」·「지등주북기상양양우상공서(至鄧州北寄上襄陽于相公書)」·「응과목시여인서(應科目時與人書)」·「송구책서(送區冊序)」·「마설(馬説)」·「오자왕승복전(朽者王承福傳)」·「송정상서서(送鄭尚書序)」·「송동소남서(送董邵南序)」·「후십구일부상서(後十九日復上書)」·「상병부이시랑서(上兵部李侍郎書)」·「송료도사서(送廖道士序)」·「휘변(諱辨)」·「장군묘갈명(張君墓碣銘)」은 일만 삼천 번을 읽었다. 「용설(龍説)」은 이만 번을 읽었고, 「제악어문(祭鱷魚文)」은 일만 사천 번을 읽었다. 모두 서른여섯 편이다.

　「백이전」·「노자전」·「분왕」을 읽은 것은 글이 드넓고 변화가 많아서였고, 유종원(柳宗元)의 문장을 읽은 까닭은 정밀하기 때문이었다. 「제책」·「주책」을 읽은 것은 기굴(奇崛)해서고, 「능허대기」·「제구양문」을 읽은 것은 담긴 뜻이 깊어서였다. 「귀신장」·「의금장」·「중용서」 및 「보망장」을 읽은 것은 이치가 분명하기 때문이고, 「목가산기」를 읽은 것은 웅혼해서였다. 「백리해장」을 읽은 것은 말은 간략한데 뜻이 깊어서이고, 한유(韓愈)의 글을 읽은 것은 규모가 크면서도 맛이 깊기 때문이다. 무릇 이들 여러 편의 각기 다른 문체 읽기를 어찌 그만둘 수 있겠는가?

갑술년(1634년)부터 경술년(1670년) 사이에 『장자』와 『사기』, 『대학』과 『중용』은 많이 읽지 않은 것은 아니나 읽은 횟수가 일만 번을 채우지 못했기 때문에 「독수기(讀數記)」에는 싣지 않았다. 만약 뒤의 자손이 내 「독수기」를 보게 되면 내가 책 읽기를 게을리하지 않았음을 알 것이다. 경술년 초여름에 백곡(柏谷) 노인이 괴산 취묵당(醉黙堂)에서 쓴다.

해설

김득신 자신이 평생에 걸쳐 읽은 책 중 특별히 반복해서 1만 번 이상 읽은 36편의 문장을 나열하고 각 편을 읽은 횟수와 읽은 이유를 밝힌 글이다. 이 많은 글을 어떻게 이렇게 여러 번 읽을 수 있었을까? 『백곡집』 제2책에 실린 「『고문초』라는 책에 붙이다(題古文抄冊)」란 시를 먼저 읽어 보자.

문을 닫고 가만 앉아 일만 번을 읽었으니	杜門端坐萬番讀
진한(秦漢)과 당송(唐宋) 이상의 글이었네	漢宋唐秦以上文
「백이전」의 기괴한 문체 가장 좋아했으니	最嗜伯夷奇怪體
빼어난 기운 표표히 구름 위로 솟구치네	飄飄逸氣欲凌雲

이로 보아 김득신은 자신이 특별히 좋아하는 고문 작품 36편을 별도로 베껴서 책으로 묶어 둔 후 이 책을 계속 되풀이해서 읽고 또 읽었던 듯하다. 시에서도 밝혔듯 그가 가장 아꼈던 글은 사마천의 『사기』 열전 첫머리에 실린 「백이열전」이었다. 이 한 편의 글을 그는 무려 1억 1만 3000번 읽었다고 했다. 이때 1억은 10만을 가리킨다. 그가 실제로 읽은 횟수는 11만 3000번이었던 셈이다.

독서광의 놀라운 집중력과 독서 편력을 보여 주는 글이다. 비록 읽은 작품의 제목과 횟수만 나열한 글이지만 당시 조선조의 문인들이 즐겨 읽었던 글의 목록과 글공부 방법을 잘 보여 준다는 점에서 의미가 크다. 글의 뒷부분에서는 각각의 글을 선정한 이유를 밝혔다. 규모가 크고 변화가 많은 글과 정밀하고 기굴한 글, 담긴 뜻이 아득한 글, 이치가 분명하게 드러난 글 등 각각의 개성에 따라 문장을 선정해서 각 문장에 담긴 독특한 개성을 자신의 글 속에 체화하는 방식으로 읽었다.

책을 읽은 횟수는 어떤 방식으로 기록했을까? 일반적으로 서산(書算)으로 부르는 책 읽은 횟수를 세는 도구를 활용했다. 아래쪽에 열 개의 홈을 파고 위쪽에 다섯 개의 홈을 파서 한 차례 읽을 때마다 아래쪽 홈 하나씩을 위로 젖힌다. 열 개의 홈을 다 젖히고 나면 위쪽 홈을 하나 젖혀 열 번의 숫자를 표시한다. 이와 같은 방식으로 매번 책을 읽을 때마다 목표를 정해 읽은 횟수를 별도의 종이에 기록해 나가면서 읽었다. 읽는 것도 눈으로만 읽는 것이 아니라 소리를 내며 읽는 성독(聲讀)의 방식이었다.

조선 시대 선비들의 독서 문화를 들여다볼 수 있게 해 주는 글인 동시에 꾸준한 노력으로 큰 성취를 이룬 인간 승리를 보여 주는 글이다. 문집에는 위 글과 거의 흡사한 내용의 「고문삼십육수독수기(古文三十六首讀數記)」란 글이 한 편 더 있는데 뒷부분의 내용이 빠져 있다.

사기 술잔 이야기　　　　沙盃說

아홉 해 전 친구가 작은 사기 술잔을 주었다. 내가 이를 아껴서 늘 책상 위에 놓아두고 술을 따라 마셨다. 서울로 집을 옮기게 되어 그 술잔을 남겨 두고 가져가지 않았다. 큰아들에게 깨뜨리지 말라고 주의를 주었다. 나중에 큰아들이 왔기에 술잔이 깨지지 않았느냐고 물어보니 벌써 깨졌다고 했다. 대개 주의를 기울이지 않았기 때문이었다.

관동(館洞)에 있는 친구 집에서 술을 마실 때 빛나고 깨끗한 사기 술잔을 보았다. 술김에 이를 빼앗아 소매 속에 넣고 와 집사람에게 맡겨 두었다. 술 마실 때는 반드시 그 술잔에다 따라 마셨다. 계집종이 조심하지 않아서 이를 깨뜨려 버렸으니 탄식한들 무슨 소용이 있겠는가. 그래서 또 이를 얻고자 했다.

올봄 서울에 갔을 때 다른 계집종이 사기 술잔을 바쳤다. 앞서 깨진 것과 견줘 보니 크기가 조금 더 컸다. 내가 자못 애지중지했다. 또 깨뜨릴까 걱정되어 계집종의 손이 닿지 못하게끔 했다. 술을 따를 때나 자작할 때도 마시고 나면 바로 책상머리에 놓아두었다. 이제껏 깨지지 않았으니 참 다행이다.

사기 술잔은 반드시 광주 것을 쳐준다. 이 술잔도 광주에서 나온 것이다. 그 모양새가 반듯하고 빛깔이 깨끗해서 술꾼에게 딱 맞는다. 하지만 사기 술잔은 쉬 깨지는 물건이라 오래 보전하기가 어렵다. 오늘 비록 온전해도 내일 깨지지 않을지 알 수가 없고 이번 달에 비록 말짱해도 다음 달에 깨지지 않을 줄 또한 알 수가 없다. 놋쇠로 만든 술잔이 깨지지 않는 줄을 모르지는 않는다. 하지만 놋쇠 술잔은 술맛이 변하고 사기 술잔은 술맛이 안 변한다. 내가 굳이 사기 술잔을 취하는 이유는 이것 때문이다.

어제는 내 생일이었다. 집에 벗들을 불러다가 이 술잔에 술을 따라서 같이 마셨다. 술맛이 묘했던 것은 술잔 때문이니 어찌 아끼지 않을 수 있겠는가?

해설

자신을 거쳐 간 사기 술잔에 대해 쓴 글이다. 생활 주변의 사물을 제재로 삼아 일상적인 이야기를 펼치면서 행간에 교훈적 의미를 깃들이는 설(說)체 산문의 한 특징이 잘 드러났다.

글은 다섯 단락으로 구분해 읽었다. 처음 세 단락은 세 번에 걸쳐 다른 사기 술잔을 갖게 된 경위를 적었다. 처음에는 친구가 준 사기 술잔을 자식이 함부로 다루다가 깨뜨린 이야기를 썼다. 이 술잔을 그는 몹시 아꼈던 듯 시집에 「황도원이 사기 술잔을 선물해서 시로 답례했다(黃道原贈沙盃詩以謝之)」란 시가 있다. 시는 이렇다.

내게 준 사기 술잔 작고도 동그래서　　　　　贈我沙盃小且圓
때때로 청가에서 술을 따라 본다네　　　　　時時酌酒竹牕前

흰 빛깔 눈과 같고 흠집 하나 없고 보니　　　　　白光如雪瑕疵乏

전당의 약옥선(藥玉船)도 부러울 게 무엇이랴　　　何羨錢塘藥玉船

　시 속의 약옥선은 약물로 단련한 옥돌을 깎아 만든 고급 술잔을 가리킨다. 두 번째로 친구 집에서 억지로 빼앗아 온 술잔도 부주의로 깨뜨렸다. 다시 세 번째 술잔은 아직까지 깨지 않았지만 언제 깨질지 몰라 불안하다고 적었다. 같은 예화를 세 번이나 되풀이해 나열했다.

　그가 정작 하고 싶었던 말은 뒤에 나온다. 깨지기 쉬운 사기 술잔과 절대로 안 깨지는 놋쇠 술잔을 대비한 후 간편하고 실용적인 놋쇠 술잔 대신 사기 술잔을 고집하는 이유가 술맛이 변하지 않기 때문이라고 했다. 편리함이 좋아도 술맛과 맞바꾸지 않겠다. 다소 불편해도 본질에 충실하겠다. 이 말이 바로 그가 사기 술잔을 통해 하고 싶었던 말이다. 그 증거로 마지막 단락에서 사기 술잔 덕분에 즐거운 자리가 되었던 전날의 생일잔치를 들었다. 특별히 깊은 이치를 담지는 않았지만 서사의 전개에 따라 오밀조밀 자신의 생각을 펴 나가는 글쓰기가 인상적이다.

정사룡, 노수신, 황정욱, 권필의 시를 평한다

評湖蘇芝石詩說

지금 세상의 사람들은 시 하면 반드시 호음(湖陰) 정사룡(鄭士龍, 1491～
1570년)과 소재(蘇齋) 노수신(盧守愼, 1515～1590년), 지천(芝川) 황정욱(黃
廷彧, 1532～1607년)과 석주(石洲) 권필(權韠, 1569～1612년)을 일컫는다.
하지만 정사룡과 노수신, 황정욱이 시의 대가인 줄은 알면서 권필이 시
의 정종(正宗)인 줄은 모른다. 그 까닭은 시를 알지 못해 그런 것이다. 비
록 시를 아는 자라도 정종이 대가보다 나은 줄은 모르니, 아! 시에 대해
아는 것이 깊지 못하다.

대가는 어째서 정종보다 못하고 정종은 무엇으로 대가보다 나은 것일
까? 대가는 웅건함을 주로 하므로 잡박함이 많고 체격(體格)이 바르지
못하다. 시를 깊이 아는 사람이 보고는 박하게 여긴다. 대저 옛사람은 시
를 평하면서 선(禪)을 논하는 것에 견주었다. 선의 도리는 오직 묘오(妙
悟, 깨달음)에 달렸다. 시의 도리도 묘오에 달려 있다. 시도(詩道)를 깨달
은 자는 선도(禪道)를 깨달은 자와 같다. 선을 깨달은 것을 본색(本色)이
라 한다. 시를 깨달아 본색이라 하는 것이 바로 정종이다. 그렇다면 시에
서 정종이야말로 제일의(第一義)가 아니겠는가? 대가가 된 사람은 오로
지 웅건함에만 힘을 쏟아 시에 본색이 있는 줄은 모르면서 정종이 크지
않다 하여 이를 배척한다. 대가가 정종보다 나은 경우는 아주 드물다. 누

가 나와 더불어 시의 정종을 평할 수 있을 것인가? 예전 내 친구 계우(季遇) 장유(張維)가 말했다. "정종이 제일의가 되고 대가는 그다음이다." 시를 깊이 안다고 할 만하다. 하지만 그는 이미 세상을 떠났으므로 다만 목만 더욱 메인다.

고려 시대의 정종은 익재(益齋) 이제현(李齊賢) 한 사람뿐이고, 대가는 이루 손꼽을 수조차 없이 많다. 조선조의 정종은 석주 권필뿐이다. 대가는 정사룡과 노수신, 황정욱 외에도 또한 많이 있다. 어찌 하나하나 꼽을 수 있겠는가? 대저 정사룡은 침착하므로 오언율시와 칠언율시를 잘하고, 절구와 배율과 가행(歌行)은 잘하지 못한다. 노수신은 웅혼해서 칠언율시와 오언배율이 뛰어나지만 칠언율시의 경우 이따금 절름거리고 넘어지는 곳이 있다. 오언율시와 절구 및 가행은 능하지 못하다. 황정욱은 기건(奇健)해서 칠언율시와 배율은 잘하지만 절구와 가행은 못 미친다. 그러니 어찌 시를 깨달아 본색을 얻었다고 말할 수 있겠는가? 하지만 세 사람 중에서 황정욱의 시가 그나마 정밀하다고 할 만하고 정사룡의 시는 정밀치 못하며 노수신은 그저 크기만 했지 잡박해서 내가 취하지 않는다.

권필은 정종이다. 오언율시와 칠언율시, 오언고시와 오언배율, 오언절구와 칠언절구 및 가행에 능하고, 칠언배율은 잘하지 못한다. 하지만 모두 정밀하고 순수해서 잡스럽지가 않다. 이는 족히 본색을 얻어 문장을 이루었다고 말할 만하다. 만약 시를 깊이 아는 사람으로 하여금 그의 시를 보게 한다면 반드시 능히 대가와 정종의 우열을 변별해 낼 것이다. 근래의 학사 대부들이 다들 명나라의 시를 본받아서 권필의 시를 두고 원기가 시들하다고 여긴다. 이 같은 주장이 옳기는 해도 어찌 정종이 시의 제일의가 됨을 알겠는가? 시는 본색을 얻어서 문장을 이룸에 다다르면 지극한 것이다. 또한 어찌 다른 주장이 있겠는가? 내가 대가와 정종의 우열을 평하여 외눈의 평을 바로잡는다.

해설

설(說)은 자신의 주장을 펼치는 글이다. 정사룡과 노수신과 황정욱 세 사람을 권필 한 사람과 대비해서 대가와 정종으로 구분해 비교 설명했다. 한 시대 시풍이 변모하면서 시에 대한 인식의 변화가 반영된 일종의 시 비평문이다.

비교의 핵심어는 대가와 정종이다. 대가는 웅장하고 힘 있는 시를 추구한다. 스케일이 크다 보니 섬세한 부분에서 놓치는 지점이 있고, 기세를 강조하는지라 격조에서 어긋나기도 한다. 이 때문에 언뜻 보기에는 굉장하지만 안목을 가지고 보면 그렇지가 않다. 정종은 다르다. 선(禪)은 묘오를 가장 중시한다. 깨달음이 없이는 아무것도 없다. 시도 다를 바가 없다. 깨달음을 통해 본색에 도달해야 제일의가 된다. 본색을 모르고 웅건함만 내세워서는 시도의 깊은 경지에 진입하지 못한다. 그는 죽고 없는 벗 장유의 말을 인용해서 자신의 주장을 뒷받침했다.

이어 고려조와 조선조의 대가와 정종을 차례로 꼽았다. 고려에서는 이제현을 조선에서는 권필만을 정종으로 꼽았다. 대가는 위 세 사람 말고도 훨씬 더 많이 꼽을 수 있다. 특별히 각 시체별 특장을 하나하나 열거해서 대가와 정종의 차이를 더 구체화했다. 평단에서 권필의 시가 원기가 부족해 가녀린 느낌을 주는 점을 들어 그런 점이 있긴 해도 권필의 시는 시의 본색을 얻어 완성된 작품이므로 기세만 가지고 논할 것이 아님을 분명히 함으로써 글을 맺었다.

조선조의 시학은 고려 중엽 이래로 소동파 시학을 숭상하는 분위기로 300년을 흘러왔다. 이 시기에는 성률과 대구의 탁련(琢鍊)에 힘써 시구의 단련을 통한 점철성금(點鐵成金)과 환골탈태(換骨奪胎)의 주장이 주류를 이루었다. 글에서 대가로 꼽은 정사룡, 노수신, 황정욱 등 세 사람은 당대 관각 삼걸로 꼽히며 당시 시단을 주도했다. 이들은 조선 전기 송시풍의 이론적 실천에서 최고의 수준을 보여 이른바 해동강서시파(海東江西詩派)로 일컬어졌다. 중국의 황정견(黃庭見), 진여의(陳與義) 등 강서시파의 영향을 받은 그룹으로 규정한 것이다.

명종조로 접어들면서 우리나라의 시풍은 점차 명대 문단의 영향을 받아 당시풍을 송시풍보다 우위에 두는 학당풍(學唐風)의 파고(波高)가 점차 거세졌다. 여기에는 반강서시파의 선봉장이었던 송나라 엄우(嚴羽)가 쓴 『창랑시화(滄浪詩話)』의 영향이 컸다. 그의 시 주장은 묘오설(妙悟說)로 대표되는데 언어 표현의 밖으로 전해지는 선(禪)의 깨달음에 시를 견주어 설명했다. 학당풍의 시인군에서 가장 우뚝한 성취를 보인 시인이 바로 석주 권필인데, 김득신은 이 같은 시풍 전변의 분위기 속에서 앞선 시기 관각 삼걸의 시풍과 당시 권필로 대표되는 학당풍의 변별점을 대가와 정종의 대비를 통해 선명하게 드러내 보였다.

괴로운 비에 관한 기록　　苦雨誌

기해년(1659년) 오월 초이튿날에 거센 비가 끝도 없이 내려 퍼붓더니 유월 열사흗날까지도 그치지 않았다. 오월 들어 큰물이 넘치고 유월에도 큰물이 범람했다. 사람이 못 다녀 땔감을 운반하지 못하고 꼴을 베지 못하며 보리도 거둘 수가 없었다. 말도 주리고 사람도 굶주렸다. 집에는 비가 새고 책과 의복도 다 젖었다. 담장은 죄다 무너지고 도로가 여기저기 끊기고 파이는 바람에 말이 다닐 수조차 없었다.

경기도와 충청도, 경상도와 전라도에 이르기까지 큰비가 가득 고여 가옥이 물에 잠기고 밭도랑이 무너지며 벼가 썩고 대맥(大麥)과 보리가 물에 떠내려가거나 잠겼다. 백성들이 크게 부르짖어 곡을 하니 곡소리가 곳곳마다 우레처럼 들렸다. 비가 재앙이 된 적은 예전에도 적잖게 있었지만 내가 어려서부터 늙을 때까지 올해 같은 비는 처음 보았다.

어린 하인 녀석이 목악(木岳)에서 돌아왔기에 그의 말을 들어 보니 목화밭과 보리밭 할 것 없이 큰 물결에 잠겨 버렸고 논 한 곳은 두둑이 무너졌으며, 그 밖의 다른 논이 많지만 무너지지는 않았다고 하는데 이는 어쩌다 그런 것일 뿐이었다.

세상 사람들은 을사년(1605년)의 비를 이제껏 늘 전해 말하곤 한다. 내가 을사년의 비가 농사에 해를 끼친 것이 올해의 비보나 어떠한지를 잘 모르겠다. 장맛비가 조금 멈칫해지기를 기다려 목악으로 가서 먼저 늙은 농부를 불러다가 올해 비의 피해가 을사년보다 얼마나 더한지를 물어봐야겠다. 비가 하도 괴로워서 기록했는데 대개 훗날의 볼거리를 위한 것이다. 백곡의 늙은이가 쓴다.

해설

1659년 여름 홍수에 대한 기록이다. 5월 2일부터 퍼붓기 시작한 비가 다음 달인 6월 13일까지 계속 퍼부었다. 참혹한 수해의 상황을 짧은 병렬 구문의 연쇄적 나열로 표현했다. 땔감을 운반하지 못하고 꼴도 베지 못하며 보리도 수확하지 못해 사람과 말이 주리고 집에 물이 새고 책과 옷이 젖고 담이 무너지고 길이 끊겨 말이 다니지 못하는 상황을 꼬리에 꼬리를 무는 어법으로 긴박감 있게 나열했다.

실제 조선왕조실록을 보면 6월 4일에 장마로 보리와 벼가 손실된 것을 아뢰는 보고가 올라왔으며, 6월 5일에는 면천군에 비와 우박이 쏟아지고 장릉(長陵)의 굽은 담이 큰비로 무너졌다는 소식이 전해졌다. 6월 13일에는 경상 감사와 전라 감사가 수해로 인한 참혹한 상황을 치계(馳啓)해 왔다.

그러나 이 기간 중 실록의 기록을 보면 장마로 인한 피해가 속출하기는 했어도 이 글에서 적은 것처럼 심각한 느낌은 들지 않는다. 이 글에서는 수해의 현장을 중계방송하듯이 생생하게 적었다. 드물게 보는 장마에 관한 세밀한 기록으로 당시 백성들이 처한 상황을 이해할 수 있게 해 준다.

흥미로운 것은 이 장마 기간이 효종의 국상 기간과 절묘하게 겹쳐 있는 점이다. 효종은 장마가 시작된 5월 초2일 당시 종기로 병세가 지극히 위중한 상황이었고 이틀 뒤인 5월 4일에 세상을 떴다. 이후 극심한 장마 속에 국상의 절차가 진행된 사정은 실록에 자세하다. 김득신이 이 글을 쓰면서 행간에 특별한 의미를 남긴 것으로는 보이지 않으나 국상 중이었음에도 이에 대해 한마디 언급조차 없는 점은 조금 의아하다.

남용익

南龍翼

1628~1692년

본관은 의령(宜寧), 자는 운경(雲卿), 호는 호곡(壺谷), 시호는 문헌(文憲)이다. 1648년 정시 문과에 병과로 급제하여 시강원 설서, 성균관 전적, 병조 좌랑, 홍문관 부수찬, 대사간, 대사성, 이조 참판, 형조 판서 등 요직을 두루 거쳤다. 1655년에는 통신사의 종사관으로 일본에 파견되었다. 일인들의 온갖 겁박에도 관백(關白)의 원당(願堂)에 절하는 것을 거부하여 절의를 떨쳤다. 1689년 소의 장씨(昭儀張氏)가 왕자를 낳아 숙종이 그를 원자로 삼으려 하자 이를 반대하다가 명천으로 유배되었고 3년 뒤에 배소에서 죽었다.

문장에 능하여 효종·현종·숙종 3대에 걸쳐 문명을 날렸다. 이에 정조가 연석에서 "문장을 말하는 자들이 걸핏하면 '산 호곡(남용익), 죽은 농암(김창협)'이라고 말하는데 나중에 그 문집을 보니 참으로 그러하였다.(譚文者, 動稱生壺谷死農巖, 後就其文集而觀之, 儘然.)"라고 탄식했을 정도다. 더하여 약천(藥泉) 남구만(南九萬)은 "호곡은 문장과 깨끗한 절개로 유명하였다.(壺谷文章與淸節.)"라고 했고, 해장(海藏) 신석우(申錫愚)도 "언의가 곧고 굳세며, 문채가 밝고 빛났다.(言議勁直, 文彩炳郁.)"라고 평했다.

남용익은 관념적이고 사색적인 성리학보다는 인간의 감성적인 면을 주로 다루는 문학에 더 관심을 두었고 문학의 독자성을 분명히 인정했다. 시에는 지극히 인간적인 체취가 묻어난다. 젊어서부터 남의 글의 장단점을 논하기를 즐기고 자신의 문장에 대해서도 비평을 아끼지 않았다. 1680년부터 1691년까지의 삶과 문학에 대한 관심이 직접적으로 노출되어 있는 『호곡만필(壺谷漫筆)』을 통해 그 실체를 엿볼 수 있다.

지은 책으로 신라 시대부터 조선 인조 대까지 497가(家)의 시를 모아 엮은 시선집인 『기아(箕雅)』와 1655년의 통신사행 기록인 『부상록(扶桑錄)』 및 자신의 시문집 『호곡집(壺谷集)』이 있다.

술을 경계하다 酒小人說

과거에 술을 마시는 자들은 술을 몹시 아껴 성현에 견주기에 이르렀다. 나 또한 술을 대단히 아껴서 역시 성현이라 말하곤 했다. 지금은 술이 성현이 아니라 참으로 소인배임을 크게 깨달았다.

대개 술이 입속에 들어가면 그 색이 맑고 맛은 향기로워 마른 목구멍을 적시고 답답하던 가슴을 뻥 뚫어 주어 정신이 깨어나고 생기가 솟아난다. 흡사 부열(傅說)이 황제의 마음을 열어 적셔 주던 것과 같다. 술이 배 속으로 들어가면 그 기운이 화평하고 몸이 충만해져서 근심이 절로 사라지고 환희와 흥취가 일어나 즐겁고 화락해진다. 마치 안연의 인자한 덕이 봄기운이 돋아나는 듯함과 같다. 이것이 성현에다 견주게 된 이유다.

하지만 살을 적시고 골수에 스미어 점점 푹 젖어 찌들게 되면 그만두려 해도 그리할 수가 없다. 여러 날을 흐리멍덩하게 있다 보면 입으로 들어가는 것은 임보(林甫)의 구밀(口蜜)이요, 배에 가득한 것은 유필(柳泌)의 조약(躁藥)이 되고 만다. 이로써 눈과 귀가 온통 술에 부림을 당하기에 이른다. 관현악에 빠져서 강총(江摠)이 진주(陳主)를 나쁜 데로 인도한 것과 같아지고, 앉은자리에서 제멋대로 굴다가 백비(伯嚭)가 오군(吳君)을 미혹한 것과 다름없게 된다. 심지어는 마음을 잃고 성품을 놓아

버려 미친 말과 망령된 짓으로 가정을 어지럽히고 공무를 포기하게 만들기까지 한다. 이는 위고(韋顧)가 걸(桀)을 돕고 윤폭(尹暴)이 주(周)를 거꾸러뜨리며 공현(恭顯)이 한나라를 엎어지게 만든 것과 한가지다. 마침내 오장육부가 손상을 입어 온갖 질병이 다투어 일어나고 원기가 날마다 깎여 나가 수명을 재촉하고 몸을 망치는 데 이르게 된다. 이는 비렴(飛廉)과 악래(惡來)가 주(紂)를 뒤엎고, 이사(李斯)와 조고(趙高)가 진나라를 멸하며, 장돈(章惇)과 채경(蔡京)이 송나라를 넘어뜨린 것과 마찬가지다.

또 술병에 걸린 사람이 이따금 정신을 차려서 자신을 준엄하게 꾸짖고 통렬하게 경계하여 여러 날 술을 끊는 수도 있다. 하지만 문득 그 맛이 생각나면 저도 모르게 침을 흘리게 된다. 이는 양나라 무제(武帝)가 주이(朱异)를 잊지 못하고 당나라 덕종(德宗)이 노기(盧杞)를 오히려 그리워한 것과 같다. 이럴 때는 어떤 약으로도 그 증상을 구할 수가 없고 어떤 귀한 음식도 그 위장을 가라앉히지 못한다. 죽만 앞에 놓여도 구토를 막을 수 없다. 만약 천천히 아주 조금씩 나아가 애써 숟가락질을 더해 점차 밥 기운이 나아져 술기운이 물러나게 되면 정신이 소생하고 뜻이 안정되어 절로 술을 잊게 된다. 이것은 제나라 왕이 맹자에게서 햇볕 쬐는 이야기를 듣고 위후(衛侯)가 가자(歌者)에게 땅을 하사하는 것을 못하게 한 것과 같다.

아! 밥과 술은 모두 곡식에서 나왔다. 하지만 밥은 곡식의 성질을 온전히 지닌지라 담백하여 특별한 맛이 없다. 이 때문에 하루에 두 번 먹되 더 먹지 않고 주식으로 늘 먹되 물리지 않아 사람을 능히 오래 살고 건강하게 만든다. 이것은 군자가 하늘에서 받은 것을 온전히 하여 임금을 섬김에 증오와 미움이 없어 사람과 나라를 이롭게 함이 아니겠는가?

남용익

술은 곡식의 성질을 가라앉혀 누룩으로 빚고 걸러 간혹 타는 듯하고 독하기도 한데 반드시 독할수록 좋게 친다. 사람들이 모두 그 맛을 좋아해 천 종과 백 잔의 술을 밤낮 한량없이 마셔 사람으로 하여금 상하여 요절하게 만든다. 이것은 소인이 타고난 바를 해치고, 임금을 섬김에 제멋대로 하여 나라를 망치고 집안에 해가 되는 것이 아니겠는가? 이것이 바로 대우(大禹)가 그것을 미워하고, 『서경』에서 「주고(酒誥)」를, 『시경』에서 「빈지초연(賓之初筵)」을 짓게 된 까닭이다.

내가 젊어서 술을 몹시 아꼈으나 근래 들어 비로소 멀리하게 되었다. 그래도 딱 끊지는 못하였다. 그래서 이 글을 지어서 스스로를 경계하고 인하여 나라와 가정이 있는 자에게 경계로 삼는다.

해설

수릿재라 가라말도 시름겹더니	駕嶺愁玄馬
치마 바위 흰 옷 보고 기뻐하누나	裳巖喜白衣
수레를 세워 놓고 술을 덥히곤	停驂仍煖酒
거나해져 석양 무렵 돌아온다네	醉帶夕陽歸

「송산에서 성으로 들어가는데 집 아이가 술을 들고 기다리기에 취해서 부르다(自松山入城 家兒携酒迎待 醉號)」라는 시다. 양주의 송산 땅에 들렀다가 서울로 돌아오는 길에 술을 들고 마중 나온 아들 덕에 거나하게 취해 석양 고개를 넘어오는 남용익의 모습이 수채화처럼 그려져 있다. 그의 또 다른 시 「취해서 채 아우에게 주다(醉贈蔡弟)」에서는 "취한 뒤엔

내가 바로 술이 되나니, 읊조리자 네가 또한 바로 시일세(醉後吾仍酒, 吟
來爾亦詩)"라고 읊었다. 시와 술에 취해 물아의 구분이 허물어진 순간을
절묘하게 포착했다. 남용익의 술 사랑은 본문에서 자신이 직접 밝힌 것
처럼 남달랐던 모양이다. 그의 시문에는 술과 관련된 작품이 적지 않다.

이 글은 술에 빠져 산 자신의 애주벽(愛酒癖)을 경계하기 위해 지었다.
'술은 성인이 아니라 소인배이기 때문에 반드시 멀리해야 한다'는 주제를
첫 단락에 앞세우고 그 같은 자각에 도달하게 된 연유를 상세히 밝히고
나서 경계의 의미를 천명하는 것으로 글을 마무리했다. 뜻과 이치를 풀
이하는 설(說)의 기본을 충실히 따랐다. 자신의 깨달음을 풀어 가는 방
식이 특별하다. 이 글은 술과 인간, 더 구체적으로는 역사 속의 인물과
고사에 빗대어 술의 폐해를 선명하게 드러내는 데 그 매력이 있다.

고금에 술의 폐해를 경계한 글은 적지 않지만 이 글은 술에 빠져드는
하나하나의 단계를 역사 속의 여러 사례를 대비시켜 전달력을 극대화했
다. 다른 글이 직접 술의 폐해를 입증하는 역사 전거를 나열하는 방식
을 취한 데 반해, 남용익은 옛 어진이 부열과 안연의 인자한 덕처럼 한
없이 좋게만 느껴지던 술이 갑자기 변하여 이사와 조고가 진나라를 멸
망시킨 것처럼 자신을 해칠 수도 있다는 사실을 절묘하게 대응시켜 주
계(酒戒)의 의도를 보다 분명히 했다. 술을 마셔 취하고 숙취에 고통받
다 결국에는 몸을 상하고 마는 일련의 과정, 술을 끊으려다가도 작은 유
혹에 다시 무너지는 모습, 마침내 술에 대한 생각마저 잊게 되는 단계를
차례로 묘사하되 옛 성인과 소인 등 여러 인간 유형과 결합시킴으로써
읽는 재미와 함께 경계의 의미를 한층 강화시켰다.

남용익   59

『기아』 서문 　　　　　　　箕雅序

기자(箕子)가 봉해진 뒤 우리나라가 비로소 문자를 알았고 최치원(崔致遠)이 당나라로 들어가서야 시율(詩律)이 처음 울리었다. 고려 때에 이르러 크게 펴져서 조선조에 들어와 환하게 빛났다. 나라의 전거를 정리하는 사람들이 저마다 채집한 것이 있지만 번다하거나 간략해서 일정치가 않았다. 『동문선(東文選)』은 폭넓지만 정밀한 맛은 적고, 『속동문선(續東文選)』은 실은 작품 수가 많지 않다. 『청구풍아(靑丘風雅)』는 정선하는 바람에 넓지가 못하고 『속청구풍아(續靑丘風雅)』는 취한 근거가 분명치 않다. 근세에 『국조시산(國朝詩刪)』이 자못 상세하고 잘 갖춘 듯하나 국초에서 선조 대까지만 정리했으므로 앞뒤로 또한 완비되지는 못했다.

내가 이를 모두 병통으로 여겨 이번에 세 선집에 수록된 각종 시체 중에서 번다한 것은 잘라 내고 간략한 것은 보태었다. 또 근래의 명가 중에 판목에 새겨 이미 간행한 것에서 취해 가장 전할 만한 작품들을 가려 뽑았다. 초야에 묻혀 있는 벼슬 못 한 선비의 작품까지도 모두 두루 수집해서 나란히 기록하였다. 도사와 승려, 규방과 주변인 및 무명씨에 이르기까지 한결같이 『당시품휘(唐詩品彙)』의 예에 따라 각각 매 권의 끝에 부록하였다. 또 성씨를 뺀 불성씨(不姓氏) 세 사람은 권말에다 붙였는데 실로 옛사람이 성대한 말은 폐하지 않았던 데 따른 것이다. 위로 최치원부터 아래로 지금 시대에 이르기까지 대략 몇 권을 이루었으므로 이를 이름하여 『기아(箕雅)』라 했다.

우리나라의 시는 기사로 밀미임아 생겨났다. 고시의 배율이 율시나 절구보다 적은 것은 우리나라의 고시가 중국에 비해 크게 손색이 있었던 까닭이다. 또 배율의 경우 원래부터 가져다 쓸 만한 것이 아니었기 때문이다. 칠언이 오언보다 많은 것은 시인들이 칠언율시에 힘을 더 깊이 쏟았고 오언절구는 뛰어난 자를 아예 찾아볼 수 없어서이다. 옛것에 소략하고 지금에 상세한 것은 앞선 왕조의 시집 중에 남은 것이 몇 안 되는 데다 또한 지금 시대를 중심에 두려는 뜻 때문이다.

내가 예전에 이렇게 논한 적이 있다. 신라는 당나라를 섬겼다. 한창 시운(詩運)이 융성하던 때였는데도 최치원 이전에 율시와 절구가 조금도 보이지 않는 것은 어째서인가? 그 뒤로도 그런대로 일컬을 만한 사람은 단지 박인범(朴仁範) 등 몇 사람뿐이니 어찌 이다지도 적막하단 말인가? 내 생각은 이렇다. 당시에는 질박하여 아직도 인문이 열리지 않았고 전쟁하느라 문학에 힘 쏟을 겨를이 없었기 때문이다. 고려 때의 빼어난 이로는 최청하(崔淸河)가 처음 창도하여 작자들이 배출되었다. 웅장하고 드넓기로는 이규보(李奎報)와 이색(李穡)과 임춘(林椿)을 꼽는다. 호방함은 김부식(金富軾)과 김지대(金之岱)와 정몽주(鄭夢周) 등을 높인다. 유려함은 정지상(鄭知常), 김극기(金克己), 이인로(李仁老), 진화(陳澕), 정보(鄭保), 정추(鄭樞)를 얘기한다. 정밀하게 단련함은 이제현(李齊賢), 고조기(高兆基), 유승단(兪升旦), 김구용(金九容), 이숭인(李崇仁), 이집(李集) 등을 꼽는다. 제 공들은 모두 저마다의 장점으로 세상에 이름을 울려 각자 오묘함을 다하였으니 성대하다 할 만하다.

조선에 들어 빼어난 이로는 정도전(鄭道傳)과 권근(權近) 이래로 신령한 구슬을 쥐고 붉은 깃발을 세워 일가를 이룬 자가 대대로 끊이지 않았다. 하지만 운수를 타고서 높이 뛰어오른 것은 성종과 선조 때가 최고였다. 당나라로 치면 성당(盛唐) 시절인 개원(開元) 천보(天寶) 연간에 해당하고 명나라에 비긴다면 가정(嘉靖) 융경(隆慶) 연간에 견줄 만하다. 어떤 이는 쟁글쟁글 환히 빛나 관각(館閣, 홍문관과 예문관)에서 높은 이름을 날렸고 어떤 이는 담박하면서도 기름기 없이 바싹 말라 산림의 그윽한 운치가 지극했다. 혹 소리의 가락이 맑고도 고와 당시(唐詩)의 화려함을 음미하고 정경(情境)이 조화로워 송시의 정수를 빼앗기도 했다. 이 밖에 배나 귤, 유자 등은 저마다 그 맛이 다르고 키가 크거나 작고 살지거나 비쩍 마른 것도 각기 본래의 자태 아닌 것이 없었다. 아래로 괴로이 우는 벌레 소리나 희미한 반딧불이의 불까지도 모두 소리와 빛깔을 이루기에 충분했다. 또한 그 성정과 문교를 앞세운 교화를 살펴볼 수가 있으니 아름답고도 훌륭하다 하겠다.

나는 어려서부터 시를 가려 뽑는 데 벽이 있었다. 귀동냥한 것을 직접 적어 여러 해 동안 상자에 간직해 둔 것이 또한 이미 오래되었다. 이제 마침 부족한 내가 문형(文衡)을 잡게 되어 시를 채집하는 것이 진실로 그 직분이 되었다. 또 활자를 얻어서 비로소 인쇄 배포하여 길이 전하게 되었으니 훗날 국가에서 우리나라 시를 뒤이어 선별하게 된다면 작은 도움이 될 것이다.

해설

남용익 자신이 엮은 『기아』란 시선집에 붙인 서문이다. 먼저 역대 시선집의 종류와 장단을 살피고 나서 『기아』의 특징과 체제를 밝혔다. 이어 자신이 선별한 작가들을 중심으로 우리나라 한시사(漢詩史)의 전반적 흐름을 일목요연하게 일별하고 빌긴 경위를 설명함으로써 서문의 형식을 완성했다. 글은 『기아』가 자신의 개인적 취향을 반영한 단순한 시선집이 아니라 역대 시선집을 비판적으로 수용하여 한국 한시사를 정리한 의미 있는 텍스트임을 드러내기 위한 의도적 배치가 돋보인다. 글 전체에 깔려 있는 은근한 자부심이 느껴진다.

'기자 이후 우리나라의 아름다운 시'란 의미를 지닌 『기아』는 남용익이 1688년에 교서각의 활자로 간행한 책이다. 서거정(徐居正) 등이 선한 『동문선』과 김종직이 가려 뽑은 『청구풍아』, 허균이 엮은 『국조시산』 등 전대 시문집의 장단점을 파악하여 신라 말 최치원에서부터 조선 현종 때의 김석주(金錫冑)에 이르기까지 497가(家)의 시를 선별해 엮었다. 우리 한시사의 특징을 고려하여 고시와 배율의 비율을 상대적으로 줄이고 잡체시(雜體詩)를 배제하였다. 특별히 자신과 가까운 시대의 시를 많이 수록해서 시학의 사적 흐름과 시대의 풍상을 고스란히 담아내려 한 노력이 돋보인다.

정조는 일찍이 1792년에 남용익의 고손인 남공철(南公轍)과 대화를 나누다가 이런 말을 남겼다. "작가가 되는 것이 어렵지만 선별가가 되는 것도 어렵다. 남용익이 『기아』를 엮을 당시에도 또한 시끄러운 다툼이 많았다고 한다. 대개 남기거나 빼거나 쓰거나 삭제하는 것은 우열과 장단을 따지는 것과 관계된다. 내가 정무를 살피는 여가에 이 일에도 마음을 두었지만 오래도록 실행에 옮기지 못한 것은 이 때문이다."(『일득록(日得錄)』「문학(文學)」)라고 하여 『기아』의 가치를 인정했다.

남구만

南九萬

1629~1711년

본관은 의령(宜寧), 자는 운로(雲路), 호는 약천(藥泉)·미재(美齋), 시호는 문충(文忠)이다. 송준길(宋浚吉)의 문하를 거쳐 1656년 별시 문과에 을과로 급제한 뒤 대사성·형조 판서·도승지 등 요직을 두루 거쳐 1687년에는 영의정에 올랐다. 1707년 관직에서 물러나기 전까지 서인과 남인 및 노론과 소론 사이의 정치적 갈등 속에 부침을 겪었다. 박세당·윤증과 더불어 숙종조 소론 3대 영수 중 한 사람으로 당대 정치의 중심에 있었다.

당쟁의 소용돌이 속에서도 자신의 입지를 굳건히 할 수 있었던 데는 특유의 개방적이고 유연한 학문관과 세계관이 한몫했다. 간재(艮齋) 최규서(崔奎瑞)는 도덕과 사업과 문장을 모두 겸한 삼불후(三不朽)의 인물이라 칭송했고, 겸재(謙齋) 조태억(趙泰億)은 문장과 학술로 인해 경륜이 풍부했다고 평한 바 있다. 죽석(竹石) 서영보(徐榮輔) 또한 도덕과 경륜과 충절과 문장이 우뚝하여 만고의 동향(桐鄕)이 된다고 기렸다.

"박식함은 참으로 적수가 없어, 큰 문사를 마침내 크게 떨쳤네.(博識眞無敵, 宏詞遂大鳴.)"라고 한 최석정(崔錫鼎)의 시구에서 보듯, 문장에서 이룬 성취 또한 적지 않았다. 특히 관각문(館閣文)에 능해 "넉넉하고 왕성하며 전아하고 중후한데, 그중에서도 주소(疏奏)와 의론(議論)은 반드시 경전을 근거로 삼았으므로 훌륭하여 볼만하다.(贍蔚典厚, 其疏奏議論, 必經據典訓, 彬然可觀.)"라고 한 최창대(崔昌大)의 평가와 "명백하고 적절한 약천의 소차(疏箚)는 응당 관각의 나침반이자 지표다.(藥泉疏箚之明白剴切, 當作館閣之指南津筏.)"라 한 정조의 평을 통해 미루어 볼 수 있다. 시서화(詩書畫)에도 두루 능했고, 『청구영언』에 전하는 시조(「동창이 밝았느냐」) 덕에 시조 시인으로서도 이름이 높다. 문집 『약천집(藥泉集)』이 전한다.

단군에 대한 변증　　　　　　　　　　　　　　檀君

옛 역사서인 『단군기(檀君紀)』에서 말했다. "신인이 태백산의 신단수 아래로 내려오니 나라 사람들이 세워 임금으로 삼았다. 이때는 당요(唐堯, 요임금) 무진년(기원전 2333년)이다. 상나라 무정(武丁) 8년(기원전 1316년) 을미일에 아사달산으로 들어가 신이 되었다." 이 주장은 『삼한고기(三韓古記)』에 나온다고 한다.

그런데 이제 『삼국유사』를 살펴보니 『삼한고기』의 주장을 이렇게 실어 놓았다. "옛날 환국(桓國) 제석(帝釋)의 서자로 환웅이 있었는데 천부인 세 개를 받아 삼천의 무리를 이끌고 태백산 꼭대기 신단수 아래로 내려왔다. 이곳을 신시(神市)라 하고 이 사람을 환웅천왕이라 하였다. 풍백(風伯)과 우사(雨師)와 운사(雲師)를 거느리고 세상을 다스려 교화하였다. 이때 곰 한 마리가 신웅(神雄)에게 늘 빌어 사람이 되기를 원하였다. 환웅이 신령한 쑥 한 심지와 마늘 스무 개를 주자, 곰이 이것을 먹은 지 스무하루 만에 여자의 몸을 얻었다. 매번 신단수 아래에서 빌면서 잉태하기를 원하였다. 환웅이 잠깐 변화해서 그녀와 혼인하여 아들을 낳으니 단군이라 하였다. 당요(唐堯) 경인년에 평양에 도읍하여, 천오백 년 동안 나라를 다스렸다. 주나라 무왕 기묘년에 기자를 조선에 봉하자 단군은 이에 장당경(藏唐京)으로 옮겼다. 뒤에 다시 아사달에 숨어 산신이 되었다. 나이가 천구백팔 세였다."

이로써 말한다면, 태백산 신단수 아래에 내려온 것은 단군의 아버지이지 단군이 아니다. 그가 신단수 아래서 태어난 까닭에 단군(壇君)으로 일컬어진 것이지, 박달나무에 내려와서 단군(檀君)으로 일컬어진 것은 아니다. 다만 그 내용이 괴이하고 거짓되며 비루하고 제멋대로라 애초에 여항의 아이들조차 속이기에 부족하다. 그런데도 역사를 지은 자가 이 말을 온전히 믿을 만하다고 보아 단군을 신인이 내려온 것으로 여기고 다시 산에 들어가 신이 되었다고 했던 것인가? 또 당요 이후 연대의 숫자는 중국의 역사책과 소옹(邵雍)의 『황극경세서(皇極經世書)』를 상고하여 알 수가 있다. 요임금 경인년부터 무왕 기묘년까지는 겨우 천이백이십 년이다. 그렇다면 이른바 "천오백 년 동안 나라를 다스렸고, 천구백팔 세를 살았다."라는 것은 속임이 너무 심하지 않은가?

『필원잡기(筆苑雜記)』에는 『삼한고기』의 내용을 이렇게 인용하였다. "단군이 요임금과 같은 날 즉위하여 상나라 무정 을미년에 아사달산에 들어가 신이 되었으니, 나이가 천사십팔 세다." 또 이렇게 말했다. "단군이 비서갑(非西岬) 하백(河伯)의 딸을 아내로 맞아 아들 부루(扶婁)를 낳으니, 이 사람이 바로 동부여왕(東扶餘王)이다. 우임금 때 제후들이 도산(塗山)에 모였을 때 부루를 보내 조회하였다."

이제 살펴보니 요임금 원년이 갑진년이다. 그럴진대 이렇게 요임금과 한날 즉위했다고 일컬은 것은 무진년에 서서 임금이 되고 경인년에 평양에 도읍했다고 한 것과는 서로 맞지가 않는다. 상나라 무정 을미년에 산에 들어가 신이 되었다고 말한 것 또한 주나라 무왕 기묘년에 기자를 피해서 장당경으로 옮겼다고 한 것과 모순이 된다. 잡다하게 뒤섞인 것이 이와 같고 보니 또한 멋대로 속인 것임을 알 수가 있다. 게다가 요임금이 즉위한 날은 중국 책에서도 고증할 수가 없다. 그렇다면 또 무엇으로 단군이 요임금과 한날 즉위한 줄을 안단 말인가? 단군이 나라를 세우고 천여 년 사이에 한 가지 일도 기록할 만한 것이 없는데 홀로 도산의 제후들 모임에 아들을 보내 조회하게 했다고 했으니 가탁하고 부회한 것이라 진실로 족히 말할 것이 못 된다. 또 하백의 딸을 취하였다고 한 것은 요망하고 괴이함이 더더욱 심하다.

『삼국유사』에서 또 말하였다. "단군이 하백의 딸을 가까이해서 아들을 낳아 부루라 했다. 그 뒤에 해모수가 또 하백의 딸과 사통하여 주몽(朱蒙)을 낳으니, 부루와 주몽은 형제간이다." 이제 살펴보니 단군으로부터 주몽이 태어날 때까지는 거의 이천여 년이나 된다. 설령 하백의 딸이 과연 귀신이고 사람이 아니라 해도 또 어찌 앞서 단군에게 시집갔다가 뒤에 해모수와 사통한 사람이 반드시 한 여자이며 앞서 낳은 부루와 나중에 낳은 주몽이 굳이 형제임을 알 수 있겠는가? 또 단군의 수명을 말한 것은 본래부터 허탄해서 여러 책에 뒤섞여 나와 또한 정해진 주장이 없다. 다만 양촌(陽村) 권근(權近)이 응제시(應製詩)에서 "대를 전함이 얼마인지 알지 못해도, 지나온 햇수는 천 년 넘었네.(傳世不知幾, 歷年曾過千.)"라 하여, 지나온 햇수를 단군의 나이라고 말하지 않고 대대로 전한 것이라고 했다. 전하던 주장에서 의심스럽던 것이 혹 조금 근사해졌다.

해설

『삼국유사』와 『필원잡기』에 실려 있는 단군 관련 기사의 내용을 문헌 자료를 바탕으로 고증한 작품이다. 단군이라는 이름의 유래와 단군 조선의 존속 기간, 단군과 부루의 관계와 부루와 주몽의 관계 등을 중국 역사와 비교하여 고찰했다. 전체적으로 비판적 논조를 유지했으나 주목할 것은 단군 기사를 역사로 인식한 점이다. 단군 기사를 중국의 역사와 비교하여 오류를 바로잡고 글의 마지막에서 권근의 주장을 끌어와 의심스러운 대로 남겨 둔 채 받아들여야 한다고 주장했다.

남구만의 이러한 인식은 조선조 지식인의 보편적 단군 인식과 사뭇 다르다. 조선 초기에 단군은 동방의 개국시조로 전승되었지만 기자에 밀려 신화 속 인물로 치부되기 일쑤였다. 이후 성호 이익과 정조 등 일부만이 단군과 단군 조선을 역사의 차원에서 이해했을 뿐이다. 따라서 이 작품은 막연한 개국시조 그 이상의 의미로 나아가지 못하고 있던 단군을 문헌 고증의 방법으로 변증한 최초의 작품이라는 점에서 상당한 의미를 갖는다. 이 논의는 이후 유광익(柳光翼)의 『풍암집화(楓巖輯話)』에 「단군사기변의(檀君史記辨疑)」라는 제목으로 수록되고, 이긍익의 『연려실기술』에도 실렸다.

우리나라 역사와 문화에 대한 관심과 연구는 당대 소론계 학자들에게 공통적으로 보이는 특징이기도 한데, 남구만은 단군 외에도 기자·패수(浿水)·진번(眞番)·수양산 등 한국 고대사 이해에서 중요한 의미를 지니는 주제에 대해 역사지리학의 관점에서 상세히 변증하고 그 결과를 「동사변증(東史辨證)」이란 이름으로 함께 묶었다. 「동사변증」은 현재 이세구(李世龜)의 「동국삼한사군고금강역설(東國三韓四郡古今疆域說)」 등과 함께 17세기 말 우리나라 역사 지리에 대한 소론계 학자들의 인식 수준을 가늠해 볼 수 있는 중요한 텍스트로 이해되고 있다.

최명길에 대한 평가 答崔汝和

예로부터 약한 나라가 강한 적국을 섬겨 그 나라를 보존하는 것은 비유하자면 먹고 마시는 일상의 일과 한가지라 대저 누군들 안 된다고 말하겠소. 하지만 우리나라가 청나라와 화친한 것은 이것과는 크게 다르오. 청나라 사람이 바야흐로 명나라 조정과 원수가 되어 날마다 전쟁을 일삼을 때 우리나라는 명나라에 대해 은혜가 깊고 의리가 무거웠으니 이는 신라와 당나라, 고려와 송나라의 관계와는 같지 않을 뿐이오. 부모의 원수와 결의하여 형제가 되는 것은 의리상 차마 하지 못할 바여서 정묘년(1627년)에 화친할 적에 뭇 논의가 들고일어났던 것은 이 때문이었소.

하지만 당시 나라의 힘이 실로 약해 결단코 우리 자신을 지탱할 수가 없었고 명나라 또한 바다 밖의 나라라는 이유로 깊이 책망하지 않고 잠시 화를 늦출 계책으로 삼는 것을 허락하였소. 이는 오히려 스스로 용서할 만한 여지가 있다 할 만하오.

만약 우리나라 상하의 마음이 반드시 명나라 조정을 위해 죽을 마음이 있었다면 정묘년부터 병자년(1636년)에 이르기까지 십 년 사이에 스스로를 굳세게 할 방책을 세워 반드시 볼만한 것이 있었을 텐데, 한 가지 방책도 펴지 못했을 뿐 아니라 정묘년에 강홍립(姜弘立)이 오랑캐를 끼고 쳐들어왔을 때도 우리나라의 재상이 강홍립에게 편지를 보내 군대를 늦춰 줄 것을 청하며 형이라 일컬었소. 청나라 사람이 강홍립을 우리에게 돌려보냈을 때도 그가 오랑캐에게 투항해 군대를 함락시킨 죄를 바로잡지 못했을 뿐 아니라 비변사의 세조(提調)로 뽑이 그로 하여금 군국(軍國)의 정사를 논하게 함으로써 오랑캐의 마음을 기쁘게 했소.

또 무진년(1628년)에 청인이 포로가 되었다가 달아나 돌아온 사람을 찾아 보내라고 우리를 위협하자 임금께서 조정 대신의 의견을 수렴할 것을 명했는데 이들을 돌려보내는 것이 편하겠다고 다들 생각한 까닭에 오랑캐의 말에 따라 찾아서 돌려보냈었소. 그 뒤 명나라 사신이 우리나라에 오자 오랑캐의 장수가 수백의 기병을 이끌고 안주로 와서 주둔하며 "명나라 사신이 지나갈 때 내가 마땅히 포박하여 잡아가겠다." 하였소. 그런데도 저들이 마침 스스로 돌아갈 때까지 우리는 감히 한마디도 저들을 꾸짖지 못하였소. 인심(人心)과 나라 형세의 미미함이 이 지경에 이르고 보니 다시 무엇을 더 바라겠소. 이로 말미암아 말한다면 정묘년의 화친 또한 끝내 눈앞에서 불쌍히 여겨 달라고 구걸한 것일 뿐 장차 무언가를 하려는 데서 나온 것이 아니었소.

청인의 기세가 점차 뻗어 나가 방자하게 황제로 여기기에 이른 뒤에는 형제에 그치지 않고 반드시 신하라 일컫게 하였고, 신하라 일컫는 데 그치지 않고 기필코 명나라 조정을 멸절시키려 하였으며, 명나라 조정을 멸절시키는 데 그치지 않고 틀림없이 명나라 조정을 공격하였으니 이는 그렇게 될 수밖에 없는 형세였소. 이 때문에 병자년 봄의 척화(斥和)가 정묘년 때보다 더욱 격렬했던 것이오. 대저 어찌 그저 오랑캐를 섬기는 것만 가지고 부끄럽다 한 것이겠소이까? 하지만 청인들은 신하라 일컬으며 명나라 조정과 끊으라는 말은 잠시 접어 두고 꺼내지 않았으나 국력의 미약함은 전날과 다름없었으므로 잠시 앞서의 약속을 지키는 것 또한 한 가지 방편이었소. 하지만 정축년(1637년)에 남한산성을 내려와 항복함에 이르러서는 하늘이 아직 흐려 비가 내리기 전에 능히 출입문을 보수하여 남으로 하여금 감히 나를 업신여기지 못하게 하지 못했소. 세력이 약하고 힘이 다하여 이 지경에 이르렀으니 이때를 당해서는 다만 두 가지 길이 있을 뿐이었소.

만약 "나를 살려 준 자를 위해 내가 죽는 것은 옛 법도이다. 명나라 조정이 앞서 우리의 사직을 다시 세워 주었으니 이제 명나라 조정을 위하다가 사직을 망하게 한다 해도 한스러울 것이 없다."라 하면서 임금과 신하가 모두 목숨을 바쳐 하나가 된다면 이는 의리를 따르는 논의일 것이오. 만약 "삼백 년의 사직을 하루아침에 망하게 해서는 안 된다."라 하면서 몸을 굽혀 욕됨을 참아 머리를 조아려 신하로 일컬으며 오직 그말에 따라 감히 어기지 않는다면 이는 이해를 따르는 논의요. 이 두 가지 길 외에 어찌 이해와 의리를 모두 보전하는 방법이 있었겠소?

이를 가지고 앞서 그대와 만났을 때 논의가 화의(和議)의 일에 미치자 내가 이렇게 말했었소. "대야(大爺, 최명길)께서 화친을 주장한 것은 사세(事勢)와 시의(時宜)로 헤아려 보면 어쩔 수 없었을 듯하오. 다만 직분이 핵심 요직에 있어서 형세가 의미 있는 일을 할 만했는데도 군대를 다스리고 병장기를 정돈하자는 청이 있었다는 얘기조차 듣지 못하였소. 그저 단지 화의만이 나라를 보전하는 계책이라 여겨 믿었던 것은 옳지 않은 듯하오." 그러자 그대는 이렇게 대답하였소. "아버님께서 비록 중요한 자리에 계셨지만 승평 부원군(昇平府院君) 김류(金瑬)와 뜻이 안 맞아 말씀하신 바가 있었음에도 어느 것 한 가지도 시행되지 못했으니 어찌한단 말입니까?" 그렇다면 이는 어른의 책임이 아닐 것이오. 하지만 지금에 와서 당시의 일을 전반적으로 논한다면 조정의 여러 신하들이 모두 명나라 조정을 위해 반드시 죽을 마음은 없었던지라 나라를 다스리는 것에 한 가지도 믿을 만한 구석이 없었고 결국 무너져 성을 내려오는 데 이르고 말았소. 그럴진대 이른바 의리와 이해 두 가지 모두 손상됨이 없다는 것은 정축년(1637년) 이전에는 애썼다고 할 수 있지만 정축년 이후에야 어찌 구할 수가 있겠소?

보내온 편지에서 인용한 태왕(太王)과 구천(句踐)의 일은 또한 정축년의 일과는 같지 않은 점이 있소. 태왕이 훈육(獯鬻)을 섬긴 것은 단지 가죽과 비단과 주옥 때문이었소. 어찌 일찍이 항복하여 신하를 일컬은 적이 있었으며, 협박을 당해 신하로 섬기던 나라와 단절한 적이 있었으며, 원수의 나라에 군대를 보내 부모의 나라를 공격한 적이 있었던가? 이것은 본래부터 굳이 견줄 것이 아니오. 구천이 오나라의 신첩(臣妾)이 되었던 치욕은 우리의 경우와 거의 같다고 할 수 있소. 하지만 군대를 보낸 것은 오직 오나라 부차가 제나라를 정벌하러 갈 때뿐이었소. 가령 부차가 종과 북을 울리면서 낙읍으로 향해 가서 주나라 천자의 구정(九鼎)을 취하려고 하는데 월나라 군대가 선봉에 섰다면 아마도 맹자는 반드시 하늘을 두려워했다고 인정하지 않았을 것이오.

우리나라가 청인과 화친을 맺을 때 처음부터 지극히 어렵다고 여긴 것은 본래 명나라 조정을 배신하는 데 있었소. 그런데 어른께서 앞뒤로 올린 상소와 차자의 수만여 글자에 그 이해와 의리를 펼쳐 분석한 것이 자세히 갖추어져 있지만 유독 이 점에 있어서만은 그다지 분명하게 변별하지는 않았소. 정축년에 산성을 내려와 항복할 때 군대를 보내 명나라 조정을 친다는 것이 약조 중에 실려 있어서 같이 가도(椵島)를 공격했고 또 앞장서서 출발하라고 요청했던 것이오. 그 뒤 반드시 서쪽을 침범하는 군대를 징발할 것을 사람들이 모두 알았는데 어찌 어른의 밝은 소견이 여기에만큼은 미치지 않았겠소?

무인년(1638년)에 군대를 징발할 때 어른께서 비록 심양에 갈 것을 자청해서 변방을 막아 보려 꾀했지만 병사(兵使) 유림(柳琳)의 가장(家狀)과 정승 심열(沈悅)의 차자와 묘문(墓文)을 상고해 보면 어른의 행차가 출발하자마자 우리나라의 군대가 뒤따라 나갔던 것을 알 수 있소. 대개 청인은 그저 어른에게 나쁜 것을 덧씌우지 않았을 뿐이었소. 우리나라를 위협했던 것은 결단코 어른의 행차로 멈추게 할 수 있는 것이 아니었던 것이오. 이 때문에 당시 조정 또한 어른께서 저쪽에 도착하기를 기다리지 않고서 이미 군대를 내보냈던 것이오.

아! 당초 본래부터 나라가 망하는 것을 중하게 여겼기 때문에 항복하지 않을 수 없었던 것이오. 항복하던 날에 또한 이미 명나라 조정을 칠 것을 약속했고 또 이미 가도를 치는 것을 도왔더랬소. 정녕코 나라를 위해 죽기를 남한산성에서 이미 결단하지 못했으니, 허리와 목이 거꾸로 매달리고 멱살을 틀어잡힌 뒤에 스스로 손발을 놀리려 한들 할 수 있겠소이까? 이 때문에 어른께서 조정에 돌아온 뒤에 일찍이 같은 지위에서 파병을 허락한 사람을 탓하는 말씀이 없었던 것이오. 일찍이 저들에게 청한 바를 얻지 못했다 하여 사명(使命)을 저버린 죄 받기를 구하지 않은 것 또한 사세가 어쩔 수 없음을 알았기 때문이오. 그렇다면 어른께서 앞뒤로 심양에 간 것은 비록 의리와 성의가 대단했지만 단지 스스로 한 몸의 이름을 깨끗이 하고 한 몸의 마음을 직접 밝히기 위한 것일 뿐이었소. 국가의 계책에 있어서는 또한 구제한 바가 없을 성싶소.

보내온 편지에서 또 경도(經道)와 권도(權道)를 말했더이다. 권도를 쓰기 어려운 것은 앞선 편지에서 이미 언급하였소. 공자께서는 이렇게 말씀하셨소. "더불어 도에 나아갈 수는 있지만 함께 설 수는 없고, 함께

설 수는 있지만 함께 권도를 행할 수는 없다." 그렇다면 도에 나아가는 것도 진실로 쉬 말할 수 없는데 권도의 경우는 또 도에 나아가는 것보다 두 등급이 더 높소. 이는 성인의 큰 자용이니 성인보다 한 등급 아래라면 권도를 써서 바름을 얻기가 어찌 어렵지 않겠소.

주자는 이렇게 말하였소. "권(權)은 물건을 저울질하여 경중을 아는 것이니 함께 권도를 행할 수 있다는 것은 경중을 저울질하여 의(義)에 부합하게 함을 이른다." 만약 이것을 가지고 미루어 말한다면 음식과 여색은 본디 가볍고 예는 진실로 중하오. 굶어 죽는 것이 예에 맞게 먹는 것보다 중하므로 비록 예에 맞게 먹는 것이 아니더라도 또한 먹을 수가 있소. 아내를 얻지 못하는 것이 친영(親迎)보다 중하므로 비록 친영하지 않더라도 또한 아내를 얻을 수가 있소. 하지만 형의 팔을 비틀어 먹을 것을 빼앗는 것에 이르러서는 비록 굶어 죽더라도 할 수가 없고, 동쪽 담장을 뛰어넘어 처자를 꾀어 옴에 이르러서는 비록 아내를 얻지 못하더라도 할 수가 없는 것이오. 성현이 남긴 글 가운데 경중을 저울질하는 것에 대해 설명한 부분은 이것이 가장 명백하오. 우리나라가 명나라를 배반하고 명나라를 공격하는 것을 도운 것을 형의 팔을 비틀고 처자를 유인하는 것에 견준다면 과연 차이가 있겠소, 없겠소? 이러한 문제는 공자와 맹자가 다시 나오지 않고는 쉬 판가름하지 못할 듯싶소. 어찌 감히 나의 좁은 소견으로 경솔하게 쉬 주장을 세울 수 있겠소.

"종사(宗社)와 신민(臣民)의 운명을 맡고 있는 자는 필부가 봇도랑에서 목매어 죽는 행동을 해서는 안 된다."라는 말은 참으로 옳소. 그러나 또한 사리의 경중이 어떠한가를 마땅히 살펴보아야 하오. 공자는 정사를 묻는 자공에게 "군대를 버리고 양식을 버려야 한다."라 했고, 또 "자고로 사람은 모두 죽지만 백성은 신의가 없으면 서지 못한다."라고도 말했소.

정자는 이를 이렇게 풀이하였소. "신의는 본디 사람에게 고유한 것이니, 군대와 양식이 앞설 수 있는 것이 아니다. 이런 까닭에 정치를 하는 자는 마땅히 백성들에게 솔선수범하여 죽음으로써 이를 지켜야지 위급하다고 버려서는 안 된다." 이 어찌 종묘사직을 소유한 자의 일이 아니겠소.

해설

남구만이 최명길(崔鳴吉)의 아들인 명곡(明谷) 최석정(崔錫鼎)에게 보낸 편지다. 17세기 중후반 소론 정치계의 중심에 서 있었던 두 사람은 오랫동안 끈끈한 관계를 유지했다. 남구만의 문집에는 1678년 이래로 주고받은 편지 51통이 실려 있다. 위 편지는 1691년 6월에서 12월 사이에 쓴 것으로 보인다. 『명곡집』에 이 글에 대한 답장이 실려 있지 않아 자세한 앞뒤 정황은 알기 어렵다. 최명길의 정치 개혁론과 외교 정책을 새롭게 평가하려 한 당대의 정치 맥락 위에서 쓴 편지임에는 분명하다.

병자호론 이후 존주 의식에 기반을 둔 노론의 대청 의식이 주조를 이루면서, 주화(主和)를 주장했던 최명길에 대한 평가는 제대로 이루어지지 못했다. 척화를 주장하며 장렬히 죽음을 맞았던 인물들이 노론계 지식인들에 의해 적극적으로 평가되었던 것과 달리 최명길은 역사적 평가에서 소외되어 있었다. 최명길에 대한 객관적인 평가는 김만중이 『서포만필』에서 "스스로 직분을 다하여 마음에 부끄러움이 없는 사람"이라 평하고, 병자호란 뒤 척화의 청론을 주장했던 사람들이 "조정을 더럽게 여기고 거기에 들어가면 자신도 더럽혀질 것같이 여긴 것"을 비판하면서 비로소 합리적 이해와 공정한 논평이 이루어졌다.

이 글은 이런 맥락 위에서 탄생한 최명길에 대한 객관적 평가라 할 만하다. 남구만은 이 글에서 최명길의 과(過)만을 부각하지 않고 대명과 대청 관계 위에서 그의 공(功) 또한 적절한 자료를 통해 분명히 드러내었다. 의리론과 사세(事勢) 및 시의(時宜)의 관점에서 공과를 동시에 논했을 뿐 아니라, 당대의 급변하는 국제 정치에 제대로 대응하지 못했던 조선 정치의 한계를 명확히 짚어 냄으로써 최명길에 대한 논평의 객관성을 확보했다. 정조는 남구만의 논의를 두고 명백함과 적절함이 돋보인다고 보았다.

남구만은 훗날 최명길의 신도비까지 지었다. 최명길에 대한 남구만의 최종 평가는 이 글의 다음 부분에 잘 녹아 있다. "저 옛날 인조가 중흥할 당시 여러 신하들 가운데, 충성은 자신을 잊을 수 있고 재주는 만물을 운용할 수 있으며 지혜는 만사를 밝게 알 수 있고 용맹은 기미를 결단할 수 있으며, 치욕을 참고 위험을 무릅써서 끝내 생사와 훼예(毁譽)로도 마음을 움직이지 않은 채 종묘사직이 멸망하지 않고 백성이 썩어 문드러지지 않게 한 분은 실로 지천 최 상국이 그러한 분이시다."

낚시에서
도를 깨닫다

釣說

경술년(1670년)에 나는 결성(潔城, 지금의 충남 홍성)으로 돌아와 농사를 지었다. 집 뒤에 연못이 있었는데 길이와 너비가 수십 보쯤 되고 깊이는 예닐곱 척이 못 되었다. 내가 긴 여름에 일이 없어 문득 가서 물고기들이 주둥이를 뻐끔대는 것을 구경하곤 했다.

하루는 이웃 사람이 대나무 하나를 자르고 바늘을 두드려 낚시를 하라며 내게 주면서 물결 사이에 낚싯줄을 드리우게 했다. 나는 서울에 오래 살았으므로 낚싯바늘의 길이와 너비, 굽은 정도가 어떠해야 하는지 알 턱이 없었다. 이웃 사람이 준 것을 좋은 것으로만 여기고 종일 드리웠지만 한 마리도 못 낚았다.

이튿날 한 손님이 왔다가 낚싯바늘을 보더니 말했다. "고기를 못 잡는 것이 당연합니다. 낚싯바늘 끝이 너무 굽은 채 안으로 향해 있어서, 물고기가 삼키기 쉽지만 내뱉기도 어렵지 않습니다. 반드시 끝을 조금 펴서 밖으로 향하게 해야 됩니다." 내가 그 손님더러 낚싯바늘을 두드려 밖으로 향하도록 만들게 한 다음 또 온종일 낚싯줄을 드리웠는데 한 마리도 못 잡았다.

이튿날 또 한 손님이 찾아와 낚싯바늘을 보고는 이렇게 말했다. "고기를 못 잡는 것이 당연합니다. 낚싯바늘의 끝이 밖을 향하고는 있지만 굽은 테두리가 너무 넓어 물고기의 입에 들어갈 수가 없습니다." 내가 손님더러 낚싯바늘을 두드려 테두리를 좁게 만들게 했다. 또 종일 드리웠지만 거우 한 마리를 잡았다.

이튿날 또 두 손님이 찾아왔다. 내가 낚싯바늘을 보여 주며 그간의 사정을 말해 주었다. 한 손님이 이렇게 말하였다. "고기가 적게 잡히는 것이 당연합니다. 낚싯바늘을 눌러 굽힐 때는 반드시 굽은 부분의 끝을 짧게 해서 밥알을 겨우 끼울 정도로 해야 합니다. 이것은 굽은 끝이 너무 길어 고기가 삼켜도 가라앉지 않고 반드시 내뱉게 됩니다." 내가 손님더러 낚싯바늘을 두드려 그 끝을 짧게 만들게 했다. 한참 동안 낚싯줄을 드리우자 바늘을 삼킨 것이 여러 번이었다. 하지만 낚싯줄을 당겨서 올리면 빠져 떨어지곤 했다.

그러자 옆에 있던 한 손님이 말했다. "저 손님의 말이 낚싯바늘에는 맞는 말이지만 당기는 법을 빠뜨렸습니다. 무릇 낚싯줄에 찌를 다는 것은 오르내림을 일정하게 하여 물고기가 낚싯바늘을 삼켰는지 뱉었는지를 알기 위해서입니다. 찌가 움직이기만 하고 가라앉지 않은 것은 아직 덜 삼킨 것이니 급히 낚싯줄을 당기면 너무 빠르게 됩니다. 가라앉았다가 조금 올라온 것은 삼켰다가 다시 내뱉은 것이니 천천히 당기면 이미 늦습니다. 이 때문에 반드시 잠길락 말락 하는 사이에 잡아당겨야 잡을 수 있습니다. 더욱이 낚싯줄을 잡아당길 때 손을 높이 들어 곧바로 올리면, 물고기의 입이 벌어져 있고 낚시 바늘의 끝은 아직 걸리지 않은 상태라 물고기는 낚싯바늘을 따라 입을 벌려 서리 맞은 낙엽이 나뭇가지에서 떨어지듯이 떨어져 버립니다. 이런 까닭에 반드시 손을 비스듬히 기울여 마치 비질을 하듯이 들어 올려야 합니다. 이렇게 하면 물고기가 낚싯바늘을 목구멍으로 삼킨 터라 낚싯바늘의 끝부분이 목구멍에 걸리게 되고, 좌우로 요동을 쳐서 펄떡거릴수록 반드시 더 단단히 박힐 것입니다. 이것이 바로 놓치지 않고 반드시 잡는 방법입니다." 내가 또 그 방법을 썼더니, 낚싯줄을 드리운 지 얼마 안 되어 서너 마리를 잡았다.

손님이 말했다. "법은 이것이 전부지만 묘가 아직 남았습니다." 그러더니 내 낚싯대를 가져다가 자기가 직접 드리웠다. 낚싯줄도 내 낚싯줄이고, 낚싯바늘도 내 낚싯바늘이며, 미끼도 내 미끼요, 앉은 자리도 내가 앉았던 그 자리였다. 바뀐 것은 다만 낚싯대를 잡은 손뿐이었다. 물고기가 낚싯바늘 넣기가 무섭게 올라오는데 머리를 나란히 하고 앞을 다투는 듯했다. 낚싯대를 뽑아 물고기를 잡는 것이 마치 광주리에서 집어다가 소반 위에서 헤아리는 듯 손을 멈출 새가 없었다.

내가 말했다. "묘가 이 정도란 말인가! 이것도 내게 가르쳐 줄 수 있는가?" 손님이 말했다. "가르쳐 줄 수 있는 것은 법입니다. 묘를 어찌 가르쳐 줄 수 있겠습니까? 만약 가르쳐 줄 수 있다면 이른바 묘랄 것이 없겠지요. 굳이 말하라시면 한 가지 설명이 있습니다. 당신이 내 방법에 따라 아침에도 드리우고 저녁에도 드리워 정신을 집중하고 뜻을 쌓아서 날이 쌓이고 달이 오래되어 익혀 습성을 이루면 손이 알아서 움직이고 마음이 절로 터득하게 됩니다. 이와 같이 한다면 혹 터득할 수도 있고 터득하지 못할 수도 있으며, 은미한 것까지 통달하여 지극한 묘리를 다할 수도 있고, 그 가운데 한 가지만 깨닫고 나머지 두세 가지는 모를 수도 있으며, 하나도 알지 못하고 도리어 스스로 미혹될 수도 있고, 문득 깨닫고도 깨닫게 된 이유를 알지 못할 수도 있습니다. 이것은 모두 당신에게 달려 있으니, 제가 어찌 간여하겠습니까? 제가 당신에게 말해 줄 수 있는 것은 이것뿐입니다."

나는 이에 낚싯대를 던지고 탄식하였다. "손님의 말이 참으로 훌륭하다. 이 도를 미루어 나간다면 어찌 다만 낚시질에만 쓸 뿐이겠는가? 옛 사람이 '작은 것으로 큰 것을 비유할 수 있다'라고 했으니, 어찌 이 같은 종류가 아니겠는가?" 손님이 떠난 뒤에 그 말을 기록하여 스스로 살피는 바이다.

해설

낚시의 단계를 점층의 방식으로 펼쳐 인생의 깨달음으로 확장한 남구만의 대표 산문 중 하나다. 이 글에서 남구만은 "묘는 배울 수가 없고 오직 제 스스로 깨달아야 한다."라는 진리를 설파했다. 남구만은 깨달음의 결과 자체보다는 그것을 깨달아 가는 과정에 더 집중하였다. 이는 단계별 서사 위에 설명의 방식을 덧댄 형식을 통해 보다 분명히 드러난다. 인물 간의 대화를 통해 논리를 점층적으로 끌고 감으로써, 법에서 묘로 넘어가는 과정을 명확하고 적실하게 보여 주었다. 낚싯바늘을 만들고 찌를 끼워 그 움직임을 살핀 뒤에 절묘한 타이밍에 줄을 낚아채는 일련을 과정을 세밀하게 묘사한 대목은 이 글을 읽는 또 하나의 재미다. 단순히 낚시의 방법에 그치지 않고 공부하는 자세, 예술론의 핵심, 글쓰기의 요령으로 읽어도 손색이 없다.

이 글은 1670년 남구만이 고향인 결성에 내려가 있을 때 지은 작품이다. 그는 1670년 3월 병조 참지가 되었지만, 1669년 11월 15일에 올린 상소에 현종이 석 달 이상 비답을 늦춘 데다 비답을 내릴 때 자신의 뜻에 거슬린다 하여 관심을 두지 않았기 때문에 낙향한 것이었다. 당시 남구만은 과거 시행의 도리를 아뢰고, 군사 징발과 군포 징수를 늦추어 줄 것을 청한 상태였다. 1670년 7월 청주 목사가 되기 전까지 남구만은 이곳 결성에 머물렀다.

좋은 경치에 배부르다

飽勝錄序 辛巳

신사년(1701년) 여름 내가 교외의 강가에서 잠시 거처할 적에, 더위를 먹어 마치 하루도 버티지 못할 듯이 신음하였다. 고맙게도 김인감(金人鑑) 군이 예기치 않게 찾아왔는데, 눈썹과 이마, 옷깃과 소매 사이에 구름과 노을의 상쾌한 기운을 띠고 있어서 내가 참으로 기이하게 여겼다. 자리를 잡아 앉았더니 소매에서 책 한 권을 꺼내는데 이름을 『포승록(飽勝錄)』이라 하였다.

그가 말했다. "제가 올 사월 열흘날에 금대(金臺)의 거처에서 출발하여 내외 금강산과 해금강의 경계를 두루 구경하고 스무엿새 만에 돌아왔습니다. 이것은 그 여행의 기록입니다. 선생님께서 저를 위해 서문을 지어 주십시오." 이에 내가 흔쾌히 받아서 읽어 보니, 혹독한 더위가 시원해지고 고질이 가벼워지는 것을 문득 느꼈다. 군이 나를 분발시킨 것이 많으니, 내 군을 위해 또 어찌 한마디 말을 아끼겠는가? 군이 이 기록에 '포승(飽勝)'이라는 제목을 붙였으므로 내가 음식을 가지고 비유할 것을 청한다.

무릇 음식과 산수는 사람에게 외물(外物)인 것은 한가지다. 그렇다면 비록 천하의 아름다운 음식을 다 갖추었다 하더라도 반드시 입으로 먹은 뒤에라야 배가 부르고, 비록 우주 안의 장관을 다 유람했다 하더라도 반드시 자신을 되돌아본 뒤에라야 마음에 흡족하다. 그렇지 않다면 저 풍성하게 잘 차린 음식과 산해진미가 비록 좌우에 널려 있다 하더라도 허기진 내 배에 무슨 도움이 되겠으며, 흐르고 우뚝 솟은 강산의 형상과 기괴한 볼거리가 비록 앞뒤에 펼쳐 있다 하더라도 허전한 내 마음에 무슨 보탬이 되겠는가?

이제 군이 기록한 금강산의 명승들을 보니, 비록 이루 다 셀 수는 없지만 그 가운데 최고를 꼽자면 봉우리로는 비로봉(毗盧峰)이요, 못으로는 구룡연(九龍淵)이다. 군이 스스로 서문을 지어 "곤궁하여 초야에 있을 때는 구룡연에 잠긴 용의 변하지 않는 뜻을 사모하고, 영달하여 조정에 섰을 때는 우뚝 솟은 비로봉의 빼어난 절개를 배우리라."라고 했으니, 이 것을 가지고 말한다면 군의 이번 유람은 음식에 비유하건대 맛있는 음식을 맛보고 그 향기를 맡아 참으로 그 맛을 아는 자라 할 만하다.

나는 이 기록을 보기 전에 이미 눈썹과 이마, 옷깃과 소매 사이에서 군을 알아보았다. 진실로 배부르게 실컷 유람하여 그 마음이 이미 충족된 것이 아니라면, 그 명승들이 어찌 먼저 밖으로 그와 같이 드러났겠는가? 그렇다면 군이 얻은 것은 자장(子長, 사마천의 자)이 문장에 자신의 뜻을 깃들이고 연공(燕公, 연국공 장열)이 시에 도움을 받았던 것 정도가 아니다.

『포승록(飽勝錄)』 가운데 기록이 상세하고 시가 공교로운 것에 이르러서는 보는 자들이 마땅히 절로 알 것인지라 내가 자세히 논하지 않겠다. 나 같은 자는 세속에 골몰하다 남은 생이 얼마 남지 않았으므로 실로 백 년 인생에 홀로 명산을 저버렸다는 기재(企齋)의 여한이 있다. 지금 이 기록을 보는 것은 그림 떡으로 요기하고 꿈속의 떡시루로 배불리 먹는 것과 다름이 없으니, 인자(仁者)와 지자(智者)의 즐거움을 실컷 맛보기를 어찌 기대할 수 있겠는가? 개탄할 뿐이다.

해설

김일경(金一鏡, 1662~1724년)의 『포승록』에 붙인 서문이다. 인간(人鑑)은 김일경의 자다. 그는 1702년 식년 문과에 장원하고 대사헌, 형조 판서, 이조 판서 등 요직을 두루 거친 소론의 거두였다. 신임사화 당시 노론의 탄핵을 받아 1724년에 참형당했다. 『포승록』은 김일경의 금강산 기행문집인데, '금강산의 승경을 실컷 보았다'라는 의미를 담고 있다.

  글의 첫머리에서 무더위가 심했고 강가에 잠시 기거했다고 한 것으로 보아, 1701년 4월 남구만이 치사의 뜻을 밝혔지만 숙종의 만류로 바로 전리(田里)로 돌아가지 못하고 한강의 압구정에서 비답을 기다리고 있을 때 지은 작품으로 보인다. 당시 72세였던 남구만은 자신보다 서른세 살이나 어린 김일경의 방문을 반갑게 맞이한 뒤, 자신을 낮추고 김일경의 유람이 가져온 성취를 한껏 치켜세웠다. 특히 세속에 찌든 자신의 모습과 금강산의 승경을 온전히 소화하여 시원한 기품을 뿜어내는 김일경의 모습을 대비적으로 보여 줌으로써, 김일경의 인간됨과 『포승록』의 가치뿐 아니라 산수에 대한 자신의 간절한 욕망까지도 드러내었다. 당시 시골로 돌아가지 못하고 한강 가에 묶여 있었던 터라 김일경의 방문이 더 반갑고 『포승록』의 유람이 더 큰 선망을 불러일으켰을 것이다.

  더하여 '포승(飽勝)'의 의미를 '물리도록 산수를 유람했다'는 표면적 의미에만 가두지 않고, '주체의 거듭남'이라는 새로운 의미와 연결시킴으로써 내용의 깊이 또한 더하였다. 진정한 유람의 가치는 그저 좋은 경치를 보고 즐기는 데 있는 것이 아니라 대상을 통해 진리를 깨닫고 그 깨달음을 통해 자신을 새롭게 변화시키는 데 있음을 분명히 한 것이다. 남구만의 산수관뿐 아니라 인식론의 대체를 잘 보여 주는 글이다.

박세당

朴世堂

1629~1703년

본관은 반남(潘南), 자는 계긍(季肯), 호는 서계(西溪)·잠수(潛叟)·서계초수(西溪樵叟), 시호는 문절(文節)이다. 1660년 증광 문과에 장원으로 급제한 뒤 예조 좌랑·병조 좌랑·정언·홍문관 교리 등의 벼슬을 지냈지만, 1669년 양주 석천동(石泉洞, 지금의 도봉산 아래 다락원)에 은거한 뒤 관직과의 인연을 끊었다. 이후 예조 판서, 이조 판서 등 높은 관직을 제수받았지만 나가지 않고 학문과 후학 양성에 주력했다.

하지만 숙종조 소론의 3대 영수 중 한 사람으로 윤증(尹拯)·박세채(朴世采)·남구만·최석정(崔錫鼎) 등 소론계 주요 인사들과 교유했던 그는 당대 당쟁의 여파에서 자유로울 수가 없었다. 소론계 지식인들이 공통으로 보여 주는 특유의 개방적 사유와 학문 태도는 주자주의로 무장한 송시열 중심의 노론계 인사들과 격렬하게 부딪히는 매개가 되었는데, 특히 그가 지은 이경석(李景奭)의 신도비명과 『사변록(思辨錄)』은 사문난적으로 몰려 죽게 되는 데 결정적인 역할을 한다.

박세당은 관료나 문인으로서보다 학자로서 대중에게 더 알려져 있다. 하지만 몽예(夢囈) 남극관(南克寬)의 다음 평을 보면 문장에서 이룬 성취 또한 적지 않았음을 알 수 있다. "서계의 문장은 우리나라에서만 없었던 것이 아니라 남송 이래 짝할 사람이 없을 것이다.(西溪之文, 不特東方所未有, 恐南宋以下無其儔也.)" "우리나라의 문장은 서계에서 집성되었고, 시 또한 그러하다.(東國

之文, 集成於西溪, 詩亦隨之.)" "동국의 묘도문은 마땅히 서계의 「최완성비」를 제일로 삼아야 할 것이다.(東國銘墓文, 當以西溪崔完城碑, 爲第一.)" 물론 소론계 후하이 편임을 감안하고 들어야 하지만, 이단으로 몰려 죽음에 이르렀던 상황을 고려해 볼 때 그의 문학이 제대로 평가될 수 없었던 가능성 또한 짐작해 봄직하다.

그의 학문적 성취는 『사변록』을 통해 확인이 가능하고, 그의 문학적 재능은 『서계선생집(西溪先生集)』을 통해 엿볼 수 있다. 이 외에도 농서 『색경(穡經)』 등을 지었다.

『사변록』을 지은 까닭

思辨錄序

육경은 모두 요순(堯舜) 이래 여러 성인의 말씀을 기록한 것이다. 이치가 정밀하고 의리를 갖추어 담긴 뜻이 깊고 지취가 심원하다. 대개 그 정밀함을 논한다면 털끝만큼도 어지러운 구석이 없고, 갖춰진 것을 말한다면 아주 작은 것도 빠진 것이 없다. 깊이를 가늠하려 들면 그 바닥을 알 수 없고, 아득함을 궁구하려 하면 그 끝을 볼 수가 없다. 그러니 진실로 세상의 하찮은 선비와 꽉 막힌 유자의 얕은 도량과 비루한 식견으로 밝힐 수 있는 것이 아니다.

이 때문에 진한(秦漢) 이래로 수당(隋唐)에 이르기까지 문(門)을 나누고 호(戶)를 가르며 사지를 자르고 기폭(旗幅)을 찢어, 마침내 대체(大體)를 부수고 허문 것이 이루 헤아릴 수조차 없게 되었다. 이단에 빠진 자는 흔히 비슷한 것을 빌려다가 간사하고 기만하는 말을 꾸며 냈고, 앞 시대의 전적을 감싸 안아 지키는 자는 교착되고 정체되며 우활하고 편벽되어, 뻥 뚫린 평탄한 길에는 완전히 어두웠다.

아! 이 어찌 성현들이 간절하고 부지런히 이 글을 짓고 이 말을 기록하여 이 법을 밝히고 천하 후세에 희망을 둔 뜻이겠는가? 『중용장구(中庸章句)』에서 "먼 곳을 가려면 반드시 가까운 데서 시작한다."라고 했으니 이것은 무엇을 말하는가? 어둡고 꽉 막힌 사람을 일깨우고 가르쳐서 그 스스로 반성하여 깨닫게 하기 위함이 아니겠는가?

진실로 세상의 학자들이 여기서 얻음이 있다면 앞서 말했던 심원한 것도 가까운 데서부터 시작하여 두달할 수 있음을 알 수 있겠다. 그렇다면 이른바 깊은 것 또한 얕은 데서부터 시작하여 들어갈 수 있고, 갖춰진 것 또한 소략한 데서부터 시작하여 미루어 나갈 수 있으며, 정밀한 것 또한 성근 것에서부터 시작하여 이룰 수 있을 것이다. 진실로 성근 것을 제대로 하지 못하면서 정밀한 것을 먼저 하고, 소략한 것을 제대로 하지 못하면서 갖춰진 것을 일삼고, 얕은 것을 제대로 하지 못하면서 깊은 것을 앞당겨 하고, 가까운 것도 제대로 못 하면서 심원한 것을 찾아 구하는 것은 세상에 있을 수 없다.

지금 육경에서 구하는 것은 대부분 얕고 가까운 것을 뛰어넘어 깊고 심원한 데로 달려가며, 성글고 소략한 것은 대충 하고 정밀하고 갖춰진 것만 꾀할 뿐이다. 그러니 어둡고 혼란하며 빠지고 넘어져서 소득이 없는 것은 너무도 당연하다. 저들은 깊고 심원하며 정밀하고 갖춰진 것을 얻지 못할 뿐만 아니라 얕고 가까우며 성글고 소략한 것도 아울러 모두 다 잃게 될 것이다. 아! 슬프다. 이 또한 미혹됨이 심하도다.

무릇 가까운 것은 미치기 쉽고, 얕은 것은 헤아리기 쉬우며, 소략한 것은 얻기 쉽고, 성근 것은 알기 쉽다. 미친 데서부터 점점 나가 더 멀리 나간다면 그 심원함의 끝에 이를 수 있고, 헤아린 데서부터 점점 나가 더 깊이 나간다면 그 깊이의 끝에 이를 수가 있다. 얻은 것으로 말미암아 점점 더 갖추고 아는 것으로 말미암아 점점 더 정밀하게 하여, 정밀한 것을 더 정밀하게 하고 갖춰진 것을 더 갖추면 정밀하고 갖춰진 것의 끝에 이를 수가 있다. 또 어찌 어둡고 혼란하며 빠지고 넘어지는 근심이 있겠는가?

무릇 귀머거리는 우레 소리를 듣지 못하고, 소경은 해와 달의 빛을 보지 못한다. 그러나 그것은 귀머거리와 소경의 병일 뿐 우레와 해와 달은 본래 그대로다. 우레는 천지 사이에서 움직여 진동하고 해와 달은 고금에 빛을 발해 환히 빛났으니, 일찍이 귀머거리와 소경을 위해 소리와 빛이 어그러지지는 않았다. 그러므로 송나라 때 정자와 주자 두 선생이 나와 해와 달 같은 거울을 닦고 우레 같은 북을 두드리니, 소리는 먼 곳까지 미치고 빛은 넓은 곳까지 뒤덮었다. 육경의 뜻은 이에 다시 세상에 환히 밝혀졌다. 그래서 지난날의 우활하고 편벽한 것이 더 이상 사람의 생각을 교착시키거나 뜻을 막지 못하게 되었으며, 비슷한 것도 이름을 빌릴 수 없게 되어, 간사하고 기만하는 선동과 유혹이 마침내 끊어져 평탄한 표준이 바로 서게 되었다.

이렇게 된 이유를 살펴보면 또한 말단을 잡고서 근본을 탐구하고, 지류를 거슬러 근원으로 나아감으로써 얻은 것이니, 이것은 자사(子思)가 말한 지침과 참으로 잘 맞아떨어진다. 그러나 육경에 실린 말은 비록 그 본원은 하나지만 실마리는 천 갈래요, 만 갈래다. 이것이 이른바 "이치는 하나지만 생각은 백 가지요, 돌아감은 같으나 길은 다르다."라는 것이다. 그렇다 보니 비록 독창적이고 빼어난 지식으로 오묘한 조화를 두루 살핀다 할지라도, 오히려 그 귀추를 다하여 작은 것 하나도 빠뜨리지 않는 경우는 없다. 그러니 반드시 여러 장점을 널리 모으고 작은 선(善)도 버리지 않은 뒤에라야 성글고 소략한 것도 유실되지 않고 얕고 가까운 것도 누락되지 않아서, 깊고 심원하며 정밀하고 갖춰진 체제가 비로소 완전함을 얻게 된다.

이런 까닭에 참람함을 잠시 잊은 채 좁은 소견으로 얻은 바를 대강 기술하고, 이를 모아 책으로 엮어 『사변록』이라 하였다. 적어도 세상을 깨우치고 백성을 도우려 한 선유들의 뜻에 티끌만 한 도움이 없지 않을 것이다. 그러므로 같고 다름을 따져 하나의 학설을 세우려는 의도에서 나온 것은 아니다. 경솔하고 망령되어 나의 성글고 무자람을 헤아리지 못한 죄는 피할 수 없는 것이지만, 이후에 이 글을 보는 자가 혹 그 뜻이 다른 데 있지 않다는 이유로 특별히 용서해 준다면 이 또한 다행이겠다.

해설

1689년에 지은 『사변록』의 서문이다. 『사변록』은 사서(四書)뿐 아니라 『시경』과 『서경』을 주해한 책으로 박세당의 대표 저작이다. 1680년(52세) 부터 시작해서 1693년(65세)에 이르기까지 석천동에서 집필했다. 주자 의 주석을 그대로 따르지 않고 여러 다른 견해를 종합하여 자신만의 독창적인 해석을 제시한 것으로 유명하다. 결국 이것이 빌미가 되어 사문 난적으로 몰려 죽음을 맞았지만, 귀납적이고 고증학적인 학문 방법론과 실사구시의 학문 태도는 17세기 말 노론 중심의 주자학적 학문 토대를 뒤흔들기에 충분했다.

박세당은 『사변록』이 가져올 파장을 어느 정도 예견한 듯 아주 조심스럽고 치밀하게 서문을 구성하였다. 육경의 가치와 새로운 주해의 필요성을 먼저 말한 뒤에 이전 주해서들의 문제를 근거로 새로운 방법론을 제시하였다. 그리고 귀머거리와 소경의 예를 들어 자신의 방법론의 타당함을 드러내고 경전을 근거로 자연스럽게 주자의 방법론을 상대화하였다. 마지막으로 자신의 참람함을 들어 향후 『사변록』에 미칠 비판의 날을 누그러뜨리며 『사변록』을 저술한 목적을 분명히 하였다.

박세당은 구성만큼이나 자구 또한 세심히 따져 선택했는데, 『사변록』을 집필한 의도와 목적을 왜곡 없이 분명하게 전달하고자 한 그의 고심을 읽을 수 있다. 자구를 선택하고 편장을 운영하는 데서는 육경과 제자서(諸子書)와 한유의 문장을 전범으로 삼아 익혔던 그의 필력 또한 살펴볼 수가 있다. 그러나 그의 조심스럽고 세심한 노력에도 불구하고 그의 의도는 제대로 관철되지 못하였다. "서문의 뜻을 살펴보면 그 글은 정자와 주자의 경전 해설을 매우 깊고 정밀한 뜻으로 여기지 않는 것 같다.(竊詳序文之意, 固以程朱經說, 爲未極深遠精備之趣.)"라고 하여 반주자주의의 단초를 읽어 낸 김창협(金昌協)의 논평은 이를 명시적으로 보여 준다.

명나라 유민 강세작　　　　康世爵傳

강세작(康世爵)은 스스로 회남(淮南) 사람이라 하였다. 아버지가 청주 우후(青州虞候)로 있을 때 사건에 연루되어 요양(遼陽)으로 귀양 와 수자리를 살았는데, 세작은 나이 열여덟에 아버지를 따라 요양에 왔다. 우모령(牛毛嶺) 전투에서 패하여 아버지가 죽자 세작은 군중에서 홀로 탈출하여 도로 요양으로 달아났다. 이후 요양성이 함락되자 세작은 도망하여 수풀 속에 숨고 산골짝을 전전하며 풀뿌리와 나무 열매로 주린 배를 채웠는데 열이틀 동안 밥을 먹지 못했지만 죽지 않았다. 이에 오랑캐에 막혀 남쪽 고향으로 돌아가지 못하게 되자 마침내 동쪽으로 내달려 압록강을 건넜다. 몇 달 동안 관서 지방의 여러 군현들을 떠돌다가 오랑캐와 가까운지라 난리를 겪게 될까 두려워 그곳을 떠나 고개를 넘어 함흥과 단천 사이에서 여덟아홉 해를 떠돌았다. 그 뒤 북쪽으로 가서 경원과 종성에 이르렀는데 이곳에서도 여러 곳으로 옮겨 다니느라 정해진 거처가 없었다. 멀리 다른 군에 가서 살지도 않았다.

　세작은 사람됨이 악착스럽지는 않았지만 용렬(庸劣)한 사람은 아니었다. 글자를 대강 알고 술을 좋아하였다. 북쪽 지방을 오랫동안 떠돌아다니느라 그 지방 사람들을 많이 알았으므로 이따금 고을의 아는 사람 집에 들러 술을 달라 하고는 취한 뒤에 돌아갔다. 그래서 늘 이렇게 말하였다. "나는 평생토록 의롭지 않은 일은 하려 하지 않았다. 그래서 다른 사람에게 구하는 것이 없다. 그러나 오직 술은 근심을 잊게 하기에 내가 매번 찾곤 한다. 나는 술만큼은 사양하지 않는다." 고을을 다스리는 자 가운데 세작이 타국을 떠돌며 돌아가지 못하는 것을 안타깝게 여겨 불러다가 후하게 대접해 주는 자가 많았는데 세작은 그들과 어울리며 즐거움을 잃지 않았다. 하지만 일찍이 곤궁함 때문에 구걸하는 모습은 짓지 않았다. 또 그들의 재주 여부와 장단에 대해 잘 알아서, 말하면 일찍이 그 사람과 맞지 않은 적이 없었다.

거처하던 곳에서 밭을 일구며 살 때 군에서 이리의 꼬리로 세금을 거둔 적이 있었다. 그래서 세작이 밭 사이로 가서 나무를 얽어 다락을 만들고는 그 위에서 누워 자며 오래 망을 보다가 그만두었다. 그러고는 군에 가서 이렇게 말하였다. "군에 내는 세금은 밭에서 나는 것을 살펴서 내는 것인데 지금 밭에는 이리가 없습니다. 제가 어디에서 이리의 꼬리를 얻어 세금을 낼 수 있겠습니까?" 그러자 군에서도 끝내 그를 책망하지 못하였다. 또 한번은 계곡에서 밤중에 고기를 잡았는데 다른 천렵꾼들이 하류에 그물을 치는 바람에 물고기가 올라오지 못해 세작이 쳐 놓은 그물에는 한 마리도 걸리지 않았다. 이에 나뭇잎을 가득 모아다가 천렵꾼들이 잠든 틈에 물에 던지니, 나뭇잎이 아래로 떠내려가 천렵꾼들이 쳐 놓은 그물을 막았고, 물살이 빨라져 그물이 망가졌지만 천렵꾼들은 알아차리지 못하였다. 이에 세작은 그물을 걷어 많은 물고기를 잡아서 돌아갔다. 세속을 희롱하고 얽매이지 않음이 또한 이와 같았다.

내가 막부(幕府)를 따라 북쪽에 머무를 때 세작이 마침 찾아왔다. 그때 나이가 예순 남짓으로 수염과 머리털이 모두 희었다. 그와 함께 이야기를 나누었는데 사투리를 써서 알아듣지 못하자 웃으며 이렇게 말하였다. "제가 젊어서 중국을 떠나 이제 사십 년이 되었습니다. 이미 중국 말도 잊어버렸고 조선의 말도 제대로 익히지 못했으니 나야말로 참으로 한단학보(邯鄲學步)라 할 것입니다." 그러고는 또 이렇게 말하였다. "저는 명나라가 망하고 주씨(朱氏)가 부흥하지 못할 것을 압니다. 한나라는 사백 년 만에 망했는데 소열제(昭烈帝)의 어짊으로도 부흥시키지 못했습니다. 당나라와 송나라는 모두 삼백 년 만에 망하였고 명나라도 홍무(洪武)부터 숭정(崇禎)까지가 삼백 년입니다. 하늘의 큰 운수를 어느 누가 어길 수 있겠습니까? 아마도 오랑캐가 천하를 차지할 것입니다. 오랑캐는 이제 막 강성해졌고 중국 사람들은 극도로 곤궁하고 피폐하여 부자와 형제가 목숨을 부지하기에도 급급한 실정이니, 비록 영웅호걸이 있더라도 막지 못할 것입니다. 하지만 오십 년이나 칠십 년 혹은 백 년 정도 기다리면 오랑캐의 세력이 조금 쇠퇴할 것이고 중국 사람들도 안정될 것입니다. 그렇게 되면 오래도록 쌓인 수치에서 떨쳐 일어나 원나라가 망할 때처럼 오랑캐를 몰아낼 것입니다. 이것은 이미 그리될 수밖에 없는 자취인지라 알 수 있습니다." 그리고 다시 이렇게 탄식했다. "저는 열서너 살 때부터 이미 '집안에서는 효도하고 나라에서는 충성하리라'는 뜻을 세워 마치 수립한 바가 있는 듯이 하였습니다. 그러나 지금 저는 나라에서는 충성하지 못했고 집안에서는 효도하지 못하여, 불효하고 불충한 사람이 되고 말았습니다."

세작은 우리나라의 여인을 아내로 맞아 두 아들을 낳았으며, 손자도 있다고 한다.

해설

1619년에 있었던 우모령 전투에서 살아 남은 명나라 유민 강세작의 삶을 기록한 전이다. 우모령 전투는 총병(摠兵) 두송(杜松)이 통솔하는 명나라 군대와 도원수 강홍립이 이끄는 조선 군대가 연합하여 만주족의 본거지인 건주위를 공격하려다 실패한 심하전역(深河戰役)을 말한다. 동북아의 패권 이동이 본격화되었음을 알리는 이 전쟁은 이후 고전 산문뿐 아니라 소설 등에서 지속적으로 소환되었는데, 강세작의 삶도 이후 남구만·최창대(崔昌大)·김몽화(金夢華) 등 여러 인물들에 의해 전과 묘지명 등 다양한 문체로 재현되었다. 그중에서도 이 전은 한 인물의 개인적 삶을 통해 17세기 초중반 동북아의 패권 변화를 정확히 짚어 내고 있다는 점에서 아주 의미 있는 작품이다.

더하여 이 작품은 박세당의 문재(文才) 또한 잘 보여 준다. 박세당은 인물의 가계와 출생에서부터 시작하는 전의 일반적인 구성 방식을 따르되, 과거 중국에서부터 지금 조선으로 시선을 이동하며 강세작의 삶을 추적하여, 최종적으로는 그의 목소리로 그의 내면을 들려주는 구성 방식을 취하고 있다. 시선을 차츰차츰 수렴하여 바로 앞에 마주하고 있는 강세작의 현재 모습에 마지막 초점을 맞춤으로써, 강세작의 명나라 유민으로서의 삶은 지금 여기에서 벌어지는 구체적이고 실재적인 삶으로 바뀌게 되었다. 그리고 희미해져 가는 전쟁의 기억도 또렷해지고, 심하전역 또한 유의미한 사건으로 남게 되었다. 더하여 강세작의 마지막 말은 박세당의 말과 자연스럽게 겹쳐져 깊은 여운을 남긴다.

시,
단련하고 단련하라

柏谷集序

사람은 태어나면서부터 정을 갖게 되니 정에는 기쁨과 노여움, 슬픔과 즐거움이 있다. 이 여러 가지 정들이 마음에 쌓이면 말로 풀어 내지 않을 수 없는데, 이 말에 장단과 절주가 있으면 시가 된다. 시는 본디 뜻을 표현하고 정을 말하는 것이니, 정이 흡족하고 뜻이 합당하기를 기약하면 그만이다. 진실로 공교함을 일삼을 필요는 없다. 중국 삼대 때부터 한나라 때까지는 모두 이러했다.

위진 시대부터 비로소 시를 지으면서 공교함을 추구하게 되었고, 당나라 때에 폐단이 극에 달하였다. 가도(賈島)와 유득인(劉得仁)의 무리들은 정신을 괴롭혀 가며 공교로움을 구하는 데 더 힘을 쏟았고, 사생(死生)과 궁달(窮達, 곤궁과 현달)과 요수(夭壽, 요절과 장수)와 귀천(貴賤)으로도 시에 대한 생각과 기호를 바꾸지 않은 채 세상을 마쳤으니 뜻이 부지런하고 일이 전일하였다고 말할 만하다. 그런 까닭에 "다섯 글자 시구를 읊조리느라, 평생의 심사를 허비하였네.(吟成五字句, 用破一生心.)"라고 말했던 것이다. 이와 같았는데도 높은 경지에 올라 『시경』과 「이소」의 뒤를 따른 자가 끝내 있지 않았으니, 근본으로 돌아가 지키지 못했기 때문이다.

하지만 그 가운데는 술에 취해서도 읊조리고 술이 깬 뒤에도 읊조리면서 고심해 다듬어 고치고, 이로써 만물의 형상을 묘사하고 경물과의 일치를 지극히 하여, 눈썹을 찌푸리고 콧수염을 꼬는 사이에 반드시 꼭 맞는 시구를 찾는 자가 왕왕 아주 비슷하게 그려 내어 진정(眞情)을 얻기도 했으니 대개 하찮게 여길 수 없는 것이 있었다. 그런데 오계(五季, 당송 교체기에 흥망한 다섯 왕조) 이후 원나라와 명나라 때 이르러서는 시도(詩道)가 더욱 무너져, 수준이 낮은 것은 고루하고 경박하며 높은 것은 부화(浮華)하고 편벽되어 갈수록 멀어졌다. 그 가운데 혹 성정(性情)에 근사한 것을 찾아봐도 한두 편도 보기 드물다.

우리나라의 시는 각각 시대에 따라 중국을 본받고 배웠는데 그 비루함은 더욱 심하다. 시를 잘 짓는 자들도 근근이 앞사람의 찌꺼기를 주워 모아 대충 말과 이치를 얽었을 뿐이다. 그런데도 사방에 전송되면 듣는 이들이 깜짝 놀라고, 그 자신도 여기에 만족하여 시를 잘 지으려고 더 이상 노력하지 않는다. 그래서 마침내 이 정도에 그치고 마니 문장이 그 법도에 걸맞기가 이처럼 어려운 것이다.

이제 백곡 옹이 지은 시에 대해 말하자면 그의 시가 시에 능한 사람의 뜻에 부합하는지는 내가 잘 모르겠다. 그러나 마음으로 당나라 시인을 사모하여 이른바 사생(死生)과 궁달(窮達)로도 시에 대한 생각과 기호를 바꾸지 않은 채 세상을 마친 가도와 유득인의 기풍을 듣고는 바야흐로 정신을 쏟고 마음을 다해 한 글자를 천 번이나 단련하느라 팔을 들고 손가락으로 휘저었다. 절룩거리는 나귀와 작은 말을 타고서 터덜터덜 길을 갈 적에도 비록 말을 모는 사람이 고래고래 소리치고 옆에 있던 사람들이 물러나 피해도 알아차리지 못하였다. 이런 까닭에 만물의 형상을 지극히 묘사한 것은 황홀하여 그 진정(眞情)과 아주 비슷하였다. 그리하여 산천과 도로 및 나그네의 곤궁한 형상과 달밤에 꽃 아래서 벗들과 술을 마시며 즐겁게 노니는 흥취가 시권을 펼치면 눈앞에 있는 듯하여, 읽는 사람으로 하여금 감개하여 탄식함을 금할 수 없게 한다. 백곡의 시 또한 다른 사람이 미칠 수 있는 바가 아닌 것이다.

백곡은 성은 김, 이름은 득신, 자는 자공, 본관은 안동이다.

정묘년(1687년) 중추(8월) 반남 박세당이 삼가 서문을 짓는다.

해설

이 글은 백곡 김득신의 시문집인 『백곡집』에 붙인 서문이다. 17세기 말 문학에 대한 노론과 소론의 인식 차이를 상징적으로 보여 주는 글로, 박세당이 김창협을 비롯한 당대 노론계 문사들과 사뭇 다른 시론을 펼치고 있어 주목을 요한다. 이 글을 두고 소론계 문인 남극관은 "우리나라의 시는 서계의 「백곡집서」에 다 갖춰져 있다.(東國之詩, 西溪柏谷集序盡之矣.)"라고 평하기도 했다.

중국과 조선의 시사(詩史)를 정리하며 말했듯이 박세당도 노론계 문사들과 마찬가지로 뜻에 따라 정을 표현하는 시를 가장 이상적인 시로 보았다. 하지만 이상적인 시에 다다르기 위한 방법 면에서는 사뭇 다른 주장을 펼친다. 박세당은, 이상적인 시는 『시경』 이후 찾을 수 없는 만큼 이상적인 시의 경지에 오르기 위해서는 좋은 시를 전범으로 삼아 부단히 갈고닦아야만 함을 주장한다. 그리고 김득신을 이러한 방법으로 높은 수준에 오른 인물로 칭송하고 있다. 하지만 김창협 계열의 문인들은 이러한 방법을 모방이라 일축하며 천기와 성령에 기대어 새로운 시 쓰기를 지향하였다.

이러한 차이는 동명(東溟) 정두경(鄭斗卿, 1597~1673년)의 시를 바라보는 시선에서도 동일하게 드러난다. 김창협을 위시한 노론계 문사들은 학당(學唐)을 절대 준칙으로 삼아 창작에 임했던 정두경을 지속적으로 비판했지만, 박세당·남구만·최석정·남극관 등 소론계 문사들은 오히려 정두경의 시를 김득신의 시와 마찬가지로 당대 최고의 반열에 올려놓았다. 이들이 정두경의 시를 높게 평가한 까닭은 앞서 김득신의 시를 높게 평가한 이유와 동일하다. 즉 이상적 시의 경지에 다다르기 위해서는 당시(唐詩)의 전범성과 부단한 단련의 필요성을 긍정할 수밖에 없다는 것이다. 이 지점에서 박세당의 문학은 모방적 당시풍을 불식하려 했던 김창협 계열의 문학과 자연스럽게 갈라지게 된다.

물론 자구(字句) 차원에서만 전범을 배우는 것은 박세당을 비롯한 소론계 문사들도 긍정하지 않았다. 다만 방법론적인 측면에서 소론계 문사들은 자구에 대한 끊임없는 단련이 시를 배우는 중요한 길임을 부정하지 않았고, 김창협 계열의 문인들은 이를 모방이라며 극력 배척했던 것이다. 이상적인 시에 나아가기 위한 이러한 방법론적 전술의 차이가 바로 18세기 초반 시학이 갈라지는 중요한 계기가 되었다. 그리고 이것을 상징적으로 보여 주는 텍스트가 바로 이 서문이다.

김석주

金錫胄

1634~1684년

본관은 청풍(淸風), 자는 사백(斯百), 호가 식암(息庵), 시호는 문충(文忠)이다. 대동법을 실시한 영의정 김육(金堉)의 손자로 부친은 병조 판서 김좌명(金佐明)이고, 어머니 신씨는 오위도총부 도총관 신익성(申翊聖)의 딸이다. 그는 현종의 처사촌이자 숙종의 외종숙으로 외척 세력을 대표하는 인물이었다. 제2차 예송 논쟁 당시 서인으로서 남인 허적 등과 손잡고 우암 송시열과 문곡 김수항 등 대동법에 반대했던 산당(山黨)을 축출하는 데 앞장섰다. 이후 권력 독점을 위해 남인을 역모로 몰았다가 역풍을 맞아 서인이 노론과 소론으로 갈라서는 계기를 만들었다.

어린 시절 조부인 김육의 문하에서 배웠고, 우암 송시열의 문하에 드나들었다. 1662년 증광 문과에 장원으로 급제했고 성균관 전적, 이조 좌랑, 사간원 정언, 사헌부 지평, 홍문관 부교리 등의 요직을 두루 거쳤다. 1674년 제2차 예송 논쟁 이후 수어사(守禦使), 승정원 도승지 등을 거쳐 병조 판서와 홍문관, 예문관 양관의 대제학을 지냈다. 1682년(숙종 8년) 병조 판서로 있을 때 국가 재정을 줄이고 왕권 호위에 도움이 되게 하려고 금위영을 설치한 뒤 대장을 겸했다. 1682년 5월 우의정이 되었고, 호위대장을 겸직했다. 1683년 사은사로 청나라에 다녀온 뒤 좌의정을 거쳐 영의정이 되었다. 1684년 9월 병으로 물러나 사망했다. 향년 50세였다.

저서에 『식암집(息庵集)』과 『해동사부(海東辭賦)』 등이 있고 고문에도 조예가 있어 『고문백선(古文百選)』을 엮었다. 김창협은 「식암집서」에서 "공의 문장은 비록 천성의 면에서는 계곡만 못하지만 인공의 면에서는 거의 택당(이식)과 맞겨룰 만하다. 아름답고 기이하며 드넓고 맑은 운치와 언어를 구사하고 다듬는 절묘한 솜씨는 또 독보적으로 빼어나다 할 만하다.(雖天成不若谿谷, 而人工所造, 殆可與澤堂相埒. 乃其瑰奇沈邃之致, 鼓鑄淘洗之妙, 則又獨擅其勝.)"라 적고, "소장(疏章)과 차자(箚子)는 특히나 더 정밀하고 핵실하며 공교로웠다. 사건을 지적하고 실정을 진술하여 이해를 논하고 득실을 따져 남들이 말하지 못하는 것을 곡진하게 묘사해 내니, 왕왕 폐부를 찌르면서도 옛사람의 격조를 잃지 않았다.(章箚, 尤精覈工篤, 其指事陳情, 論利害辨得失, 能曲寫人所不能言, 往往刺骨洞髓, 而要不失古人氣格.)"라고 높인 바 있다.

호패법 시행에 대해 논한 차자

論戶牌箚

삼가 아룁니다. 금년에 호패법을 이미 그치라 명하고는 다시 이를 행하니, 나무를 종이로 바꾼다면 그 일이 순조롭고 또 편할 것입니다. 부역이 없는 자는 차지 않게 한다면, 꼭 차야 할 사람이 또한 그다지 많지 않을 것입니다. 지난해에 조정의 신하들이 이를 찼고, 올해에 부역이 있는 백성이 또 이를 찬다면 그 법도로 삼음에 또한 차례가 있을 것입니다. 이는 진실로 오늘날 이른바 호패에 세 가지 좋은 점이 있다는 것입니다.

하지만 호패를 종이로 만들면 한 판에 새겨서 천 장 만 장을 찍어 낼 수가 있습니다. 나무로 만들면 둥글고 모난 것에 형체가 있고, 길고 두꺼운 것에 법도가 있게 마련이어서 한 가지라도 맞지 않으면 번번이 고쳐서 바꿔야만 합니다. 이는 가난한 처지의 신분 낮은 백성들이 저마다 직접 만들 수 있는 것이 아닙니다. 이것이 백성들이 종이를 편하게 여기고 나무를 불편하게 생각하는 까닭입니다. 종이라면 품 안에 간직하지만 나무는 밖으로 차야 합니다. 안의 것은 감출 수 있어도 밖의 것은 가릴 데가 없습니다. 대저 거울이 너무 밝으면 못생긴 여자가 미워하는 것은 곱고 미운 것을 숨길 도리가 없기 때문입니다. 물이 너무 맑아 큰 고기가 숨지 못하는 것은 비늘과 지느러미가 다 보이기 때문입니다. 이것이 백성들이 종이를 간편하게 여기고 나무를 불편하게 여기는 까닭입니다.

또 삼가 들으니 호패를 만드는 자들이 모두 지나치게 두껍게 만들기에 힘쓴다 하니 그래야 글씨 쓴 면을 깎아 내고 부역의 명칭을 고칠 수 있기 때문입니다. 그 밖의 갖가지 간교한 일들이 장차 법과 함께 생겨날 것입니다. 법이 촘촘해질수록 간교한 짓은 끝이 없게 되니 이 또한 작은 근심이 아닙니다. 지금 당장 하늘의 성냄이 날로 심해지고 가뭄이 더더욱 혹독해져서 도처에서 제사를 지내며 소망을 빌어도 희생과 제물이 아무 보람이 없습니다. 바로 군신 상하가 마음을 재계하여 생각을 모아야 할 때이지 함부로 움직일 때가 아닙니다.

예전 송나라 때 신하 소식은 「장방평을 대신해 군대의 일을 간한 글(代張方平諫用兵書)」에서 이렇게 말했습니다. "무릇 큰일을 할 때는 반드시 천심을 따라야 합니다. 천심의 향배는 이제 볼 수가 있는데도 딱 끊어 돌아보지 않고서 끝없이 일만 일으킵니다. 비유하건대 자식이 되어 부모에게 잘못을 저질렀다면 오직 공경하고 순종하며 고요히 생각하여 허물을 자책해야만 노여움을 풀 수 있는데도, 이제 도리어 노비를 나무라며 멋대로 매질을 해 대니, 이렇게 어버이를 섬긴다면 부모에게 용서받지 못할 것입니다." 이는 진실로 명언입니다.

이 법이 비록 좋다고 해도 진실로 오늘날 반드시 행하려 한다면 신이 가만히 생각건대 하늘의 노여움을 공경하는 도리에 어긋나게 될 것입니다. 서울 오부(五部)의 안과 거리와 시장통 사이는 관청과 사오 리도 떨어져 있지 않지만, 먼 지방의 큰 고을의 경우는 백성이 간혹 수백 리 밖에 살고 있어서 양식을 준비하고 행장을 꾸려 한번 관가의 뜰에 들어가려면 여러 날이 걸립니다. 사실을 조사하고 확인하는 즈음에는 매질을 당할까 두려워하고 형벌을 당할 때에는 토색질을 견디기 어려우니, 그사이에 근심과 원망과 괴로움이란 이루 말로 할 수 없는 점이 있습니다.

아! 각 고을에서는 다른 일은 다 접어 두고 이 호패를 발행하는 데 힘을 쏟고, 지친 백성들은 농사일을 접어 두고 이 호패를 받느라 애를 씁니다. 이미 호패를 받은 뒤에 그다지 큰 편리함이 있지 않다면 신은 잠시 처음 명령에 따라 멈춰 두는 것이 더 나을 것이라 생각합니다. 만약 굳이 멈출 수가 없다면 당장의 농사일이 어떠한지를 살피고 또 지금 백성의 농사철을 빼앗기 어려움을 살피시어, 잠시 그 정해진 기한을 물려주시고 겨울 사이에 법령을 반포해서 이듬해 봄부터 차게 하면 또한 백성을 편안히 하여 독촉하지 않기에 해가 되지 않을 것입니다.

삼가 생각건대 타는 듯한 가뭄으로 며칠 내에 비가 오지 않으면 백성들은 장차 다 죽게 되고 나라는 나라의 꼴을 갖추지 못하게 될 것입니다. 지금에 할 수 있는 것은 다만 죄인을 너그러이 풀어 주는 것 이 한 가지 일이 있을 뿐입니다. 만약 이제 다만 애초에 시행하려던 견책의 조목에 따라 그 가부를 의논한다면 그 견책 아래 누군들 죄를 입지 않겠습니까. 또 신문할 때에는 오히려 너그럽게 말을 해서 유죄에서 무죄를 구하고 무거운 곳에서 가벼운 곳을 구하여 어진 마음을 미루어 확장하고 온화한 기운을 이끌어 맞이하는 도를 다하는 것이 마땅할 뿐입니다.

신이 이제 빈청의 대신과 여러 재상의 뒤에 나아가 뵙고서 말씀을 올릴 수 있게 된다면 어찌 감히 숨김이 있으리까. 다만 여러 의논이 뒤섞여 올라가는 때에는 매번 위축되어 뜻을 다 말씀드리지 못하는 탄식이 있는지라 감히 대략 문자를 갖추어 전하의 재가를 기다립니다. 전하께서 살펴보시어 택하거나 물리치신다면 신은 황공함을 이기지 못하겠나이다.

해설

1675년 오랫동안 폐지되었던 호패법을 재시행하기에 앞서 올린 차자(箚子)다. 돌려 말하거나 장황하게 꾸미지 않고 단도직입으로 할 말만 하면서 논지를 펼쳐 차자문의 전형을 보여 준다.

논의는 두 부분으로 나뉜다. 먼저 나무로 만들었던 이전의 호패와 달리 종이로 만들 것을 주장했다. 지패(紙牌)가 경제적으로 비용이 절감되고 간수하기 쉬우며, 겉으로 드러내지 않아도 되고 무엇보다 위조가 어렵기 때문이다. 호패는 부역이 있는 자만 차게 하며, 조정의 신하부터 차고 백성에게 차례로 차게 하는 것이 좋겠다고 제안한 후 나무로 만든 목패의 문제점과 이로 인해 빚어지는 각종 폐단을 조목조목 나열했다. 또한 지방민의 경우 한창 농번기에 호패를 만들기 위해 수백 리 밖 관가까지 가는 고충으로 근심과 원망이 크다는 점을 짚었다. 따라서 기한을 연기해 농한기인 겨울철에 시행하고 내년 봄부터 차게 하는 것이 좋겠다고 건의했다.

간결하면서도 일절 군더더기 없는 깔끔한 문장 전개가 돋보인다. 김석주의 지패 도입안은 그대로 받아들여져서 이후 모든 호패는 지패로 제작되었고, 제도의 시행 또한 그의 주장대로 이루어졌다.

선집이 필요한 이유　　古文百選序

맹자는 "적은 수로는 무리와 맞설 수 없고 약한 자는 강한 자와 맞겨룰 수가 없다."라고 했다. 이 말은 군사의 일반적 형세가 그렇다는 것이다. 하지만 옛날의 용병 잘하는 자는 종종 작은 것으로 능히 큰 것을 제압하고 기이한 계책을 내서 이기곤 했다. 사현(謝玄)이 비수(淝水)에서 큰 승리를 거둔 일이나 우 공(虞公, 우윤문(虞允文))이 채석산(采石山)에서 승리한 일 등이 바로 이것이다. 대저 귀퉁이에 안주하여 떨치지 못하던 진(晉)나라의 군대를 가지고 부견씨(符堅氏)의 채찍을 던져 강을 막을 만한 군사를 이겼으니 이는 진실로 어렵다고 말할 일이다. 하지만 그 군대는 그래도 몇만은 된다고 일컬어졌다. 화평에 익숙하여 전쟁을 까맣게 잊은 송나라의 군대를 써서, 징과 북소리가 천 리에 이어진 완안씨(完顔氏, 여진족의 별칭으로 금나라를 가리킴) 무리를 깨뜨린 것은 진실로 더욱 굉장하다고 말할 만하다. 그래도 그 군대는 몇천 명이나마 되었다.

동오(東吳)의 감흥패(甘興霸, 감녕(甘寧))에 이르면 거느린 것이 단지 휘하 일백의 기병뿐이었다. 밤중에 함께 위나라 무제(武帝, 조조)의 군영을 습격해 들락거리며 휩쓸어서 마치 아무도 없는 지경을 내딛듯 쳐서 죽이고 다치게 한 것이 몹시 많았다. 위 무제가 마침내 이 때문에 포위를 풀고 떠나갔다. 이로 말미암아 본다면 군사의 수가 적을수록 그 선발은 더욱 정밀하고 선발이 정밀할수록 그 승리는 더더욱 기이했다. 진실로 그렇지 않다면 비록 산과 나란할 만큼의 갑옷과 숲처럼 많은 무리가 있다 한들 또한 어찌 승패의 운수와 관계되겠는가?

아! 이 어찌 군대만 그렇겠는가? 문장 또한 다를 것이 없다. 대저 결승(結繩) 문자를 대신한 이래로부터 온갖 서적이 어지러이 쏟아져 나와 종이와 붓을 소모한 것이 집에 넘치고 들보에 가득 차게끔 천하에 책이 많아졌다. 외워 익히는 사람들은 늘 너무 번다하고 어려운 것을 견디지 못하므로 이에 가려 뽑는 일이 생겨났다. 이 또한 군사를 부리는 자가 병졸을 선발하여 훈련을 통해 정예의 군사로 만들고 기이한 계책을 내어 승리를 취하는 밑거름으로 삼는 것과 같으니, 그 쓰임을 또 어찌 적다할 수 있겠는가?

근세에 문장을 가려 뽑은 것으로는 서산(西山) 진덕수(眞德秀)의 『고문진보(古文眞寶)』와 사방득(謝枋得)의 『문장궤범(文章軌範)』이 있는데, 이두 책은 지금까지 가장 성행하고 있다. 그러나 간혹 부(賦)와 사(辭)를 섞어 뽑아 법도가 가지런하지 않고, 당송에만 치우쳐 취하여 말의 기운이 점점 비루해지니 또한 여기에 병통이 없을 수가 없다.

나와 한집안 되는 자문씨(子文氏)의 형제가 앞서 호남에서 함께 와서 서울에서 나를 따라 배우며 고금의 문장을 초록하여 익히는 데 간편하게 해 달라고 내게 청했다. 마침내 진한 이하로 남송에 이르는 제가의 문장을 모두 가져다가 그중 정화로운 것을 가려 뽑고 고갱이만을 골라서 일백 편을 채우고 멈추었다. 나누어 세 편으로 만들고 그 제목을 써서 그들에게 돌려주며 말했다. "이것은 성채를 휩쓸던 기병과 같다. 진실로 이것을 잘 활용하는 자는 비록 손무(孫武)나 오기(吳起)와 비슷하고 위 무제와 같은 자라도 오히려 그 넋을 빼앗기에 충분하니, 하물며 이보다 낮은 자는 말할 것도 없다. 비록 약하더라도 반드시 굳세져서 한번 싸우면 패자가 될 수 있다. 내가 장차 눈을 크게 뜨고 기다리리라."

해설

김석주가 호남에서 올라와 자신에게 고문을 배우던 자문씨 형제의 요청에 따라 제가 문장 중 100편을 정선한 『고문백선(古文百選)』에 붙인 서문이다. 자문은 김계명(金啓明)의 자로, 자문씨 형제는 김계명·김두명(金斗明) 형제를 말한다.

김석주는 글에서 용병(用兵)과 선집(選集)을 맞대어 대비 효과를 극적으로 높였다. 앞에서 몇만 또는 몇천의 군사로 극적인 승리를 거둔 전투를 예로 들고, 이어 기병 100명으로 위나라 무제의 군영을 야습해 휩쓸었던 동오 감흥패의 전투를 점층적 방식으로 제시해, 적으면 적을수록 더더욱 기이한 승리를 거두었음을 말했다.

이렇게 군대의 일을 세 단계로 나눠 예시한 후 바로 문장의 일로 넘어갔다. 천하에 서책이 넘쳐 나면서 사람들이 번다한 것을 싫어해 선집의 간행이 이루어졌다. 하지만 대표적 선집인 『고문진보』와 『문장궤범』만 해도 문장의 체재가 산만하고, 분량도 적지 않으며, 시기상으로도 당송에만 치우쳐서 문장의 기운이 시들해진 문제가 있다고 지적했다. 이에 김석주는 진한으로부터 시작해 남송에 이르는 시기까지 가장 정채로운 글만 가려서 100편을 뽑고 이것을 『고문백선』이라고 하였다. 그리고 감흥패의 일백 기병에 해당한다 할 이 100편을 잘 익혀 훌륭한 문장을 이룰 것을 축원했다.

김석주가 가려 뽑은 문장의 목록은 남아 있지 않지만, 그가 문장에서 기세를 중시하고 진한 산문의 힘을 높이 평가했음을 글을 통해 알 수 있다. 단락별 호응의 짜임새가 돋보인다.

인연이 있는 정자의 터

宅南小丘茅亭記

땅에는 만나고 만나지 못함이 있다. 가려진 곳에 있으면 만나지 못하는 것이 당연하고 인가에서 멀리 떨어져 있으면 못 만나는 것이 마땅하다. 이 두 가지 경우가 아닌데도 오히려 못 만난 것은 어째서인가?

우리 집 남쪽에 한 작은 언덕이 있는데 정자를 앉힐 만했다. 우리 집과의 거리가 몇백 보 정도로 가까워 멀다고 할 수 없고 그 언덕의 둘레 또한 몇백 보 정도로 툭 트여 가려진 것도 아니다. 하지만 사람과 만나지 못해 정자조차 없다. 그러니 이 언덕이 날로 무성해져서 가시나무로 우거지고 날로 뒤덮여 봉긋해지는 것이 당연하다. 내가 우연히 가다가 이를 얻었다. 기약하지 않고 만나게 된 것을 다행으로 여겨 이에 하인에게 명하여 도끼와 가래를 가져다가 그 터를 깎아 평평하게 하고 그 무성하게 우거진 것을 쳐내게 했다. 봉긋하던 것이 평평해지고 덤불이 우거졌던 것이 시원해졌다. 마침내 나무를 깎아 기둥을 세우고 흙을 다져 벽을 바르고 이엉을 엮어 지붕을 얹었다.

이에 이 언덕이 비로소 나와 만나 정자를 얻었고 나 또한 날마다 그 정자에서 노닐었다. 종남산 기슭에 자리해서 산의 아침 이내와 저녁 안개가 푸르름을 옮겨 가 온갖 모양을 본뜨는 것을 날마다 내 눈으로 만난다. 정자 앞 바위 사이로 시내가 흐르며 뒤편은 소나무와 전나무로 덮여 있어, 그 쟁글거리는 소리가 패옥 소리 같고 물방울 지는 소리는 금슬의 가락과 어우러지는 것을 날마다 내 귀로 만난다. 정자 가운데에는 백가의 책을 놓아두니 요임금과 순임금의 글, 공자와 복희의 경전, 열자와 장자의 화려함, 좌구명과 사마천의 웅장함을 날마다 내 마음으로 만난다. 나는 몹시 즐거워서 이 언덕을 내가 얻게 된 것을 더더욱 다행으로 여겼다.

아! 유람하기에 좋고 편히 쉬기에 알맞기로는 비록 이 언덕보다 더 좋은 곳이 있을 것이다. 그런데 혹 멀리 떨어져 절역(絶域)에 있다면 내가 능히 얻을 수 있는 것이 아니다. 혹 가려져 황량한 구역에 묻혀 있어도 내가 능히 얻을 수 있는 바가 아니다. 지금 이 언덕은 멀리 떨어져 있지도 않고 가려져 있는 것도 아니니 마침내 나와 만나게 된 것이 당연하다. 옛날에 유종원은 비록 영주 땅에 좌천되어 가 있었지만 산언덕 하나 시냇물 하나에도 오히려 모두 기문을 남겼다. 하물며 내가 집 둘레에서 이 언덕을 얻었으니 또 어찌 기록하지 않을 수 있으랴.

해설

사는 집 남쪽 언덕 덤불이 우거진 곳에 터를 닦고 띠를 얹어 정자를 세우고는 기념하여 쓴 글이다. 누정기에 해당한다.

첫줄부터 만남의 문제를 들고나와 '우(遇)' 자를 안자(眼字), 즉 글의 핵심이 녹아 있는 글자로 내세웠다. 언덕과 만나 정자를 세우고, 그곳에서 산의 풍경과 자연의 소리, 제자백가의 서적과 만난다. 너무 멀지도 않고 황량한 곳에 묻혀 있지도 않으니 이곳과 만나게 된 것을 기쁘게 여긴다.

유종원의 「영주팔기(永州八記)」에 견주어 자신이 이 띠집 정자에 대해 느끼는 애정을 담백하게 적었다.

못 물고기의 죽음을 슬퍼하다

悲池魚文 辛卯

남쪽의 연못이 막 이루어졌을 때 마침 산 물고기를 바치는 자가 있었다. 너비는 두 치 남짓이요, 길이는 한 자에서 두 치쯤 모자랐다. 그물에 벗겨진 비늘이 거의 열에 셋만 남아 모습이 자못 볼썽사나웠다. 나는 몹시 불쌍하게 여겨 마침내 거두어 못에서 이를 길렀다. 처음 놓아주자 양양하여 생기가 있었다. 내 생각에 살아서 죽지는 않겠거니 여겼다. 하지만 사흘이 지나 끝내 죽고 말았다.

나는 몹시 슬퍼서 물고기를 위해 글을 지어 이렇게 고했다.

"아, 물고기여! 미려(尾閭)의 골짝과 예환(蜺桓)의 연못으로 드넓어 깊이를 가늠하지 못할 곳이 바로 네가 살던 곳이다. 청어, 참다랑어, 망둥어, 자가사리, 연어, 방어, 잉어, 쏘가리 들이 어우러져 무리 지어 이따금 물 위로 뛰고 때로 물속에 잠기는 것은 바로 너의 동무들이다. 비췻빛 그늘과 자줏빛 줄풀, 푸른 청각과 가느다란 물풀이 잔물결에 일렁이며 언덕과 방죽을 뒤덮은 곳은 바로 네가 놀며 쉬던 곳이다.

하지만 너는 이제 평소 즐거워하던 것을 모두 버리고 한 됫박의 물에서 곤핍을 당하니 물결을 일렁여 봤자 비늘을 적시기에도 부족했다. 한두 마리 개구리와 맹꽁이, 구더기나 지렁이와 함께 항아리 안에서 철벅대니 네가 죽는 것이 진실로 당연하다. 처음 네가 사람에게 잡혀서 음식

재료로 충당되는 것은 다만 잠깐의 사이였을 뿐이다. 능히 며칠의 목숨을 연명할 수 있었던 것은 진실로 네가 또한 행운으로 여길 바였다. 하지만 내가 도리어 너를 위해 슬퍼하니 이는 대개 네가 사는 것을 보려다가 마침내 죽는 것을 구하지 못함을 슬퍼하는 까닭이다.

아! 나의 슬픔이 어찌 그저 너의 죽음 때문만이겠는가? 도리어 너보다 큰 문제가 있기 때문이다. 바야흐로 지금의 백성들은 있어야 할 곳을 잃은 경우가 많아 눈을 흘겨보며 삶을 즐거워하는 마음이 없다. 대부분 구덩이 사이에서 뒹구니 마침내 또한 곤궁하여 죽을 것이다. 이 어찌 네가 낚싯바늘을 물고 그물에 걸린 것과 다르겠는가? 사람이 낚싯바늘을 물고 그물에 걸린 것을 보면 바야흐로 장차 이를 튀기거나 굽고 회를 뜨고 구이를 해서 스스로 원하는 대로 한다. 그러니 또 어찌 능히 한 국자의 물을 보태 주고 한 됫박의 물로 물결을 일으켜서 살릴 수 있겠는가? 사람들은 그 곤핍하여 죽게 된 것을 보고는 바야흐로 장차 이를 위해 기뻐 즐거워하며 좋아하니 또 어찌 능히 슬퍼할 만함을 알겠는가? 이제 너는 오히려 내가 너를 위해 슬퍼해 주기라도 하니 또한 저들보다는 나은 것이 아니겠는가? 네가 아직 죽지 않았을 때에는 비록 병은 들었어도 오히려 죽지 않으리라 여겼는데, 마침내 죽고 만 것은 대개 불행하여 이 일을 당한 것이다.

사람이 백성에 대해서도 반드시 죽음에 이르게 한 뒤라야 그만두니 비록 요행이 있다 한들 오히려 살 수가 있겠는가? 사람인데도 오히려 이와 같거늘 너는 물건 중에서도 가장 미천한 것으로 있어야 할 곳을 잃어 죽게 되었으니 또 어찌 괴이하다 하겠는가? 네가 진실로 앎이 있다면 또한 반드시 스스로를 위로함이 있을 것이다. 진실로 내가 너에 대해 마음으로 안타깝게 여겼던 것은 네가 시물은 중하게 여기고 사람은

우습게 여겨서가 아니다. 설령 저 백성이 아무런 죄가 없어도 나는 천하
고 힘이 없어 진실로 이를 구할 도리가 없다. 너 같은 경우에는 설령 강
과 바다에 옮겨 놓을 수는 없다 해도 깊은 호수나 큰 연못에서 살게 하
여 네 짝들을 따라 오르내리며 즐거워하게 할 수는 있었다. 하지만 마침
내 못에서 재앙을 만나 너는 끝내 덕을 보지 못했다. 내가 이 때문에 슬
퍼하는 것이니 너는 또한 나의 마음을 알겠느냐. 아!"

해설

18세 때인 1651년에 쓴 글이다. 문장이 대단히 조숙했음을 잘 보여 준
다. 연못에 놓아준 물고기가 사흘 만에 죽자 그 죽음을 애도하기 위해
물고기에게 말을 건네는 형식으로 글을 펼쳤다. 물고기가 원래 있어야
할 자리를 잃고 갇힌 물속에서 답답하게 지내다가 타고난 수명을 누리
지 못하고 죽은 것을 애도했다. 그러고는 바로 있을 곳을 잃게 되어 삶
의 희망을 놓아 버린 백성들의 이야기를 병치했다.

 제 삶의 터전을 잃어 삶에 아무런 기쁨이 없는 백성을 낚싯바늘을 물
거나 그물에 걸린 물고기에 견주고, 다 죽게 된 백성을 보며 기뻐하는
것을 물고기를 잡아 요리해 먹는 것에 비겼다. 한술 더 떠 물고기에게는
죽음을 슬퍼하는 자신이라도 있지만 백성에게는 그 같은 존재마저 없으
니 오히려 다행이 아니냐고도 했다. 도탄에 빠진 백성에 대한 안타까움
을 토로하기 위해 못에서 죽은 물고기를 일부러 끌어들여 제 주장을 펼
쳤다. 젊은 시절의 포부와 경세의 의지가 느껴지는 글이다.

게딱지만 한 집 　　　　　　蟹甲窩記

돌을 포개 산을 만드니 숭산(嵩山)이나 화산(華山)에 견주면 진실로 너무
도 작다. 하지만 모래를 뭉치고 먼지를 모은 것에 견준다면 지극히 크다.
먹고살 만한 중인(中人)의 집안을 다니며 구걸하는 자는 이를 두고 침을
흘린다. 하지만 탁왕손(卓王孫)과 정정(程鄭)과 의돈(猗頓)과 도주공(陶朱
公) 같은 큰 부자들은 오히려 또 그 중인을 불쌍하게 본다.

　벌레 중에는 발이 없는 것이 있다. 기(夔)는 발이 하나고, 새는 발이
둘이며, 짐승은 발이 넷이다. 짐승은 새를 비웃고, 새는 기를 비웃으며,
기는 발 없는 벌레를 비웃는다. 발조차 없는 벌레는 진실로 비웃을 만하
다. 하지만 또 발이 네 개 달린 짐승을 비웃는 것이 있어서 이렇게 말한
다. "나는 발이 백 개나 된다. 그래서 죽음에 이르러서도 쓰러지는 법이
없다. 저 짐승은 발이 네 개뿐이니 어찌 이다지 적단 말인가?" 그렇다면
이른바 많고 적고 크고 작은 차이란 것이 어찌 끝이 있겠는가? 이는 다
만 그 생긴 바로 인하여 보는 것도 덩달아 변하는 것일 뿐이다.

　또 옛날의 제왕 중에 띠풀을 자르지 않고 흙 계단을 세 개만 두어 거
처로 삼은 사람이 있었다. 뒷사람이 이를 작다고 여겨 앞쪽의 전각을 동
서 오백 보(步)로 만들고 남북으로 쉰 장(丈)이나 되게 만들어, 그 위로
일만 명이 앉을 수 있고 아래에는 다섯 장(丈)의 깃발을 세울 수 있게

하였다. 뒷사람이 또 이를 작게 보아, 이십팔 리(里)의 둘레에다 목란(木蘭)으로 마룻대와 서까래를 만들고, 문행(文杏)으로 들보와 기둥을 만들어 황금으로 꾸미고 옥으로 문을 달아 찬란하고 환하게 비치게 한 자가 있었다.

아! 똑같은 제왕이었지만 그 거처가 이렇듯 같지 않음은 어찌 된 것인가? 띠풀로 지붕을 인 집은 소박하였고, 흙 계단은 누추하였다. 해와 달과 별자리의 역상(曆象)이 물과 땅에 나란히 미쳐서 천하를 사람에게 준 것은 모두 큰 정치인데, 그럼에도 이곳에서 명령하기에 충분하였다. 이것이 작은 줄을 알지 못한 까닭이다. 그 궁전이 혹 높고 크고 장대하고 화려해서 이십팔 리에 이르는데, 연나라와 조나라의 아름다운 여인들을 감춰 두고, 가무와 관현의 음악, 진귀한 모피와 갖은 빛깔의 비단을 쌓아 두며, 기이한 새와 보배로운 동물, 이름나고 신기한 꽃과 풀을 길러 귀와 눈을 즐겁게 하는 것은 오히려 여기에서 그 욕심을 능히 다할 수가 없다. 그렇다면 이 또한 그것이 큰 줄을 알지 못하겠다. 작은 줄을 모르면 큰 것이 된다. 대저 어찌 이미 크다고 여기면서 오히려 이를 키우려 하는 자가 있겠는가? 큰 줄을 알지 못하면 이것이 작은 것이 된다. 또한 어찌 이미 작게 여기면서 능히 이를 키우려고 하는 자가 없겠는가?

벗 홍언명(洪彦明)이 호수의 구비에다 집을 짓고, 땅 이름을 끌어와 해갑와(蟹甲窩)라고 하였다. 세속의 말에 집이 작은 것을 두고 게딱지(蟹甲)라고 한다. 홍언명 또한 집이 작은 것을 염두에 둔 것이다. 그사이에 나에게 기문을 구하곤 했는데, 내가 듣고 의아하게 여겨서 말했다.

"자네는 그 집이 큰 줄 모르고 작다고만 생각하는 겐가? 내 들으니 옛사람이 돌피를 가지고 사람의 몸뚱이에 비유했다고 하더군. 대저 돌피 같은 몸뚱이로 게딱지만 한 집에 살게 된다면 어찌 여유작작하지 않을 수 있겠는가? 게다가 달팽이의 뿔에는 나라가 두 개나 있지만, 게딱지는 그래도 한 집이라네. 그 크고 작음이란 그저 짐승이 새를 보거나 새가 벌레를 보는 것 그리고 숭산이나 화산과 모래와 먼지의 차이와 다를 바가 없다네."

이렇게 말한다면 그 집이 비록 게딱지만 하다고 하더라도 도리어 또한 작지는 않은 셈이다. 홍언명의 집은 내가 비록 한 번도 찾아가 본 적이 없다. 하지만 나는 그 집이 반드시 몇 아름의 띠풀로 지붕을 덮고 몇 개의 서까래를 얽었으며, 틀림없이 대문과 계단이란 것이 있을 줄로 안다. 이는 옛날의 제왕이 견디며 살던 곳이다. 하지만 포의의 즐거움이란 기껏해야 도서(圖書)와 문사(文史)로 옛 성현을 사모하며 홀로 즐기는 것에 지나지 않는다. 가무(歌舞)나 관현(管絃), 금수와 화훼를 쌓아 둠도 없다. 그럴진대 또한 어찌 그 집을 게딱지라고 볼 수가 있겠는가?

아! 사물 중에 진실로 군이 클 필요가 없는 것이 있으니 궁실(宮室)의 종류가 그러하다. 크지 않아서는 안 되는 것이 있으니, 군자의 학문과 사업이 그러하다. 학문이 크지 않으면 도(道)를 자임하기에 부족하고, 사업이 크지 않고는 백세에 전하여도 썩지 않기에는 부족하다. 대저 선비를 업으로 삼아 살면서 스스로를 게딱지로 본다면 이것은 어진 것이다. 이미 어진 사람이 스스로를 게딱지로 본다면 성인이 되는 것 또한 바랄 수가 있다. 이미 성인이 되고서도 스스로를 게딱지로 본다면 하늘과도 합치될 수가 있다. 선비가 하늘과 합치됨에 이른다면 그 사업이 크다고 할 만하다. 하지만 선비로서 그 사업을 능히 크게 할 수 있는 자가 진실로 학문을 급선무로 삼지 않는다면 또 무엇을 우선하겠는가? 홍언명은 힘쓸지어다.

나는 또 두부(杜甫)가 "어찌해야 넓은 집 천만 칸을 얻어서, 천하의 빈한한 선비를 덮어 주어 모두 기쁜 얼굴을 짓게 할 수 있을까?"라고 했다는 말을 들은 적이 있다. 홍언명으로 하여금 진실로 학문에 힘쓰고 사업을 닦아 나라에 등용되게 한다면, 과연 빈한한 선비를 감싸 주는 바탕을 얻어서 두보의 말을 저버리지 않을 수 있겠는가? 그렇다면 비록 게딱지로 그 집을 보더라도 또한 괜찮을 것이다.

해설

홍기(洪䙫, 1646년~?)의 거처에 붙인 기문이다. 홍기가 자신의 집이 작고 보잘것없다는 뜻으로 게딱지(蟹甲)란 이름을 붙이자 이 이름을 통해 미끄러져 나온 생각을 한 편의 글로 풀어 냈다. 기문의 형식을 따르되 세계를 바라보는 독특한 시선을 설득력 있게 담았다.

처음 세 단락에서는 크기의 상대적 가치를 설명했다. 돌로 쌓은 산의 크기와 벌레의 다리 수와 제왕의 서로 다른 거처를 예시로, 큰 것을 작게 여기면 더 키우려 들지만, 작은 것을 크게 생각하면 그것에 만족하게 되는 단순한 이치를 설명했다.

집을 게딱지만 하다고 하는 것은 이미 작다고 생각하는 마음이 있는 것이다. 하지만 이 작은 집도 갖출 것은 다 갖추고 있으니, 그대가 크다고 생각하면 이곳에서 옛 제왕의 사업을 펼칠 수도 있고, 작다고 여기면 끝나지 않을 욕심 속을 헤매게 된다. 집의 크기는 중요한 것이 아니다. 그 안에 사는 사람이 품은 학문과 사업의 크기가 더 중요하다. 두보는 빈한한 삶을 살았지만, 그의 시를 통해 알 수 있듯 그가 품었던 뜻은 크고도 넓었다. 집은 작아도 크게 여기고, 품은 뜻은 커도 작게 여긴다면 얼마나 멋지겠는가? 이렇게 김석주는 자신의 벗인 홍기가 스스로 게 딱지만 하다고 한 그 집에서 학문과 사업에 힘을 쏟아, 나라에 등용되어 큰일을 할 수 있기를 축원했다.

김창협은 김석주의 글을 두고 "글의 구상을 뿌리로 삼고 글의 뼈대를 줄기로 삼아 소재를 엮고 화려한 수사로 보충한 뒤 마침내 글쓰기의 여러 규칙과 법도를 끌어오니 질서가 정연하였다.(本之以意匠, 而幹之以筋骨, 締之以材植, 而傅之以華藻, 卒引之於規矩繩墨, 森如也.)"라고 했다. 이 같은 특징이 이 글에 잘 구현되어 있다.

마음을 살찌워라 醫訓

내가 몇 달간 병을 앓다가 외출하니 몸이 한층 야위었다. 아내에게 물어보자 "당신은 너무나 야위었어요."라고 했다. 벗에게 물으니 "아! 자네가 어쩌다가 이 지경으로 말랐는가?"라고 했다. 하인과 종에게 물어도 말랐다고 하지 않는 이가 없었다. 내가 걱정이 되어 낯빛에 근심을 띤 채 의원과 상의하려 하였다.

나라를 대표하는 의원으로 의술이 몹시 신묘한 이가 마침 이웃에 살고 있다기에 마침내 그를 맞이하여 물어보았다. 의원이 처음에 들어와 좌정했다. 몸을 기울여 자세히 살피더니만 고개를 들어 소리를 듣는 듯이 하다가 앞으로 나아와 그 맥을 짚어 보았다. 그러고는 물러나 앉으며 이렇게 말했다.

"제가 그대의 목소리를 듣고 그대의 낯빛을 살펴보니 아픈 사람 같지가 않았습니다. 제가 그대의 맥을 짚어 보니 병은 이미 나았습니다. 무엇을 더 고치고 싶은지요?"

"나는 야윈 것을 고치고 싶네."

의원이 입을 벌리고 웃으며 말했다.

"그건 제가 못 고칩니다. 병이 살갗에 있으면 고약으로 다스리고, 혈맥에 있으면 침과 뜸으로 다스리지요. 장이나 위에 있으면 제가 술로 다스리는데, 치료하면 효과가 없는 경우가 없습니다. 지금 그대는 병든 것이 아니라 마른 것이니, 제가 어찌 의술을 펼치겠습니까? 게다가 그대가 야윈 것을 치료하려 함은 살찌려 하는 것이 아니지요. 살이 찌려면 네 가지가 필요한데 그대는 한 가지도 없으니 또한 무엇으로 살찌기를 구한단 말입니까. 대저 몸을 길러 살찐 자가 있고, 입을 길러 살찐 자가 있으며, 눈을 길러 살찐 자가 있고, 귀를 길러 살찐 자가 있습니다. 지붕이 높이 솟고 거처가 훌륭하며 화려한 큰 집에서 쉬고 아름답게 수놓은 방 안에서 즐기면서도 그 모습이 비쩍 마른 사람을 그대는 본 적이 있는지요? 일천 개의 술잔과 일백 개의 솥을 벌여 놓고 생선을 굽고 고기를 삶아 육지와 바다에서 나는 산해진미를 다 가져와 즐기는데도 그 모습이 야윈 사람을 본 적이 있습니까? 남위(南威)와 서시(西施) 같은 미인이 한 일백여 명쯤 주옥을 두르고 한 집에 살면서 살짝 눈웃음을 지으면서 그윽한 눈길로 마음을 허락한다고 할 때 이러고도 그 모습이 파리한 사람이 있던가요? 오나라와 월나라의 노랫가락에 백아의 거문고와 영윤(伶倫)의 피리 소리가 성대하게 어우러져 무리 지어 늘어섰는데도 그 낯빛에 고달픈 기색이 있는 자가 있습디까? 이 네 가지는 사람을 살찌우는 바탕이 되는 것입니다.

이 때문에 사는 집이 화려하면 편안해서 살이 찌고, 음식이 사치스러우면 맛이 있어서 살이 찝니다. 용모가 아름답고 보니 기뻐서 살이 찌고, 소리의 가락이 어여쁜지라 즐거워서 살이 찌지요. 이 네 가지를 몸에 지니면 살찌기를 애써 구하지 않더라도 저절로 살이 찝니다. 저들이야 진실로 그 같은 바탕을 갖추고 있는지라 살찌는 것이 당연합니다. 이제 그대는 이미 가난한 데다 신분도 낮고 쑥대로 얽은 초가집에 살면서 채소와 거친 밥을 먹습니다. 눈은 다섯 가지 채색을 본 적이 없고, 귀는

다섯 가지 소리를 들은 적이 없으니, 바탕이 갖춰지지 않은 상태에서 다만 살찌기를 구한다면 끝내 살이 찔 수도 없을 뿐 아니라 도리어 양비(良肥)마저 잃게 될까 염려됩니다."

내가 말했다.

"그렇구려. 내가 진실로 이 네 가지의 것이 없는데 또 병으로 야위기까지 하였소. 어찌 이른바 양비란 것이 있단 말이오?"

의원이 말했다.

"이른바 양비란 것은 화려한 거처나 사치스러운 음식 또는 즐거운 음악과 마음을 기쁘게 하는 여색을 바탕으로 삼지 않습니다. 도덕으로 채우고 인의로 윤택하게 해서 낯빛에 가득 차올라 얼굴에 환하게 드러나는 것을 말하지요. 이는 진실로 본래부터 지녔던 것을 온전히 해서 평소에 없던 것을 사모하지 않는 것입니다. 이는 진실로 그 마음을 살찌워서 몸이 마르는 것을 병으로 여기지 않는 것이고요. 그대는 또 초나라 장사꾼의 일을 들어 보지 못했습니까? 형산(荊山)의 옥 하나를 쌓아 두니 그 값은 여러 개의 성으로도 능히 바꿀 수 없는 것이었습니다. 하루아침에 제나라로 갔다가 금은보화가 시장에 쌓인 것을 보고는 마음으로 기뻐하여 이것과 맞바꿔 돌아왔습니다. 대저 금은보화는 진실로 부자가 되는 바탕이지만, 형산의 옥 한 개가 지닌 양부(良富)만은 못합니다. 장사꾼이 그 타고난 부를 잃고 나서는 어느새 밑천 또한 다하고 말았지요. 그래서 사람들은 장사를 잘하지 못한 사람이라고 말하며 모두들 초나라 장사꾼을 비웃었지요. 이제 그대가 양비를 버리고 평소에 없던 것을 구하니, 설령 이것을 얻는다 해도 오히려 장사를 잘하지 못한 것이 되고 맙니다. 찾다가 얻지 못하고 또 본래 지녔던 것마저 잃게 되면 사람들이 이를 비웃으니 어찌 다만 초나라의 장사꾼 정도이겠습니까? 이 때문에 옛날의 현인과 군자는 먼저 마땅히 살찌워야 할 것을 살피고 고쳐야 할 것을 살폈던 것입니다. 바탕이 있어 살찌는 것으로 그 몸을 살찌우지 않고, 양비로 그 마음을 살찌웁니다. 몸이 살찌지 않음을 병으로 여기지 않고 마음이 살찌지 않음을 가지고 병으로 삼지요. 이것이 온전해지면 저것을 부러워함이 없으니, 어찌 자기의 형옥(荊玉)을 가지고 금은보화와 바꾸려 하겠습니까?"

내가 말했다.

"그대의 말이 되새겨 볼 만하구려. 원컨대 옛사람의 양비가 또한 보통 사람과 어떻게 다른지 들려주겠는가? 이제 내가 이를 온전히 하고자 하니 가능하겠는가?"

의원이 말했다.

"그대가 옛사람의 양비에 대해 듣고자 하십니까? 옛사람의 양비가 그대의 양비와 다를 게 없습니다. 옛사람은 이미 이를 온전히 하였고, 이제 그대도 장차 이를 온전히 하려 하니, 이는 온전히 하고 온전히 하지 못하는 차이가 있을 뿐입니다. 옛날의 군자는 일찍이 그 마르는 것을 병으로 여기지 않았습니다. 그래서 또한 굳이 애를 써서 온전히 하기를 구하지 않아, 양비가 절로 온전해졌지요. 공자께서는 진(陳)과 채(蔡)에서 굶주리며 곤액을 당했지만 성인(聖人)의 살찜을 온전하게 하였고, 안연은 겨와 술지게미를 싫증 내지 않아서 그 어짊의 살찜을 온전하게 하였습니다. 백이와 숙제는 수양산에서 굶주려서 그 절개의 살찜을 온전히 하였고, 굴원은 강수(江水)와 상수(湘水)에서 비쩍 말라 초췌해졌어도 그 충성의 살찜을 온전히 하였습니다. 이는 모두 오직 의리로 어깨를 나란히 해서 비록 죽는다 해도 후회가 없었던 것이니, 하물며 야윈 것을 가지고 그 뜻을 바꾸는 것에 견주겠습니까?

또 그대에게 부족한 것은 몸을 살찌우는 바탕일 뿐이고 그대의 양비에는 진실로 부족한 점이 없습니다. 옛날의 군자는 일찍이 쑥대로 지붕을 인 집에 살았고, 그대 또한 쑥대 집에 살고 있으니, 그대가 사는 곳이 옛사람의 살던 곳인 셈이지요. 옛날의 군자는 늘 거친 밥을 먹었는데 그대 또한 거친 밥을 먹으니 그대가 먹는 음식은 옛사람이 먹던 음식과 다르지 않습니다. 여색의 삿됨은 내 시선을 어지럽게 하지 못하니 옛사람의 현명함이 있기 때문이고, 소리의 음탕함이 내 귀를 어지럽히지 못함은 옛사람의 총명함이 있기 때문입니다. 본래부터 지녔던 바탕이 이처럼 아름다우니, 그대가 이를 온전히 하고자 한다면 온전하게 할 수가 있을 것입니다. 이 때문에 공자께서는 '내가 어질고자 한다면 어짊이 이른다.'라고 했으니, 어찌 불가함이 있겠습니까?"

이에 내가 자리를 피해 두 번 절하고 사례하며 말했다.

"처음에 내가 집사람의 말을 듣고는 한갓 나를 걱정하는 줄로 알았고, 벗들의 말을 듣고는 나를 불쌍히 여기는 줄로 알았으며, 하인들의 말을 듣고는 한갓 나를 보고 놀란 줄로만 알았소. 하지만 마침내 그대의 말이 나를 깊이 아끼는 것만은 못하구려. 내가 처음 그대를 보고는 장차 몸을 고치려 했는데, 그대의 말을 듣고 나서는 마침내 마음을 고치게 되었소. 내가 비록 부족하지만 감히 복종하여 따르지 않을 수 있겠는가?"

해설

의원과 만나 주고받은 대화를 옮긴 글이다. 어떤 인물과의 대화를 통해 특정 생각을 전달하는 형식은 잡저(雜著)에서 흔히 사용되는 방법 중 하나다. 이러한 글은 대체로 깨달음의 성취와 그것을 풀어 내는 논리의 완성도에 따라 글의 성패가 갈린다. 기발한 생각과 치밀한 구성이 돋보이는 김석주의 문장은 이런 유의 글에서도 강점을 보인다.

몇 달 동안 병을 앓고 나서 바싹 야윈 자신을 본 주변 사람들이 염려하는 말을 하자 걱정 끝에 의원을 찾아 해법을 묻는 것으로 글이 시작된다. 자신을 '나'라 하지 않고 '김자(金子)', 즉 김씨 집안의 아들이라고 3인칭으로 표현한 것이 재미있다.

문진을 마친 의원은 야위었을 뿐 병은 아니라고 진단했다. 어떻게 해야 살이 찔 수 있느냐는 물음에는 야윈 것이 병은 아니며 정작 살찌워야 할 것은 몸이 아니라 마음임을 말하여 김석주를 깨우치고 경계했다. 몸을 살찌우는 비(肥)에 맞서 마음을 살찌우는 양비(良肥)의 개념을 제시하여 주제를 선명히 하였고, 과거 성현들이 마음을 살찌운 방법을 구체적으로 제시하여 설득력을 높였다. 그러고는 김석주에게는 몸을 살찌우는 데 필요한 네 가지 조건, 즉 화려한 거처와 사치한 음식, 즐거운 음악과 아름다운 여색이 없지만, 오히려 이 같은 부족함이 마음을 살찌우는 바탕이 된다고 말하며 옛 성현을 뒤좇을 것을 축원하였다. 몸과 그것을 둘러싼 물리적 환경보다는 마음의 자세가 더 중요하다는 점을 지속적으로 펼쳤다. 글은 김석주가 의원의 말에 승복하는 것으로 끝난다.

이 글은 담긴 의미와 풀어 가는 방식이 설(說)과 유사하다. 몸을 고치려다가 마음을 고치게 된 경험을 계기로 마음을 길러야 하는 이유와 방법을 설득력 있게 펼쳐 냈다.

김창협

金昌協

1651~1708년

본관은 안동(安東), 자는 중화(仲和), 호는 농암(農巖)·삼주(三洲), 시호는 문간(文簡)이다. 병자호란 당시 척화파의 수장이었던 김상헌(金尙憲)의 증손자요, 예송 논쟁을 주도하고 기사환국 때 사사(賜死)된 영의정 김수항(金壽恒)의 아들이다. 1682년에 증광 문과에 급제한 뒤 이조 정랑·동부승지·대사성·예조 참의·대사간 등을 역임했다. 1689년 기사환국으로 아버지 김수항이 사사되자 관직에서 물러났다. 1694년 갑술옥사 이후 아버지가 신원되어 예조 참판·홍문관 제학·이조 참판·대제학·예조 판서·지돈녕부사 등에 임명되었으나 모두 사직하고 나가지 않았다.

김창협은 퇴계 이황과 율곡 이이의 성리학을 폭넓게 수용하고 절충한 조선 중기의 대표 학자인 동시에 시문으로 명성이 높았던 문인이었다. 특히 최립(崔岦) 등에 의해 제기되고 이정귀(李廷龜), 신흠(申欽), 장유(張維), 이식(李植) 등 한문사대가에 의해 확산된 고문론을 발전적으로 계승하여 체계적으로 정립한 인물로 평가된다. 특히 전대에 유행했던 명대 전후칠자의 복고문학을 거부하고 한유와 구양수 중심의 당송 고문의 부활을 주도했으며, 전겸익(錢謙益) 등 명말 청초의 문인들을 새롭게 소개하여 조선 문단의 변화를 이끈 공이 적지 않다.

김창협의 아우이자 뛰어난 문인이었던 김창흡(金昌翕)은 그의 문장에 대해 타의 추종을 불허하는 세 가지 빼어난 점이 있다고 했다. 그 첫 번째는 간결한 말로 천하의 이치를 다 드러낸다는 것이고, 그 두 번째는 부드러운 말투로 막힘없이 논리를 펼친다는 것이며, 그 마지막은 신중하고 여유롭게 글을 마무리한다는 것이다. 자구(字句)와 편장(篇章) 모두에서 새로운 모범을 구축한 김창협 산문에 대한 가장 적실한 평가라 할 만하다.

김창협의 문학을 극력 비판했던 남극관(南克寬)조차도 "우리나라의 일가(一家)가 되기에 충분하다."라고 인정했을 정도다. 정조는 "우리나라의 문집으로 선유(先儒)의 대가 외에 근세의 농암 김창협과 삼연 김창흡, 식암 김석주의 문집은 그 문장이 상당히 볼만하고 그 나머지는 잘 모르겠다.(我東文集, 儒先大家外, 如近世農淵息菴, 其文亦頗可觀, 餘則不知也.)"라고 평한 바 있다.

김창협은 사후 숙종의 묘정(廟庭)에 배향되었고, 양주의 석실서원(石室書院)과 영암의 녹동서원(鹿洞書院)에 제향되었다. 지은 책으로 『농암집(農巖集)』, 『주자대전차의문목(朱子大全箚疑問目)』, 『이가시선(二家詩選)』 등이 있고, 글씨에도 능하여 「문정공이단상비(文貞公李端相碑)」, 「감사이만웅비(監司李萬雄碑)」, 「김숭겸표(金崇謙表)」, 「김명원신도비전액(金命元神道碑篆額)」 등의 작품을 남겼다.

보지 못한 폭포 凜巖尋瀑記

풍패동(風珮洞)의 동쪽은 바로 늠암곡(凜巖谷)이다. 그 물이 서쪽으로 흘러 소월석(掃月石) 아래에 이르러 대천(大川)으로 들어간다. 우리 집에서 바라보면 아주 가깝지만 특별한 점이 있는 것으로는 보이지 않았다. 하루는 마을 주민 황 씨(黃氏)가 자익(子益, 김창흡)에게 골짝 안에 있는 폭포가 몹시 기이하다고 말해 주었다. 자익이 내게 알려 주기에 마침내 흔연히 함께 갔다. 대유(大有, 김창업)와 조카 인상(寅祥)과 악상(嶽祥)이 따라왔다. 세 사람은 모두 말을 타고 두 아이는 걸어갔다.

골 어귀에 이르자 인가 서너 채가 보였다. 산을 등진 채 물을 두르고 있어 밭두둑과 울타리가 썰렁했다. 문을 두드리니 한 구부정한 노인이 나왔다. 수염과 눈썹이 온통 희어 칠팔십 세쯤 되어 보였다. 폭포가 어디에 있는지 묻자 지름길을 가리키며 들어가는 길을 아주 자세히 일러 주었다.

골 안으로 일 리쯤 들어가서는 말을 풀밭에 놓아두고 지팡이를 짚고 나아갔다. 얼마 안 있어 너럭바위 하나가 보이는데 비탈이 져서 앉을 만했다. 물이 그 위를 쟁글대며 흘렀다. 소나무 두 그루가 이를 덮고 있어 기이하고 장한 데다 울창하게 가지가 뻗어 있었다. 곁에는 단풍 숲이 있는데 또한 높고 컸다. 잎이 한창 선홍빛이었으므로 동행들이 문득 몹시 기뻐하였다. 이 속에 이처럼 아름다운 경치가 있을 줄은 생각지도 못했다.

여기서부터는 오솔길이 굽이굽이 이어지면서 여러 차례 좋은 곳을 얻게 되니 나아가면 나아갈수록 더 기뻐할 만했다. 하지만 폭포로 들어가는 길은 놓쳐서 찾지 못하고 그저 시내를 따라 올라갔다. 그렇게 오륙 리쯤 갔는데도 폭포는 종내 찾을 수가 없었다. 지쳐서 바위 위에 앉아 산과일을 따서 먹으며 사방을 둘러보았다. 묏부리는 빙 둘러서고 산마루는 첩첩인데 시내 골짝은 깊고도 그윽해 바라다보이는 것은 온통 서리 맞은 숲의 붉고 누런 단풍뿐이었다. 동북쪽은 경계가 더욱 그윽이 빼어나 바라보니 은은하여 마치 신기한 것이 있을 것만 같은지라 마음이 몹시 즐거웠다.

날은 이미 뉘엿해졌지만 또 폭포를 놓칠 수 없어 다시금 옛길을 따라서 내려가 비로소 한 갈래 좁은 길을 찾았다. 앞서 노인이 일러 준 것과 비슷해서 시험 삼아 그 길을 따라가 보았다. 얼마 못 가 바로 산등성이로 점점 올라가기만 했다. 마침내 폭포가 있는 곳은 알 수가 없었다.

얼마 후 골짜기 안에서 사람 소리가 들렸다. 아우 자익이 먼저 시내로 내려갔다가 이곳에 이른 것이었다. 그의 말이 이미 폭포를 보았다 하므로 어찌 생겼더냐고 묻자 검은 바위가 드높게 겹겹이 포개져 있는데 약한 물줄기가 이를 덮어 조금도 볼만한 게 없다고 했다. 내가 아우 대유와 서로 보면서 입을 벌려 웃으며 말했다.

"이런 것 구경하자고 발품을 팔겠는가?"

마침내 가지 않고 돌아와 비탈진 바위 위에서 밥을 먹었다. 자익이 웃으며 말했다.

"오늘 이후로 마땅히 천하에 말만 번드레한 못 믿을 인사들이 더욱 싫어질 듯합니다."

황 씨에게 속고 만 것을 유감스러워한 것이었다.

산을 내려온 뒤 길을 알려 준 노인을 만나 본 것을 얘기하자 노인이 말했다.

"아닙니다. 그 위에 진짜 폭포가 있습니다. 하지만 냇물을 따라 내려가면 길이 끊겨 도달할 수가 없습지요. 꼭 산등성이를 따라서 가야 이르러 굽어볼 수가 있답니다."

그제야 내가 갔던 길이 바른 길인 줄을 알았다. 좀 더 애를 써서 앞으로 나아가지 못한 것이 안타까울 뿐이었다. 하지만 또한 폭포의 실상이 자익이 본 것 정도에 그치지 않음이 기뻤고, 잠시 남겨 두어 뒷날의 유람거리로 삼게 된 것이 더욱 여운이 있음을 깨달았다. 유람한 날은 신미년(1691년) 팔월 스무하룻날이고, 그 이튿날 이 글을 쓴다.

해설

17세기 이후 도로망의 발전에 따른 여행 문화의 발달과 명청(明淸) 산수유기의 유입, 새로운 미의식의 등장 등으로 인해 산수유기는 이전보다 더욱 활발하게 창작되었다. 글쓰기의 형식이 다양해졌을 뿐 아니라 창작계층의 폭도 넓어졌다.

김창협은 17세기를 대표하는 문장가의 한 사람이다. 그의 산수유기는 당나라 유종원(柳宗元)의 산수유기 전통을 충실히 계승하여 산수의 자연미를 강조하며 그 행간에 인생의 깊은 깨달음을 깃들이는 글쓰기로 산수유기의 새로운 지평을 열었다는 평가를 받는다.

이 글은 1691년(41세) 김창협이 농암(籠巖, 지금의 경기도 포천군 이동면 연곡리 소재)의 서편에 자리한 응암(鷹巖, 지금의 경기도 포천군 이동면 장암리 소재)에 거처할 때 지은 것이다. 1689년 기사환국으로 부친 김수항과 스승 송시열이 사사되자 김창협은 벼슬을 버리고 이곳에 내려와 은둔했다. 그리고 1692년에는 농암에 농암서실(農巖書室)을 짓고 지명을 농암(農巖)으로 바꿔 이것으로 자신의 호를 삼았다. 1694년 갑술옥사 이후 벼슬길에 복귀하기 전까지 5년간 이곳에서 숨어 지냈다.

이전에 김창협이 금강산을 유람하고 지은 「동유기(東遊記)」(1671년)나 화양동을 둘러보고 지은 「화양제승기(華陽諸勝記)」(1688년)에 비해 이 글은 묘사가 아주 화려하지도 않고, 산수 품평 또한 크게 부각되어 있지 않다. 하지만 폭포를 찾아가는 과정이 전환과 점층의 묘사를 통해 긴장감 있게 서술되어 문장가로서 그의 명망을 확인시켜 준다. 늠암 계곡의 소소한 아름다움을 적실히 그려 내되 그 속에 삶의 통찰을 자연스럽게 녹여 넣어 더 깊은 울림을 준다. 문장이 화려하지는 않아도 전체적으로 힘이 느껴지는 글이다.

문장의 수사법으로 보면 개합(開闔)의 방식을 잘 활용했다. 글의 실마리를 열고 이를 닫는 일개일합(一開一闔)의 방식을 세 번 되풀이함으로써 생각을 돌출시키고 예상을 벗어나는 전개를 보여 준다. 글은 처음 늠암 계곡에 대한 설명으로 시작된다. 고을 주민 황 씨의 귀띔으로 시작된 심폭(尋瀑), 즉 폭포를 찾아가는 기행은 골짜기 입구에 사는 노인의 설명으로 한 번 열고, 골짜기에 들어가 생각지 않은 단풍 숲의 절경을 마주하는 것으로 한 번 닫았다. 다시 골짜기로 더 들어가다가 폭포 가는 길을 잃고 헤매는 데서 한 번 열고, 끝내 폭포를 못 찾아 실망하는 것으로 한 번 더 닫았다. 이어 아우 김창흡이 보았다는 폭포의 모습에 실망한 나머지 이곳을 소개한 황 씨에게 유감을 표하는 데서 다시 한 번 열고, 마을 노인과 다시 만나 진짜 폭포는 산길을 따라 더 올라가야 있다는 말을 듣고 아쉬워하는 데서 또 한 번 닫았다.

이렇게 개합을 반복하는 동안 글은 담담한 가운데 파란을 일으키고 예상을 벗어나는 반전을 거듭한다. 별것 없을 줄 알았는데 아름다운 경치가 기다리고 있었고, 폭포를 보려 했지만 찾지 못했다. 결국 찾은 폭포는 실망스럽기 짝이 없었고, 이 실망은 끝에 가서 자신들이 진짜 폭포를 보지 못하고 왔다는 사실을 확인하며 새로운 기대로 이어진다. 단락이 펼쳐질 때마다 밀고 당기는 긴장이 형성되는 것을 느끼게 된다.

이 글은 늠암 계곡에서 폭포를 구경하러 갔다가 보지 못하고 헛걸음한 일화일 뿐이다. 하지만 우리 인생에도 쉽게 단정하고 판단함으로써 진정한 가치나 만남에 이르지 못하고 마는 일이 적지 않음을 떠올린다면 담담한 가운데 인생의 의미를 읽어 내는 깊이가 있다.

참고로 포선산(褒禪山, 화산)의 후동(後洞)을 찾아갔다가 끝내 보지 못하고 돌아온 뒤 그 실패담을 서술한 송나라 때 왕안석(王安石)의 「유포선산기(游褒禪山記)」의 모티브가 이 글과 비슷하다.

요절한 막내아우　　　　　　六弟墓誌銘

내 아우 김창립(金昌立, 1666~1683년)은 안동 사람이다. 돌아가신 아버님 영의정 휘 김수항의 여섯째 아들이다. 나이 열여섯에 노봉(老峯) 민정중(閔鼎重) 공이 관례를 맡아 '탁이(卓而)'라는 자를 주었고, 열일곱에 서하(西河) 이민서(李敏敍) 공의 딸을 아내로 맞았지만 열여덟에 죽고 말았다. 죽은 지 칠 년 뒤에 기사환국의 화가 있었는데, 화가 일어나던 날 아버님께서 나를 돌아보시며 이렇게 말씀하셨다.

"네 동생의 무덤에 내가 묘지명을 쓰려 한 지 오래되었다. 하지만 너무도 슬퍼서 글을 쓸 수가 없더니 이제는 틀려 버렸구나. 마땅히 네가 묘지명을 지어야겠다."

내가 울면서 명을 받들었으니 슬픔이 더욱 심한지라 더더욱 글을 쓸수가 없었다. 또 일곱 해가 지나서야 비로소 글을 지어 이를 새긴다.

군은 사람이 아름답고 명석하며 준수하고 명랑하여 어려서부터 대단한 예봉을 드러냈다. 열 살 때 돌아가신 아버님을 따라 남쪽으로 갔는데 이미 한 마리 나귀를 능히 다루어 홀로 천 리 길을 내달렸다. 자라면서 태도를 고쳐 느긋해졌으나 의기만큼은 높고도 굳세 언제나 개연히 세상을 바로잡고 속됨을 차단하려는 뜻이 있었다.

어려서 여러 형을 따라 글을 배웠다. 이미 시학의 원류와 고금의 성률

(聲律)의 높고 낮은 구분을 알아 취하고 버릴 바를 알았고, 그 식견과 깨달음은 스스로 얻은 것이 많았다. 이에 평소에 개나 말, 그 밖의 잡다한 기호를 죄 버리고 오로지 문사에만 힘을 쏟았다.

숙형인 김창흡을 스승으로 삼고 나서는 마을의 뜻 맞는 사람 대여섯 명을 이끌고 와서 밤낮 놀던 곳에서 서로 힘써 노력하는 것으로 일을 삼았다. 『시경』과 『초사(楚辭)』와 『문선(文選)』과 고악부(古樂府)로부터 성당(盛唐)의 제가(諸家)의 글에 이르기까지 깊이 음미하여 담뿍 취해 시가로 펼쳐 내지 않음이 없었다. 특히나 사마천의 『사기』를 좋아하여 매번 「자객열전」에서 고점리(高漸離)가 축(筑)을 타며 슬프게 노래하던 대목에 이르면 문득 긴 한숨을 내쉬면서 비분강개하여 울고 동학들을 돌아보며 이렇게 말하였다.

"나는 그대들과 날마다 술 마시고 「이소」를 읊조리며 일생을 마친대도 만족하겠네."

대개 그 뜻은 세속의 부귀와 공명을 아무렇지도 않게 본다는 것이었다.

중간에 태학을 출입하며 여러 번 과시(課試)에서 장원을 했지만 또한 기꺼워하지 않았다. 하지만 군은 인자하고 어질며 널리 사랑하여 집 안에서는 효도하며 삼갔고 다른 사람과 사귈 때는 신의가 있었으며 벗들에게 더욱 도타웠으므로 그와 함께 노닌 사람치고 진심으로 아끼고 사모하지 않는 이가 없었다. 그 죽음을 곡할 때는 마치 동기간의 상을 당한 것같이 하면서 상복을 입는 사람까지 있었다.

계해년(1683년) 일월에 군은 문득 벽에다 큰 글씨로 "내 나이 열여덟이다."라고 썼다. 대개 스스로를 격려하는 말이었지만 마침내 이해 십이월 스무엿샛날에 죽으니 사람들이 참언(讖言, 예언하는 말)으로 여겼다. 군이 병을 앓을 적에 옆에 있던 사람이 가만히 그가 하는 잠꼬대를 들으니 모두가 문자에 관한 내용이었다. 사이사이에 갑자기 탄식하면서 '지극히 높은 뜻'이라 하고는 능히 그 말을 마치지 못했다. 하지만 그가 스스로를 탄식한 것을 알겠다. 또 부모께서 노심초사하는 것을 보고 문득 탄식하고 아픔을 감추며 말했다.

"내 어찌 이 같은 근심을 드린단 말인가."

그 효성스러운 마음이 죽을 때까지 이와 같았다. 아! 군의 재주와 뜻을 가지고도 불행히 단명하여 성취를 이루지 못했으니 이것은 진실로 한없이 유감스러운 일이다. 하지만 그 효심이 돈독하였던지라 또한 다행이 일찍 죽어 기사년의 화를 보지 않았다.

슬프다! 군이 지은 시가는 해맑고도 호탕하며 격조가 높고 정취가 넉넉하다. 군이 죽고 나서 동지들이 그 책 상자를 뒤져서 수십 편의 시를 얻었다. 김창흡에게 가져가 산정하고는 그가 평소 공부하던 방의 이름을 따서 『택재고(澤齋稿)』라 하였다. 이를 읽은 선배들은 모두 탄식하며 후세에 전할 만하다고 하였다.

무덤은 양주 율북리(栗北里)에 있다. 석실(石室) 선영과는 몇 리 거리이니, 선친의 산소는 그 동쪽 수십 보 떨어진 곳에 있다. 우리 김씨는 고려 태사(高麗太師)인 김선평(金宣平) 공으로부터 시작되었다. 증조부의 휘는 김상헌으로 좌의정 문정공(文正公) 청음 선생이다. 조부의 휘는 김광찬(金光燦)으로 동지중추부사를 지냈다. 외조부는 해주 목사(海州牧使) 나성두(羅星斗) 공으로 안정(安定)의 명망 있는 집안이다. 군은 딸만 하나 있고 아들이 없어 김창흡이 그 아들 김후겸(金厚謙)을 군에게 주어 뒤를 잇게 했는데 이제 아홉 살이다. 명을 짓는다.

그 죽음은

선군의 화보다 앞섰고

그 무덤은

선군의 유택에 가깝다.

아! 그대의 요절은

기뻐할 뿐 슬퍼할 일이 아니다.

이 못난 사람은

산 것이 독이 되어

네 명(銘)에 눈물지으며

슬픔을 고하노라.

해설

1697년에 막내아우 택재(澤齋) 김창립을 위해 지은 묘지명이다. 김창협의 『농암집』에는 모두 열아홉 편의 묘지명이 실려 있다. 요절한 인물과 여성 묘주(墓主)를 대상으로 한 것이 대부분이다. 그중에서도 특히 이 글은 김창협의 대표적인 비지문(碑誌文)으로 손꼽혀 김택영이 엮은 『여한십가문초(麗韓十家文抄)』 등 다양한 선집에 거의 빠짐없이 수록된 명편이다.

비지문은 망자의 죽음을 전제로 하는 의식문이고 사후 묘지의 훼손을 대비한 실용문이며 개인의 사실적 삶을 기록한 실기(實記)다. 특히 묘비와 달리 제한된 공간 안에 써넣어야 하므로 다른 글보다 형식적·내용적 제약이 심하다. 그러다 보니 묘지명은 투식에 따른 상투성, 지나친

과장과 허구가 흔히 지적되곤 한다. 김창협은 묘지명 창작에서 간엄(簡嚴)을 가장 중시했다. 간결한 표현으로 망자의 삶을 생동감 있게 형상화하되 사실에 준하는 엄격한 서술을 지켰다.

이 글에는 이 같은 김창협의 글쓰기 자세가 잘 구현되어 있다. 묘지명을 지을 적에는 대체로 선조의 계보, 이름과 자호, 수행한 관직, 치적, 향유한 수명, 사망 및 장례한 날짜, 자손들, 장사 지낸 곳 등을 기록하고 그에 대한 평가나 아쉬움 등을 서술한다. 이 글에서는 이런 형식적 요소들을 과감히 축소하거나 생략했다. 망자가 18세에 요절하여 특별히 쓸 만한 것이 없었던 탓도 있지만 망자의 삶을 과장 없이 생동감 있게 충실히 그려 내는 데 중점을 두었기 때문이다. 하여 전체 740자밖에 되지 않는 짧은 편폭 속에서도 남아로서의 의기와 시에 담은 열정이 남달랐던 김창립의 생전 모습이 생생하게 떠오른다.

한편 이 글에는 당시 기사환국으로 부친이 유배지에서 사사된 가문의 비극을 감내하는 슬픔이 짙게 깔려 있다. 글의 서두에 화를 당하던 날에 부친이 죽은 아들의 묘지명을 쓰지 못하게 된 것을 안타까워한 삽화를 넣어 자신이 이 글을 쓰게 된 배경을 말했다. 이어 오히려 일찍 죽어서 자식으로서 아버지의 기막힌 죽음을 보지 않게 된 것을 기뻐한다고 쓴 명문의 구절이 맞물려 그 슬픔을 극대화한다. 막내아우의 요절과 부모의 억울한 죽음을 직접 목도할 수밖에 없었던 자신의 아픔을 절묘하게 병치하여 묘지명을 지을 당시 김창협이 지녔던 비감이 절절히 배어 나온다. 간결하되 모자란 것이 하나도 없고 풍부하되 한 글자도 빠진 것이 없어야 한다는 비지문의 정수를 잘 보여 주는 글이다.

기둥이 세 개뿐인 정자

三一亭記

정자는 곡운(谷雲)의 화음동(華陰洞)에 있으니 백부께서 세우신 것이다. 이름을 어째서 삼일(三一)이라고 했을까? 기둥이 셋이고 대들보가 하나뿐이어서다. 세 개의 기둥과 하나의 대들보에서는 무엇을 취했던가? 삼재(三才)와 일리(一理)의 형상이 있다고 여기셨다. 나는 말한다. 이것을 본떠서 정자를 만든 것인가? 또한 만들고 보니 이 같은 형상이 있었던 것일까?

처음에 백부께서 이 시냇가에서 소요할 적에 마치 거북이나 악어가 물가에서 볕을 쬐는 듯한 모양의 바위가 있었다. 그 등에 정자를 지을 만했는데 앞은 여유가 있지만 뒤가 빠듯해서 기둥 세 개를 겨우 들일 수 있었다. 그래서 그에 따라 짓고 보니 이 같은 상이 갖추어졌고 완성되어 이름을 붙이자 그 뜻이 드러났다. 이 또한 자연스럽게 그리된 것이다.

무릇 천지 사이의 사물은 그 표상하는 수(數)가 일정하지 않지만 어느 것 하나 자연의 형상을 지니지 않은 것이 없다. 도를 아는 사람은 가만히 관찰하여 어디서든 서로 만나지 않음이 없지만 몽매한 사람은 살피지 못할 뿐이다. 하도(河圖)와 낙서(洛書)를 사람들은 그저 열이니 아홉이니 하는 수로만 보았을 뿐이다. 하지만 복희(伏羲)와 하우(夏禹)가 그것을 얻어서는 천지 생성의 차례와 음양 기우(奇耦)의 수를 한눈에 뚜렷이 알아보았고, 그리하여 팔괘를 만들고 홍범구주(洪範九疇)를 서술하였다. 후대의 군자에 이르러서는 이에 "토끼 파는 것을 보고도 또한 괘를 그릴 수 있다."라고까지 말하게 되었다.

대개 사물을 잘 관찰하는 사람은 사물로 사물을 보지 않고 상으로 사물을 보며, 상으로 상을 보지 않고 이치로 상을 본다. 상으로 사물을 보면 지극한 상 아닌 사물이 없고, 이치로 상을 보면 지극한 이치 아닌 상이 없으니, 비유하자면 포정(庖丁)의 눈에는 더 이상 온전한 소가 없는 것과 같다.

지금 이 정자가 세 개의 기둥과 하나의 대들보로 만들어진 것은 산의 목동과 나무꾼도 모두 다 가리켜 말할 수 있지만, 그 이치와 상의 오묘함은 선생만이 홀로 묵묵히 이해하였다. 대체로 아침저녁으로 그 가운데서 부앙하며 완상하고 즐기기에 충분할 것이니, 하도와 낙서가 그 앞에 펼쳐지기를 기다릴 필요가 없다. 그렇다면 이 정자가 지어지고 선생이 이름을 붙인 것은 뜻을 취하려고 의도한 것이 아니라 우연히 부합된 것이니 기뻐할 만하다. 어찌 구구하게 그것을 본뜬 것이겠는가?

한편 일찍이 『주역대전(周易大傳)』을 읽어 보았더니, 과거 기물을 만든 사람이 마룻대와 지붕, 배와 수레에서부터 활과 화살, 절굿공이와 절구에 이르기까지 상을 취한 것이 모두 십삼 괘였다. 아! 신령하고 지혜로운 성인이 물건을 만들 적에 과연 괘에 따라 상을 취했겠는가? 또한 이미 만들어진 것을 보고 그러한 상이 있다고 말한 것일 뿐이다. 그래서 공자가 그것을 서술하면서 '개취(蓋取)'라고 말했던 것이니, '개(蓋)'는 '그런 것 같다'는 말이지 반드시 그렇다는 말은 아니다. 후세에 이 정자에 오르는 사람이 그 법과 상을 보고서 진실로 또한 "대체로 취하였다."라고 말하면 괜찮지만, 만약 굳이 "그것을 본뜬 뒤에 만들었다."라고 말한다면 이 정자의 실상이 아닐 것이다.

계유년(1693년) 십이월 상순에 조카 김창협이 짓다.

해설

이 글은 곡운(谷雲) 김수증(金壽增, 1624~1701년)이 세운 삼일정(三一亭)
에 붙인 기문이다. 김수증은 김창협의 백부로 1689년 기사환국 때 동생
김수항이 사사되자 벼슬을 그만두고 강원도 곡운 화음동으로 들어가
정사를 짓고 은둔했다. 삼일정은 이때 지은 것이다. 김수증은 1694년 갑
술옥사 이후 다시 벼슬에 임용되었지만 끝내 나가지 않고 은둔으로 삶
을 마쳤다.

정자나 누대 등을 대상으로 한 누정기(樓亭記)는 해당 건물이 세워진
연유나 공간적 배경을 서술하는 데 초점을 맞추는 것이 보통이다. 그러
다 보니 서경(敍景)과 서사가 서술의 중심이 되기 쉬운데 이 글은 이러한
관행에서 벗어나 오히려 견해를 더 부각시켰다. 삼일정의 터를 소개할
때 잠깐 묘사가 등장하는 듯하다가 이후 정자를 완성하고 기문을 짓게
된 과정 등에 대한 서술을 모두 생략해 버렸다. 다만 세 개의 기둥과 하
나의 들보(三柱一極)에서 삼재일리(三才一理)의 주역 원리를 깨달은 김수
증의 인식과 그 인식의 연원을 밝히는 데 공을 들였다. 이를 통해 삼일
정의 주인인 김수증을 옛 군자의 반열에 자연스럽게 올려놓았다. 서경과
서사를 배제한 채 견해를 펼치는 것으로 누정기 본연의 목적을 충실히
달성한 셈이다.

그런데 여기서 간과하지 말아야 할 것은 바로 김창협이 아주 평이한

단어와 평범한 3단 구성을 통해 소기의 목적을 충실히 획득하고 있다는 점이다. 이는 김창협이 오래도록 본받고자 했던 구양수(歐陽脩)와 증공(曾鞏)이 논설체 산문에서 주로 사용했던 방법이기도 하다. 이들은 일상생활에서 간과하기 쉬운 소재의 틈새를 비집고 들어가거나 그 사이를 넘나들면서 진한 실감과 여운을 남기는 글로 유명하다. 김창협 또한 이런 경계를 지향하였고 이 글을 통해서 잘 구현하고 있다. 금릉(金陵) 남공철(南公轍)이 김창협의 문장을 두고 "복건을 두르고 도복을 입은 채 산림과 예법의 사이에서 거닐며 조용히 읍양하는 가운데 말마다 이치에 맞아 진정한 선비의 기상이 있다.(幅巾道服, 徜徉周旋乎山林經禮之間, 雍容揖讓, 言言中理, 眞儒者之氣像也.)"라고 평한 적이 있는데 이 글에 가장 어울리는 평가다.

실제 오늘날 곡운 구곡에는 삼일정의 터가 남아 있고 최근 복원되었다. 물가의 조그만 바위 위에 구멍을 파서 기둥을 세운 원두막 크기도 못 되는 작은 정자다. 실물을 접하고 나서 이 글을 읽어 보면 조그만 정자에다 온 우주를 담을 듯 원대한 사유를 펼친 김창협의 글솜씨가 실감난다.

호조 참의에서 물러나며

辭戶曹參議疏

삼가 아뢰나이다. 신은 천지 사이의 한 죄인입니다. 선신(先臣)이 화를 입은 이래로 해가 벌써 여섯 번 바뀌었습니다. 그런데도 미련하고 아둔하여 이제껏 죽지도 못한 채 근근이 거처하고 옹송그려 다니며, 문득 지극한 통한이 자신에게 있는지도 구차히 사는 것이 수치스러운 일인지도 모르고 지냅니다. 장차 살아서는 불효한 사람이 될 것이고 죽어서도 불효한 귀신이 될 뿐입니다.

진실로 생각지도 못했는데 하늘 해가 다시 환해지고 조정이 크게 맑아져 구휼하는 은전이 가장 먼저 선신에게 미쳤습니다. 무릇 성의(聖意)를 열어 보이시어 원통함과 억울함을 풀어 주시고 구천의 넋을 달래 주시니 더 이상 남은 한은 없습니다. 비록 천지가 크고 하해(河海)가 넓다하나 이 같은 성대한 덕에는 견줄 수가 없습니다. 이에 신은 굽어보고 우러러보는 사이 감격에 겨워 기쁜 한편으로 슬퍼하며 온갖 정리에 목이 메어 피눈물이 주르륵 흐르는 것도 알지 못하였습니다.

돌아보건대 신이 불효한 죄는 위로 하늘에 닿은 지 진실로 이미 오래여서 오늘에 스스로 속죄할 길이 없음을 더욱 잘 압니다. 옛날 제영(緹縈)은 일개 여자였을 뿐인데도 오히려 한 통의 편지로 임금의 마음을 감동시켜 아버지를 형벌의 화에서 구하였고, 전횡(田橫)의 식객들은 혈육의 은정(恩情)이 없는데도 다만 의기로 서로 감응하여 한번 죽기를 주저하지 않고 지하에까지 따라 들어갔습니다. 신 같은 자는 선신이 화를 당하던 날에 나아가 대궐 문에 머리를 찧으며 살려 달라고 빌지도 못했고, 물러나 또 엎드려 칼로 찔러 함께 죽지도 못했습니다. 이는 몸은 남자라 해도 일찍이 일개 약한 여자만도 못하고 부자간이라면서도 도리어 종유한 식객만도 못한 것입니다.

또한 옛날 제(齊)나라 여자가 하늘에 부르짖자 궁전에 폭풍이 몰아쳤고, 연(燕)나라 신하가 통곡하매 한여름에 된서리가 내렸습니다. 무릇 정성이 감응하면 하늘에 닿아 재변(災變)이 나타나는 법입니다. 이제 신은 궁벽한 산골에 숨어서 구차하게 살면서 일찍이 지성으로 분발하여 천지 신명을 감동시켜 성상의 총명으로 한번 깨닫게 되기만을 바라며 부질없이 세월만 보내다 오늘에 이르렀습니다. 지극히 인자하고 밝으신 전하가 아니었다면 신은 비록 늙어 죽어 골짜기에 묻힌다 해도 끝내 선신의 가리어진 원통함을 밝혀 죄인의 명부(名簿)에서 이름을 지우지 못했을 것입니다. 예로부터 자식으로 불효한 자 중에 신처럼 심한 자가 또 어디 있겠습니까?

신이 적이 생각건대 개혁의 초기에는 온갖 법도를 새롭게 정비하여 인륜과 풍속을 수습하는 데 더욱 뜻을 쏟아야 마땅합니다. 신처럼 불효한 자는 반드시 먼저 그 죄를 다스려 온 세상을 바로잡아야 합니다. 그런데 도리어 이유 없이 버려졌던 자들과 똑같이 서용하여 마침내 호조의 관원으로 새로 임명하기에 이르시니 이것을 어찌 구구한 뜻으로 미칠 바이겠습니까?

또한 더욱이 신은 마음속에 감춰 둔 아픔이 있습니다. 선신이 조정에 섰던 사십 년 동안 임금을 섬기며 몸가짐을 행한 방도와 나라를 근심하고 공사를 앞세운 절의는 본말이 다 갖춰져 있으니 굳이 진술하지 않아도 됩니다. 다만 조심하고 근신하여 권위로 자처하지 않았고 겸손하고 공손하며 두려워함과 간략함으로 시종일관하였으니 귀신의 시기와 인도(人道)의 화를 마땅히 스스로 부릴 리 없었습니다. 다만 신의 형제는 이렇다 할 행실이 없음에도 능히 인연과 행운을 만나 잇달아 조정에 올라 청현직(淸顯職)을 두루 거쳤고 갑작스레 하대부(下大夫, 정삼품의 당하관)의 반열에 올라 영광과 총애가 환히 빛나 세상이 지목하는 바가 되었습니다.

하지만 신등은 부승(負乘)의 경계와 지족(止足)의 가르침을 생각지 않고 어두운 행실로 마구 나아가 지극히 성대한 자리에 오르고도 물러나지 않았습니다. 끝내 가득 차면 기우는 재앙은 홀로 선신에게만 미치고 신은 요행으로 면하였으니, 불효가 이보다 클 수가 없습니다. 신은 이것을 생각할 때마다 너무도 부끄럽고 원통하여 땀과 눈물을 함께 흘리지 않은 적이 없습니다. 혼자 생각에 길이 농부가 되어 세상에 파묻혀 다시는 사대부의 반열에 서지 않으리라 맹세한 것이 오래되었습니다. 이제 만약 한때의 기회를 다행으로 여겨 오래 간직한 뜻을 잊고 문득 다시 갓끈을 매고 인끈을 차고서 세상에 뛰어든다면 어질고 효성스러운 군자에게 거듭 죄를 얻고 지하에서 선신을 뵐 면목이 없을 것입니다. 신이 비록 미련하나 어찌 차마 이런 짓을 하겠습니까?

우러러 생각건대 전하께서는 성대한 덕이 천지를 뒤덮고 충만한 교화로 만물을 생성하여, 비록 새와 짐승, 물고기와 자라 같은 미물까지도 모두 타고난 제 성품을 이루어 주려 하시니 신의 지극한 정 같은 것도 진실로 불쌍히 여기실 것입니다. 혹시 인자한 은혜를 굽어 내려 주신다면 속히 신의 직함을 거두라 명하시고 조정의 명부에서 신의 성명을 지워

다시는 천거하는 일이 없도록 해 주십시오. 그리하면 신은 삼가 마땅히 밭두둑에서 한가로이 지내며 성은 안에 젖어서 나무꾼과 목동과 함께 날마다 손뼉을 치며 노래하여 만세토록 태평하기를 송축할 것입니다. 그리고 저승에서도 결초보은할 것입니다. 바라건대 밝으신 성상께서 불쌍히 여겨 살펴 주시면, 더없이 다행이겠습니다.

해설

1694년 4월 숙종에게 올린 사직 상소문이다. 김창협은 1689년 기사환국 때 부친 김수항과 중부 김수홍(金壽弘), 스승 송시열을 동시에 잃었다. 이후 벼슬을 버리고 농암에서 은둔했는데, 그 5년 뒤인 1694년 갑술환국으로 정권이 다시 바뀌어 부친은 복권되고 자신의 벼슬길도 열렸다. 이 글은 이때 호조 참의를 제수받고 올린 사직 상소문이다. 900자가 채 안 되는 짧은 글이지만, 김창협의 상소문 중 최고의 걸작으로 꼽히는 작품이다.

이 글의 주지는 부친을 복권시키고 자신에게 벼슬을 내려 준 임금의 은덕은 감사하지만 자신은 불효한 죄인이라 출사할 수 없으니 사직을 허락해 달라는 것이다. 선친이 화를 입었을 때 아무것도 하지 못했을 뿐 아니라 그 원인을 제공한 것이 바로 자신임을 들어 사직의 근거로 삼았다. 일체의 감정을 배제하고 객관적인 문체를 구사한 여타 작품과 달리 불효자로 낙인찍힌 자괴감과 선친에 대한 안타까움을 절절하게 표현했다.

다만 왕의 은덕에 대한 현양이 풀릴 수 없는 비애와 원망을 전제로 하고 있어 역설적이며 의미심장하다. 표면적으로는 불효를 사직의 근거로 들었지만 그 불효의 근원이 임금과 자신에게 있는 만큼 사직의 이유를 굳이 말하면 말할수록 임금에 대한 원망과 선친에 대한 비애가 더 커질 수밖에 없는 구조이기 때문이다. 임금의 은덕을 칭송한 대목과 단호한 어조로 출사를 거절한 대목 사이에는 이루 다 말할 수 없는 김창협의 복잡한 속내와 깊은 상처가 내재되어 있다. 말은 온건하게 돌려 했지만 행간 곳곳에 임금에 대한 깊은 분노가 깔려 있다. 여기서 우리는 "말은 끊어져도 뜻은 이어진다."라는 사단의속(辭斷意屬)의 경계를 엿보게 된다. 임금과 신하 사이에 차마 말할 수 없는 원망을 눌러 자책으로 모든 탓을 돌리는 서술의 행간이 눈물겹다.

이 상소문을 읽은 후 숙종이 내린 비답은 다음과 같다. "나라를 사랑하는 선친의 순수한 정성은 신명에게 질정할 만한데도 심사를 드러내어 밝히지 못하고 저승에서 한을 품게 하였다. 가만히 생각해 보건대 이것은 나의 허물이다."(『숙종실록』 1694년 5월 5일 기사) 서인과 남인의 치열한 당쟁 구도를 감안하더라도 문제의 책임을 자신에게로 돌린 숙종의 언급은 상당히 이례적이다. 여기에는 분명 숙종의 복잡한 속내가 있었을 것이다. 숙종 자신이 추진한 탕평책을 유지하고 기사환국의 상처를 봉합하여 국정을 제대로 운영하기 위해서도 서인 강경파의 회유는 불가피했을 것이다.

이후 숙종은 김창협이 병사할 때까지 14년 동안 줄기차게 벼슬을 내렸다. 모친의 상중이었던 2년을 빼고 계속해서 그를 불렀으나 김창협은 그때마다 사직소를 올렸다. 그런데 벼슬을 내리고 이를 거절한 논리 또한 이 글과 크게 달라진 것이 없었다. 선친의 원한을 씻었으니 출사하여 국가를 위해 일하라는 논리와 불효자라 벼슬에 나갈 수 없다는 논리가 팽팽하게 맞설 뿐이었다.

「곡운구곡도」발문　　谷雲九曲圖跋

세상에서 좋은 그림을 말할 때는 반드시 핍진하다고 한다. 그림은 핍진한 데 이르면 최고다. 비록 고개지(顧愷之)와 육탐미(陸探微)라 해도 더할 수는 없다. 사람들은 오직 그 진경을 찾다가 얻지 못한 뒤에야 물러나서 그림에서 이를 구한다. 종소문(宗少文)이 산수에 대해 그러했던 것이 바로 이 경우다. 이제 와서 당시에 그가 그린 것이 과연 핍진했는지의 여부는 알지 못하나 그는 이렇게 말한 바 있다. "늙음과 질병이 한꺼번에 와서 명산을 두루 볼 수가 없다. 그럴진대 비록 비슷하게 그려 낸 것이라도 오히려 내게는 좋을 것이다."

나의 백부는 곡운에서 앞뒤로 십수 년 동안 먹고 마시며 생활하여 침석(枕席)과 궤장(几杖)이 구곡을 벗어난 적이 거의 없다. 무릇 첩첩의 산과 계곡, 울창한 초목이 모두 백부의 폐부요 모발이었고 안개와 이내는 모두 숨 쉬는 공기였으며 물고기와 새와 고라니와 사슴 등은 모두 백부의 함께 노니는 벗이었으니 또한 무엇을 구한들 얻지 못하겠는가? 그런데도 오히려 종소문이 그랬던 것처럼 화가의 솜씨를 빌려 그림으로 그린 것은 어째서인가? 이는 진실로 감히 알지 못하나 참으로 좋아하고 깊이 즐기기 때문이라고 말하지 않으면 안 될 것이다.

그림을 그린 사람은 서도(西都, 평양)의 조세걸(曹世傑)이다. 선생이 실로 손을 잡고 와서 마주 보고 명하여 거울을 보고 비친 모습을 취하듯 굽이굽이를 따라 그대로 모사하게 하였다. 이 때문에 첩첩의 묏부리와 겹겹의 골짜기, 기이한 바위와 세찬 여울, 집의 위치와 원포의 경작지, 닭이 울고 개가 짖으며 나귀가 가고 소가 자는 갖은 모습들이 모두 갖추어져 사소한 것 하나도 빠뜨림이 없었다. 사람들에게 두루마리를 한 번 펼쳐 보게 한다면 마치 망천(輞川)의 장원을 지나고 무릉도원의 나루를 찾아가는 것처럼 황홀하여 아득히 저자와 속세의 밖으로 절로 멀어지게 된다. 선생은 아마도 이 그림을 가지고 남들도 그 기호를 같이해서 그 즐거움을 혼자만 누리려 하지 않은 것이었을 터이다.

하지만 내가 들으니 예전에 한 선비가 산속에 들어갔다가 우연히 소를 타고 시내를 건너는 선생과 만난 적이 있었다. 수염과 눈썹이 말쑥하고 의관이 맑고도 예스러웠는데 아이종 하나가 지팡이를 지고서 뒤따르더라는 것이다. 분위기가 몹시 한가해 보여서 말을 세우고 한참을 바라보니 신선 세계의 사람일까 싶었다고 한다. 돌아와서 사람들에게 이같이 이야기해 주었다. 이러한 일단의 광경은 정말로 그림으로 그릴 만한데 애석하게도 화가 조 씨는 먼 곳에 있어서 불러올 수가 없다. 대략 여기에 기록하여 그림에 대신코자 한다. 구경하는 자가 이를 본다면 또한 마땅히 마음이 시원해질 것이다.

내가 이 발문을 쓰고 나서 선생께서 읽으시고는 이렇게 말씀하셨다.

"네 말이 참 좋다. 하지만 내가 이 그림을 그려 둔 것은 또한 내 두 발도 때때로 이 산을 벗어남을 면치 못해 이 곡운 구곡을 항상 눈앞에 놓아 둘 수가 없는지라 이럴 때 쓰려고 한 것일 뿐이다."

아! 선생의 말씀이 이러하니 참으로 좋아하고 깊이 즐기기 때문이라고 말하지 않는다면 정말로 안 될 것이다.

이런 주장도 있다. 세상 사람들이 좋은 그림을 말할 때 진실로 핍진하다고 하나 좋은 경계를 일컬을 때면 또 반드시 그림 같다고 한다. 산이 아름답고 물이 좋다 해도 빼어난 아름다움을 모두 갖추기는 어렵다. 또 그곳이 깊고도 아득하며 인적이 닿기 어려워 그 사이에 마을이 들어서고 백성이 정착하여 닭이 울고 개가 짖고 밥 짓는 연기가 피어올라 풍경을 꾸며 주는 것은 더더욱 얻기가 쉽지 않다. 하지만 화가는 능히 마음 가는 대로 배치하고 끌어모아 종종 붓 아래서 하나의 절묘하고 훌륭한 경계를 꾸며 낼 수 있기 때문이 아니겠는가?

그렇다면 선생이 산에 계시면서 각건(角巾)을 쓰고 여장(藜杖, 명아주로 만든 지팡이)을 짚고서 구곡 안에서 배회하는 것은 문득 그림 속 경계이고, 산을 나서면 문을 닫고 안석에 기대 색칠한 그림 사이를 가리키는 것은 진짜 구곡이리라. 진짜와 그림을 또 무엇으로 구분하겠는가? 이 두루마리를 보는 사람은 마땅히 먼저 이 공안(公案)을 깨우쳐야 하리라.

해설

조세걸이 그린 「곡운구곡도(谷雲九曲圖)」에 붙인 발문이다. 조세걸은 조선 중기의 화가로 본관은 창녕, 호는 패천(浿川)으로 「달마도」로 유명한 김명국(金明國)의 제자이다. 1682년 즈음에 김수증의 요청으로 첩석대(疊石臺)와 융의연(隆義淵)·명월계(明月溪)·와룡담(臥龍潭)·명옥뢰(鳴玉瀨)·백운담(白雲潭)·신녀회(神女匯)·청옥담(靑玉潭)·방화계(傍花溪) 등 구곡을 진경산수로 그렸는데, 이 그림은 현재 국립중앙박물관에 소장되어 있다.

곡운은 지금의 경기도 화천군 사내면 용담천 하류를 이루는 계곡이다. 김수증은 1670년 이곳에 복거할 땅을 마련하여 농수정사(籠水精舍)를 지었다. 1675년 남인이 집권하여 동생 김수항과 송시열이 함께 유배되자 벼슬을 버리고 이곳으로 들어가 은거했다. 김수증은 구곡과 바위에 이름을 붙이고 정자와 누대를 세워 송시열이 거처하던 화양동(華陽洞)에 비겨 화음동(華陰洞)이라 하였으며, 조카와 아들과 사위에게 모두 주희의 「무이구곡도가(武夷九曲櫂歌)」를 운으로 하여 시를 짓게 하고는 이 그림과 합쳐 시화첩(詩畵帖)을 만들었다.

김창협의 서발문 중에서 특히 많이 알려진 이 글은 여섯 개의 단락으로 구성되어 있다. 첫 번째 단락에서는 종병(宗炳, 종소문)의 고사를 끌어와 핍진한 그림을 그린 이유가 와유(臥遊)에 있음을 말하였고 이어지는 두 번째 단락에서는 단순한 와유가 아니라 산수에 대한 독실한 사랑에 있음을 드러내었다. 세 번째 단락에서 그림을 그린 경과를 서술하고 나서 네 번째 단락에서 산수에 대한 김수증의 사랑이 실제임을 보여 이전 단락의 근거로 삼았다.

그런데 김창협은 여기서 글을 마무리하지 않고 착종의 방법을 이용하여 이전의 자기 논법을 한 번 뒤집은 뒤에, 다시금 마지막 단락에서 자신의 새로운 논리로 글을 마무리했다. 제대로 된 그림은 현실 세계와 서로 구분되지 않는다는 화론(畵論)에 근거하여, 김수증과 곡운은 애초부터 하나였으며 이것이 「곡운구곡도」를 그리게 된 궁극적인 이유임을 드러내었다. 김창협에게 「곡운구곡도」는 곡운을 핍진하게 그려 낸 진경산수나 김수증의 독실한 산수취를 보여 주는 그림만이 아니라 김수증 그 자체였던 것이다.

중국 여행길　　　　　　贈兪寧叔赴燕序

옛날 내가 동음(洞陰, 지금의 경기도 포천)의 백운산(白雲山) 아래에 살 때다. 유영숙(兪寧叔)이 마침 산 남쪽의 용호동(龍虎洞)에 살고 있어 바위와 시내, 숲과 계곡 사이에서 자주 함께 노닐었는데 팽택(彭澤)의 남촌처럼 좋았다. 하루는 영숙이 자신이 지은 「기우가(騎牛歌)」를 가지고 내게 왔다. 대개 있었던 일에서 일어난 감흥을 적은 것인데 과거 영척(甯戚)과 유응지(劉凝之)의 일을 끌어와 자신에게 견주었다. 내가 말했다.

"두 사람은 그 출처의 처음과 끝이 전혀 다르고, 자네는 또 산야에 오래 있었던 사람이 아닐세. 진실로 훗날 부귀해지더라도 소를 타는 즐거움은 잊지 않았으면 좋겠네."

문득 이 같은 몇 마디 말로 답장해 주었다. 지금부터 이십칠 년 전의 일이다.

그사이의 세도(世道)와 인사(人事)의 변화는 말로 다 할 수가 없다. 영숙은 내외의 관직을 두루 거쳐 지위가 상경(上卿, 판서)에 올라 나라의 중신이 되었으니 내가 앞서 한 말이 과연 징험되었다. 이제 영숙이 세 지방에 부임하여 깃발과 부절(符節)을 잡고 창과 대장기를 세운 채 각 성(城)의 장수와 관리들을 앞에서 내달리게 하였고, 들어와 중병(中兵)을 총괄했을 때에는 대장기와 북을 세우고 단 위에 앉아서 삼군을 지휘하여 그 진퇴를 감독하였다. 그가 젊은 시절 소를 탈 때의 생각이 여태도 남아 있는지 그렇지 않은지는 잘 모르겠다. 군자는 현재의 처지에 맞게 행동하는 법이니 백관(百官)의 온갖 직무와 무리의 군사도 하나의 언덕과 하나의 골짜기와 마찬가지로 다만 그가 처한 상황일 따름이다. 한 번이라도 좋아하거나 싫어하고 취하거나 버리려는 것이 그 마음속에 있게 된다면 정체된 것이다.

하지만 지위가 높으면 의도하지 않아도 교만해지고 녹봉이 많으면 의도하지 않아도 사치해지는 것은 또한 예로부터 함께 근심하던 바이다. 이 때문에 옥을 차도 도롱이와 삿갓의 시절을 잊지 않고, 종을 울리고 솥을 늘어놓고 음식을 해 먹더라도 한 바구니의 밥과 한 표주박의 물을 잊지 않는 것을 군자가 숭상했다. 영숙처럼 현명한 사람이 어찌 이것을 알지 못하겠는가? 하물며 영숙은 지난날 사람들의 비방을 받아 모함을 당한 것이 너무도 심해 거의 들을 수 없는 지경에 이르렀었다. 주상 전하의 현명하고 거룩하심이 아니었다면 거의 스스로 결백을 증명할 수 없었을 것이다. 이 어찌 높은 관직과 후한 녹봉, 크고 무거운 총애가 불러들인 것이 아니겠는가? 네 필 말이 끄는 높은 수레를 옛사람들이 기뻐하지 않고 근심으로 여겼던 것은 대개 이에 대해 생각이 있었기 때문이다.

영숙이 이제 이미 시련을 통해 이를 알았다. 그가 마침내 전야(田野)에 숨어 지내며 지난날 소를 타던 즐거움을 다시 찾고자 하니 어떠하겠는가? 돌아보니 한가롭게 된 이래로 한 달이 채 못 되어 또 사신의 명을 받아 행장을 꾸려 다른 나라의 조정에 가게 되었으니 신하 된 의리로 비록 감히 수고로움을 말할 수 없다고는 해도 또한 어찌 그의 본심이겠는가?

의무려산(醫巫閭山)과 요동의 중간은 땅이 넓어 큰 바람이 많이 분다.

겨울에는 얼음이 한 길 두께로 얼고 쌓인 눈이 아마득해서 하늘과 경계가 없다. 수레가 그 사이를 지나려면 종일 쉴 수가 없는지라 따르는 자는 모두 얼굴이 귀신 같고 말의 털은 고슴도치 털처럼 움츠러들 것이다. 이러한 때 예전 산속에서 소뿔을 두드리고 가면서 노래하던 때를 생각한다면 어찌 세상일에서 저만치 벗어난 것과 다르겠는가? 옛날 복파장군(伏波將軍) 마원(馬援)이 낭박(浪泊)과 서리(西里)에 있을 때 떨어지는 솔개를 올려다보다가 문득 마소유(馬少游)가 "하택거(下澤車, 작은 수레)를 타고 관단마(款段馬, 조랑말)를 몰면 족하다."라고 했던 말을 떠올리고는 그것조차 얻을 수 없음을 한탄하였다. 이는 진실로 인정에서 나온 것이지만 일이 경우에 따라 달라지면 혹 때때로 잊고 만다. 이 또한 영숙이 마땅히 힘써야 할 바이다.

내가 재앙을 만나 중도에 그만둔 것을 비록 감히 사십 년 동안 청정했던 유응지에다 견줄 수는 없지만, 물러나 벼슬과 녹봉을 마음에 두지 않은 지는 오래되었다. 섶 싣는 수레를 송아지에게 끌게 하며 산택의 사이를 왕래하며 내 여생을 마치는 것이 진실로 나의 분수일 뿐이다. 다만 영숙이 일을 마치고 우리나라로 돌아와 내가 사는 삼주(三洲) 물가로 들러 영척과 유응지의 출처가 같지 않았던 까닭을 따져 논하며 소를 타는 한 가지 공안을 끝내 궁구하게 되기를 기다린다. 영숙은 유념할진저.

해설

연행길에 오른 유득일(兪得一, 1650~1712년)에게 보낸 증서(贈序)이다. 유득일의 본관은 창원(昌原), 자는 영숙(寧叔), 호는 귀와(歸窩)이다. 박세채

(朴世采)의 문인으로 1677년에 등과한 뒤 세 도의 관찰사를 역임하고 대사성, 대사헌, 형조 판서, 병조 판서 등을 지냈다. 1706년에 동지사가 되어 부사 박태항(朴泰恒), 서장관 이정제(李廷濟)와 함께 청나라에 다녀왔는데, 이 글은 이때 그를 위해 지어 준 것이다.

연행사(燕行使)에게 보낸 증서인 만큼 연행의 목적을 잘 수행하고 안전하게 돌아올 것을 당부했을 법한데 연행과는 하등 관련이 없는 은일(隱逸)의 내용들로 채워져 있다. 김창협은 이 글에서 자신과 뜻을 달리한 벗을 은근히 나무라고 간곡히 설득하면서도, 다른 한편으로는 은일에 대한 자신의 뜻을 확고히 하였다. 이를 위해 김창협은 유득일의 위치와 상황을 고려하여 의도적으로 먼저 두터운 정을 말하고, 이어서 구체적인 사실을 통해 자신의 주장에 진실을 담았다. 그리고 군자의 도리를 끌어와 논리를 심화하고 확고한 의지로 자신의 논리를 마무리하여 간결하고 오묘한 맛을 잘 살렸다.

김창협이 유득일에게 다소 엉뚱해 보이는 소 타는 이야기를 길게 한데는 그만한 사정이 있다. 이때로부터 27년 전 유득일이 먼저 김창협에게 전원의 삶을 예찬하는 「기우가」를 써서 보내 준 일이 있었다. 당시 이 시를 받고 김창협은 다음과 같은 글을 답장으로 써 주었다. 본문 「중국 여행길」은 아래의 글과 연결 지어 읽어야만 맥락이 비로소 분명해진다.

지금 유영숙의 「기우가」는 먼저 성대하게 소를 타는 즐거움을 말하였으나 영척과 유응지를 나란히 일컬었으니 조리가 없는 듯하다. 이는 한비자와 노자를 열전에 함께 넣은 것에 가깝지 않겠는가? 비록 그렇긴 해도 말의 뜻이 호탕하여 명예와 이욕을 시원스레 내버린 뜻이 있으니 그가 취하고 버리는 바를 또한 볼 수가 있다.

다만 내 생각에 유영숙은 젊은 나이에 관적(官籍)에 이름을 올려 재주와 명망이 드러났다. 근자에는 성상께서 교화를 다시 베푸시어 빼어난 인재들이 역량을 발휘하니 얼마 안 있어 승진해서 금문(金門, 궁궐의 문)을 지나 옥당(玉堂, 홍문관)에 오르게 될 것이다. 그리되면 반드시 동강(東岡)의 언덕을 오래 지킬 수 없을 터이니, 하물며 유응지처럼 종신토록 벼슬을 그만두고 한가하게 지내면서 그 즐거움을 보전하고자 한들 그렇게 할 수 있겠는가?

하지만 그 우아한 뜻이 고상하여 노래를 부르는 데서 이처럼 드러났으니 능히 이 마음을 늘 간직할 수만 있다면 비록 저자와 조정에서 바쁘게 지내더라도 진실로 절로 초연할 것이다. 어찌 반드시 산림과 전야에 있어야만 하겠는가? 유영숙은 다만 오늘의 소를 타는 즐거움을 잊지 말아야 할 것이다.

今兪子此歌, 旣盛言騎牛之樂, 而乃以甯氏與凝之竝稱, 則似不倫. 是得無近於韓非老子同傳乎. 雖然以辭旨逸宕, 脫然有遺外聲利之意, 則其所趣舍, 亦可見矣.

但念兪子早歲通籍, 才問炳然, 而間者, 聖明更化, 俊髦奮庸, 意其將朝夕騫騰, 歷金門而上玉堂. 必不能久守東岡之陂, 況欲如凝之之終身高臥, 以全其樂, 得乎?

然其雅意高尙, 發於詠歌如此, 使其能常存此心, 則雖在市朝鞅掌, 固自超然矣. 何必山林田野哉. 兪子第無忘今日騎牛之樂, 可也.(『農巖集』卷25「題兪寧叔騎牛歌後」)

글 속에 등장하는 영척과 유응지는 모두 「기우가」를 남긴 옛사람이다. 하지만 출처의 처신은 판연히 달랐다. 김창협은 전혀 다른 두 사람을

「기우가」를 남겼다는 이유만으로 나란히 예시한 것을 보고 불만을 느꼈던 것 같다. 마치 유득일이 두 가지 가능성을 다 열어 놓고 자기에게 유리한 쪽으로 저울질하려는 것이 아닌가 하는 의구심이었을 수도 있다.

과연 유득일은 김창협의 생각처럼 벼슬길에 나아가 승승장구했다. 한때 좌절을 겪어 파직되어 향리로 돌아왔지만 한 달 만에 중국에 가는 사신으로 발탁되어 다시 전원을 떠나는 모습을 보고 얼마간 안타까워하는 마음을 담아 초심을 잃지 말 것을 당부했던 것이다.

『숙종실록』1706년 4월 16일 기사에 이상언(李尙彦)이 이동언(李東彦)의 억울함을 호소하면서 유득일을 비난한 상소가 보이는데, 유득일에 대한 당시 여론의 일단을 엿볼 수 있다. 그러나 유득일은 김창협의 논리에 포섭되지 않았고 설득되지 않았다. 그리고 결국에는 4년 뒤인 1710년에 아내를 죽인 이만운(李萬運)의 송사 처리가 지연되고 있다는 죄인의 처남 심일녕(沈一寧)의 격고(擊鼓)로 파직되고 말았다. 유득일은 이만운이 그의 아내를 죽였다는 명백한 증거가 없어 옥사를 성사시킬 수 없다고 여겨 그리 처리했던 것인데, 강현(姜鋧) 등의 중상이 겹쳐 대단히 억울하게 파직되었다. 비록 진실이 그렇다 하더라도 '높은 관직과 많은 녹봉, 큰 총애와 융숭한 대우'가 근심의 뿌리가 된다는 김창협의 우려는 현실이 되고 말았다.

『식암집』 서문　　　　　　　息菴集序

우리나라 근세의 문장은 계곡(谿谷) 장유(張維)와 택당(澤堂) 이식(李植)을 최고의 작가로 꼽는다. 나는 일찍이 두 사람의 문장을 멋대로 논하여 "계곡은 천성(天成)에 가깝고 택당은 인공(人工)이 뛰어나니 옛 문장과 비교하면 한유(韓愈)와 유종원(柳宗元)과 비슷하다."라고 말한 적이 있다. 두 사람 이후에도 작자가 많았지만 능히 앞선 작가의 법도를 따라 세상에 이름이 우뚝한 사람은 또한 적었는데 최근에야 비로소 식암 김석주 공을 얻었다. 공의 문장은 비록 천성의 면에서는 계곡만 못하지만 인공의 면에서는 택당과 맞겨룰 만하다. 아름답고 기이하며 드넓고 맑은 운치와 언어를 구사하고 다듬는 절묘한 솜씨는 또 독보적으로 빼어나다 할 만하다.

　나는 일찍이 우리나라의 문장이 중국에 미치지 못하는 점이 세 가지가 있다고 말한 일이 있다. 천박하고 가벼워 깊고 절실하지 못하며, 상스럽고 속되어 우아하고 아름답지 못하며, 번잡하게 꾸며서 간결하고 정돈되지 못한 것이 그것이다. 이런 까닭에 정리(情理)가 분명하지 못하고 풍신(風神)이 툭 트이지 못하여 볼만한 법칙이 없다. 이것이 어찌 그 재주를 다한 잘못이겠는가? 또한 축적한 것이 얇고 인하여 본받은 것은 근래의 것이라 공력이 깊은 데 이르지 못했기 때문일 뿐이다.

공은 재주가 본디 높고 학문이 몹시 해박한 데다 깊고 맑은 생각과 분명하게 구획을 나눈 뜻을 아주 좋아하였다. 어려서부터 사부(詞賦)를 익혀 근세의 진부하고 난숙한 폐습을 일소하고 스스로 새로운 격조를 개발하였다. 시험을 치를 때마다 번번이 시험관을 놀라게 하니, 한때의 글 짓는 사람들이 다투어 서로 본받아 비슷해지기를 구하였다.

고문사를 지을 때면 위로는 진한(秦漢) 시대까지 거슬러 올라가고 아래로는 당송(唐宋) 시대를 거쳐 명나라의 여러 대가를 본받았다. 서로 참고하여 이를 본떠 의론을 펼쳐 그 변화를 지극히 하여 이를 통해 일가의 말을 이루었다. 대저 글의 구상을 뿌리로 삼고 글의 뼈대를 줄기로 삼아 소재를 엮고 화려한 수사로 보충한 뒤 마침내 글쓰기의 여러 규칙과 법도를 끌어오니 질서가 정연하였다. 소장(疏章)과 차자(箚子)는 특히나 더 정밀하고 핵실하며 공교로웠다. 사건을 지적하고 실정을 진술하여 이해를 논하고 득실을 따져 남들이 말하지 못하는 것을 곡진하게 묘사해 내니, 왕왕 폐부를 찌르면서도 옛사람의 격조를 잃지 않았다. 시도 또한 굳건하고 아름다워 들뜬 소리나 늘어진 가락은 짓지 않았다.

대개 그 유고가 무릇 스물다섯 권인데 시험 삼아 아무 편이나 읽어 봐도 경박하거나 속되고 쓸데없이 꾸밈을 일삼은 데 가까운 것은 있지 않았다. 아! 공은 문장에 있어 인공이 지극함에 이르렀으니 비록 하늘의 교묘함을 빼앗았다고 해도 괜찮다. 또 계곡과 택당을 이었다고 해도 부끄러움이 없을 것이다. 하지만 공은 일찍 과거에 급제하여 몸소 군국(軍國)의 중책을 도맡았으므로 글 짓는 사업은 대부분 국정을 계획하고 군사를 훈련하는 일에 빼앗기고 말았다. 마침내 또 중년의 나이에 세상을 떠서 글을 써서 짓는 일에 크게 뜻을 쏟을 수가 없었다. 그런데도 그가 성취한 바는 오히려 한 세상을 뛰어넘어 후세에까지 환히 빛나기에 충분하니 이 어찌 더욱 어려운 일이 아니겠는가?

공이 돌아가신 뒤 맏아들 도사(都事) 김도연(金道淵)이 금속활자로 공의 전고(全稿) 몇 권을 인쇄한 것이 세상에 간행되었다. 지금 영광 군수 홍숙(洪璹)은 공의 후파(侯芭)로서 공의 문장은 영원토록 마땅히 썩지 않겠지만 문집에 판각이 없고 보니 오래도록 전함을 보장하기가 어렵다 하면서 벼슬에 오르자마자 바로 장인을 모아 목판에 새기고는 내게 와서 서문을 청하였다.

내가 가만히 생각해 보니 공이 돌아가시고 얼마 지나지 않아 기사년의 화가 발생하여 도사 김도연은 근심으로 세상을 떠났고 부인은 섬으로 유배되었으며 온 집안이 뿔뿔이 흩어져 세상 사람들이 슬퍼하였다. 지금 비록 세도(世道)가 다시 변하여 억울함이 다 풀렸지만 공의 집안에는 뒷일을 주관할 남겨진 자손 하나 없다. 오직 홍후(洪侯, 홍숙)만이 옛 문하생으로 유고(遺稿)에 정성스럽게 힘을 쏟아 영원히 전할 것을 도모하였다. 그 뜻이 참으로 사람을 감동시키기에 충분하니 한마디 말로 그 일을 돕지 않을 수가 없다. 게다가 나는 평생 공의 문장을 좋아하였고 또 일찍이 공으로부터 짤막한 격려의 말씀만 들었을 뿐 문학에 관한 말씀을 듣지 못한 것을 평생의 한으로 여겼다. 이제 책머리에 내 이름을 붙여 구구한 마음을 바칠 수 있게 되었으니 참으로 다행이다. 그래서 감히 사양하지 않고 이와 같이 서문을 쓴다. 공의 성대한 사업과 공훈은 국사(國史)에 기록되어 있으니, 여기서는 자세히 논하지 않는다.

해설

식암 김석주의 문집에 붙인 서문이다. 이 글은 크게 두 부분으로 구성되어 있다. 전반부에서는 주로 김석주의 문학적 성취를 다루었는데, 특별히 문학사에서 차지하는 위치를 먼저 설정한 다음에 이를 증명하는 방식으로 단락을 구성했다. 네 개의 작은 단락이 서로 긴밀하게 연결되어 하나의 주제를 효과적으로 전달하고 있다. 먼저 장유와 이식 이후 최고의 문장가로 김석주를 치켜세우고, 중국에 미치지 못하는 우리 문학의 폐습을 조목조목 짚어 낸 뒤, 이를 극복한 김석주 문학의 특징을 하나하나 밝혀, 앞선 자신의 주장이 거짓이 아님을 드러내었다.

이는 김석주의 문학이 조선과 당 시대를 대표할 만한 표상성을 지니고 있음을 보여 주기 위해 의도적으로 구성한 전략이다. 그런 까닭에 글의 전반부에는 김석주의 문학적 성취뿐 아니라 조선 중기 문학사의 흐름과 한중 문학의 차이가 다른 어떤 글에서보다 일목요연하게 정리되어 있다. 당대 최고의 문장가이자 비평가였던 김창협의 안목이 잘 드러나 있는 부분이기도 하다. 여러모로 상극이었던 남극관이 "우리나라의 문장은 김창협의 「『식암집』 서문」에 다 드러나 있다.(東國之文, 金昌協息菴集序, 盡之矣.)"라고 일컬었던 것은 결코 우연이 아니다.

이어서 글의 후반부에서는 『식암집』의 발간 경과와 서문을 짓게 된 경위를 밝혀 두었다. 서문의 말미에서 이를 밝히는 것은 그리 특별할 것이 못 되지만 다른 서문에 비해 길고 자세한 것은 눈여겨볼 만하다. 특히 김석주의 죽음과 그 일가의 참화는 김창협 자신의 집안이 겪었던 비운의 사건과 똑같이 맞물려 있었으므로 이 점이 김창협으로 하여금 더 큰 안타까움을 토로하게 했다. 실제로 김석주의 문집은 1684년에 아들

김도연이 『식암선생유고(息菴先生遺稿)』(25권)로 편집해서 철활자(鐵活字)로 출간한 뒤에, 그의 문인인 홍숙이 영광 군수로 있을 적에 다시 목각하여 출간했다. 이 글은 여기에 붙인 서문이다.

김창흡

金昌翕

1653~1722년

본관은 안동(安東), 자는 자익(子益), 호는 삼연(三淵)이다. 청음 김상헌이 그의 증조부이고, 문곡(文谷) 김수항이 그의 아버지다. 김수항의 여섯 아들은 육창(六昌)으로 불릴 정도로 학문과 문예에서 이룬 성취가 적지 않았는데, 그중에서도 특히 농암 김창협과 삼연 김창흡은 농연(農淵)으로 불릴 정도로 성취가 탁월했다.

김창흡은 1673년 진사시에 합격한 뒤 과거 시험장에 발을 끊었으며, 서연관(書筵官)에 뽑히고 세제 시강원(世弟侍講院)에 임명되기도 했으나 모두 사임하고 물러났다. 지병이 악화되어 죽기 전까지 산수에 은둔하며 학문과 문학에만 침잠했다. "죽은 다음의 이름을 위하지 않고 산수의 즐거움을 지닌 사람은 내가 보기에는 삼연 선생 하나뿐이다.(不爲身後之計, 而有山水之樂者, 以余所見, 惟三淵子一人而已.)"라고 한 수암(遂庵) 권상하(權尙夏)의 평을 통해서 김창흡의 이러한 면모를 짐작할 수 있다.

김창흡은 낙론계의 대표 학자로 성리학에 정통하고 상수학(象數學)과 장자 철학에도 조예가 깊었으며 문학에서도 괄목할 만한 업적을 남겼다. "삼연과 농암 두 선생의 도학과 문장은 우리나라의 표준이 된다.(兩先生道學文章, 表準東國.)"라고 한 아정(雅亭) 이덕무(李德懋)의 평가에서 그 대체를 엿볼 수 있다. 그중에서도 특히 시에서 이룬 성취가 대단하여 일찍부터 18세기 초 우리나라를 대표하는 최고의 시인으로 추숭되었다.

그런데 문장에서 이룬 성취도 그에 못지않아서 소론으로 당색이 달랐던 동계(東谿) 조구명(趙龜命)이 "삼연의 문장이 전통을 이어받지는 않았지만, 우리나라의 천박하고 단조로운 기습을 씻어 내어 중국과 같은 자는 삼백 년 이래로 삼연 한 분뿐이다."라고 했을 정도였다. 비록 몽예 남극관이 김창흡을 비판하여 전후칠자의 의고 문풍을 거부하고 개성을 중시했던 경릉파(竟陵派)의 아류라고 폄하하기도 했지만, 김창흡의 문장이 유연한 정신과 호한한 학식으로 낡은 투식을 버리고 새로운 격식을 창조하고자 했던 것은 분명한 사실이다.

이가 빠지다   落齒說

무술년(1718년)에 나는 예순여섯이 되었다. 앞니 하나가 까닭 없이 빠져
버렸다. 갑자기 입술이 일그러지고 말이 새며 얼굴도 비뚤어지는 것을
느꼈다. 거울을 들고 살펴보니 다른 사람 같아 깜짝 놀라 거의 눈물이
줄줄 흘러내릴 것만 같았다. 다시금 곰곰이 생각해 보았다.

　사람이 태어나 늙을 때까지, 그사이에 길든 짧든 진실로 단계가 많게
마련이다. 갓난아이 때 죽으면 이가 아직 나지 않았고, 예닐곱 살에 죽으
면 이를 아직 갈지 않은 상태다. 여덟 살부터 예순이나 일흔 사이에 죽
으면 영구치를 간 뒤이다. 다시 여든 살부터 백 살을 넘기게 되면 이가
다시 난다. 내가 산 햇수를 따져 보니 거의 사분의 삼을 살아 이의 나이
또한 한 갑자가 되었다. 그렇다면 짧다고는 말할 수가 없다. 더욱이 올해
는 사람들이 많이 죽어서 줄줄이 황천길로 돌아간 사람을 이루 셀 수가
없지만 능히 이가 빠진 상태로 귀신이 된 사람은 몇이나 되겠는가? 이것
으로 스스로를 달래니 또 어찌 슬퍼하겠는가?

　하지만 슬퍼할 만한 점이 없지는 않다. 사람이 체력을 기르기 위해 기
대는 것 중에 음식만 한 것이 없고, 음식을 먹으려면 이가 꼭 필요하다.
하루아침에 이가 빠지거나 맞물린 이가 부러지면 국물이 새고 밥조차
딱딱하다. 이따금 살코기를 씹으려 해도 문득 고약한 지경을 만나고 만

다. 밥상을 마주할 때마다 난처한 근심이 있게 마련이니, 장차 쇠약해진 몸뚱이를 붙들어 지켜 낼 수가 없다. 결국 매미 배처럼 홀쭉하고 거북이 창자처럼 굶주리게 될 테니 이는 근심할 만하다.

그런데도 오히려 "입과 배에 관한 일은 미뤄 둘 수가 있다."라고들 말한다. 나는 어려서부터 글을 소리 내어 읽는 것을 좋아했는데 책 중에는 아직 소리 내어 읽어 보지 못한 것이 적지 않다. 그저 만년의 광경으로 냇가 언덕에서 새벽부터 저녁까지 소리 내어 책을 읽으면서 공부를 마치기를 그려 보며 밤중에 등불로 길을 비추듯 그 근원을 잃고 헤매지 않기만을 바랐다. 이제 한 차례 입을 벌리면 그 소리가 깨진 종과 같다. 빠르고 느림에 가락이 없고 맑고 탁함은 조화에 어긋나 칠음(七音)을 구분하지 못하고 팔풍(八風)을 알지 못한다. 처음엔 낭랑하게 하려 하다가도 나중에는 말을 더듬게 되니 이에 서글퍼져서 읽기를 그만두고 만다. 덕성이 나태해져 이 마음을 유지할 수가 없으니 이것이 슬퍼할 만한 것 중의 큰 일이다.

한편 또다시 곰곰이 생각해 보았다. 내가 나이는 많지만 몸은 가볍고 건강하다. 걸어서 산을 오르고 먼 길에 종일 말을 타기도 한다. 혹 천 리가 넘는 길에도 다리가 시거나 등이 뻐근한 줄 모른다. 내 연배를 살펴보더라도 나만 한 사람은 보기가 드물다. 이 때문에 자못 혼자 기분이 좋아졌다. 혼자 즐거워하다 보니 쇠약해진 것을 까맣게 잊고 아직도 젊었다고 생각하곤 했다. 어떤 일을 만나면 멋대로 행동하고 흥에 겨우면 먼 데까지 갔다가 반드시 몹시 피곤한 지경이 되어서야 돌아오곤 했다. 산만하여 수습을 못 하므로 스스로 맹세하기를 자취를 거두고 한가로이 쉬면서 일 년 내내 문을 나서지 않을 작정을 했다. 하지만 예전 하던 버릇에 얽매여 저녁에 후회하고도 아침이면 되풀이하곤 했다. 대개 쇠하고 성함의 경계가 분명치 않아 그때그때 감당해 낼 수 있었기 때문이다.

이제 느닷없이 형체가 일그러져서 추한 꼴이 드러났다. 이 꼴로 사람 앞에 나서면 놀라 슬퍼하지 않을 이가 없다. 그럴진대 내가 비록 잠깐이나마 늙음을 잊고자 한들 그럴 수가 없다. 이제부터 비로소 노인으로 자처할 수 있게 된 셈이다. 선왕의 제도에 나이가 예순이 되면 마을에서 지팡이를 짚고 군복을 입지 않으며 직접 배우지도 않는다고 했다. 내가 일찍이 『예기(禮記)』를 읽었어도 이 뜻을 익히지 않았으므로 한없이 망령된 행동이 많았다. 이제 그 잘못을 크게 깨달았으니 날이 어두워지면 들어가 쉴 수가 있을 것이다. 이가 나를 일깨워 준 것이 많은 셈이다.

주자는 눈이 멀어 존양(存養)에 전념하게 되자 도리어 진작 눈이 멀지 않은 것을 안타까워했다. 이렇게 말한다면 내 이가 빠진 것 또한 너무 늦었다. 형체가 일그러지니 고요함에 나아갈 수가 있고 말이 헛나오니 침묵을 지킬 수가 있다. 살코기를 잘 씹을 수 없으니 담백한 것을 먹을 수가 있고, 경전 외는 것이 매끄럽지 못하고 보니 마음을 살필 수가 있다. 고요함에 나아가면 정신이 편안해지고 침묵을 지키면 허물이 줄어든다. 담백한 것을 먹으면 복이 온전하고 마음을 살피면 도가 모인다. 그 손익을 따져 보면 얻는 것이 훨씬 더 많지 않겠는가?

대개 늙음을 잊은 자는 망령되고 늙음을 탄식하는 자는 천하다. 망령되지도 천하지도 않아야 늙음을 편안히 여기는 것이다. 편안히 여긴다는 말은 쉬면서 자적하는 것을 말한다. 기쁘게 화평함에 처하고 성대하게 조화를 올라타 형상의 밖에서 노닐며 요절과 장수를 마음으로 따지지 않으니 천리를 즐겨 근심하지 않는 사람에 가깝다 하겠다. 마침내 노래한다.

이여! 이여!

자네 나이 얼마던가?

한 갑자를 보내면서

온갖 진미 다 맛봤지

공 이루자 물러나고

보답 다해 떠나가네

나는 내 이를 통해

조화를 깨달았네

찬란한 저 별들도

떨어져 운석 되고

무성한 나뭇잎도

서리 맞아 낙엽 되니

이로부터 모든 일에

근심 걱정 없게 되어

고요히 자취 거둬

묵묵히 도 지키리

탑상 머리 편안하니

온갖 인연 부질없다

고기 없이 배부르고

동안(童顏)도 필요 없네

깨어 있는 사람만이

바로 주인공이라네

김창흡   169

해설

1718년 김창흡이 66세 때 지은 글이다. 앞니가 쑥 빠진 일을 계기로 세상의 이치를 깨달아 가는 과정을 세밀하게 기술한 김창흡의 대표 문장이다. 김창흡은 이 외에도 「조설(鳥說)」, 「구설(韭說)」, 「양설(羊說)」 등 열 편의 설을 더 지었는데 평범한 사물에서 깊이 있는 통찰을 이끌어 내는 김창흡 특유의 인식과 논법이 공통적으로 확인된다.

김창흡은 부정과 긍정의 인식을 논리적으로 교차하여 배치함으로써 설득력을 높였다. 갑자기 빠진 앞니를 통해 늙음을 자각한 그는 슬픔에 잠기게 되나, 곧 역병으로 죽어 간 수많은 사람들을 통해 자신을 위로한다. 그러다가 제대로 먹지 못하고 읽지 못하는 현실 앞에 좌절하고, 또다시 또래에 비해 건강한 자신을 통해 위안을 받는다. 이 위안마저도 현실의 늙음 앞에 곧 힘을 잃고 말지만 늙음을 그 자체로 받아들일 수 있는 힘으로 전환시킨다. 그 결과 주자가 눈이 먼 뒤에 존양의 이치를 더 실천할 수 있었다는 사실을 이해하게 되고 천리를 즐기며 근심하지 않는 경지를 경험하게 된다.

이처럼 김창흡은 기왕의 설에서처럼 앞니가 빠진 상황을 서술한 다음에 깨달음의 실체가 무엇인지 곧장 말하는 대신 상반된 인식을 대비적으로 배치하되 점층적으로 구성함으로써 독자의 예상을 벗어나 자신의 논리 안으로 독자들을 자연스럽게 끌어들인다. 이러한 구성은 서술의 단조로움을 극복하고 글의 기세를 유지하는 데 매우 유용하다. 평범한 사물과 심오한 깨달음 사이의 논리적 간극을 좁혀 독자의 동의를 구하는 데에도 효과적이다. 구투(舊套)를 버리고 새로운 격식을 세우는 데 힘쓴 김창흡 문장의 특징을 엿볼 수 있는 글이다.

그리운 외손녀　　　　　外孫女李氏壙誌

내 외손녀 이씨를 애도하니 아깝고도 슬프고 또 그리워할 만하다. 빼어난 슬기와 고운 성품으로 안과 밖이 해맑았다. 어찌 옥처럼 빛나는 규방에서 임하(林下)의 풍기를 아우른 사람이 아니겠는가? 비록 아직 『여계(女誡)』를 읽어 글 속의 내용을 본뜨지는 않았지만 효성스럽고 우애로우며 유순한 실지만큼은 은연중에 부합하였다. 홀로 한글로 기록된 이야기책에서 충신과 열사 중에 옛사람의 기특한 절개와 우뚝한 행실로 본받을 만한 자를 보게 되면 그들을 위해 말채찍이라도 잡으려 했고, 향초나 패물 따위는 마치 티끌처럼 여겼다. 의젓하게 노숙한 뜻과 태도가 있어 선대 조정에서 탕약을 올릴 적에는 어른보다 근심이 심해 하루에도 어떠한지를 세 차례씩 물었고 돌아가신 뒤에는 여러 날 고기를 먹지 않았으니 천고의 칠실녀(漆室女)를 다시 보는 듯하였다.

아! 이처럼 신명(神明)한 뜻과 쓰임을 가지고 이처럼 정숙하고 밝은 성품과 행실을 지니고도 규방 속에 간직되어 있다가 마침내 한 조각 무명천에 거두어지고 말았다. 또 장차 흰 배에 실려 여울을 거슬러 올라가 옛 산 황량한 언덕 아래 묻혀 마침내 가리어져 없어지리니, 누가 불쌍히 여기고 누가 세상에 알리겠는가? 오히려 평범한 사람과 함께 썩는 것이 달갑지 않아 빛나고도 환하게 우주의 사이에 정신을 남겨 두리라.

평생 너를 아꼈던 일흔 살 먹은 삼연 늙은이는 병으로 죽을 날이 가까운지라 온갖 정성을 다 들이지 못하고 겨우 몇 줄의 짧은 글로 무덤 앞에 보내 넣게 하니 넋은 이를 아는가 모르는가? 지난해 여름 내가 화음동(華陰洞)에서 나와 종남산(終南山)의 정자에서 너와 만났더랬다. 노인이라 몹시 피곤해서 큰 평상의 시원한 대자리에 몸을 뉘었더니 너는 내 곁에 있으면서 등불을 밝혀 옛글을 부지런히 읽었다. 매번 기이한 이야기로 무릎을 칠 만한 곳에 이르면 문득 일어나 찬 오이를 먹고 초록빛 음료를 마시면서 답답증을 풀어내곤 했다. 이때 인경 소리도 그치고 인적도 드물어 숲과 동산이 맑고도 울창했는데, 빗방울이 발 위로 떨어지거나 평상 머리에 후드득거리곤 했다. 쇠락했던 뜻이 몹시 쾌적해졌다. 이제 와 생각해 보니 이승과 저승이 경계가 됨이 아니라 신선과 보통 사람의 영원한 작별이었다.

내가 일찍이 너를 데리고 화음동 골짝으로 들어가 바위와 샘물로 너를 즐겁게 하고 시(詩)와 서(書)로 네 식견을 넓히려 했다. 너는 비녀나 귀고리에 악착을 부려 미워할 만한 습속과는 비교도 못 할 정도로 신령한 마음과 고아한 운치를 지녀서 그윽하고 담박함을 함께할 만했기 때문이다. 여러 번 그 약속을 했는데 끝내 함께 가 보지 못했다. 이는 진실로 네가 깊이 한스러워한 것이니 내 어찌 차마 이를 잊겠는가? 생각이 미치매 눈물이 떨어진다. 또 양쪽의 실마리가 묶여 이어져 있으니 넋이 이를 모르지 않을 것이다.

해설

1722년 일흔의 김창흡이 막내딸과 사위 이덕재(李德載, 1683~1739년) 사이에서 얻은 외손녀를 위해 지은 묘지명이다. 이덕재는 18세기 초반에 활동한 문신으로 본관은 전의(全義), 자는 후경(厚卿)이다. 1725년에 증광 문과에 병과로 급제한 뒤 이인좌(李麟佐)의 난 때 공을 세워 홍치중(洪致中)의 천거로 북평사(北評事)가 되었고, 지평(持平)과 정언(正言) 등의 벼슬을 거쳤다. 김창흡의 문인이기도 했다.

묘지명은 격식이 강한 글이라 선조의 계보를 먼저 서술하고 치적을 밝힌 뒤에 망자의 삶을 평가하되, 평면적이든 입체적이든 여러 일화나 사건을 통해 망자의 삶을 형상화하고 평가하는 것이 일반적이다. 여성 묘지명의 경우에도 남성의 그것과 큰 틀에서는 차이가 없다. 물론 이름과 자호, 수행한 관직 등이 생략되고 치적 또한 여성의 도리를 얼마나 잘 수행했는지를 드러내는 데 초점을 맞추게 되지만 전체 구성에서는 대체로 비슷하다.

그런데 이 글은 여타의 묘지명과는 사뭇 다르다. 우선 주목할 것은, 선조의 계보처럼 묘지명의 서두에서 일반적으로 서술되는 내용을 과감히 생략한 채 곧장 본문을 시작하고 있다는 점이다. 나이 어린 외손녀의 죽음이라 일반적인 격식을 따르기 어려웠을 수도 있지만, 규방의 여인으로 산림의 풍기를 지닌 외손녀의 규범적이면서도 특출한 사람됨을 강조하고 그에 대한 그리움과 애틋함을 효과적으로 드러내기 위해 의도적으로 선택한 구성으로 읽힌다.

여기에 더하여 둘 사이에 있었던 소소한 에피소드를 덧붙여 슬픔과 이별의 정감을 배가하고 있는 점이 주목된다. 김창흡은 지난날 종남산의 정자에서 글을 읽으며 정을 나누었던 기억과 끝내 지키지 못했던 산수 유람의 약속을 함께 끄집어냄으로써 이 글의 묘주(墓主)인 이씨가 그 자신이 아끼고 사랑했던 바로 그 외손녀임을 알게 한다. 다른 묘지명에서처럼 전형적인 여성 인물을 재현하는 데 초점을 맞추지 않고 세상에 오직 한 사람뿐인 외손녀를 그려 냈다. 이 글이 다른 묘지명보다 더 깊은 울림을 주는 것은 이 때문이다.

운근정의 매력　　　　　　　雲根亭記

관동 지역의 빼어난 경치 중에 이른바 팔경(八景)이란 것이 있으니 모두 바닷가이다. 지세의 넓고 좁음에 따라 저마다의 형세가 있는데 반드시 한 가지 장점으로 기이함을 차지한 것만은 꼭 같다. 다만 간성의 청간정 (淸澗亭)만큼은 다툴 것이 못 되니 처한 땅이 낮은 데다 빼어난 경치가 모인 것이 적기 때문이다. 예로부터 유람하는 사람들은 바닷길을 따라 흥을 싣고 왔다가 이곳에서 흥이 다하고 말아 눈길을 주기에 부족하다 고 여겼으므로 정자의 수치가 된 지가 오래다.

청간정의 남쪽 곁에 몇 칸짜리 누각이 있는데 자못 크고도 아름다웠 다. 사군(使君) 정양(鄭瀁, 1600∼1668년)의 재임 시절에 세웠는데 세월이 오래되다 보니 곧 허물어질 듯했다. 군수 권대숙(權大叔)이 고을을 다스 린 지 삼 년째 되던 경인년(1710년)에 중창을 도모코자 하여 편지로 나 에게 조언을 구했다. 나는 이렇게 대답해 주었다.

"일은 진실로 옛것을 그대로 써야 좋지만 한 가지 그렇게 해서는 안 될 것이 있네. 이번 일이 어찌 우뚝하게 신기루와 더불어 기이함을 다투 어 유람하는 사람들의 조롱을 풀어 버리려는 것이 아니겠는가? 자네가 정사를 돌볼 적에 진실로 비루하고 구차한 것에 편안해하지 않았지. 부 족한 깃은 지혜와 방략(方略)이 아닌세. 그래서 매번 일마다 기이한 계책을 내어 아전과 백성들이 신통하다고 놀라곤 했었지."

이에 내 한마디에 격동되어 마침내 달려가 이곳저곳을 다니며 찾다가 청간정 남쪽 일백여 보 떨어진 높은 언덕을 얻었다. 형세가 구름과 비 위로 솟아 있었다. 대숙이 손뼉을 치면서 기뻐하며 말했다.

"내가 정자의 터를 얻었다. 목재와 돌은 어디서 마련한다지?"

서쪽을 바라보니 은봉산(銀峰山)이 가까운 곳에 솟았는데 수많은 바 위가 무리 지어 첩첩이 쌓인 것이 마치 곤륜산에 옥이 쌓인 것만 같았 다. 대저 여섯 면 또는 네댓 개의 모서리를 갖추었는데 인공을 더하지 않 고도 절로 규격이 맞았다. 대숙이 또 가리켜 돌아보면서 웃으며 말했다.

"내가 정자의 재료를 얻었구려."

호령을 내리자 마치 귀신이 길을 트고 과아(夸娥)가 옮긴 듯이 언덕 위로 옮겨 온 것이 수십여 개나 갖추어졌다. 모두 재질이 단단하고 빛깔 이 푸르렀는데 길이도 여유가 있었다. 주춧돌 위에 이를 세워 기둥으로 삼고 그 위에 용마루를 얹고 서까래를 더하여 지개(芝盖, 지초 모양의 일 산) 모양을 만드니 여덟 기둥 안에 손님 십여 명의 술자리를 마련할 만 했다. 가로로는 난체(蘭砌)를 만들었는데 모두 총석(叢石)을 합쳐서 만들 었다. 이에 대숙이 내게 이름을 물어 오므로 내가 운근정(雲根亭)이라고 이름 지어 주었다. 대개 당나라 사람의 시에 "돌을 옮기니 구름 뿌리 움 직인다(移石動雲根)"라는 구절에서 뜻을 취해 왔다.

한번 가서 유람해 보니 동쪽으로는 하늘에 맞닿아 막힌 것이 없어 논 할 것이 못 되고 서편은 가로로 길게 일백 리의 형세가 펼쳐져 있다. 금 강산에서 뻗어 나온 것이 구불구불 이어지다가 우뚝 솟아서 설악산과 천후산(天吼山, 울산바위)이 되었다. 안개에 노을에 싸여 있는 굴택(窟宅) 사이로 미시령의 원암(圓巖)으로 이어지는 역참길이 나 있고, 아래로 내려와 구불구불 이어져 큰 들과 벌판이 된다. 무릇 부들과 갈대가 무성한 항구와 연꽃과 순채가 자라는 방죽, 나무꾼의 다리와 낚시꾼의 물굽이기 학이 노니는 물가와 더불어 빽빽하게 둘러싸 있어 곱고 기이함을 갖춘 것들이 문득 정자의 소유가 되고 말았으니 갖추어졌다고 말할 만하다.

대숙이 술잔을 들어 내게 말했다. "이 정자는 터는 땅이 아끼는 것을 찾아냈고 재목은 하늘이 만든 것이며 국면은 하늘가와 땅끝에 자리 잡았고 두른 것은 높은 산과 드넓은 들판이니 어찌 팔경의 으뜸이 아니겠는가?"

내가 말했다. "자네의 말인즉슨 허풍이네만 내가 두루 다녀 본 바로는 견줄 것이 없지 싶네. 삼일포와 죽서루는 깨끗하기는 해도 바다를 등졌고 경포대와 월송정은 넓고도 아득하나 산과 떨어져 있네. 망양정은 언덕에 임해 있어 별다른 기이함이 없고, 낙산은 해돋이를 보지만 툭 트이지는 않았지. 총석정 같은 경우라면 여기 또한 총석이라, 이처럼 논한다면 팔경 중 하나를 차지할 것일세. 갖가지 아름다움을 포괄한 것이 여기에 거의 다 있으니 짝할 것이 없다 해도 괜찮을 걸세. 정자가 이미 완성되었고 누각 또한 완공되니 사치스러움을 더한 정도가 만경대(萬景臺)와 나란히 견줄 정도인데 등불을 밝히고 생황과 노랫가락이 어우러지니 더더욱 빛을 발하는군. 이제부터 지팡이 짚고 짚신 신은 손님과 수레를 탄 관리가 반드시 이곳에 머물며 돌아가는 것을 잊게 될 걸세. 다시는 예전같이 적막할 일이 없을 테지. 그러니 정자가 이름나지 않으려 한들 그럴 수 있겠는가? 어떤 이는 정자가 너무 우뚝 솟아서 비바람을 맞으면 오래 버티지 못할까 봐 걱정하지. 이것은 전혀 그렇지가 않네. 우뚝한 여덟 개의 기둥이 스스로 구름 낀 하늘을 버틴 채 억겁의 세월을 견

더 낼 만하니 자네를 이어서 처마와 기와를 올리는 자가 마땅히 있을 것일세. 그렇지 않고 장막을 벗겨 내고 맨몸으로 서 있는다 해도 사람들이 장차 기대어 쉬어 가지 않겠는가? 이에 이것을 정자라고 말하지 않고 운근대(雲根臺)로 부른대도 또한 안 될 것이 없을 걸세. 그럴진대 자네는 신명(神明)하다 일컬어지고 저 돌과 짝지어 썩지 않을 것이니 어찌 다함이 있겠는가?"

이것을 「운근정기(雲根亭記)」로 삼는다.

해설

1711년 강원도 간성에 권익륭(權益隆)이 세운 운근정에 붙인 기문이다. 권익륭은 18세기에 활동한 문인으로 본관은 안동, 자는 대숙(大叔), 호는 하처산인(何處散人)이다. 음직으로 벼슬에 나가 사헌부 감찰, 돈녕 판관(敦寧判官), 충주 목사 등의 관직을 거쳤다. 1707년 12월 25일에 간성 군수에 제수되어 1712년 11월에 체직될 때까지 5년 가까이 간성에 머물렀다. 그의 작품으로 전하는 「풍아별곡(風雅別曲)」 6수와 「풍아별곡속(風雅別曲續)」 2수 등 8수의 시조 또한 이곳에 있을 때(1710년) 지은 것이다.

기문의 격식을 충실히 따랐다. 자연스러운 문단 배치와 유머러스한 장면 제시를 통해 독자들에게 읽는 재미를 더해 준다. 운근정의 내력을 설명하면서 "새로운 정자를 세워 청간정의 수치를 씻어 내라."라는 김창흡의 말에 권익륭이 분발하여 좋은 터를 직접 찾아 나서고, 마침내 적당한 터를 구해 필요한 재목까지 근처 총석의 돌기둥으로 마련하고는 탄식하듯 말을 내뱉는 장면에서 그 일단을 엿볼 수 있다.

더하여 김창흡은 권익륭과 함께한 운근정에서의 술자리 풍경을 글의 마지막에 배치하여 운근정의 아름다운 풍경과 매력을 다시금 한껏 뽐내고 청간정을 대체하기에 충분한 관동 최고의 정자임을 분명히 했다. 그리고 영원히 퇴락하지 않을 것이란 축수를 담아 글을 마무리했다. 여기서는 권익륭과 자신이 나눈 대화만으로 단락을 구성하여 밋밋한 서술에 변화를 주었다.

　　운근정은 이후에 김시보(金時保, 1658~1734년), 조문명(趙文命, 1680~1732년), 윤순(尹淳, 1680~1741년), 심육(沈錥, 1685~1753년), 정기안(鄭基安, 1695~1767년) 등 여러 문인들에 의해 노래되고 기록되었다. 하지만 김창흡의 기대와 달리 운근정은 그리 오래가지 못하고 허물어지고 말았다. 1761년에 강원도 여행길에 올랐던 안석경(安錫儆, 1718~1774년)이 허물어진 운근정을 보고 탄식하는 대목이 「동행기(東行記)」에 보인다.

홍세태

洪世泰

1653~1725년

효종에서 숙종 연간에 활동한 중인 출신 문인으로 본관은 남양(南陽), 자는 도장(道長), 호는 창랑(滄浪) 또는 유하(柳下)다. 1675년에 잡과인 역과(譯科)에 응시하여 한학관(漢學官)으로 뽑혀 이문학관(吏文學官)이 되었다. 이후 둔전장(屯田長), 통례원 인의(通禮院引義), 의영고 주부(義盈庫主簿), 울산 감목관(蔚山監牧官) 등을 역임했다. 특히 문장의 재능을 인정받아 세 차례나 제술관을 역임하였다.

일찍부터 시문으로 이름이 나서 이덕수(李德壽)는 "근래에 유하 홍세태는 시로 걸출하여 한 세상을 놀라게 했다.(近者洪柳下世泰, 以詩傑然驚一世.)"라고 했고, 신경(申暻)은 "이문학관 홍세태는 실제로 시에 능하고 문장을 잘 짓는다는 명성이 있다.(吏文學官洪世泰, 實有能詩績文之名.)" 했으며, 성해응(成海應)은 "유하 홍세태는 위항 사람인데, 시로 한세상에 이름을 떨쳐서 당시의 공경과 현대부가 모두 몸을 낮춰 예우하였다.(柳下洪世泰委巷人也, 詩名振一世, 當時公卿賢大夫皆折節禮之.)"라고 평하였다. 김창협·김창흡 형제와도 교유가 있었다.

홍세태는 조선 후기 위항 문학(委巷文學)의 발전에도 중요한 역할을 하였다. 중인 문학의 한 이론 근거가 되었던 천기론(天機論)을 적극 전개하였고, 위항인의 시를 모아 『해동유주(海東遺珠)』라는 시집을 편찬하기도 했다. 그뿐만 아니라 임준원(林俊元), 최승태(崔承太), 유찬홍(庾纘弘), 김충렬(金忠烈), 김부현(金富賢), 최대립

(崔大立) 등 여러 중인들과 시회를 열어 18세기 이후 위항 문학의 발달에 중요한 단초를 제공하였다.

그의 삶은 그리 순탄치 못했다. 평생을 가난하게 살았고, 8남 2녀의 자녀를 모두 앞세우며 불행한 생애를 보내야 했다. 중인이라는 신분과 불행한 삶에서 배태된 비감이 그의 시문에 고스란히 남아 있다. 문집으로 『유하집(柳下集)』이 전한다.

서호의 뱃놀이 그림　　　西湖泛舟圖序

이것은 내가 이중숙(李重叔, 이현(李礥)), 이인수(李仁叟, 이수장(李壽長)), 이경숙(李景叔, 이수기(李壽祺))과 함께 한 서호의 뱃놀이 그림이다. 당시 우리 몇 사람이 이 배 위에 앉아 있었던 것은 또한 한 가지 기이한 일이다. 중류로 거슬러 올라가며 좌우를 구경하며 술을 마셨다. 내가 중숙과 연구(聯句)를 짓고 간혹 창화하면 인수가 곁에서 이를 적었다. 질탕하게 놀면서 종일 즐거워하였다. 돌아오려 할 적에 내가 하인에게 물가의 모래밭에 말을 세워 두라 이르고 다시 술 한 잔을 들어 마셨다. 그러고는 중숙을 돌아보며 이렇게 말하였다. "오늘의 유람은 즐거웠는가? 나는 마땅히 다시 나와서 이 유람을 이을 것이네. 이 산과 호수와 더불어 증인으로 삼을 수 있을 것일세." 서로 바라보며 한바탕 웃었는데, 헤어진 뒤에 마침내 일이 어그러져 실행에 옮기지 못하였다. 몇 년이 지나 중숙은 병이 들어 일어나지 못했고, 또 얼마 안 있어 나는 영남으로 벼슬살이를 떠나 삼 년 뒤에 돌아왔다. 옛 유람을 추억하니 아득하여 마치 전생의 일만 같다.

　이제 경숙이 이 그림을 그려 와 보여 주며 나에게 한마디 서문을 요청한다. 내가 처음 볼 때는 어슴푸레하더니 한참 뒤에는 조금씩 생각이 났다. 내가 당시 배 위에 있던 사람이 맞는지, 오늘 그림 속에 있는 사람이 그른지에 대해서는 잘 알지 못하겠다. 십 년이 채 못 되어 사람의 일은 이미 변해 버렸다. 그럴진대 그림 속의 사람을 두고 꿈속의 사람이라고 하더라도 또한 괜찮을 것이다. 아! 중숙은 지금 이미 천고의 사람이 되었고, 인수는 또 바깥에 나가고 없다. 나는 늙은 데다 병마저 심해 비록 다시 이 같은 유람을 하여 앞서의 약속을 따르고자 한들 가능하겠는가? 옛사람은 "만족스럽게 풍류를 즐긴 장소도 일이 지나고 나면 문득 슬프고 처량한 감정이 생긴다."라고 했다. 내가 이 말에서 나도 모르게 감탄하고서 이를 쓴다.

해설

의원 이수기(李壽祺)가 그린 서호의 뱃놀이 그림에 붙인 짧은 서문이다. 홍세태가 울산 감목관에서 돌아온 지 얼마 되지 않아 지은 글이다. 자신이 함께 했던 유람 그림에 붙인 서문이라 그림에 대한 비평보다는 지난 추억을 회상하고 지금의 감정을 드러내는 데 초점을 맞추었다.

당시의 뱃놀이에는 홍세태 외에도 서얼 문사 이현(李礥)과 서예가 이수장(李壽長)이 함께했다. 서호의 풍경을 즐기며 시를 짓고 술에 취한 그날은 홍세태에게 유쾌한 기억으로 남아 있었다. 흥취에 겨워 호언장담했던 뒷기약은 이뤄지지 못했다. 한 사람은 병으로 먼저 세상을 떴고 다른 한 사람은 타지를 떠돌고 있다. 한 장의 그림만 남아 그때의 추억을 떠올려 준다. 그 기억마저도 한참을 생각해야만 했다.

전반의 거나하고 질탕한 분위기와 후반의 우울하고 쓸쓸한 현재가 큰 낙차로 병치되어 노년의 슬프고 처량한 심사가 잘 드러났다. 추억은 과

거 속에 있어 아름답지만 다시 이룰 수는 없어 슬프다. 젊은 날 서호의
뱃놀이는 가난과 세사에 찌든 현재를 일깨워 준다.『채근담』에서 인용한
마지막 구절이 새삼스럽다.

평생에
유감스러운 일

내가 평생 유감스럽게 여기는 것이 있는데 남들은 모르고 나만 홀로 아는 것이다. 그것은 바로 뜻을 구함이 높지 않고, 재주를 씀이 넓지 못했던 점이다.

나는 다섯 살 때 책을 읽을 줄 알았고, 자라면서 남을 좇아 배웠지만 겨우 몇 권에 그쳤다. 경서에 이르러서는 모두 스스로 가져다 읽었다. 하지만 은미한 말과 깊은 뜻은 남몰래 마음으로 이해한 점이 있는 것만 같았다. 만약 이것을 미루어 확장해서 육예(六藝)의 근본에서 구했더라면 얻은 바가 있었을 것이다. 집안이 빈천한지라 먹고 입기에 급급하다 보니 뜻과 학업을 키울 겨를이 없었다. 중년에 어려움에 처하고 궁함을 만나 이리저리 내몰리다 보니 마침내 배움을 그만두지 않을 수 없었다. 어쩌다가 시름에 싸여 답답하거나 꽉 막혀 불평스러운 기운이라도 있게 되면 그저 시에다 이를 폈다. 이를 본 사람들이 모두 잘한다고 했고 문득 시인이라고 지목하곤 했다. 한번 이 같은 이름을 얻고부터는 사양할 길이 없었다.

맹자는 "기술은 삼가지 않아서는 안 된다."라고 했다. 이것이 무당이나 의원과 무슨 차이가 있겠는가? 설령 정말로 능하다 해도 또한 하나의 앵무새가 되는 것에 지나지 않는다. 매번 이 생각만 하면 속으로 홀

홍세태　　　　　　　　　　　　　　　　　　　　　　　　　185

로 부끄러워 뉘우치지 않은 적이 없었다. 일없이 편히 지내다가 문득 무릎을 꿇고 똑바로 앉아 성현의 글을 읽으며 깊이 생각하고 완미하다 보면 얼마간 작은 유익함이 있었다. 그래서 지난 잘못을 바로잡는 바탕으로 삼으려다가도, 하루 볕을 쬐고 나면 열흘은 추위에 시달리느라 마침내 능히 성취하지는 못하였다. 허둥지둥 반평생 동안 세월을 잘못 보내고 나니 이제는 이미 늙어 탄식한들 어찌하겠는가?

올여름은 병들어 누워 문을 닫고 지냈다. 연일 비까지 내려 뜻을 부칠 만한 데가 전혀 없었다. 억지로 일어나 앉아 송대 유학자들의 여러 책을 펼쳐 읽다가 책을 어루만지며 사모하는 뜻을 일으켜 개연히 탄식하였다. 혼자 생각해 보니 타고난 자질이 멍청하고 둔하지는 않았으므로 진작 어진 사우(師友)를 얻어 학문에 종사하거나, 또한 재앙과 곤액을 만나 그 뜻을 꺾이게 하지 않았더라면 마땅히 이런 사람이 되지는 않았을 것이다. 이에 일생의 광경을 가지고 허다히 아무짝에 쓸데없는 시만 얻고 말았으니, 어찌 애석해하지 않겠는가? 이것이 내가 유감으로 여겨서 마음에 쌓아 둔 것이다.

이제 이를 펼쳐 보여 나를 아는 사람들에게 내가 평소에 이 같은 뜻이 있었지만 이를 잃고 만 것을 알게 한다면 마땅히 나를 위해 슬퍼해 줄 것이다. 주자께서는 일찍이 이태백의 일을 논하면서 "시인이 두뇌가 없는 것이 이와 같다." 했는데, 내가 이를 몹시 부끄러워한다. 대저 사람이 되어 배움을 알지 못한다면 어찌 사람 노릇을 할 수 있겠는가? 돌아보니 내 나이가 올해로 일흔이라 살날이 얼마 남지 않았다. 하지만 위(衛)나라 무공(武公)에 비하면 아직 멀었으니 「억(抑)」이란 시로 경계한 뜻을 힘쓰지 않을 수 있겠는가? 아! 늙고 병든 것이 이와 같으매 어찌 능히 할 수 있으랴! 하지만 저녁에 죽기 전까지는 도를 듣는 날이라, 애오라지 이를 써서 벽에다 걸고 스스로에게 경계로 삼는다.

해설

1723년 70세를 맞아 자신의 지나온 삶을 돌아보며 쓴 글이다. 그는 이듬해에 자신이 지은 시문을 직접 편집해 서문을 짓고, 그 이듬해인 1725년 1월에 세상을 떴다. 이 글은 자신의 평생을 정리하며 쓴 자전(自傳)의 성격을 갖는다.

아무도 모르고 오직 자신만이 아는 유감으로 말문을 열어 궁금증을 자아냈다. 가난과 신분 탓으로 학문의 길로 들어서지 못하고 얕은 재주로 고작 시인의 명성을 얻는 데 그친 것을 평생의 유감이라 말했다. 그는 자신의 삶을 일포십한(一曝十寒)으로 요약했다. 하루 따뜻한 볕을 쬐며 살 만하다 싶으면 바로 열흘의 추위가 닥쳤다. 지나온 평생은 먹고살기 위해 아등바등 안간힘을 쓴 나날이었다. 찬밥 더운밥 가릴 여유가 없이, 사람들의 칭찬에 덩달아 시인의 명성을 얻었지만 속으로는 깊은 부끄러움을 숨기며 살아온 일생이었다.

1723년 여름 장마철을 병으로 두문불출하며 지낼 때 그는 송대 유학자들의 책을 꺼내 읽다가 이 같은 탄식을 깊이 머금었다. 눈앞을 스쳐 간 일생의 광경을 아무 쓸 데 없는 시 속에 파묻고 말았다고 애석해했다. 특별히 그를 아프게 한 말은 주자가 이백을 두고 말한 "시인은 두뇌가 없다."라는 언급이다. 송나라 나대경(羅大經, 1196~1242년)의 『학림옥로(鶴林玉露)』에 나오는 말이다. 주자는 이백이 영왕(永王) 인(璘)이 모반하자 무득 그에게 아첨한 것을 두고 이같이 나무랐다. 시선(詩仙)의 칭호를 받아 시인의 왕좌를 차지한 그가 제 일신의 영화를 위해 아무 생각 없이 행동하는 사람이란 평가를 받은 것에 홍세태는 깊은 충격을 받았던 듯하다. 나대경의 평가로도 이백은 어지러운 시대에 시나 지으면서 호협(豪俠)의 객기나 부리며 화월(花月)에 광취(狂醉)한 무책임한 사람일 뿐이었다.

그는 이제 배움의 길을 버리고 시인의 삶을 좇았던 지난 삶을 돌이켜 더 늦기 전에 학문의 길에 매진하고픈 간절한 마음을 드러냈다. 문집에 남긴 「자서(自序)」에서 "타고난 자질이 명석하여 도를 들을 수 있을 것 같았는데, 도리어 시에 빠져 헛되이 세월을 보내고 노년에 이르러 죽게 되었으니, 이 또한 운명이란 말인가?(性明悟, 若可以聞道, 顧坐於詩, 沒沒虛過, 以至老且死, 此亦命也歟.)"라고 한탄했던 것도 같은 이유에서이다. 시인의 몸으로 살았음에도 마음은 늘 저편에 있었다고 고백했지만, 두 해 뒤 그는 쓸쓸한 삶을 마쳤다.

李宜顯

이의현

1669~1745년

본관은 용인(龍仁), 자는 덕재(德哉), 호는 도곡(陶谷), 시호는 문간(文簡)이다. 1694년에 별시 문과에 병과로 급제한 뒤 이조 정랑, 동부승지, 이조 참의, 대사간, 형조 판서, 예조 판서, 이조 판서 등 요직을 두루 거쳐 영의정에 올랐다. 1722년 신임사화에 연루되어 운산(雲山)에 유배 가기도 했지만, 대체로 큰 정치적 부침 없이 평탄한 환로를 거쳤다. 특히 민진원의 사후에는 노론 영수로 추대되어 노론계의 적통을 이은 관료로 활동했다.

김창협의 문인으로 문학에도 뛰어난 능력을 보여 숙종 때 대제학 송상기(宋相琦)가 당대 명문장가로 천거했고, 영조조 제3대 문형을 지내기도 했다. 특히 김창협의 고문 정신을 이어받아 당송 고문가로서의 면모를 드러냈다. 육경의 의리와 제자서(諸子書)를 통한 문기(文氣)의 배양을 중시하고, 다독과 다상량을 통해 평이하면서도 막힘이 없고(平暢) 간결하면서도 의미가 깊은(簡奧) 문장을 지향한 그의 문학 경향은 유척기(兪拓基)의 다음 평가가 잘 대변한다. "문장을 지을 때 붓을 잡고 그 자리에서 수천 마디 말을 쓰는데, 당송 제가에서 체재를 취하여 창건하면서도 침울하고 전중하면서도 법도가 있었다.(爲文章, 操筆立書數千言, 而取裁唐宋諸大家, 蒼健沈蔚, 典重有法度.)"

문집에는 고문가로서의 명성에 비하면 서발(序跋), 전기(傳記), 잡저(雜著) 등 문예성이 짙은 글이 많지 않고,

당대 노론계 인사들을 위해 쓴 묘도문(墓道文)과 관료의 문장인 관각문(館閣文), 공거문(公車文)이 대다수를 차지한다. 묘도문의 경우 남은 문장의 절반에 가까운데, 이러한 편향된 문체는 그의 문학이 정치성과 밀접하게 연결되어 있을 뿐 아니라 당대인들로부터 깊이 추앙되었음을 말해 준다. "한때 조정의 전책(典冊)과 사대부의 비지(碑誌)가 모두 그의 손에서 나왔다.(一時 朝廷典冊, 士大夫碑誌, 皆出公手.)"라는 평이 빈말이 아니었던 셈이다.

연행 이후 남긴 두 편의 잡지(雜識)인 「경자연행잡지(庚子燕行雜識)」와 「임자연행잡지(壬子燕行雜識)」 그리고 「도협총설(陶峽叢說)」과 「운양만록(雲陽漫錄)」 같은 잡저도 유명하다. 문집으로 『도곡집(陶谷集)』이 있다.

송도남의 절의

贈禮曹參判宋公
神道碑銘 并序

인조반정이 일어난 지 오 년째 되던 정묘년(1627년), 후금에 항복한 장수 강홍립이 오랑캐를 이끌고 쳐들어왔다. 의주와 안주가 잇달아 무너지면서 송도남(宋圖南) 공이 영유 현령(永柔縣令)으로 전사했다. 조정에서는 그의 충성을 높이고 기려 예조 참판에 추증하고, 예관을 보내 제사를 지내게 하며 삼 년간 녹봉을 지급했다. 숙종 을묘년(1675년)에는 정려를 세울 것을 명했고, 임술년(1682년)에는 관찰사 이세화(李世華) 공의 말에 따라 안주에 사당을 세워 같은 때 죽은 사람들과 함께 제향했다. 이 일이 알려지자 '충민(忠愍)'이란 편액을 내리고 예관을 보내 제사를 지냈다.

공은 문신인지라 적을 맞아 싸워 모욕을 막는 것은 잘하는 바가 아니었다. 하지만 분연히 일어나 인의(仁義)로 방패를 삼았다. 이기지 못해 들판에 시체로 누워서도 신하로서 적에게 성내는 절개를 보여 수억 년 뒤까지 이름을 영구히 드리웠으니 어찌 매섭고도 의연한 장부가 아니겠는가?

공은 평소에도 지조가 있었다. 광해군 때 총애를 받은 재상 박승종(朴承宗)이 궁중의 후원을 입어 기세가 대단했으므로, 낮은 벼슬아치와 높은 지위에 오른 자들 가운데 붙좇는 자들이 줄을 이었다. 공은 그와 사촌의 가까운 친척이었지만 마치 역병처럼 피해 끝내 조금도 물들지 않았

다. 적신(賊臣) 이이첨(李爾瞻)이 폐모론을 주창하고 대관(臺官) 정조(鄭造)
와 윤인(尹訒), 유생 이위경(李偉卿) 등이 인목 대비의 죄상을 고발하는
상소를 교대로 올리자, 안팎에서 분통해하면서도 감히 말을 꺼내지 못
했다. 공은 이안진(李安眞) 등과 더불어 항소(抗疏)를 올려 법에 따라 이
들을 목 베라고 청했다. 과거에 급제한 뒤에도 길에서 흉당(兇黨)과 마주
치면 꾸짖고 물리쳐 뒤도 돌아보지 않고 가 버렸다. 이로 인해 운각(芸
閣, 교서관)에 배속되어 태상(太常, 나라의 제사와 시호를 관장한 관서)의 말
직을 겸하는 굴욕을 당했다. 그나마 얼마 되지 않아 쫓겨나 평안 평사
(平安評事)가 되었다. 그가 평소 세운 바가 이와 같았다.

영유 현령이 되었을 때는 오랑캐가 관서 지방을 크게 침략해 안주에
이르렀다. 병마절도사 남이흥(南以興)과 안주 목사 김준방(金浚方)이 진
을 치고 적을 막으니 연도에 있는 고을의 수령들이 저마다 병사를 이끌
고 일제히 달려갔다. 문관은 장교(將校)를 대신 보내는 것이 관례인지라
아전이 전례를 가지고 아뢰었다. 공이 말했다.

"군대는 큰일인데 장수를 대신 보내 군대를 이끌게 할 수 있는가?"

이에 직접 군사를 이끌고 갔다. 공이 그저 죽고 말게 될 것을 애석히
여긴 남이흥 공이 힘써 떠나라고 권하니 공이 이렇게 말했다.

"어려움에 처하여 몸을 잊는 것이 어찌 무관만의 일이겠습니까?"

남이흥 공은 그 뜻이 굳은 것을 알고 종사관을 겸하게 해서 오랑캐
진중으로 보낼 격문을 지으라 했다. 공이 붓을 잡고 곧바로 완성했는데
말의 뜻이 격렬하여 보는 자들이 감복했다. 남이흥 공이 얼굴빛이 바뀌
더니 저들을 도발할까 염려하여 소략하게 고치기를 권할 정도였다.

정월 스무하룻날 새벽에 적들이 나무 사다리를 타고 성을 침범했다.
남이흥 공이 성은 반드시 함락될 터인데 성 남쪽이 낮고 북쪽이 높으니

분명히 남쪽부터 무너지기 시작할 것이라 여겨 공으로 하여금 북쪽을 지키게 하며 또 갑옷을 주었다. 공은 이것을 나무 위에 걸고는 말했다.

"성이 장차 함락될 터인데, 몸을 지켜 무엇 하겠습니까?"

처음 공이 안주로 달려갈 적에 두 아들을 불러 마주했으나 집안일에 대해서는 한마디도 하지 않았다. 이때 "남아의 사업이 오늘 결정되었다.(男兒事業今日決矣.)"라는 여덟 글자를 직접 써서 집에 보냈다.

그날 저녁 적들이 사다리를 타고 올라와 개미처럼 달라붙었다. 우리 병사들이 창과 검으로 쳤지만 형세상 능히 대적할 수 없었다. 이윽고 적이 성안에 가득 들어와 죄다 죽이니 남이흥 공과 김준방 공은 일이 어찌할 수 없음을 알고는 마침내 화약에 불을 붙여 스스로 타 죽었다. 군사와 백성이 흩어져 어지러워지자 적이 모두 내몰아 도륙하니 항복한 자들이 줄을 이었다. 공은 전포(戰袍)를 입고 성 머리에 서서 활을 당겨 적에게 쏘았다. 적이 쏜 화살이 뺨에 맞아 흘러내린 피가 온통 얼굴을 덮었다. 공은 안색을 바꾸지 않고 천천히 패도를 뽑아 옷을 끊어 상처를 감싸고는 죽을 때까지 활을 놓지 않았다. 적의 화살이 고슴도치 털처럼 꽂혀 공은 마침내 성첩을 베고 죽었다. 겸인 김승(金承)과 현속(縣屬) 이위전(李韋典) 등이 공의 시신을 거두어 화살을 제거했다. 향년 오십이세였다.

공의 자는 만리(萬里), 호는 서촌(西村), 본관은 진천이다. 먼 조상 순공(舜恭)은 신라의 아찬이었다. 본조 들어 휘 우(愚)는 좌사간으로 호가 송정(松亭)이며, 증조부 휘 세증(世曾)은 사직령이었다. 조 휘 하(賀)는 좌승지로 그 형인 판돈영 찬(贊)과 더불어 선조 때 이름이 났다. 고 휘 응일(應一)은 사섬 봉사(司贍奉事)로 밀양 박씨를 아내로 맞았으니, 별제 응현(應賢)의 딸이자 이조 판서 충원(忠元)의 손녀다.

만력 병자년(1576년)에 태어나 기유년(1609년)에 생원시에 합격하고 계축년(1613년) 활인서 별제(活人署別提)에 제수되어 의금부 도사(義禁義府都事)로 옮겼다. 을묘년(1615년)에 문과에 급제하고 천계 계해년(1623년)에 인조가 즉위하자 평안도 선유어사(宣諭御史)가 되었다. 강원도 도사(江原道都事)에 제수되었다가 호조 정랑이 되고, 병조로 자리를 옮겼다. 잠시 뒤에 의주 판관(義州判官)이 되었지만 병에 걸려 부임하지 않았다. 그런데 당시 공론에 외직을 싫어해 피한다는 혐의가 있어서 본주(안주목 영유현)로 쫓겨났다.

공은 성품이 꼿꼿하고 기개가 있어 혼탁한 세상에 있으면서 간흉들을 배척해 마땅함을 지켰다. 시절이 맑아지면서 여러 어진 이들이 등용되었지만 또한 문을 닫아걸고 사귀지 않았다. 이 때문에 아는 자가 드물고 좋아하지 않는 자는 많아서 한직을 돌다가 중간에 헐뜯기기도 했다. 적소에서 돌아오다가 우연히 한 명사에게 들렀더니 그 사람이 이렇게 말했다.

"자네가 벌써 서용한다는 명을 받았는가?"

공이 대답했다.

"만약 서용되었다면 어찌 그대에게 들렀겠는가?"

그 사람은 무안하여 부끄러운 기색이 있었다.

공은 풍채가 크고 건장하며 수염이 아름답고 근력이 남들보다 세서 활을 잘 쏘았다. 글에도 능하여 택당 이식이 공이 지은 격문을 보고 이렇게 탄식했다.

"송 공이 이처럼 글을 잘 지었단 말인가!"

사람을 대접할 때는 관대하고 공손했으며, 집에 있을 때는 엄격하고 간결했다. 자식들에게 언제나 이렇게 말하곤 했다.

"내가 죽거든 '사람됨이 꼿꼿하여 남에게 굽히지 않았다.(爲人强項不屈 於人.)'라고 묘석에 쓰면 충분하다."

아! 곰 발바닥과 물고기를 취하고 버리는 것은 진실로 창졸간에 판별할 수 있는 바가 아니다. 시험 삼아 보건대 공은 인륜을 무너뜨린 적을 목 베라고 청했고, 권력을 틀어쥔 재상에게 아첨하지도 않았다. 비록 선한 사람이라도 요직에 있게 되면 자취를 끊었다. 이는 그 뜻과 절개가 탁월해서이니 이 어찌 훗날 의리를 위해 죽은 바탕이 되지 않겠는가?

공은 아들 셋을 두었다. 맏아들 섬(暹)은 요절했고, 둘째 경(炅)과 막내 민(旻)은 모두 공의 덕으로 참봉에 제수되었으나 뒤에 자못 쇠퇴해 이름을 떨치지 못했다. 숙종 말년에 민의 손자 국위(國緯)가 문과에 급제해 사헌부 지평이 되었고, 그 형 국경(國經)이 뒤이어 과거에 급제해 예조 정랑이 되었다. 공의 장지는 양주 축석 고개에 있다. 부인 고령 신씨는 선교랑(宣敎郎) 응하(應河)의 딸로 공이 죽고 칠 년 뒤에 죽어 합사했다.

공의 이름과 절개는 진실로 죽백에 이미 밝게 드러났다. 하지만 신도비가 지금껏 없었으므로 지날 때마다 탄식하고 한탄했다. 지난번에 지평 국위(國緯) 군이 행장을 가지고 와서 명을 구하기에 내가 허락했지만 미처 완성하지 못했다. 이제 갑작스레 죽었다는 소식을 듣고 나도 모르게 슬퍼하며 눈물을 흘렸다. 내 비록 늙고 병들어 글쓰기가 힘들지만 어찌 차마 죽은 자에게 식언을 하겠는가. 그래서 마침내 차례로 서술하고 명을 짓는다. 그 글은 이렇다.

"내 일찍이 태헌(苔軒) 고경명(高敬命)이 의병을 일으키며 쓴 격문을 보고 문득 감개하여 벌떡 일어났는데, 이제 송 공이 쓴 격문을 보니 그 충의의 열렬함이 거의 이를 능가하여 미치지 않는 바가 없었다. 화이(華夷)가 뒤바뀐 것에 대한 논변은 또 지극히 삼엄하여 오랑캐가 스스로 떨게 했다. 그렇다면 공의 죽음은 다만 조선만을 위한 것이 아니라 실로 황명을 위하여 대의를 고집한 것이다. 또한 그 격렬하고 굽히지 않는 절의를 평소에 확고히 가졌던 까닭에 어려움에 임하여 성취한 바가 이같이 환히 빛나게 되었다. 아! 공의 무덤은 겨우 몇 척이지만 누군들 태산처럼 높게 보아 우러르고 공경히 읍하지 않겠는가?"

해설

1627년 정묘호란 때 전사한 영유 현령 송도남을 위해 쓴 신도비문이다. 신도비문의 형식에 따라 긴 서문을 덧붙였다. 송도남의 사람됨을 단계별로 그려 보이고 장렬한 죽음에 미쳐 그의 절의를 두드러지게 했다. 인목대비 폐비론의 주동자였던 이이첨을 목 베라 주청하고, 권력을 가진 재상을 멀리하며, 요직에 있는 사람이면 선한 자일지라도 관계를 끊었던 기개가 당당한 죽음의 장면과 연결되면서 열사의 표상을 이룬다.

국가에 대한 송도남의 충절이 이 글을 구성하는 주된 서사다. 문관임에도 전장에 과감히 뛰어들고, 아들과 헤어지면서도 사사로운 감정을 일절 드러내지 않으며, 적의 간담을 서늘하게 하는 격문을 짓고, 남이흥이 건넨 갑옷을 나무에 걸어 둔 채 피범벅이 되어 죽을 때까지 손에서 활을 놓지 않는 장면들이 충의를 생생하게 표현한다.

한편 이의현은 여기에 더하여 송도남이 당파적 이해득실에 의해 희생된 인물임을 보여서 자신의 정치적 입장을 은연중에 드러냈다. 대절(大節)이라는 덕목이 송도남 한 개인에 국한되는 것이 아니라 노론계 인사들에게 공통된 것이라고 당론의 입지 또한 공고히 했다. 무려 200여 편에 달하는 이의현의 묘도문은 실제 여타 당파에 대해 배타적인 편이다. 그의 글은 노론의 정치적 정당성을 강조하고 남인과 소론을 배척하는 수단이 되곤 했는데, 이 같은 특징이 본문에도 고스란히 드러나 있다. 이의현에게 송도남의 대절은 서인 노론계 지식인들만이 가질 수 있는 덕목이었던 셈이다.

재주와 운명　　　　　　　耐齋集序

내가 일찍이 역대의 사적을 찬찬히 살펴보니 문장과 행실로 두드러지게 일컬어진 사람들은 대부분 궁한 경우가 많았고 현달한 경우가 적었다. 기이한 재주를 품고 의리를 지녔지만 세상과 어긋나 불우했으므로 한갓 뒷사람은 그가 남긴 향기를 맡으며 탄식만 뱉는다. 아! 재주와 운명이 이처럼 서로 원수가 된단 말인가? 진실로 어떤 이가 불행을 만나 위태로운 길에서 그 뜻이 막히고 정처 없는 삶에서 그 몸이 곤궁해 근심하고 실의한 채 세상을 떠나고, 오직 그 문장만 남겨서 평소 품었던 생각을 간신히 드러내 보일 수 있다면 어찌 더욱 슬퍼하지 않을 수 있겠는가? 그럴진대 좀벌레 속에서 겨우 남은 작품과 온전치 못한 서책인들 매몰해 세상에 전해지지 않도록 내버려 둘 수가 있겠는가?

내재(耐齋) 홍태유(洪泰猷, 1672~1715년) 군은 이름난 가문의 자제다. 사람됨이 개결하여 옥처럼 순수했다. 왕실 부마의 후손으로 유학에 마음을 쏟아 부귀 앞에서 뜻을 바꾸지 않았다. 그의 선고께서 문학으로 조정에서 명성이 높았고 군 또한 선대의 유업을 계승하여 날개를 펼치고 영화를 드날려 나라의 융성함을 노래할 듯이 했다. 하지만 약관이 못 되어 집안이 혹독한 재난을 당하자 마침내 문을 닫아걸고 숨어 지내며 세상길에 자취를 끊었다.

그는 선인의 묘소 아래에 집을 짓고 마을의 두세 벗들과 옛 성현의 책으로 아침저녁 조용히 연마해 조예가 깊어졌다. 펼쳐 글을 지으면 풍부하고도 전아하여 법도가 정연했다. 시는 격조가 굳건하고 우아해서 티끌 세상의 말을 짓지 않았다. 그런데도 오히려 세상에 소문이 퍼질 것을 염려해 오로지 가리고 감춰서 드러나지 않는 것에만 힘을 쏟았다. 또 오십의 나이도 채 누려 보지 못했으니 이른바 "뜻이 막히고 몸은 곤궁해 근심하고 실의했다." 함은 실로 군의 일생을 표현한 말이라 하겠다. 어찌 지금 세상의 기이한 사람이요, 천하에 드문 백성이 아니겠는가?

삼연 김창흡 공은 일찍이 그의 작품을 보고 기이하게 여겨 문단의 높은 솜씨로 인정했다. 더욱이 그 인물을 특별히 높여 말세에 미칠 바가 아니라고 했다. 내 생각에 궁하게 살면서 자신을 닦은 선비로 선배와 큰 학자가 칭찬해 기록에 이름을 남긴 자를 얻기란 예로부터 드물었다. 군은 사문의 종장에게 칭찬과 인정을 받았으니 옛사람으로 보더라도 어떠하겠는가? 장자가 말하지 않았던가? "만세의 뒤에 그 뜻을 아는 자를 한번 만나면 이는 아침저녁으로 만나는 것이다." 대저 저 멀리 만세를 이미 기약했거늘 하물며 당세에 얻은 사람임에랴! 그는 또한 불우하다고 말할 수가 없다.

이제 그의 아들이 어지러운 원고를 가져다가 삼연 공의 산정을 거친 것을 인쇄해 큰 고을과 도회에 전하니, 답답하게 펴지 못한 것을 장차 후대에 크게 환히 펼 수 있을 것이다. 군이 지녔던 재주를 애석해하고 당시에 운명이 답답하게 꽉 막혔던 것을 슬퍼하던 사람들이 이 책을 보고 조금이나마 마음을 풀 수 있으리라. 나는 벼슬길에 바빠 군과 함께 지내지는 못했다. 하지만 일찍이 그의 마음을 슬퍼하고 그 절조를 높이 보았으니 대개 또한 정의(情誼)가 있는 셈이다. 이제 책의 서문을 부탁하므로 한마디 말이 없을 수 없어 감개하는 뜻을 대략 써서 돌려보낸다.

　군에게는 종조제(從祖弟)인 침랑군(寢郎君)이 있는데 그 역시 옛것을 좋아하여 배움에 힘쓰고 한결같이 군을 사표로 삼아 논저가 많았지만, 일찍 요절함을 면치 못했다. 시는 초고의 대부분을 잃어버려 남은 것이 없고 단지 문장 약간 편만 남은지라 군의 원고 뒤에 부록으로 붙인다. 비록 적지만 재주와 생각이 보통과 다름을 볼 수가 있다. 한 집안의 문헌 또한 이를 통해 징험할 수가 있을 것이다.

해설

내재 홍태유의 문집에 붙인 서문이다. 글의 서두에 주제문을 먼저 내세운 뒤 1689년 기사환국을 기점으로 변화된 홍태유의 삶, 그의 문학에 대한 김창흡의 인정을 차례로 들며 글의 대체를 구성했다. 서문을 짓게 된 계기를 서술하고 홍제유의 문장을 소개한 대목만 빼고 보면 한 편의 짧은 전(傳)에 가까운 느낌이 든다.

　홍태유 집안에 비극의 씨앗이 되었던 기사환국은 앞선 1680년 경신대출척(庚申大黜陟)으로 실각했던 남인이 희빈 장씨의 소생인 원자의 정호(定號) 문제를 구실 삼아 서인을 몰아내고 재집권한 사건이다. 이때 홍태유의 아버지 홍치상(洪致祥)은 교수형을 당했고 이의현의 아버지 이세백(李世白)은 송시열의 유배를 반대하다 파직되었다. 이후 홍태유는 여주의 이호에 내려가 은둔했고, 이의현은 부친을 따라 고양의 원당촌에 우거했다. 1694년 갑술환국으로 서인이 다시 집권하기 전까지 칩거할 수밖에 없었다.

이때의 동일한 경험과 당파적 동질성은 서로 교유가 없었음에도 이의현이 내재의 문집에 서문을 쓰고 그의 삶을 가엾게 여기며 그의 문학을 기리는 직접적인 계기가 되었을 것이다. 이의현의 시선 속에는 가혹한 운명 앞에서 타고난 재주를 제대로 발휘하지 못한 채 잊힌 동당의 문인 지식인들에 대한 연민 그리고 기사환국을 일으킨 주체들에 대한 반감이 함께 담겨 있다. 홍태유에 대한 진혼곡으로 읽히는 까닭이다.

최창대

崔昌大

1669~1720년

본관은 전주(全州), 자는 효백(孝伯), 호는 곤륜(昆侖)이다. 병자호란 당시 대표적인 주화론자로 영의정을 지낸 지천(遲川) 최명길(崔鳴吉)이 증조부이고, 영의정을 지낸 명곡(明谷) 최석정(崔錫鼎)이 부친이다. 1694년 별시 문과에 병과로 급제한 뒤 검열, 부수찬, 이조 정랑, 대사성, 이조 참의, 부제학 등 여러 벼슬을 지냈다. 박세당과 남구만을 사사하고 이덕수·이하곤(李夏坤)·조태억 등과 교유하며 소론의 학문과 문학의 전통을 이었다. 홍세태·신유한(申維翰) 등 중인 및 서얼 문사들과도 격의 없이 지내며 문학을 공유하였다.

학문적으로는 양명학에 가까웠던 가학의 전통을 이어받아 주자주의의 이념성에 매몰되어 당쟁만을 일삼는 당대의 현실을 극복하려 했고, 문학적으로는 전대의 복고주의 문학을 발전적으로 계승하려 했다. 까닭에 육경과 진한(秦漢)의 문장을 전범으로 삼되 모방과 도습을 금하고 진정(眞情)을 추구했으며, 수사(修辭)의 가치를 인정하되 기궤한 표현을 배격하고 질박한 아름다움을 지향하였다.

박세채와 김창협에 비교된 그의 문장을 두고, 최창대의 지음(知音)이었던 이하곤은 "공의 문장에는 법도가 있으니, 육경으로 근본을 삼고 반고와 사마천의 문장을 윤색하여 웅장하고 엄격하며 고상하고 예스러워 부미함을 한 번에 쓸어 버렸다.(盖公文章, 有則有軌, 六經爲根, 潤色班史, 碻峭高古, 一掃浮靡.)"라고 했다. 또한 그의 문학을 이어받은 신유한은 "문장은 양한(兩漢)의 말, 한유와 유종원의 말, 구양수와 증공의 말을 지어 펼치면 북두성이 되고 풀어놓으면 구름과 비가 되었다.(文而爲兩漢語韓柳語歐曾語, 羅則星斗, 縱則雲雨.)"라고 했다. 당송 고문이 주류를 이루던 시기 진한 고문을 새롭게 계승 발전시킨 그의 문장은 『곤륜집(昆侖集)』을 통해 확인이 가능하다.

글은 다듬어야 한다　答李仁老德壽

지난번 그대의 편지를 받아 보니 문장의 체제에 대해 극렬하게 논하면서 내가 공교로움을 추구하고 옛것을 좋아함이 너무 지나치다고 나무랐더군요. 내가 예단에서 노닌 것이 여러 해여서 당대의 명사와 교유를 나눈 것이 적지 않지만 논설이 여기까지 미친 경우는 보지 못하였소. 이제 문득 그대에게서 편지를 받고 보니 저절로 가만히 기운이 솟구쳐서 이 때문에 여러 번 탄식하였소. 하지만 이 가운데 한두 가지 대답할 만한 것이 있는지라 답변하여 말해 볼까 하오.

　그대는 "문자란 것은 말이 깃든 것이니 글이란 뜻이 전달되면 그뿐이다."라고 하였소. 아주 좋은 말이오. 하지만 이른바 글이 뜻을 전달한다는 것이 또한 어찌 많이 펼쳐 길게 늘어놓는 것을 말하는 것이겠소? "말이 문채가 나지 않으면 전하여도 멀리 가지 못한다." 하지 않았소? 공자께서는 "바탕이 문채를 이기면 촌스럽고, 문채가 바탕을 이기면 번드르르하다. 바탕과 문채가 조화를 이룬 뒤에야 군자이다."라고 했지요. 나는 문장에 있어서도 또한 그렇다고 말하겠소. 바탕과 문채가 조화를 이룸에는 방법이 있으니 이치를 밝혀서 그 근본을 수립하고, 방법을 가려서 그 취지를 가지런히 하며, 표현을 가다듬어 쓸모를 이루어야 합니다. 셋 중에 하나만 빠져도 안 됩니다. 이 세 가지를 따라 힘을 쏟아 날마다 부지런히 노력한다면 그 그릇에 따라 절로 도달하는 바가 있을 것이오.

문장 구절의 험벽(險僻)하고 평이(平易)함이나 기이하고 순함 같은 것은 굳이 같아야 할 것이 없소. 비록 시서(詩書)와 육경으로 말하더라도 『서경』의 「상서(商書)」는 호호(灝灝)하고 「주서(周書)」는 악악(噩噩)하며, 『춘추』는 간결하고 엄정하며, 『주역』「계사전」은 질박하고 통창하니 그 험벽하고 평이함과 기이하고 순함의 같고 다름이 어떠하오? 지금 『춘추』와 「주서」를 두고 '사달(詞達)'의 뜻에 부합하지 않는다고 하면 되겠소? 게다가 옛사람의 글은 또 반드시 간결하고 말이 적은 것을 귀하게 여겼소. 이치를 얘기한 것으로 말하자면 맹자의 말이 순자나 한비자보다 적었고, 증자와 자사의 말은 맹자보다 적었소. 공자의 말은 증자나 자사보다도 더욱 적었소. 사건을 기술한 글로 말하면 좌구명은 사마천과 반고보다 적었고, 『춘추』와 『상서』는 좌구명보다 더 적었소. 시를 읊은 것으로 말하더라도 『초사』의 「이소」는 한나라나 위나라의 시보다 말이 적었고, 『시경』의 풍(風)과 아(雅)와 송(頌)은 「이소」보다 적었소. 그 나머지 도가의 『도덕경』과 종횡가의 『음부경(陰符經)』, 병가의 『삼략(三略)』, 의가(醫家)의 『황제내경소문(黃帝內經素問)』 등은 모두 적막하게 짧은 글이어서 많다고 해야 백 마디와 천 마디에 지나지 않았소. 하지만 말이 간결할수록 뜻은 더욱 넓었고, 말이 천근할수록 뜻은 더욱 아득하였으니, 이는 어찌 된 것이오? 이치에 있어서는 그 본원을 보고 일에 있어서는 그 요체를 들었기 때문이라오. 이 때문에 내가 늘 화두로 삼아 "옛사람은 식견이 높았으므로 그 글이 정밀하고, 지금 사람은 식견이 낮은지라 그 글이 거칠다."라고 말하곤 하는 것이오. 비유하자면 청제(靑齊, 지금의 산동반도)의 큰 형세를 살피려는 자는 수레를 몰고 말을 내달아 날마다 제나라와 노나라의 교외를 달리는 것이 태산 꼭대기에 오르는 것만 못한 법이니, 겉과 속, 네 귀퉁이의 주변과 곡절을 한번 훑어 한눈에 보면 많은 말을 기다릴 것 없이 그 요점을 얻기 때문이라오. 또 사마천이 한 고조에 대해 찬(贊)한 것을 보면, 고작해야 "너그럽고 어질며 사람을 아꼈고, 지모를 좋아하고 듣기를 잘했다."라고 말했을 뿐이오. 반고는 곽광(霍光)의 사람됨을 서술하면서 "침착하고 고요하며 주밀하다."라고 했을 따름이오. 대저 한 고조 같은 제왕과 곽광 같은 재상을 논찬한 글이 이 같은 몇 마디 말에 그쳤다면 또한 너무 소략한 것이 아니겠소? 하지만 한마디로 능히 다 할 수 있었던 것은 역시 본원을 보고 요체를 들어 말했기 때문이오.

이를 통해 말한다면 글을 짓더라도 여기에서 벗어나기를 힘쓰지 않고서 한갓 쓸데없는 군더더기로 잔뜩 말을 늘어놓고서 스스로 사달(詞達)의 뜻에 의탁하여 재량할 줄 모른다면 나는 그것을 옳다고 할 수가 없소. 후세에 문장에 뛰어난 자는 한유(韓愈)를 밀어 으뜸으로 삼는데, 평생 작문의 비결로는 또한 "진부한 말을 힘껏 제거하라." 하고, 또 말하기를 "남들이 칭찬하면 근심하고, 남들이 비웃으면 기뻐했다." 하였소. 그리고 "한 가지 능한 것만을 오로지 하지 않아 괴이하고 기이하다."라고도 하였소. 무릇 이 같은 말들은 진실로 다름 아닌 훌륭한 장인이 마음으로 홀로 고심한 것일 뿐이오. 또한 이른바 진부한 말을 힘써 제거하고, 괴상하고 기이한 것이 또한 어찌 조탁을 말하고 화려한 표현을 말한 것이겠소? 한유의 글을 살펴보면 어찌 이치에 어긋나는 점이 있으며, 어찌 일찍이 바탕이 혼후하면서도 유동하는 뜻이 없었던 적이 있었소이까?

그대가 인용한 「연희정기(燕喜亭記)」는 비록 평이하고 바르지만 결구와 포치는 모두 법도가 있으니 어찌 다시금 방탕하고 가볍기가 후인들의 글과 같음이 있겠소? 비록 그러나 번소술(樊紹述, 소술은 번종사(樊宗師)의

자)과 손초(孫樵)처럼 험벽한 것을 기이한 것으로 여기고, 이반룡이나 왕세정처럼 표절한 것을 예스럽다고 여기는 것은 나 또한 깊이 미워하여 힘껏 배척하고 있소. 이 몇 사람들이 끝내 험벽한 표현과 표절로 마쳤던 것은 또한 근본을 알지 못한 허물 때문이었소. 근본이란 무엇이오? 앞서 말한 이치를 밝히고 방법을 택하며 문사를 다듬는 것과, 본원을 보고 요체를 드는 것이 바로 그것이오. 그대가 일컬은 "예원(藝苑)의 거장들이 그 구절을 짧고 급촉하게 한다."라는 말은 무슨 뜻인지 잘 모르겠으나, 이 같은 실수 또한 본원을 알지 못했기 때문이라 하겠소. 이 부분을 바로잡으려다가 '사달'에 대해 지나치게 된 것은 뜨거운 국을 먹다 데어 냉채국도 불어서 먹고(懲羹吹薤) 굽은 것을 바로잡으려다 지나치게 곧게 되어 버린 것(矯枉過直)에 가깝지 않겠소? 그대는 어찌 생각하시오?

누이에게 보낸 글이 모의하여 까불었다고 한 그대의 평은 마땅하오만, 나의 좋지 않은 글을 본 것이지 다른 문장이 어찌 이렇기야 하겠소. 초고를 한 차례 엮으면서 감히 끝내 누추하고 졸렬한 글을 감추지 않았던 것은 또한 눈 밝은 이가 바로잡아 주기를 구하려 함이었소. 문득 이참에 넣어서 보내니 한번 보고 돌려주되 잘잘못에 대한 생각을 보여 주기 바라오. 하지만 짓기는 했어도 바로 적어 다시 깎아 다듬지는 않은 것이라 또한 그대가 좋은 것을 가려서 살펴보시구려. 이만 줄이오.

해설

1703년(35세)에 서당(西堂) 이덕수에게 보낸 편지인데 『서당사재(西堂私載)』 권3에 실려 있는 「답최효백서(答崔孝伯書)」에 대한 답서다. 당송 고문을 추수했던 이덕수와 진한 고문을 지향했던 최창대 사이의 문장에 대한 인식 차이가 여실히 드러나 있어, 당대 글쓰기 담론의 흐름을 엿볼 수 있는 의미 있는 텍스트다.

두 사람의 인식 차는 '사달(辭達)' 또는 '사달(詞達)'의 의미 해석을 두고 분명하게 갈린다. 글은 뜻을 전달하면 그뿐이란 의미의 '사달이이(辭達而已)'는 『논어』에 나온다. 어떻게 해야 글이 뜻을 전달할 수 있을까? 이 구절의 해석은 후대 문장가들의 화두처럼 되어 두고두고 해석상 많은 견해 차이를 낳았다. 이덕수가 사달에서 수사(修辭)의 의미를 분리시키는 당대 당송 고문가의 논의를 대변한 반면, 최창대는 사달에 수사의 의미를 전제한다. 단순히 화려하게 꾸미는 것이 수사가 아니라 의미 전달을 명확히 하기 위해 자구를 다듬는 것 자체가 수사이며, 이것이 글쓰기의 세 가지 요체 중 하나임을 분명히 했다.

이들이 사달의 의미 규정을 두고 이렇게 대립했던 것은 진한과 당송의 고문을 어떻게 수용할 것인가의 문제와 연결되어 있다. 이반룡과 왕세정 등 명대의 전후칠자에 영향을 받은 전대의 복고주의 문학이 모의와 표절의 한계를 벗어나지 못하자, 이를 극복하기 위해 당송 고문가들이 선택한 것이 바로 사달이다. 모의와 표절은 자구의 차원에서 이루어지는 만큼 당송 고문가들은 수사가 배제된 사달을 통해 모의와 표절의 혐의에서 벗어나려 했던 것이고, 진한 고문을 추수한 최창대는 모의와 표절을 제거한 수사를 통해 고문의 본질에 더 다가갈 수 있다고 여겼던 것이다.

당송 고문이 문장이 유려하고 의미 전달이 분명한 반면 자구에 힘이 없는 것도 이 사달에 영향을 받은 바가 크다. 최창대의 문장에는 이하곤이 평한 것처럼 '웅장하고 엄격하며 고상하고 예스러움'이 강하게 묻어난다. 최창대를 두고 전대의 복고 문학을 발전적으로 계승했다고 평하는 것도 진한과 당송의 고문을 수사의 차원에서도 적극적으로 활용한 것과 무관치 않다. 과거 문장에 대한 모의와 표절의 혐의에서 벗어나기 위해 두 사람이 선택한 서로 다른 길은 18세기 초 우리 문단의 글쓰기 논쟁의 일단을 잘 보여 준다.

재능을 감추는 방법　　留侯論 癸酉

무릇 재능의 어려움은 재능을 지니기 어려운 것이 아니라 재능을 쓰기가 어려운 것이다. 재능을 쓰기가 어렵다기보다는 재능 쓰는 것을 감추기가 어렵다. 대저 이른바 재능 쓰는 것을 감춘다는 것은 감춰 두고 쓰지 않음을 말하는 것이 아니다. 써야만 할 때 이를 써서 재능 쓰는 것을 사람들이 싫어하지 않게 한다는 말일 뿐이다.

예로부터 재능이 뛰어난 인사는 지혜와 계책이 부족함을 근심하지 않고, 오히려 늘 기민한 칼끝이 지나치게 드러나는 것을 염려하였다. 그 현명함이 문제를 환히 드러낼 수 있고 그 지혜가 미칠 수 있으면 재주와 지혜의 부림을 당하는 바가 됨을 면치 못한다. 분명하게 말을 하고 훌륭하게 의론을 펼쳐 스스로 그 계책을 얻어 팔뚝을 걷어붙이고 소매를 떨쳐 자신을 드러내어 뽐내다 보니, 일을 이루어도 덕은 날로 없어지고 공이 클수록 임금이 점점 더 꺼리게 된다. 이와 같은 사람은 죽임을 당하기에 이르지 않는 것만도 다행일 것이다. 이는 일을 꾀하는 데는 공교롭지만 재주 씀을 감추는 데는 부족한 자이다. 그래서 내가 유후(留侯) 장량(張良)의 평생을 살펴보려 한다.

바야흐로 초나라와 한나라가 분쟁할 때에 그가 한 고조에게 복심(腹心)의 신하가 되어 군막에 있으면서 권모를 꾀한 것이 몇 년이었던가? 치고 빼앗고 이기고 지는 운수와 안정되고 위태로운 즈음에 유후가 그 사이에 있지 않은 적이 없었다. 계책을 많이 내고 결단을 수없이 하기로는 유후만 한 사람이 없었다. 하지만 사람들이 언제나 "그 재주 쓰는 것을 잘 감춘 사람"이라고 말하는 것은 어째서인가? 써야 할 만한 때에 이를 써서 사람들이 그가 쓰는 것을 싫어하지 않았기 때문일 뿐이다.

육국(六國)을 다시 세우는 것이 바른 계책이 아닌 줄은 진작부터 알고 있었지만 반드시 젓가락 빌릴 때를 기다려서 이를 펼쳤고, 세 사람에게 땅을 내주는 것이 좋은 계책인 줄을 오래전부터 알았으나 반드시 말안장에 올라앉은 날에야 이를 청하였다. 패상(灞上)으로 군대를 돌릴 적에도 반드시 번쾌의 간언을 기다려서 성사시켰고, 관중으로 도읍을 옮길 적에는 반드시 누경(婁敬)의 주장이 있은 뒤에 찬성하였다. 옹치(雍齒)가 후(侯)의 지위에 합당함을 안 것이 하루 이틀이 아니었으나 반드시 복도(複道) 위에서 묻기를 기다렸고, 상산사호(商山四皓)가 태자의 자리를 안정시킬 수 있음을 헤아린 것이 하루 이틀이 아니었지만 반드시 여후(呂后)가 굳이 요청할 때까지 기다렸다.

이와 같은 사람은 말하면 반드시 시행할 만하고, 시행하면 반드시 성취할 수가 있다. 하지만 아직 때가 되지 않았을 때는 고요히 꼼짝도 하지 않아 마치 아무것도 모르는 사람처럼 한다. 그러다가 일에 닥쳐서 기미가 합당하면 급박한 뒤에야 응하고 어쩔 수 없을 때라야 말을 하니, 말이 이미 맞고 일은 어느새 이루어졌던 것이다. 그러고는 가만히 거두어들이고 재빨리 돌이켜서 매끄럽게 자기와는 마치 아무 상관이 없는 듯이 하였다. 이 때문에 그 이익이 천하에 미치어도 군주가 의심하지 않았고, 공이 사직에 있었건만 사람들이 그 이름을 거론하지 않았다. 이것이야말로 이른바 써야만 할 때 써서 사람들이 그 재주 쓰는 것을 싫어하지 않게 한 사람이 아니겠는가? 비록 한 고조가 음험하고 잘난 체하며 신하를 베어 죽이는 데 과감하여, 소하와 번쾌 같은 중신이 감옥에서 곤액을 겪고 한신(韓信)과 영포(英布)처럼 공훈이 있던 신하가 나란히 죽임을 당해 절여졌음에도 불구하고, 유독 유후만은 기쁘지 않은 낯빛을 더한 적이 없었다. 이것이 어찌 아껴 예우함이 유독 그에게만 지나쳐서였겠는가? 다만 끼어들 만한 자취가 없었기 때문일 뿐이다.

활을 잘 쏘는 사람은 과녁을 보고 나서 쏘기 때문에 화살을 놓치는 법이 없다. 칼을 잘 쓰는 사람은 빈틈을 본 뒤에야 공격하므로 칼날이 부러지지 않는다. 재주를 잘 쓰는 사람은 쓸 만한 뒤에야 이를 쓰기 때문에 계책을 남김없이 써도 사람들이 그가 재주 쓰는 것을 싫어하지 않는다. 이른바 일을 도모하는 데는 공교로우면서 재주 쓰는 것을 감추는 데는 졸렬한 자들이란 화살만 잃고 칼날을 부러뜨리는 부류일 뿐이다. 지모가 있는 선비가 진실로 이에 대해 보는 바가 있다면 유후에 거의 가까워질 것이다.

해설

한나라 고조의 책사인 장량(張良)의 삶을 통해 '재주를 제대로 쓰는 법'에 대해 경계한 논설문이다. 진한(秦漢) 교체기, 그 위급했던 상황에서 천하의 통일과 일신의 안존을 동시에 얻었던 장량의 삶을 군더더기 없이 드러내고, 그 삶의 의미를 글의 주제와 연결하여 명확하게 설명하여 주제를 잘 드러냈다. 글 속에 반복적으로 나오는 핵심 문장은 "쓸 만할 때에 재주를 써서 사람들이 그 쓰는 것을 싫어하지 않게 하는 것"이다.

보통의 사람은 늘 재주 없음을 탓하고, 작은 재주라도 있는 사람은 그 재주를 쓰지 못할까 노심초사하느라 그 쓰는 방법을 제대로 알지 못한다. 까닭에 하나라 통일의 일등공신이었던 한신은 반란 끝에 토사구팽(兎死狗烹)을 당할 수밖에 없었고, 홍문연(鴻門宴)에서 한 고조를 구했던 번쾌도 고조의 측실인 척씨(戚氏)와 그 소생인 조왕(趙王) 여의(如意)를 죽이려다 외려 죽을 고비를 넘겨야 했다. 한 고조의 신하 중 오직 장량만이 한 고조가 겨눈 칼날을 피하고, 오히려 사랑을 받고 지우를 입었다. 이것은 일을 도모하는 데 공교로웠던 것이 아니라 그 쓰는 것을 감추는 데 공교로웠기 때문이다.

　장량처럼 겸손하게 자신을 경계하고 때를 기다려 재주를 쓰는 것이 자신에게 주어진 천수와 복락을 누리는 유일한 길이다. 하지만 그 많은 한 고조의 신하들은 자신의 재주를 드러내어 세상의 인정을 받기에만 힘쓰다가, 오히려 그것이 빌미가 되어 중도에 꺾이거나 죽음에 이르고 말았다. 그러니 경계하지 않을 수 있겠는가? 유후 장량의 행동을 면밀하게 분석함으로써 경계의 의미를 잘 드러낸 글이다.

병 속에 지혜가 있다　　疢疾說 贈李尚輔

맹자는 "사람이 지닌 덕과 슬기, 꾀와 지혜는 늘 질병 안에 있다."라고 말한 적이 있다. 이 말의 의미는 내가 병을 자주 앓았기 때문에 너무 잘 안다. 바야흐로 내가 병들었을 때는 질병에 대한 근심을 꼼꼼하게 하지 않을 수가 없고, 경계를 삼가지 않을 수가 없다. 이목(耳目)과 정욕(情欲)에 감응하고, 기거와 음식을 절제함에 있어서도 오직 소홀하게 될까 두려워하여 마치 맨발로 봄 얼음 위를 건너듯 조심조심하고, 약한 성채에서 사나운 적을 막는 것처럼 굳게 지킨다. 그러다가 어느 날 질병이 떠나가서 몸이 편안하고 마음이 날마다 태연하고 기운이 매일 펴지면 앞서 조심조심 굳게 지키던 것이 나날이 해이해져서 점점 제멋대로 굴게 된다. 천천히 혼자 돌이켜 보면 대개 훌륭한 것은 늘 질병 속에 있었고, 좋지 않은 것은 언제나 아프지 않을 때 있었다.

대저 한 사람의 마음은 천만 사람의 마음과 다를 게 없다. 비굴하며 곤액을 당해 궁한 것은 사람들이 언제나 병통으로 여기는 것이고, 부귀하며 현달하여 영화로운 것은 사람들이 늘 편안해하는 바이다. 내가 이에 비로소 사람의 훌륭한 점은 몹시 병통으로 여기는 바에 많이 있고, 좋지 못한 점은 대단히 편안한 곳에 많이 있음을 알게 되었다.

일찍이 근세의 군자를 통해 몹시 편안한 데서 폐단이 생긴 자가 얼마나 많은지 살펴본 일이 있다. 이는 농사짓지 않고서 쌀밥과 기장밥을 먹거나 옷감을 짜지 않으면서 갖옷과 비단옷을 입는 것, 큰 집에서 빈둥빈둥 지내면서 하인들을 부리는 따위이다. 이는 진실로 살아가면서 귀하게 여기는 것들이니, 대저 어찌 천하에 곤액을 당해 궁하고 비굴한 것이 병이 되는 줄을 알겠는가? 혹 부모 세대에 자리가 넉넉하거나 지위가 행세할 만하고, 당여(黨與)가 믿을 만한 구석이 있게 되면 그 좋지 못하게 되는 것을 또 어찌 이루 다 말로 할 수 있겠는가?

이것은 오히려 거친 예에 속한다. 그의 예술이 스스로를 꾸미기에 충분하고, 언론이 자신을 수식하기에 넉넉하며, 명예가 스스로 무게를 잡기에 충분한 사람이 있다고 치자. 그들은 사람들이 사모함이 넓어질수록 자기에게 가려짐이 더욱 심해진다. 저들은 의기양양해서 스스로 뜻을 제멋대로 하고 몸을 사치스럽게 할 만한지라, 뽐내고 거만한 마음이 학식과 더불어 자라나고, 사납게 이기려는 기운이 혈기를 따라 함께 강해진다. 그래서 나날이 자라나는 것이라고는 성정을 좀먹고 마음이 골수까지 병드는 것이 아님이 없다. 하지만 또 점점 젖어들어 습관이 되고 보면 스스로도 깨닫지 못한 채 스스로 학식이 넓고 우아하여 모르는 것이 없다고 여겨 마침내 도덕을 저버리는 존재가 되고 만다. 고명한 사람마저도 예외가 없어서 더불어 요순의 도에 들어갈 수가 없게 되니 어찌 슬프지 않겠는가?

이는 모두 그저 편안한 것에 빠져서 돌이킴을 알지 못하는 잘못 때문이다. 공자께서 "주공과 같은 아름다운 재주가 있더라도 교만하고 인색하다면 그 나머지는 볼 것도 없다." 한 것은 이를 두고 한 말이다. 그렇다면 형세와 지위에서 병이 든 자는 오히려 고쳐서 없앨 수가 있지만, 마음 씀씀이에 병이 든 자는 의화(醫和)와 편작(扁鵲)마저 멀리서 대문만 바라보고도 달아나게 될까 걱정스럽다. 이 같은 병통을 다스리고자 하는 자라면 어찌 통렬하게 스스로를 깎아 내고 폐와 장을 말끔히 씻어 내어 조금이나마 나아지기를 바라지 않을 수 있겠는가? 『서경』에서 "약을 먹었는데 어지럽지 않다면 그 병은 낫지 않는다."라고 하였는데 맛이 있는 말이다.

나와 상보(尙輔)는 모두 평소에 허약해서 실로 동병상련의 마음이 있다. 병을 삼가는 방법에도 반드시 나와 같은 점이 있을 것이다. 하지만 우리 두 사람은 함께 몹시 편안한 처지로 지내니 마음 씀씀이에 깊은 병이 들었을까 봐 염려스럽다. 그래서 감히 사람들에게 경계로 줄 만한 것을 고하니 이를 써서 스스로를 경계하기 바란다.

해설

벗인 이광좌(李光佐)를 위해 써 준 글이다. "사람이 지닌 덕과 슬기, 꾀와 지혜는 늘 질병 안에 있다."라는 맹자의 말을 끌어와 시련과 역경 속에서 지혜를 얻고 안일과 부귀 속에서 병통이 생기는 삶의 이치를 잘 설명하였다.

병에 걸린 사람은 병을 낫게 하려고 지극히 경계하고 조심하여 건강을 회복한다. 반대로 건강을 되찾으면 마음이 금세 해이해져서 방종한 생활에 빠져 버린다. 역경은 긴장을 주지만 안일은 방종을 부른다. 넉넉한 생활과 높은 지위, 든든한 배경을 누구나 귀하게 여기지만, 이 같은 환경은 오히려 그를 망치는 수가 많다. 여기에 스스로 괜찮다고 여기는 사람이라면 자만에 빠져서 제멋대로 함부로 굴다가 결국 잘못되고 마는 경우가 허다하다. 아무리 문벌이 훌륭하고 집안이 넉넉하며 품은 재능이 뛰어나도 교만하고 인색하며 자족하는 순간 병통이 깊어진다. 넉넉한 살림이야 일부러 가난해질 수는 없겠지만 편안한 처지에서도 마음에 병통은 없는지 끊임없이 돌아보며 함께 바른 삶을 살아가자고 고무하고 격려했다.

최창대와 이광좌가 살았던 때는 노소 분쟁이 치열하여 당쟁이 끊이지 않던 시기였다. 믿었던 도당 때문에 관직에서 내쫓기고 자신했던 언론 탓에 죽음으로 내몰린 사람이 헤아릴 수 없이 많았다. 이러한 때에 두 사람은 소론의 거두로 시대의 풍파에 맞서야 했던 터라 누구보다도 겸손하게 자신을 돌아보고 조심하며 경계할 필요를 더 절실하게 느꼈던 듯하다.

북관대첩비   北關大捷碑

예전 임진년의 난리 때 힘껏 싸워 적을 무찔러 한세상에 이름을 크게
울린 것은 수전(水戰)에서는 충무공 이순신의 한산 대첩이 있고, 육전(陸
戰)에서는 도원수 권율의 행주 대첩과 월천 부원군(月川府院君) 이정암(李
廷馣)의 연안 대첩이 있다. 역사가 이를 기록하였고, 말하는 자들은 지치
지도 않고 이를 칭송한다. 비록 그렇지만 이들은 오히려 지위가 있어서
세금을 걷고 군대를 출동하는 데 도움을 받았다. 고단하고 미약한 가운
데서 일어나 달아나 숨은 자를 분발시켜 다만 충의로 서로를 감격게 하
여, 마침내 오합지졸을 써서 온전한 승리를 취해 능히 한 지방을 회복하
였던 것은 북관(北關)의 군사가 으뜸이 된다.

처음 만력 연간에 왜의 추장 풍신수길(豊臣秀吉, 도요토미 히데요시)이
강성함을 믿고 오만하게 거슬러 중국을 범하려다가 우리가 길을 빌려주
지 않는 것에 노하여 마침내 크게 침입하여 약탈하였다. 승승장구하여
도성까지 이르자 선조는 이미 서쪽으로 행행(行幸)하였고 여러 고을이
와해되었다. 적이 이미 경기 지역을 함락시킨 뒤에 그들의 날랜 장수 두
사람으로 하여금 군대를 나눠 두 길을 앞장서게 하였다. 소서행장(小西行
長, 고니시 유키나가)은 행조(行朝, 피란 중의 임시 조정)를 따라 서쪽으로 가
고, 가등청정(加藤淸正, 가토 기요마사)은 북쪽 공격을 주도하였다. 그해 가

을 가등청정이 북도(北道)로 들어서자 군대의 예봉이 몹시 날카로웠으므로 철령 이북으로는 성을 지키는 장수가 없었다.

이에 국경인(鞠敬仁) 등이 배반하여 적과 내응하였다. 국경인은 회령부의 아전이었다. 평소에 악한 데다 제멋대로 굴었다. 적이 함경북도 부령(富寧)까지 이르자 위기를 틈타서 난리를 선동하고, 두 왕자와 달아나던 재상을 붙잡고 여러 수령들을 결박하여 적에게 내주며 환심을 샀다. 경성(鏡城)의 아전 국세필(鞠世必)은 그의 숙부였다. 명천(明川) 백성 정말수(鄭末守)와 목남(木男)이 연계하여 서로 당여(黨與)가 되기를 꾀하자 이들과 함께 적이 주는 관직을 받았다. 저마다 주성(州城)을 차지하여 성세(聲勢)를 떨쳐 세우고, 제멋대로 죽이고 협박하니 여러 고을이 무너지고 놀라서 사람들이 스스로조차 보전하지 못하였다.

경성의 이붕수(李鵬壽)는 의기가 있는 선비였다. 떨쳐 일어나 이렇게 말했다. "설령 나라의 혼란이 이 지경에 이르렀다 해도 흉악한 무리가 감히 이렇게 한단 말인가?" 이에 남몰래 최배천(崔配天)과 지달원(池達源), 강문우(姜文佑) 등과 함께 의병을 일으킬 것을 도모하였다. 그런데 이들은 지위가 서로 그만그만했던지라 마땅히 장수를 정할 수가 없었다. 북평사(北評事, 함경도 북병영에 소속된 정6품의 무관 벼슬) 정문부(鄭文孚)가 문무(文武)의 재능이 있었는데 싸울 만한 군대가 없었으므로 몸을 빼어 산골짜기 사이에 숨어 있다가 의병이 일어났다는 말을 듣고 기쁘게 이를 좇았다. 마침내 정문부를 밀어서 주장(主將)으로 삼고 종성 부사 정현룡(鄭見龍)과 경원 부사 오응태(吳應台)를 차장(次將)으로 삼아, 피를 마시며 의리로 맹세하고 군대를 모집하여 일백여 명을 얻었다.

이때 북쪽 오랑캐가 북변을 침략하자 제공(諸公)이 사람을 보내 국세필을 꾀어 함께 힘을 합쳐서 북쪽 오랑캐를 막자고 하였다. 국세필이 이를 허락하고 의병을 주성(州城) 안으로 받아들였다. 이튿날 아침 정문부가 깃발과 북을 세우고 남쪽 성루에 올라가 국세필을 꾀어 올라와 알현케 하였다. 그가 들어와 뵙자 강문우가 이를 사로잡아 참수하여 조리돌리고, 협박을 받아 따른 자들은 용서하여 주었다. 그러고는 즉각 군대를 이끌고서 남쪽으로 명천(明川)까지 달려가서 또 정말수 등을 사로잡아 목을 베었다. 회령 사람들 또한 국경인을 토벌하여 목을 베고 의병에 부응하였다.

군세(軍勢)가 차츰 커지면서 와서 따르는 자가 점점 늘어났다. 길주 사람 허진(許珍)과 김국신(金國信), 허대성(許大成) 등이 또한 병사를 모아 성원하였다. 이때 가등청정이 편장(偏將)에게 명하여 정예병 수천을 거느리고 길주를 거점 삼아 직접 대군을 이끌고 남관(南關)에 주둔하면서 이를 호위하였다. 십일월에 가파(加坡)에서 적과 만나 막 싸우려 할 때였다. 정문부가 여러 장수들에게 역할을 주었는데, 정현룡은 중위장(中衛將)이 되어 백탑(白塔)에 주둔하였고, 오응태와 원충서(元忠恕)는 복병장(伏兵將)이 되어 석성(石城)과 모회(毛會)에 나누어 주둔하였다. 한인제(韓仁濟)는 좌위장(左衛將)이 되어 목책에 주둔하였고, 유경천(柳擎天)은 우위장(右衛將)이 되어 열하에 주둔하였다. 김국신과 허진은 좌우 척후장(斥候將)이 되어 임명(臨溟)과 방치(方峙)에 나누어 주둔하였다. 적들은 승리에 들떠 방비를 그다지 하지 않다가, 여러 군사가 한꺼번에 일어나 엄습하여 공격하며 예기에 편승하여 쳐들어가니, 병사가 빠르게 소리치며 먼저 오르지 않는 자가 없었다. 적이 패하여 달아나자 군사를 놓아 이를 추격해 그들의 장수 다섯 사람을 죽이고, 목을 벤 것이 무수하였다. 그 말을 모두 빼앗고 병기는 비축해 두었다.

이에 원근에 소문이 진동하자 장수와 관리 중에 도망하여 숨어 있던 자들이 다투어 일어나서 호응하여 무리가 칠천여 명에 이르렀다. 적들은 길주성으로 거두어 들어가서는 군색하여 감히 움직이지 못하였다. 길 양옆에 늘어서서 매복하였다가 나오는 것을 맞아 문득 무찌르곤 하였다. 그러다가 성진(城津)의 적들이 임명 땅을 크게 노략질하니 날랜 기병을 이끌고 가서 습격하였고, 비산(鼻山)에 복병을 두었다가 돌아갈 때를 틈타 양옆에서 쳐서 크게 깨뜨렸다. 또 수백 인의 목을 베어 마침내 그 배와 내장을 갈라 큰 길에다 널어놓았다. 이에 군대의 소문이 크게 떨쳐 적들이 더욱 두려워하였다.

십이월에는 또 쌍포(雙浦)에서 싸웠다. 전투가 막 맞붙을 즈음에 편장(偏將)이 철기(鐵騎)를 이끌고 가로로 충격하니 빠르기가 비바람과 같았다. 적이 형세를 잃어 맞붙어 싸우기도 전에 모두 흩어져 달아나니 승기를 타서 또 이를 깨뜨렸다. 이듬해 정월 또 단천(端川)에서 싸웠는데 세 번 싸워서 세 번을 이기고 돌아와 길주에 주둔하며 군사를 쉬게 하였다. 이윽고 가등청정이 군세가 불리함을 알아 대군을 파견하여 길주에서 돌아오는 적을 맞이하므로 아군이 후미를 쳐서 백탑에 이르러 크게 싸워 또 이를 패퇴시켰다. 이 전투에서 이붕수, 허대성, 이희당(李希唐)이 전사하였다. 하지만 적은 마침내 물러나서 감히 다시는 북쪽을 회복하지 못했다.

이때 명나라 장수 이여송(李如松) 또한 평양에서 소서행장을 격파했다. 정문부 공이 이에 최배천을 시켜 샛길로 가게 하여 행재소에 승첩을 아뢰게 했다. 임금께서 인견하여 눈물을 흘리시고 이붕수를 사헌부 감찰에 추증하고, 최배천에게는 조산대부(朝散大夫)의 품계를 내렸다. 당시 관찰사 윤탁연(尹卓然)이 정문부가 절도사에게 보고하지 않은 것에 분노하고 의병의 공적이 자기보다 나음을 시기하여 임금에게 아뢸 때 대체로 속여서 감추었다. 이 때문에 포상이 시행되지 않았다. 오랜 뒤 현종 때 관찰사 민정중(閔鼎重)과 북평사 이단하(李端夏)가 마을의 부로(父老)에게 이야기를 듣고 사실을 알렸다. 이에 정문부에게는 찬성(贊成)을, 이 봉수에게는 지평을 가증(加贈)하였고, 나머지 사람에게도 차등을 두어 관직을 내렸다. 또 경성(鏡城)의 어랑리(漁郎里)에 사당을 세워 일을 함께 했던 여러 사람을 제사 지내게 하고 창렬(彰烈)이란 편액을 하사하였다.

지금 임금 경진년(1700년, 숙종 26년)에 내가 북평사가 되어 의병의 자손들과 함께 예전 연고지를 방문하여 사적을 자세히 확인하고는 개연히 여러 공들의 풍모를 떠올려 보았다. 또 일찍이 이른바 임명과 쌍포란 곳에 가서 그곳 군영의 보루와 진을 치고 싸웠던 곳을 보고, 이리저리 거닐며 돌아보아 가리켰다. 이를 위해 탄식하며 능히 떠나지 못하다가 틈을 보아 그곳의 장로들에게 이렇게 말했다.

"섬나라 오랑캐의 재앙이 매서워 서울과 개성과 평양이 함락되고 팔로(八路)가 붕괴되었을 때, 제공이 만사일생(萬死一生)의 각오를 내어 고립된 군사를 이끌고 강한 도적을 꺾었습니다. 그리하여 우리나라의 왕업이 일어난 옛 땅이 오랑캐에게 짓밟히는 것을 마침내 면하게 하고 변방 사람들이 그 소문을 듣고 일어나 충의로 권면하게 한 것이 또 누구의 힘이었습니까? 행주와 연안에는 모두 비석이 있어서 사적을 실어 공렬(功烈)을 후세에 드리우니 지나는 자가 우러러 예를 갖춥니다. 북관의 성대한 공적에 대해서는 유독 아무것도 없으니 어찌 여러분의 수치가 아니겠습니까?"

그러자 모두들 대답하여 말했다.

"그렇습니다. 저희들의 뜻이 그러하거니와 하물며 공께서 명하심에랴."

마침내 돌을 채취하고 재목을 모으고는 사람들이 와서 글을 청하였다. 마땅한 사람이 아니라고 사양하였으나 또 와서 "이 일은 공께서 실로 처음 발의하셨으니 명을 얻지 못하면 그만두렵니다."라고 하였다. 이에 내가 그 일을 서술하고, 잇대어 명을 지었다.

명에 이렇게 썼다.

남쪽서 온 도적놈들
우리나라 원수거니,
우리 임금 변방에서
나라로 예봉 받았다네.
우뚝 솟은 북쪽 평원
뱀과 이리 소굴 되자
어리석은 백성들은
저항 않고 따랐었지.
피 묻은 입 서로 삼켜
흉악한 독 건져 낼 제
군사들 씩씩하여
준걸들과 함께했지.
이익 아닌 군사 의리
창과 활을 개의치 않고
반역 무리 섬멸하매
도적들이 못 덤빈다.
무부(武夫)들 북 치며 외쳐
산과 바다 요동치고
군사 정벌 혁혁해서

추한 무리 무너졌네.

천벌이 따라옴은

삿됨 아닌 충성일세.

북녘 땅 평정되자

누에 치고 농사짓네.

임금께서 감탄하사

너희 공이 으뜸이라.

벼슬 내려 제사하니

빛난 은혜 한결같다.

선비 풍기 매서웁고

백성들은 용감하다.

임명의 언덕 위에

우뚝한 비석 솟아

칭송의 글 새기어서

무궁토록 보이노라.

해설

1700년 최창대가 북평사(北評事)로 나갔을 때 쓴 북관대첩비(北關大捷碑) 비문이다. 먼저 임진왜란 3대 대첩에 뒤지지 않는 북관 대첩의 위대함을 정의하는 것으로 말머리를 열었다. 이를 이어 북관 대첩의 전후 경과와 전투의 성과를 상세하게 기록했다. 순차적으로 주요 전공을 기술하되 간결한 문체 속에 구체적 사건을 속도감 있게 그려 보였다. 이어 역사에서 제대로 평가받지 못한 정황을 들어, 비갈을 세우고 비문을 쓸 수밖에 없는 이유와 자연스럽게 연결 지으면서 글을 마무리하였다. 서사 중심의 앞선 단락과 달리 대화체 기술 방식을 활용함으로써 구성의 단조로움을 피하고 의미 전달을 명확히 하였다.

이 북관대첩비는 임진왜란 때 북평사 정문부, 종성 부사 정현룡, 경원 부사 오응태 등이 중심이 되어 조직한 함경도 의병의 전승을 기념하기 위해 세운 전공비다. 1700년에 북평사로 있던 최창대가 발의하고 의병의 후손들이 빗돌과 재목을 마련하여 함경북도 길주군 임명(臨溟)에 세웠다. 임진왜란 당시 관군이 아니라 의병이 성취한 큰 전과를 상세히 다루고 있어 역사적으로 매우 중요한 의미를 지니는 비석이다.

그런데 이 북관대첩비는 1905년 러일 전쟁 당시 일본군 제2예비사단 여단장 소장 이케다 마시스케(池田正介)에 의해 일본으로 옮겨졌고, 오랫동안 야스쿠니 신사에 방치되어 있었다. 의병의 후손들이 일본 정부에 청원서를 내는 등 지속적으로 반환 운동을 벌이고 나서야 비로소 2005년 10월 20일에 반환되었다. 꼭 100년 만의 일이다. 그리고 지난 2006년 3월 1일에 북한으로 전달되어 원래의 자리에 복원되었다. 지난 100년 동안 일본 군국주의의 상징인 야스쿠니 신사에 방치되어 있던 북관 대첩비는 이제야 원래의 자리로 돌아와 잃었던 빛을 발하게 되었다.

이덕수

李德壽

1673~1744년

본관은 전의(全義), 자는 인로(仁老), 호는 벽계(蘗溪)·서당(西堂), 시호는 문정(文貞)이다. 참판 이징명(李徵明, 1648~1699년)의 아들이며 서계 박세당의 문인이다. 1713년 41세의 나이에 증광 문과에 급제한 뒤 대사헌, 이조 판서, 형조 판서, 공조 판서 등 요직을 두루 거쳤다. 비록 버슬길에는 늦게 나갔지만 온후한 성품에 뛰어난 재능을 갖추었고 당쟁에 가담하지 않아 영조 대를 대표하는 문신으로 자리매김할 수 있었다.

그는 탁월한 문재(文才) 덕에 이천보(李天輔)·오원(吳瑗)·남유용(南有容)·황경원(黃景源)·조최수(趙最壽)·조구명(趙龜命)·임상원(林象元) 등과 더불어 당대 8문장가의 일원으로 지목되었고, 영조 대에 문형을 잡았다. 그가 비록 문형 등 관각직(館閣職)을 거쳤지만 여타의 관각 문인들과 달리 심도 있는 문학론을 펼쳤고 창작에도 적극 활용했다. 그 결과 그의 문집에는 소차(疏箚) 등 정치 관련 글은 거의 없고 문예성 강한 글들이 대종을 이룬다.

이수항(李壽沆)은 이덕수의 문장이 아주 빼어나 당대의 으뜸이라 했고, 이덕수의 행장을 찬한 이유원(李裕元)은 "매번 한 편의 글을 지으면 다투어 서로 전하고 보여 주었으며, 비록 공을 질투하는 자라 할지라도 마음으로 감복하지 않음이 없었다. 특히 금석문을 잘 지었는데 역사가의 필법을 깊이 터득하였다. 무릇 산소의 입구를 꾸미려는 자들이 반드시 공에게 달려가는

지라 집이 마치 시장 같았다.(每一文字出, 爭相傳示, 雖嫉公者, 亦莫不心服. 尤善於金石文, 深得史氏法. 凡爲墓道餙者, 必趨於公, 門庭如市.)"라고 하여 이덕수의 문장을 치켜세웠다.

그는 대부분의 학문 영역에서 독거자득(獨擧自得)했기 때문에 특정 학문 계보에 들어가지 않았고 자신의 학문 계보 또한 만들지 않았다. 죽음에 임해서는 사후에 시호나 묘도문을 청하지 말고 유고 또한 간행하지 말라는 유언을 남겼다. 독서의 편폭이 몹시 넓어 성리학뿐 아니라 불교와 도교에도 조예가 깊었다. 이는 정치와 무관했던 그의 문학적 성향과 결합하여 18세기 초 독특한 문예미를 창출하는 데 기여하게 된다. 개인 문집으로 『서당사재(西堂私載)』를 남겼다. 경종의 행장을 찬진하고 『경종실록』을 완성시켰다.

분별지를 버려라 　　題海嶽傳神帖

세상 사람들은 동해에 있는 금강산만 진짜 금강산이라 여기고 화첩 속의 금강산은 그림으로 그린 금강산이라 생각한다. 망령되이 그 사이에 분별이 생겨나니 이는 앞뒤가 뒤바뀐 견해일 뿐이다. 그 형상과 빛깔을 논할진대 흘러가고 우뚝하며 허공에 희게 솟고 유연히 골짜기로 내닫는 것은 동해의 금강산이 진실로 모두 갖추고 있다. 하지만 화첩 속의 금강산 또한 갖추고 있지 않은 것이 없다. 그러니 만약 진짜와 진짜가 아닌 구분을 마음에서 없애 남겨 두지 않는다면 화첩 속의 금강산은 진실로 마음에 드러난 경계일 뿐이고 동해의 금강산만 홀로 마음에 드러난 경계가 아닐 것인가? 한 마음을 배제하고 나면 대지는 원래 한 치의 흙조차 없으니, 또 어찌 동해의 금강산과 화첩 속의 금강산을 구분하겠는가?

환(幻), 즉 헛것임을 가지고 본다면 화첩 속의 금강산만 환인 것이 아니라 동해의 금강산 또한 환이다. 빛깔을 가지고 구한다면 동해의 금강산만 참인 것이 아니라 화첩 속의 금강산 또한 참이다. 본시 분별해 말할 만한 것이 없는데도 망령되이 그 사이에 분별이 생겨난 까닭에 "이는 앞뒤가 뒤바뀐 견해일 뿐이다."라고 말하는 것이다.

아! 사람은 아(我)가 있는지라 분별이 생긴다. 아와 물(物)이 나누어지면서 분별은 갈수록 세밀해진다. 이 때문에 득실과 영욕이 서로 다투어

서늘하기가 얼음 같고 치열하기가 불꽃 같다. 분석해서 볼 때 이른바 아란 과연 어디에 있는가? 내가 이미 있는 것이 아니라면 하물며 다른 것이야 말해 무엇 하겠는가? 작게는 한 몸이요, 크게는 산하까지 모든 것이 이 마음이 드러난 경계가 아니겠는가? 마음을 버리고 볼진대 경계는 대체 어디에 있겠는가? 경계란 실제로 있는 것이 아니므로 분별하는 순간 헛것이 된다. 이미 헛것이라고 말해 놓고 삼라만상의 형형색색을 돌이켜 참이라고 말하니 잡으려면 있지 않고 잠깐 사이에 잃고 만다. 내가 예전에 이를 두고 한마디 깨달음의 말을 지었다. "마음이 참되므로 경계가 참되다." 또 이렇게 말한다. "마음이 참된지라 경계가 헛되다." 이 화첩을 보는 자가 능히 이처럼 본다면 담무갈(曇無竭) 보살이 반드시 장차 금강산의 진면목을 보여 줄 것이다.

해설

사천(槎川) 이병연(李秉淵)의 시와 겸재(謙齋) 정선(鄭敾)의 그림을 한데 묶은 「해악전신첩(海嶽傳神帖)」에 붙인 제발문이다. 「해악전신첩」은 1712년 8월 이병연이 정선과 함께 금강산을 유람한 뒤에 완성한 시화첩이다. 이 여행의 동행은 이병연의 부친 이속(李涑), 아우 이병성(李秉成), 벗 장응두(張應斗) 등이었다. 1711년 이후 이때가 두 번째 금강산 유람이었던 정선은 이 화첩에서 진경산수의 진수를 보여 주었다.

이덕수는 글에서 정선이 그린 그림의 미적 가치나 예술적 성취에 대해서는 일언반구도 하지 않았다. 오직 관심을 둔 것은 동해의 금강산과 그림 금강산에 대한 사람들의 분별과 나아가 모든 존재의 실재 여부였다. 그는 세상 사람들이 동해의 금강산을 진짜 금강산으로 여기고 화첩속 금강산은 그림으로 그린 가짜 금강산이라고 구분하는 것은 전도된 견해일 뿐이라고 일축하여 실제 눈으로 보는 세계를 진경(眞境)으로, 그림 속 세계를 환경(幻境)으로 분별해 인식하려는 생각을 비판했다.

이덕수는 이를 위해 불교의 환(幻)과 색(色)의 개념을 끌어왔다. 요컨대 실제와 그림 할 것 없이 모든 경계(境)는 마음이 만들어 낸 것일 뿐이라는 것이다. 사물을 지각하는 아(我)의 주체가 없다면 사물과 나 사이의 경계는 생겨날 수가 없다. 그러니 이 둘의 사이를 굳이 갈라 구분하는 것 자체가 무의미하다. 이는 불교의 무아론(無我論)으로 귀결된다. 『파조록(罷釣錄)』에 실려 있는 다음 글은 이런 점에서 함께 읽어 볼 만하다.

이미 지나간 일은 잊기도 하고 잊지 못하기도 한다. 번개가 치고 구름이 흘러가듯 모두 남은 자취가 없다. 미래의 일은 갑작스레 일어나는지라 미리 기약할 수가 없다. 오직 현재만은 바로 눈앞에서 응접하는 것이지만 저녁에는 이미 아침이 사라지고 오늘에는 어제를 찾지 못한다. 찰나의 사이에 문득 과거가 되므로 잠시라도 붙들어 두고 놀 수가 없다. 그럴진대 과거는 실체가 아니고 현재 또한 실체가 아니며 미래 역시 실체는 아닌 것이다. 이미 모두 실체가 아니라면 모두 허망하다. 하지만 그 사이에서 망령되이 취하고 버리는 마음이 생기니 이를 일러 환(幻)이 아닌 것이 환이 된다고 말한다.

事之過去者, 或亡或不忘, 電激雲逝, 俱無留迹. 事之未來者, 倏爾而起, 不可豫期. 唯現在者, 爲目前應接, 而夕已失朝, 今而失昨, 刹那之間, 便屬過去, 曾不可須臾把翫. 然則過去非實, 現在亦非實, 未來亦非實也. 旣皆非實, 則皆爲虛妄. 而乃於其間, 妄生取捨, 是之謂非幻成幻.(『罷釣錄』)

금강산 유람을 마친 뒤 이병연은 자신이 지은 시와 정선의 그림을 모아 김창흡에게 보이고 제사(題詞)를 받았다. 1713년에는 조유수(趙裕秀)에게, 1714년에는 이하곤으로부터 제사를 받았다. 「해악전신첩」은 1714년 즈음에 성첩되었다. 현재 전하는 것은 처음 모습 그대로가 아니라 이병연과 정선이 1747년에 다시 제작한 것이라 한다. 당시 이병연과 정선은 자신의 시와 그림을 다시 옮기고, 김창흡의 제사를 홍봉조(洪鳳祚)에게 대신 쓰게 한 뒤 원래 30여 폭이던 그림을 21폭만 추려 완성하였다.

소유할 수 없는 집　　江居小樓記

기이하고 교묘한 장난감과 거처하며 편히 쉴 장소는 사람의 눈을 기쁘게 하고 사람의 몸을 쾌적하게 할 수 있어 옛사람도 즐기지 않음이 없었다. 하지만 그 마땅함을 얻어 즐거워했을 뿐 일찍이 늘 지닐 수 있는 것으로는 여기지 않았다. 군자는 만나는 바에 따라 편안하고 이치를 따라가니 어디를 가도 마땅하지 않은 적이 없었다. 몽환의 세계에 살면서 바야흐로 남몰래 혼자 차지하고서 지키지 못할까 봐 근심하는 것은 어찌 크게 슬퍼할 만한 것이 아니겠는가? 옛날에 소식(蘇軾)은 보살에 관한 글을 판에 기록해서 사람이 가져가는 것을 막았고, 이덕유(李德裕)는 이에 다시금 자손에게 경계를 남겨 평천장(平泉莊)의 풀 한 포기 돌 하나도 남에게 주지 못하게끔 했으니 이는 모두 어리석은 일이다.

　두모포(豆毛浦) 남쪽으로 강가에 임해 정자가 있다. 그 형세가 우뚝 솟아 높으니 바로 나의 거처다. 처음에는 유운(柳雲, 1485~1528년) 공이 머물며 정자를 세웠는데 지금은 허물어져 어부의 소유가 되었다. 하루는 어부가 문을 두드리더니 이렇게 말했다. "갚아야 할 부채가 날마다 쌓이는 것을 견디지 못하겠습니다. 바라옵건대 이것을 가지시고 갚아 주십시오." 값을 물으니 칠십 금이라고 했다. 내가 몹시 기뻐 그의 말대로 해서 그 값을 돌려주고 이를 취하고는 그 위에 정자를 지었다.

기둥 몇 개를 세우고 서쪽을 터서 작은 다락을 만들어 유람에 편리하게 했다. 다락집이 이루어진 뒤에 올라가서 바라보니 두 손을 맞잡고 읍하듯이 우뚝 솟아 볼거리를 가득 담고 별을 업신여기는 듯한 산과, 물결치다 솟구치며 바람을 만나 굼실굼실 흘러가며 천천히 가다 가만히 흐르는 물과, 아마득하고 혼후하여 아득히 그 끝을 알지 못할 높은 하늘과 넓은 들이 눈길에 닿고 마음에 맞지 않는 것이 없었다. 나는 이것을 즐기느라 피곤한 줄을 몰랐다. 이윽고 깨달아 이렇게 탄식하였다. "이 땅이 애초에는 버려져 다듬어지지 않았다. 그러다가 유 공이 처음으로 평탄하게 깎아 내고 경영하였다. 유 공이 세상을 뜨자 자손이 그 사업을 이을 수가 없었다. 그러다 보니 정자는 마침내 무너지고 땅도 여러 차례 주인이 바뀌다가 마침내 나의 소유가 되었다. 나는 잘 모르겠다. 지금부터 몇 년이 지나면 땅은 또 폐기되고 이름 모를 어떤 사람의 소유가 되리라. 이렇듯 한 차례 흥했다가 한 차례 폐하여지는 것은 진실로 또한 운수에 달린 것이니 예측할 수 있겠는가?"

대저 한강의 승경은 우리나라의 으뜸이다. 강을 끼고 들어선 정자가 벌집처럼 새도 무서워할 벼랑에 붙어 있거나 달팽이 집처럼 물가 언덕에 늘어서 있다. 많기가 이와 같은데 화려한 편액과 멋지게 세운 건물의 그림자가 강물에 거꾸로 비쳐 아래위로 일렁이는 것은 공자(公子)와 왕손(王孫)이 아니면 돈 많은 호족의 것이다. 집을 지을 만한 남은 땅이 아예 없는데 이 땅을 이 사람이 감상하게 한다면 칠십 금이 적은 돈은 아니지만 반드시 그 값을 치르고도 사양하지 않을 자가 있을 것이다. 생각해 보니 그렇게 되지 않고 감춰진 채 숨어 드러나지 않다가 특별히 내가 얻은 바가 되었으니 여기에도 또한 운수가 있었던 것이다. 내가 이로 인해 다시금 느낌이 있었다. 하늘과 땅 사이 사물 중에 장구한 세월에도 변치 않는 것은 없다. 때문에 만들어진 것은 허물어지고 허물어진 것 또한 만들어진다. 때문에 옛사람은 달관하여 얻고 잃음을 같게 보았다. 사생의 변화는 밤낮 내 앞에서 서로 엇갈리니 뜬구름이 태허에서 일어났다 사라져도 그 안에서 하나도 움직이지 않는 것과 같다. 하물며 하잘것없는 정사(亭舍)이겠는가?

바야흐로 내가 이 정자에서 강산의 맑고 툭 트인 것과 구름의 변화하는 자태를 두루 살펴보면서 난간에 기대 하품하고 기지개 켜며 한바탕 웃는 것을 즐거움으로 삼으니 애초부터 자족하지 않음이 없었다. 또 어느 겨를에 이를 즐기지 않고 정자가 일백 년 뒤에 폐하여질지 흥하게 될지를 근심하겠는가?

저 유운 공은 조정에서 세운 큰 절의가 비록 의논할 만한 것이 있어도 그 호걸스러운 기운과 우뚝한 재주는 진실로 또한 한세상의 인걸이었다. 이제 그 유풍과 여운은 흩어져 찾을 길이 없다. 다만 산은 높고 물은 깊어 뱃노래 가락과 어부의 피리 소리가 안개 낀 물가 갈대밭 사이에서 서로 호응할 뿐이다. 그럴진대 이곳을 지나는 사람이라면 누군들 개연히 생각을 일으키지 않겠는가?

하지만 이런 것은 말할 만한 것이 못 된다. 여기서 바라보면 가까운 집은 옛날에 유희분(柳希奮, 1564~1623년)의 것이었으나 지금은 홍상국의 차지가 되었고, 멀리 있는 것은 상당(上黨) 한명회(韓明澮, 1415~1487년)의 압구정(鴨鷗亭)이다. 이 두 사람이 득의하였을 때는 대단한 권세를 누렸으므로 능히 당시 사람으로 하여금 발을 모으고 숨을 헐떡이게 할 수 있었다. 비록 산수란 고인(高人)과 일사(逸士)에게 어울리는 것이었음에도 또한 난간 아래에서 기이한 자태를 바침을 못 면하였다. 그러니 그 공정에 공교로움을 다 쏟아부어 무너지지 않기를 기약한 것이 어떠했겠는가? 하지만 잠깐 사이에 연기는 가라앉고 향기는 스러져 버렸다. 그저 무너진 담벼락이 가시덤불 아래서 뒤죽박죽 늘어선 것을 보게 되니 과연 교만과 사치를 어찌 믿을 수 있겠는가?

이것은 오히려 사소한 것이다. 아방궁(阿房宮)과 미앙전(未央殿)은 어찌 고금에 이른바 천하의 기이한 경관 가운데 최고가 아니었겠는가? 하지만 지금은 또한 이미 무너져 잿더미가 되었고 허물어져 무성한 풀로 변했다. 하지만 이 또한 오히려 건물만을 두고 말한 것이다. 산도 이따금 무너지고 물은 때로 마른다. 해·달·별도 때로 떨어지고 천지는 이따금 다하곤 한다. 그럴진대 모든 사물은 크든 작든 변치 않을 수 없기는 매한가지다.

다만 이치만이 우주를 다하고 고금을 아울러 조금도 변치 않는 것이다. 천지보다 먼저여서 시작이 없고 천지보다 나중인지라 끝도 없다. 성인이란 내 성품 안에 이치가 갖추어져서 성품을 벗어난 이치란 없음을 아는 사람이다. 내 몸을 밝게 하여 내 처음 모습을 되찾아 만세에 참여하여 한결같이 순수함을 이룬다. 이 같은 사람은 어디서든 오묘한 작용을 이루어 굽히고 폄이 자신에게 있게 되니 얻었다 하여 이름 지을 수도 없고 그 다함을 알지도 못한다. 크고 작은 것을 보고도 오히려 크고 작음을 나누지 않는 자는 빠르고 더딤에도 애초에 이 같은 분별이 없게 된다. 저들은 또 돼지우리 같은 거처를 왕궁처럼 생각하고, 천년을 한순간으로 생각한다. 그러니 또 어찌 거처의 화려하고 누추함과 무너지고 일어나는 연유를 따지겠는가?

해설

두모포 남쪽 강가에 있던 자신의 작은 다락집에 대해 쓴 기문이다. 두모 포는 지금의 한강 가 동호대교 북단에 있었던 포구의 이름이다. 마포 서 강과 더불어 한강변에서 풍광이 가장 아름다웠던 곳이다. 이곳에는 강 양편을 끼고 이름난 정자들이 많이 세워져 있었다. 그중 한명회의 압구 정(지금의 서울 강남구 압구정동 산310번지 일대)은 이 일대를 대표하는 정 자였다. 이덕수의 정자는 압구정 맞은편 지금의 옥수동과 한남동 일대 언덕바지에 있었던 듯하다.

한강 가의 정자는 대부분 고관대작들의 소유였으니, 이덕수가 70금 의 거금을 들여 이 땅을 매입해 정자를 세운 것은 자부할 만한 일임에 분명했다. 하지만 이덕수는 정자의 아름다운 풍경을 묘사하거나 정자 의 이름에 투영한 자신의 삶을 서술하는 대신 "군자는 거처에 마땅함만 을 추구할 뿐 소유에 집착해서는 안 된다."라는 논리를 펼치는 데만 공 을 들였다. 무언가를 소유하고 이를 지키기 위해 근심하는 것이 얼마나 부질없고, 교만과 사치의 끝에 남는 것이 무엇인지를 설명하는 데 글의 대부분을 할애했다. 심지어 이덕수는 자신의 정자에 특별한 이름조차 붙이지 않았다. 역사의 부침과 함께 소유자가 끊임없이 바뀌게 될 그저 '강가의 작은 누각'일 뿐이었다.

그러고는 과거의 군자처럼 이치와 성(性)을 바탕으로 자신의 몸을 닦 고 본모습을 회복하여 한결같이 순수함을 견지할 것을 주장한다. 대소 (大小)와 질서(疾舒)를 구분하는 분별지를 없애 돼지우리 같은 누추한 거 처를 왕궁쯤으로 여기고 천년을 순간으로 여기는 삶이야말로 위대하다 는 것을 실감나게 보여 준다. 영원할 것만 같던 이덕유의 평천장과 한명회의 압구정도, 진시황의 아방궁과 한 무제의 미앙전도 이제 자취 없이 사라졌다. 이렇게 볼 때 영원히 소유하겠다는 인간의 아집은 얼마나 허망한가?

이 글은 기문의 옷을 입은 논변체 산문에 가깝다. 보통의 기문에서 부각되기 마련인 서경(敍景)과 서사(敍事)는 축소되고 논리가 상대적으로 강화되었다. 전체 구성은 논변체 산문에서 흔히 보이는 3단 구성을 취했으나 입론을 제시하고 근거를 제시한 뒤 입론의 실천 방안을 제시하는 과정이 군더더기 없이 깔끔하다. "문장은 뜻(意)을 위주로 하고 기(氣)로 보좌한다."라는 이덕수의 문장 작법이 잘 반영된 글이다.

올바른 독서법　　　　　贈兪生拓基序

유척기(兪拓基) 군이 영남으로 부임하는 아버지를 따라가면서 기일에 앞서 작별을 고하며 말하였다.

"제가 먼 길을 떠나매 친구들은 모두 저를 전송해 주는데 선생만 저를 송별해 주지 않는군요."

내가 말했다.

"옛사람은 사람을 전송할 때 술을 마셨으니 이제 또한 자네와 술을 마실까?"

그가 말했다.

"술은 제가 즐기는 바가 아닙니다."

"옛사람이 사람을 전송할 때 시를 지어 주었으니 이제 또한 자네에게 시를 지어 줄까?"

"시는 제가 높이는 바가 아닙니다."

"그렇다면 옛사람이 떠나는 이에게 글을 지어 주었으니 이제 또한 자네에게 글을 지어 줄까?"

그가 말했다.

"참 좋습니다. 하지만 제 나이가 아직 젊어 독서하고 글 짓는 법을 잘 모릅니다. 원컨대 선생께서 책 읽고 글 짓는 법을 말씀해 주셔서 제 이

번 길을 권면해 주시면 아침저녁으로 힘을 쏟고 싶습니다. 이것이 제가 바라는 바입니다."

"대저 독서가 거칠기 짝이 없고 글짓기가 지리멸렬하기로 세상에 나만 한 사람이 또 있겠는가? 바야흐로 남에게 그 방법을 구해야 할 처지에 경황없이 그 방법을 남에게 알려 줄 수 있겠는가? 하지만 자네의 뜻이 근실해 끝내 아무 말도 없을 수가 없으니 예전 들었던 것을 말해 볼까 하네."

무릇 독서는 무젖는 것을 귀하게 여긴다. 무젖으면 책과 내가 융화되어 하나가 되지만 무젖지 않으면 읽으면 읽는 대로 다 잊어버려 읽은 사람이나 읽지 않은 사람이나 별 차이가 없게 된다. 이것이 바로 독서에서 무젖는 것을 귀하게 여기는 까닭이다. 소나기가 쏟아지면 회오리바람이 불고 번개가 쳐서 그 형세를 돕는다. 빗줄기가 굵은 것은 기둥만 하고 작은 것도 대나무만 해서 다급하기는 동이를 뒤집을 듯하고 사납기는 동이의 물을 쏟아붓는 듯해서 잠깐 만에 봇도랑이 죄 넘쳐흘러 못이 되니 성대하다 할 만하다. 하지만 잠깐 사이에 날이 개어 햇볕이 내리쬐면 지면은 씻은 듯이 깨끗해진다. 땅을 조금 파 보면 오히려 마른 흙이 보인다. 이것은 다른 것이 아니다. 못을 이루었던 물이 무젖어 들지 못했기 때문이다. 만약 천지의 기운이 성대히 교감하여 거세게 장맛비를 만들어 아침부터 저녁까지 계속해서 주룩주룩 내리면 땅속 깊은 데까지 다 적시고 온갖 사물들을 두루 윤택하게 할 것이다. 이것이 이른바 무젖는다는 것이다. 책 읽는 것 또한 그러하다. 서로 맞춰 보고 꿰어 보아 따져 살피는 공부를 쌓고 그치지 않는 뜻을 지녀, 무젖어 스스로 얻음에 이르도록 힘써야 한다. 이와 반대로 오로지 빨리 많이 읽는 것만을 급선무로 한다면 비록 책 읽는 소리가 아침저녁 끊이지 않아 남보다 훨씬 많이 읽더라도 그 마음속에 얻은 바가 없게 된다. 이것은 조금만 땅을 파면 오히려 마른 땅인 것과 같으니 깊이 경계할 만하다.

무젖음에도 방법이 있다. 정밀함(精)이야말로 바로 무젖음이다. 정밀한데도 무젖지 않은 자는 없고 정밀하지 않으면서 능히 무젖은 자도 없다. 이런 까닭에 무젖고자 하는 자는 마땅히 정밀함을 추구해야 한다. 옛사람의 글을 읽다가 그 뜻이 사람이 말을 한다면 마땅히 이와 같아야 한다고 여겨지는 것은 비록 자기가 글을 짓더라도 그 말이 또한 진실로 이와 같아야 나의 뜻과 옛사람의 말이 서로 맞고 서로 편안해서 거스르거나 맞지 않는 것이 없게 된다. 그렇지 않으면 반드시 그 말이 이치에 맞지 않는 것이 있게 된다. 또 그렇지 않으면 반드시 내가 알고 내가 보는 것이 옛사람에게 미치지 못함이 있게 된다. 또 그렇지 않으면 틀림없이 쪼가리 글을 엮거나 잘못된 구절이 있게 마련이다. 이를 되풀이해서 적용해 보고 어근버근한 것을 잘 연마해서 오래되면 모든 것이 아주 분명해져서 흑백이 나누어진다. 이것을 이른바 정밀함이라고 하고, 이른바 정밀함의 지극함이라고 한다. 이렇게 해서 글을 쓰는데도 시원스럽지 않은 자가 있겠는가?

비록 그렇지만 한결같이 도도하고 아득함에 내맡기면 그 잘못이 꾸밈에 흐르고 마는 것이 걱정이다. 이를 염려해서 문장이나 구절을 미루어 본뜨면 답답한 데로 흐르는 것이 문제다. 답답함과 꾸밈은 모두 문장에서 꺼리는 것이다. 멋대로 써도 방종함에 이르지 않고, 법을 따라 써도 구애됨에 이르지 않아서 기운으로 하여금 글 한 편을 관통하게 하고 법이 구절구절에 행해지게 해야만 좋은 글이다. 두 진영이 서로 바라보면서 성대하게 북을 두드리고 칼을 휘두르며 용맹을 북돋워 앞장서서 견고한 진지로 돌격하니 그 기운은 마치 막을 수가 없을 것만 같다. 그런데도 오히려 이렇게 말한다. "서너 보 나아간 뒤에 멈춰서 대오를 가지런히 하고, 대여섯 보 나아간 뒤에 멈춰서 대오를 가지런히 하라." 이것이 진실로 군대를 쓰는 법이다. 이는 또한 글쓰기에도 비유할 수가 있다. 대저 글이 좋은 것은 독서가 무젖는 데서 시작된다. 독서가 무젖는 것은 독서가 정밀한 데서 말미암는다. 진실로 정밀하면 무젖어 들게 된다. 무젖어 들면 글을 써도 거침이 없다. 자네가 과연 능히 이 길을 따라 구할 수만 있다면 자네의 글은 옛사람과 같아지지 않음을 근심치 않아도 될 것이다.

해설

부친 유명악(兪命岳, 1667년~?)을 따라 영남으로 내려가는 유척기(兪拓基, 1691~1767년)에게 써 준 글이다. 유명악이 1713년에 대구 판관으로 내려갔던 것으로 보아 이즈음에 지었던 것으로 보인다. 이덕수는 이해에 41세의 늦은 나이로 증광 문과에 급제하였고, 유척기는 이듬해에 24세 나이로 증광 문과 병과에 합격했다. 두 사람은 한 해 차이로 나란히 과거에 급제했지만 나이는 이덕수가 유척기보다 17세나 위였다.

당시 이덕수는 막 과거에 급제하여 문재를 떨치기 전이었고 유척기는 급제 전이었다. 하지만 이덕수는 글쓰기로 이미 일가를 이루어 문명이 높았다. 그는 어릴 적에 이미 김창협(金昌協)으로부터 자신의 묘문(墓文)을 지을 사람으로 지목되었고 박세당(朴世堂)은 그의 글을 두고 옛사람에게서는 볼 수 없는 글을 지었다고 칭찬하기까지 했다. 비록 급제는 늦었지만 집 안에 소장된 수만 권의 책을 통해 독서와 작문을 게을리하지 않았으므로 과거 시험을 준비하던 유척기가 이덕수에게 독서법과 작문법을 묻는 것은 조금도 이상할 것이 없다.

이덕수의 독서법과 작문법은 "문장의 공교로움은 독서의 무젖음에 달려 있고, 독서의 무젖음은 정밀함을 통해 얻어진다. 정밀하게 읽어야 무젖게 되고, 무젖으면 글을 씀에 거침이 없다."라는 명제로 귀결된다. 핵심은 정밀함(精)과 무젖음(浹洽)에 있다. 정밀한 독서는 빨리 많이 읽는 대신 꼼꼼히 따져 곱씹어 읽는 것을 말하며, 무젖는다는 것은 책의 내용을 온전히 이해하여 자기만의 깨달음을 얻는다는 뜻이다. 책을 꼼꼼히 읽어 온전히 자기 것으로 만들려면 많은 시간과 공력이 필요하다. 이것이 바탕이 되어야만 비로소 막힘없는 글쓰기가 이루어질 수 있는 만큼 눈여겨볼 만한 독서법임에 분명하다.

하지만 정밀하게 읽어 무젖었다 해도 바로 글이 거침없이 써지는 것은 아니다. 자칫 글이 꾸밈으로 흐르거나 답답해질 우려가 있다. 이에 이덕수는 읽기뿐 아니라 글쓰기에서도 정밀함을 강조했다. 이때는 대상을 세밀하게 파악하여 집중해서 펴내는 글쓰기를 강조했다. 결국 이덕수의 독서법과 작문법을 일관하는 핵심어는 바로 정밀함이다. 당시 과거 준비에 한창이던 유척기의 상황을 살펴 선배로서 조언을 준 것이다.

작문의 요결　　　　　　　　　與洪仲經書

내형(耐兄, 홍태유)이 꺼내 보여 준 그대의 글 몇 편을 촛불 아래서 자신(子愼)과 함께 읽었네. 거듭 칭찬하다가 다 읽고 나서는 손뼉을 치며 기뻐했다네. 문체가 무너져 버린 이때에 능히 이런 글을 얻으니 진실로 개구리 떼가 울어 대는 속에서 함지(咸池)의 음악을 들은 격일세. 다만 내가 그대에게 기대하는 것이 얕지 않고 깊은지라 그저 덩달아 기뻐만 하고 내 생각을 다 말하지 않을 수가 없다네. 예전 그대가 처음에 「잔도론(棧道論)」을 썼을 때는 필세가 마치 바다에서 물결이 일렁이는 것 같고 칼을 숫돌에 벼린 것과 같아 바라보면 두려워할 만하였네. 글을 본 사람들 모두 그 기세는 종횡으로 거리낌이 없어 대단한데 법이 부족해 아쉽다고 말했더랬지. 하지만 내가 크게 기뻐한 것은 바로 이 점에 있었다네.

지금 지은 여러 글은 예전에 비해 더욱 정제되었네만 호방한 기세는 적잖이 움츠러들고 말았네. 법에 갇혀 있다 보니 뜻으로 하고 싶은 말을 능히 다 하지 못하고, 법에 속박되다 보니 기운으로 펼치고 싶은 바를 마음대로 하지 못했군그래. 구애되어 삼가는 태도가 드러난지라 자꾸 돌아보며 멈칫대는 병통이 생겨났구려. 이는 마치 준마가 내달리려 하는데 재갈을 당긴 바가 되어 목을 굽혀 제 무릎을 깨물며 수그려 머뭇대는 것과 같다 하겠네. 글을 본 사람은 모두들 젊은 사람의 문법이 일찌

감치 이루어진 것을 기특하게 생각하겠지만 나의 큰 근심은 바로 이 점에 있다네. 어째서인가?

문장은 뜻(意)을 위주로 하고 기(氣)로 보좌를 삼는 법. 일에 따라 뜻을 정해 말로써 이를 펴고 기운으로 이를 북돋우니 법은 그 가운데 있게 마련일세. 이것이 작문의 비결이라네. 그런 까닭에 옛사람의 글은 말은 반드시 그 뜻을 다하였고 기운은 반드시 그 말을 채웠지만 법에 있어 모두 꼭 같지는 않았다네. 오늘날 글을 짓는 자들은 옛사람의 뜻은 구하지 아니하고 오로지 법에만 힘을 쏟아 글자를 베끼고 구절을 모의해서 비슷해지는 것만 추구한다네. 곱자를 접고 그림쇠를 돌려 색깔과 모양만 본떠 척도를 조금도 잃지 않으려 들지. 갑작스레 읽으면 진실로 기뻐할 만하나 천천히 음미해 보면 참기운은 쑥 빠져서 천편일률이라 사람으로 하여금 염증을 내게 만들지. 이는 모두 법을 좋아해 생긴 잘못이라네.

비록 그대가 좋아하는 소식과 소철(蘇轍)의 문장을 가지고 말하더라도 그들은 일찍이 이 같은 법을 구하지는 않았다네. 말하고 싶은 뜻이 있으면 말로써 그 뜻을 펼쳤는데 마침 이 같은 법이 이루어졌을 뿐일세. 저들이 한 번도 뜻을 두지 않았던 것을 내가 뜻을 두어 구하려 든다면 비록 그것이 밖으로 드러난 법일지라도 능히 잘 배울 수가 없다네. 게다가 설령 두 소씨의 문장이 정말로 천고에 바꿀 수 없는 정법이 된다 하더라도 그들에 앞서 한유(韓愈)와 유종원(柳宗元)과 이고(李翺)와 두목(杜牧)이 있었다네. 그들의 문장 모두 소씨의 아래에 있지는 않았네. 한유에게는 한유의 법이 있었고 유종원에게는 유종원의 법이 있었지. 두목과 이고도 각각 두목과 이고의 법이 있었다네. 어찌 일찍이 온통 소씨와 같았겠는가? 소씨와 같은 시기에도 구양수(歐陽脩)와 이치(李廌)와 증공(曾

鞏)과 왕안석(王安石)이 있었고 이들은 모두 소씨와 이름이 나란하게 칭송되었지만 그 법으로 삼은 것은 각각 달랐다네. 또한 어찌 온통 소씨와 같았겠는가?

그러므로 옛사람의 문법(文法)을 배우려 한다면 마땅히 옛사람의 말을 배워야 하네. 옛사람의 말을 배우려 하면 마땅히 옛사람의 뜻을 배워야겠지. 뜻과 말이 능히 옛사람과 같다면 법은 비록 달라도 아무 문제될 것이 없네. 뜻과 말을 능히 옛사람과 같게 할 수 없다면 법이 비록 꼭 같다 해도 취할 만한 것이 없게 되지. 다스림의 요체에다 견줘 보겠네. 같지 않을 수 없는 것은 도이고 달라야만 하는 것은 법이라네. 글은 반드시 뜻을 위주로 해야 하니 정일(精一)의 심법(心法)과 신휘(愼徽)의 오전(五典)인 셈이고 그 법이 굳이 같아야 할 필요가 없는 것은 충(忠)과 질(質)과 문(文)으로 숭상함을 달리한 것과 한가지일세.

또 사물에 비유해 보기로 하겠네. 높고 낮고 굽고 곧음은 집집이 다르나 나무에서 재료를 취하는 것만큼은 같지 않음이 없다네. 모나고 둥글고 넓고 좁은 것은 그릇마다 같지 않아도 질그릇에서 취해 만든 것만은 꼭 같다네. 순하고 기이하고 쉽거나 어려운 것은 글마다 다르지만 뜻에서 이루어지고 말로 펴는 것은 다 한가지일세. 둥근 것을 지킨다고 해서 모난 것을 비웃거나 곧은 것만 알고 굽은 것은 모르는 것은 못난 목수라네. 마찬가지로 기이함을 좋아하여 순순한 것을 미워하고 쉬운 것만 고집해서 어려운 것을 공격하는 것은 글 쓰는 사람이 고루한 탓이지. 이런 까닭에 질그릇과 목재를 쓰는 사람은 굽고 곧고 모나고 둥근 것을 형체에 따라 만들어 내고 글을 잘 짓는 사람은 문장의 왕복과 곡절을 제 뜻대로 펴낸다네. 이는 그 일이 서로 비슷한지라 그대에게 깨우쳐 줄 수가 있네. 그대가 진실로 옛사람 본받기를 기뻐한다면 마땅히 옛사람의 말과 뜻을 본받아야지 바깥에 있는 법에 크게 얽매이지는 말게나. 독서할 때도 또한 이 같은 방법으로 구한다면 얻는 바가 마땅히 날로 깊어질 것일세.

장자의 문장은 들쑥날쑥 잘 나가다가 비트는 논리를 즐겼다네. 그래서 한 편 안에서 여러 차례 그 실마리를 바꾸고 층첩을 두어 펼쳐 보였지만 뜻은 더욱 분명하였지. 좌구명과 반고의 문장 또한 말은 간결해도 뜻은 분명하였지. 하지만 그 법은 진실로 모두 달랐다네. 다만 그 말이 능히 뜻을 다하고 그 기운이 능히 말을 채울 수 있다는 점에서는 모두 같았다네. 육경 외에 자사(子史) 중에서 읽을 만한 것은 이 세 책이 아니겠는가? 옛사람은 한유를 배우려 한다면 한유가 배웠던 장자와 좌구명과 반고를 배우라고 하였으니 진실로 소식이 즐겨 일컬었던 바일세. 비록 소식의 문장을 읽는 것으로 말하더라도 마땅히 그가 능히 인정과 물태(物態)를 잘 모사하여 거침없는 붓끝으로 그 속에다 말하고자 했던 바를 지극히 드러낸 점을 살펴서 정신이 집중되고 뜻이 모여 그 가운데서 얻음이 있다면 이야말로 잘 배웠다고 할 수가 있네. 어찌 반드시 바깥에 있는 척도와 잣대에서 잗달게 모의하여 각주구검(刻舟求劍) 하듯 해야 하겠는가?

그대는 재주가 높아 뜻을 두기만 하면 문득 능히 그 체재를 잘 본받곤 하였네. 옛날에는 의미심장하여 맛이 깊은 글을 읽으면 그대의 글도 의미심장하고 맛이 깊은 글과 같아졌지. 지금은 소식의 글을 읽으면 문득 능히 소식이 했던 것을 본받을 수가 있네. 가령 장자와 좌구명과 반고의 글을 읽는다면 반드시 장자와 좌구명과 반고와 같아져서 능히 변환하고 능히 꼭 맞아 뜻이 분명하며 능히 모사할 수 있을 것임을 나는 알고 있네. 이렇게 하여 그대의 나이가 많아질수록 공력도 점차 깊어져서 서리가 지고 수위가 내려가면 절로 마땅히 장자도 아니요, 좌구명도 아니며 반고도 아니요, 소식도 아닌 이와 구분되는 자네만의 문법을 갖게 될 것일세. 지금은 아직 이르니 그대는 나이가 젊고 재주가 뛰어나다고 자부하지 말고 내 말을 믿고 따라 주었으면 하네. 내가 장차 이보다 깊은 깨달음이 있으면 계속해서 써 보낼 테니 그대는 답장해 주시게나. 이만 줄이네.

해설

제자 홍제유(洪濟猷, 1689~1721년)에게 보낸 편지다. 홍제유는 조선 후기의 문인으로 자는 중경(仲經), 호는 애라자(愛懶子)다. 이덕수의 아우 이덕해(李德海)와 종유하며 이덕수에게서 학문과 문학을 배웠다. 학문을 배울 적에는 작은 것까지 놓치지 않고 질문하였고 의심스러운 것이 있으면 그냥 넘기지 않고 깊이 고심했는데 홍태유(洪泰猷, 1672~1715년)의 「여중경서(與仲經書)」와 이덕수의 「애라자문고서(愛懶子文稿序)」를 통해 그 대체를 엿볼 수 있다.

이덕수는 홍태유가 보여 준 홍제유의 글 몇 편을 읽은 뒤 이 편지를 썼다. 『전국책』에 감발되어 지은 「잔도론」 외 나머지 글들이 노정한 글쓰기의 문제점, 즉 '법에 구애되어 뜻을 다 펼치지 못하고 법에 얽매여 기운이 막힌 흠'을 바로잡기 위해서 지은 글이다. 이덕수는 홍제유의 이해를 돕기 위해 예전에 썼던 「잔도론」을 먼저 칭찬한 뒤에 나머지 글들의 문제점을 꼼꼼히 짚어 냈다. 그리고 홍제유가 흠모했던 소식과 소철의 문장 등을 예로 들어 올바른 작문법의 방향을 제시하고 새롭게 나아간 것을 주문했다. 문제를 진단하고 처방한 뒤 치유하는 전 과정을 논리 정연하게 기술했다.

이덕수가 제시한 작문의 요결은 뜻(意)을 위주로 하고 기(氣)로 보좌하여 법(法)이 그 안에 자연스럽게 깃들게 하는 데 있다. 정해진 형식 속에 글을 끼워 맞추기보다는 작가가 말하고자 하는 바에 따라 형식이 자연스럽게 만들어지는 것을 중시하고, 형식에 지나치게 얽매여 천편일률의 글을 쓰게 되는 문제를 경계한 것이다. 그리고 이에 대한 처방으로 옛글을 배울 때 껍데기인 형식이 아니라 알맹이인 뜻을 배우라고 주문했다. 소식의 글을 배울지라도 소식이 이미 만들어 놓은 형식을 그대로 재현하는 것이 아니라 자신의 방식으로 새롭게 구현해 낼 것을 요구한 것인데 올바른 법고(法古)에 기반을 둔 정확한 처방이라 할 만하다. 다음은 이덕수가 홍제유의 문고에 써 준 서문의 일부다.

> 일찍이 『전국책』을 직접 베껴 중경에게 꼼꼼히 읽으라고 권면했더니, 중경이 나의 말을 어기지 않았다. 다 읽은 다음에 「잔도론」을 지어 내게 보여 주었다. 내가 이를 보고 놀라고 기뻐서 그 솜씨를 매우 칭찬하였다. 내가 좋아하는 것을 보고는 중경 또한 기뻐하였다. 이로부터 더욱더 작문에 뜻을 두었으니 냇물이 골짝으로 몰려들고 말이 재갈을 벗은 듯하여 내가 그의 이를 바를 가늠할 수조차 없었다.
>
> 嘗手抄戰國策, 勸仲經熟讀, 仲經不余違也. 旣讀而作棧道論, 以示余, 余爲之驚喜, 亟賞其手段. 仲經見余之喜, 亦自喜也. 益肆意爲文, 如川之注于壑, 而馬之脫于銜, 吾未能量其所至也.(「愛孋子文稿序」)

이 서문에서 「잔도론」이 지어진 배경을 알 수 있다. 이 같은 가르침 덕분에 홍제유는 방향을 가다듬어 문장의 길에 더 매진하였다. 하지만 타고난 운명이 기박하여 서른셋의 젊은 나이에 세상을 떠나 기이한 재주를 다 펼치지 못하고 말았다. 지은 글도 많지 않아 문집으로 간행되지 못하고 형 홍태유의 문집을 간행할 때 부록으로 곁들여 실었을 뿐이다.

나를 이끌어 준 아내

亡妻海州崔氏 墓誌銘

유인의 이름은 아무개니 성은 최씨이다. 최씨는 해주의 명망 있는 가문으로 고려 때에 문헌공 최충(崔沖)과 문청공 최자(崔滋)가 있어 그 사적이 역사책에 실려 있다. 조선조에 들어서는 최경창(崔慶昌)이 문학과 행실로 세상에 드러나니 세상에서는 그의 호를 고죽(孤竹)이라 불렀다. 이분이 바로 유인의 오대조다. 할아버지는 휘가 아무개이니 사도시정(司導寺正)을 지냈다. 아버지 휘 아무개는 경릉 참봉(敬陵參奉)을 지냈고 사우(士友)들이 우러렀으나 일찍 세상을 떴다. 어머니 순흥 안씨는 호조 참판에 추증된 안수성(安壽星)의 따님이니 문성공 안유(安裕)의 후손이다. 곧고도 아름다워 여사(女士)의 행실이 있었다.

유인은 갑인년(1674년) 사월 이렛날 문화(文化)의 관사에서 태어났다. 어려서부터 영특한 지혜를 갖춰 조부모의 사랑을 받았다. 계해년(1683년)에 회양으로 부임하는 할아버지를 따라갔다가 아버지 참봉 공의 상을 만났고 해를 넘겨 유인 안씨도 이어서 세상을 뜨니 함께 상례를 맡아 치름에 슬퍼하는 것이 어른과 같았다. 나이 열다섯 살 때 내게 시집왔다. 이듬해인 기사년(1689년)에 내 아버님께서 교리로 해도에 귀양을 가시자 유인은 이씨 집안에 들어온 지 얼마 되지 않았음에도 열쇠를 쥐고 집안일을 주관하였다. 위로 제사를 받들고 아래로 노복을 어루만지는 일까지 모두 차례차례 조리가 있었다. 계유년(1693년)에 유인이 임신한 지 여덟 달 되던 때 병에 걸려 해산했지만 아이가 죽었다. 이 일로 인해 슬픔과 비탄에 젖어 병이 점점 위독해지다 그해 시월 여드렛날 마침내 일어나지 못했다. 얻은 나이가 스물이다. 아! 슬프다. 세상을 뜬 다음 달인 십일월에 양근 고동산 선영 아래 사좌(巳坐)의 언덕에 장사 지냈다.

유인은 어려서는 영민하고 똑똑했고 자라서는 단정하고 말쑥했다. 능히 예로써 스스로를 다잡아 망령되이 말하거나 웃지 않았다. 매번 내외 친척의 잔치 모임이 있을 때 다른 부인네들은 기뻐 웃으며 즐거워했지만 유인은 홀로 종일 말이 없었다. 성품이 또 굳세고도 발라서 내가 잘못하는 것을 보면 반드시 의리로 바로잡고 경계하였다. 내가 간혹 성을 내도 조금도 꺾이지 않았다. 그러고는 이렇게 말했다. "제가 말하지 않으면 누가 말해 주겠습니까? 당신이 또 제게 무엇을 취하겠습니까?" 내가 볼 때 세상의 부인네들이 모두 그저 얌전하게 기쁨을 취하는 것만 일삼아 남편이 하는 일이 이치에 맞지 않는 것을 보고도 한두 번 말해 고쳐지지 않으면 그대로 따라 순종해 그 잘못을 이루게 하지 않는 자가 드물다. 이것은 유인이 깊이 부끄러워하는 것이다.

유인은 평소에 문자를 알고 사랑했다. 비록 옛날의 대작도 몇 차례 읽지 않고도 능히 암송하여 잊지 않았다. 내가 책을 읽다가 의심스럽거나 어려운 데 이르러 간혹 유인에게 물어보면 유인이 변석해 주는데 모두 이치에 맞았다. 『춘추좌전』에 나오는 옹희(雍姬)의 일에 이르자 유인은 이렇게 말했다. "듣고 말하지 않으면 아버지가 죽고, 말하면 남편이 죽으니 차라리 자신이 죽어 아버지와 남편을 살리는 것만 못합니다." 내가 말했다. "당신은 어떻게 하겠소?" 유인이 말했다. "두 사람을 떠나겠습니다. 한편으로 아버지에게 지아비의 계획을 고하고 한편으로는 지아비에게 자기가 아비에게 알려 준 것을 고한 뒤에 마침내 자살하렵니다." 다른 사람들이 분별하기 어려운 것을 능히 분별하고, 이치에 통달하고 학식에 민첩함이 대체로 이 같은 경우가 많았다. 병중에도 내가 바둑 두는 소리를 들으면 탄식하며 말했다. "제가 비록 글은 몰라도 당신이 책 읽는 소리를 들으면 문득 마음이 기쁩니다. 이제 어찌 이 같은 일을 하십니까?" 아! 내가 어찌해야 이 말을 다시 듣는단 말인가?

유인의 오라비인 최상건(崔尙健, 1668~1714년)이 이런 말을 했다. "누이는 본디 품성이 단아하고 개결하여 터럭 하나라도 취하거나 주는 데 있어 마음에 구차함이 없었네. 이것은 돌아가신 어머니로부터 가르침을 받아 그렇다네. 마음에 작정한 뒤에 입으로 말하여 절대 작위적 태도가 없는 것은 돌아가신 아버님을 닮았지. 고요함을 좋아하고 시끄러운 것을 미워해 떠들썩 따져 다투기를 일삼지 않는 것은 나를 아주 닮았다네. 이것이 내 누이의 평소 사람됨일세. 오직 침잠하여 고요히 드러내지 않았으므로 비록 친족이나 이웃 사이에서도 그 덕성을 아는 자가 드물다네." 유인의 집안에서 유인에 대해 아는 사람이라면 그 말이 사실이라할 것이다.

예전 참봉 공이 돌아가시자 유인 안씨가 몸을 헐어 자결하려 했다. 당시 유인은 나이가 겨우 열 살이었다. 그 뜻을 눈치채고 잠시도 곁을 떠나지 않았다. 하루는 안 유인이 어떤 물건을 베개 밑에 두는 듯하였다. 유인이 뒤져 몰래 숨겨 둔 작은 칼을 찾아냈다. 밤이 깊어지자 안 유인은 과연 베개를 뒤집어 보았지만 감춰 둔 것을 찾지 못했다. 유인은 더욱 근심하고 두려워하여 여러 날 밤을 잠자리에 들지 못했다. 안 유인의 병이 위독해지자 유인을 어루만지며 울면서 말했다. "네 나이가 아직 어려서 내가 너의 장성하는 모습을 못 보겠구나. 하지만 내 시부모님이 너를 몹시 아끼시니 내가 네게 남은 걱정이 없다." 안 유인이 세상을 뜨자 유인이 곡하며 펄쩍펄쩍 뛰면서 유인을 그리워하는 마음을 이기지 못하였다. 어른들은 그가 몸이 약해 건강을 해칠까 봐 애처로이 여겨 이따금 맛난 음식을 권하였으나 유인은 소리 내어 울면서 먹으려 들지 않았다. 어른들 또한 차마 억지로 하지 못했다. 대개 그 독실한 효심은 타고난 성품이 그러했기 때문이었다. 하지만 병 또한 이것이 빌미가 되었다고 한다.

바야흐로 병이 심해지자 곁에 있던 사람에게 가만히 말했다. "저는 하늘과 땅 사이에 궁한 사람입니다. 일찍 부모를 여의어 지극한 애통함이 마음속에 있습니다. 장차 시부모님께 내 효성을 바치려 하였건만 오 년이나 바닷가에 계셔서 얼굴을 뵐 기약조차 없습니다. 이제 또 아들 하나 두지 못하고 죽습니다. 죽으면 장차 세간에 아무 남는 것이 없겠군요. 또 누가 저를 불쌍히 여기겠습니까?" 인하여 흐느껴 울어 눈물이 옷깃을 적셨고 눈이 퉁퉁 부었다. 숨이 끊어지려 하자 눈을 떠서 나를 보다가 감았다가 다시 뜨더니만 마침내 눈을 감고 다시는 뜨지 못하였다. 아! 내게 무슨 허물이 있어서 하늘이 차마 이렇게 한단 말인가? 아! 슬프다. 명에 말한다.

미지산(彌智山) 기슭의
고동산(古同山) 자락,
이씨 덕수는
감히 뒷사람에게 고하노라.
이곳은 죽은 아내 유인 최씨의 무덤이니
그 광중(壙中)을 훼손치 말기를 바라노라.

해설

이 글은 1693년에 죽은 아내 해주 최씨를 위해 지은 묘지명이다. 먼저 죽은 아내의 이름과 가계를 기술하고, 태어나 죽을 때까지의 생평을 정리한 다음 사람됨을 길게 드러내고 짤막한 명문을 붙였다. 일반적인 묘지명의 형식을 충실히 따라 새롭거나 이목을 끄는 점은 없으나 죽은 이를 기리고 추모하는 묘지명의 본질을 훌륭하게 구현한 작품이다.

이유원(李裕元 1814~1888년)의 『임하필기(林下筆記)』에 이덕수의 문장에 대해 논한 「논서당문(論西堂文)」이란 글이 실려 있다.

> 그의 사손(祀孫) 이현오(李玄五)가 원임 판관이 되었을 때 나 또한 도백(道伯)이 되었다. 그의 글을 가져다 읽어 보니 그저 평범한 글로 조금도 새롭지가 않아 묶어서 시렁에 올려 두었다. 나중에 문임(文任)이 되어 남의 묘도문을 지을 때 다시금 펼쳐 보니 무릇 쓴 글에서 조금 더할 수도 없고 뺄 수도 없었다. 그제야 그의 문장이 한 등급 높은 줄을 알았다.
>
> 其祀孫玄五爲原判也, 我又道伯. 取其文, 乃布帛菽粟之文, 而便不新新, 束之高閣. 及爲文任, 做人墓道. 復爲卷舒, 則凡用筆處, 加一分不得, 減一分不得, 始知其文章之高一等也.(『林下筆記』 卷32)

이덕수의 문집에서 가장 많은 양을 차지하고 있는 글이 바로 묘도문이다. 그는 문형을 지낸 관각 문인이었음에도 정치 관련 글보다는 묘도문을 비롯한 문예성이 강한 글을 많이 남겼다. 이 글들은 대체로 법(法)보다는 뜻(意)을 중심으로 기술되어 언뜻 보면 평범해도 곱씹어 읽어 보면 이유원의 지적처럼 한 글자도 더하거나 뺄 수 없는 묘도문의 진면목이 드러난다.

이덕수는 1688년 열여섯의 나이에 한 살 어린 해주 최씨를 아내로 맞았다. 하지만 임신 8개월에 찾아든 병마 탓에 아내와 배 속의 아이까지 함께 잃고 말았다. 이덕수의 묘지명은 감정을 절제하고 담담한 어조로 시작된다. 그가 기억하는 아내는 당대 사대부 여성들의 전형적인 모습과는 조금 다르다. 문식이 있고 학식에 민첩하며 강직한 성품으로 남편의 잘못을 바로잡는 야무진 여성이었다.

이덕수는 아내의 이 같은 모습을 구체적 예시를 통해 생동감 있게 그려 냈다. 더불어 글의 말미에 임종 직전 아내의 마지막 탄식을 실어 아내의 이른 죽음을 안타까워하는 동시에 자신의 슬픔을 이입하여 깊은 울림을 남겼다.

마음을 기르는 법 操舟亭記

빈양군(濱陽郡, 지금의 경기도 양평군)에서 강을 따라 십 리를 내려오면 그윽한 골짜기가 나온다. 북쪽은 막혔고 남쪽은 트였는데 강산(江山)과 원림(園林)이 빼어나다. 토박이들은 상심(上心, 지금의 양평군 양서면 대심리)이라 부른다. 내 생각에 옛사람이 명명한 것에는 모두 틀림없이 의미가 있다. 강물이 서편으로 흘러 대탄(大灘, 지금의 양평군 양서면 국수리)이 되니 험하기가 나라 안에 소문나 있다. 키를 잡고 오르내리는 자들이 배를 조종하는 기술을 한껏 부리고자 하므로 상심(觴深)이라고 이름을 지었던 것이 음이 같아 와전되었을 뿐이다. 나는 북쪽 기슭 아래 말쑥한 집을 마련해 돌아와 늙을 계획으로 삼고 옛 이름으로 고쳐서 상심(觴心)이라 하고 정자의 편액을 조주정(操舟亭)이라 달았다.

아! 지금 세상은 험한 바다나 진배없다. 나는 배를 몰아 그 가운데로 떠다니느라 여러 해를 보냈다. 번번이 돛대가 꺾이고 노가 부러지는 일이 앞에서 잇달았다. 내가 탄 배 또한 거의 뒤집힐 뻔한 것이 여러 번이었다. 당시에 큰 파도는 산더미 같았고 작은 파도도 집채만 했다. 귀에 들리는 것이라곤 물결이 사납게 용솟음치는 소리뿐이었고 눈에 보이는 것은 배가 가로로 찢기거나 곧추선 형상뿐이었다. 천오(天吳, 수신(水神)의 이름)와 선추(鱔鰍, 뱀장어와 미꾸라지) 따위가 또 곁에서 흘겨보고 옆에서 틈을 엿보고 있었다. 그 두려워할 만함이 이와 같은지라 내가 두려워서 마음이 이 때문에 동요되어 하루 중 잠시도 편안할 때가 없었다. 그래서 헤엄을 잘 치는 자에게 몹시 부끄러웠다. 하물며 잠수를 잘하는 자가 깊은 못 보기를 언덕처럼 여기고 배 보기를 수레 보듯 함이야 감히 바라겠는가?

이제 이 정자에 돌아와 누우니 마치 세상일을 잊은 것만 같다. 하지만 아직도 능히 형체마저 잊지는 못하였다. 대저 형체가 있는 것은 기르지 않을 수가 없다. 기름에 있어 갖추지 못한 것이 있게 되면 마음으로 이를 위해 꾀하게 된다. 배가 고파 먹을 것을 찾고 추워서 옷을 구한다. 병들면 의원을 찾고 피곤하면 편안할 때를 그리워하게 마련이다. 길러야 할 것은 그 단서가 한 가지만이 아니다. 형상이 기름을 얻었다 해도 마음은 이 때문에 피곤해진다. 이 같은 사람은 비록 세상일을 잊었다 해도 오히려 형체에 얽매이게 되니 물은 잊었지만 배를 잊지는 못한 것과 한가지다. 겉을 중시한다는 점에서는 마찬가지니 어디를 간들 겨를을 얻을 수 있겠는가?

그렇다면 형체를 잊는 것에 진실로 방법이 있을까? 있다. 오직 그 형체 기르는 것을 옮겨 그 정신을 기르고 온전하여 틈이 없게끔 해야만 한다. 저 일찍이 배를 본 적도 없으면서 문득 조종하는 자는 진실로 넘볼 수가 없지만, 몇 번 만에 능히 모는 것은 다만 뜻을 쏟음이 분산되지 않는 데 달렸을 뿐이다. 상심(鱜深)의 뱃사공이 이를 알려 주었으니 뱃사공 또한 하조(荷篠)와 장저, 걸닉의 무리로 물가에 은거한 자일 것이다.

내가 조주정을 통해 정신을 기르는 주장을 얻었으므로 이에 「조주정기(操舟亭記)」를 짓는다.

해설

이덕수는 41세에 문과에 급제하고 말단의 직책을 전전하다 44세 때에야 비로소 제대로 된 벼슬길에 나갈 수 있었다. 이후 삭탈관직과 홍문록(弘文錄)에서 이름이 지워지는 등의 불명예를 겪은 뒤 48세가 되어서야 비로소 홍문관에서 근무하게 되었다. 이덕수에게 벼슬길은 녹록지 않았고 그리 달가운 일도 아니었다. 그는 1725년 53세에 고향으로 물러나 벽계(蘗溪)에 정착했다. 그의 호 벽계(蘗溪)는 여기에서 따왔다. 벽계가 서시면(西始面, 지금의 양평군 서종면)에 속했으므로 호 또한 서당(西堂)이라 자호하였다.

이후 1737년에 상심촌(上心村)으로 다시 거처를 옮겼다. 이곳을 지나는 물길은 몹시 험하여 본래 상심(觴深, 『장자』에 나오는 물길이 매우 험한 곳)으로 불렸는데 중간에 와전되어 상심(上心)이 되었다고 생각해 '상심을 지날 때의 마음'이란 뜻을 담아 이름을 상심(觴心)으로 고쳤다. 이곳에 정자를 짓고 상심에서 '배를 부린다'는 뜻으로 조주정(操舟亭)이란 이름을 붙였다. 그 옛날 상심(觴深)의 뱃사공처럼 외물을 잊고 배를 잘 몰아 험난한 물길을 아무 탈 없이 거슬러 오르고자 하는 마음을 담은 것이다. 남은 인생을 큰 탈 없이 마치고자 하는 간절한 바람도 함께 담았다.

하지만 이덕수는 이내 "험난한 인생의 바다에서 좌초하지 않기 위해서는 외물을 잊는 것만으로는 안 되고 자신의 형체마저 잊어야 한다."라고 말한다. 형체를 잊는 구체적인 방법으로는 정신을 길러 마음 씀씀이가 분산되지 않게 해야 한다고 제시했다. 상심의 뱃사공으로부터 인생살이의 방법을 깨달았던 안연처럼 이덕수 또한 마음을 길러 형체를 잊고 외물에 얽매이지 않는 초탈한 삶의 태도를 찾아낸 것이다.

조주정의 물리적 환경과 이를 세운 과정을 간략히 정리하고 조주(操舟)라는 명칭에 담은 의미와 이를 통해 새로이 깨달은 바를 자세히 서술한 이 글은 통상적인 기문의 형식을 약간 비튼 변체 산문에 가깝다. 기문의 정형화된 형식에 크게 얽매이지 않은 채 자신의 생각을 자연스럽게 드러내려 한 이덕수의 글쓰기 태도를 볼 수 있다. 특히 『장자』에서 모티브를 끌어왔으면서도 그 속에 자신의 논리를 펼쳐 내는 필력이 돋보인다. 홍태유가 이덕수의 문장을 두고 "장자의 글에 조예가 깊다고들 일컫지만 그의 글을 보면 장자와 비슷한 것이 하나라도 있던가?(「답중경서(答仲經書)」)"라고 했던 말을 떠올리게 한다.

나의 초상화

寫眞小跋

예전 을묘년(1735년)에 내가 북경의 옥하관(玉河館)에 있을 때 일이다. 남경 출신 화가 시옥(施鈺)이 우연히 와서 만나 보았다. 이야기가 그림 그리는 데 미치자 그의 말이 스스로를 뽐내 천하에 독보 됨을 마다하지 않는다면서 내 초상화 그리기를 청하였다. 그가 다리를 쭉 뻗고 앉아 붓을 휘두르는 것을 보니 붓질이 흘러넘치듯 자재로워 참으로 능한 솜씨였다.

그림을 지녀 조선으로 돌아왔더니 이를 본 친구들이 모두 말했다. "광대뼈와 이마, 수염과 눈썹부터 신체에 이르기까지 같지 않은 것이 없네. 다만 눈과 입만은 실제와 전혀 다르군." 이는 그럴 만한 연유가 있다. 내가 도중에 눈병에 걸려서 옥하관에 이르러서야 겨우 나았다. 하지만 북경은 바람 먼지가 허공에 가득 차서 눈 뜨기가 몹시 불편했다. 시옥은 제가 본 대로 그린지라 이렇게 된 것이다. 다만 둥글게 처진 입은 어쩌다가 이 모양이 되었는지 모르겠다. 내가 당시에 혹 이랬던 것이 아니겠는가? 그때 따져 확실히 해서 바로잡지 못한 것이 유감스럽다.

내 나이가 기로소(耆老所)에 들어갈 때가 되었을 때 윤계형(尹季亨, 1673~1751년) 대감도 함께 들어가게 되었다. 각자 초상화를 그려서 옛일을 잇고자 하였다. 이에 화가 장학주(張學周)가 와서 내 초상을 그렸는데 무려 여섯 번을 고치고서야 비로소 대략 완성되었다. 눈과 코와 입과 수염과 눈썹은 모두 실물과 비슷했지만 필묵 밖으로 은은하게 드러나는 분위기와 풍신(風神)으로 논하자면 시옥의 그림에 한참 못 미쳤다. 이는 품격의 높고 낮은 차이 때문에 그리된 것이다. 수염은 이전 그림에 비해 더 세고 성글어졌다. 칠팔 년 사이에 쇠약해진 것이 이와 같다.

애오라지 그림의 전말을 기록해 자손에게 남겨 보인다.

해설

자신의 초상화에 붙인 짧은 발문이다. 두 폭의 초상화를 그리게 된 경위를 밝혔다. 초상화를 통해 자신의 내면을 돌아본 것도 아니고 심도 깊은 화론을 펼친 것도 아니지만 조선 후기 초상화 그리는 풍속과 그림을 바라보는 관점을 이해하는 데 의미가 있는 글이다.

여성 초상화의 경우 유교적 제례 의식이 본격화하면서 초상화가 신주로 대체되어 16세기 이후 사라지고 만다. 반면에 남성의 초상화는 조선 후기로 접어들며 더 빈번히 그려졌다. 그중에는 윤두서나 강세황의 경우처럼 자신이 직접 그린 자화상도 있고 근대 이후 사진으로 대체된 것도 남아 전한다. 초상화는 대체로 조선 화가의 손을 빌리게 되는데 사행 중에 중국의 직업 화가를 만나 그린 경우도 적지 않다. 이덕수의 초상화는 두 작품 모두 현재까지 실물이 남아 있다.

첫 번째 초상화는 1735년(63세) 10월 동지 겸 사은부사(冬至兼謝恩副使)로 연행길에 올랐을 때 북경의 사신 숙소인 옥하관에서 청나라 화가 시옥을 만나 그렸다. 시옥은 자가 식여(式如)로, 남경 사람이며 초상화를 잘 그렸다. 당시 그는 옥하관으로 이른바 초상화 주문을 받기 위해 출장을 나왔던 듯하다. 시옥은 이덕수 외에 김재노(金在魯, 1682~1759년)의 초상화도 그렸다. 1738년 김재노가 주청사(奏請使)로 연경에 갔을 때 그린 것이 오늘날까지 남아 전한다. 황윤석(黃胤錫, 1729~1791년)은 시옥이 그린 「월하매변미인독립도(月下梅邊美人獨立圖)」 족자를 가지고 있었다.

시옥의 초상화는 정면관(正面觀)을 중시하는 중국 초상화의 특징을 그대로 보여 준다. 그의 그림은 눈과 입이 핍진하지 못한 흠이 있었지만 전신(傳神)의 관점에서 후한 점수를 받았다. 이덕수는 이 초상화를 두고 「화진찬(畵眞贊)」(『서당선생집(西堂先生集)』)까지 지었다. 눈과 귀와 수염 같은 외적 자질을 통해 온전히 즐거워할 줄 아는 자신의 내적 지향을 잘 드러냈다. 함께 읽어 본다.

한쪽 눈은 위엄 있고	一眼威
한쪽 눈은 자애로워	一眼慈
죽이기도 살리기도 하네	有殺有活
귀가 불룩 솟은 것은	耳之聳
들은 도가	豈所聞之道
높고 낮지 않아서가 아니랴?	高而匪卑
수염은 길어서	髯之脩
뒤에까지 드리워도	庶所蔭于後
아득하여 촉박하지 않네	遙而不促
산택(山澤)의 파리한 사람인가 싶어 보면	以爲山澤之癯也
문형을 잡고서	則提文衡
전석(銓席)에 앉은 이요	而據銓席

낭묘의 인재인가 싶어 보면	以爲廊廟之具也
궁약함을 지키고	則守窮約
담박함을 달게 여기네	而甘淡泊
백이도 아니요 유하혜도 아니나	蓋不夷不惠
그 즐거움을 온전히 하는 자일세	而自全其樂者歟

두 번째 초상화는 1742년(70세)에 이덕수가 기로사에 들 때 화사(畫師) 장학주가 그린 것이다. 앞서의 착오도 있었으므로 이번에는 여러 차례 수정을 거쳐 이덕수의 실제 모습과 아주 닮게 그려 냈다. 사모(紗帽)의 세밀한 문양뿐 아니라 어릴 적에 앓았던 마마 자국까지 선명하게 담았다. 하지만 사람에게서 풍기는 풍신(風神)만큼은 제대로 드러내지 못했다. 결국 장학주의 초상화는 시옥이 그린 초상화보다 낮은 평가를 받았다. 외형의 모사를 넘어 전신을 추구했던 조선 시대 초상화의 가치 지향을 알 수 있다. 남아 있는 두 폭의 그림을 놓고 그의 진면목을 따져 보는 것도 흥미로운 일이 될 듯하다.

이하곤

李夏坤

1677~1724년

문인 화가이자 서화 비평가로 본관은 경주, 자는 재대(載大), 호는 담헌(澹軒)이다. 좌의정 이경억(李慶億)의 손자이자, 문형(文衡)을 지낸 이인엽(李寅燁)의 맏아들이다. 1708년 진사시에 급제했지만 벼슬에 나가지 않고 고향 진천으로 내려가 은거했다. 이후 음직(蔭職)으로 익위사(翊衛司) 세마(洗馬) 등을 제수받았지만 사양했고, 오직 산수를 유람하고 서화와 서책을 모으는 벽(癖)을 즐기며 일생을 보냈다.

그림과 시문에 두루 능했다. 농암 김창협의 영향을 많이 받아 한유와 구양수 중심의 당송 고문을 추숭했으며, 모의와 표절을 배격하고 앎(識)에 기반을 둔 진문(眞文)을 지으려 노력했다. 당시 유행하기 시작한 명말 청초의 문장에도 조예가 깊었는데, 특히 짧은 문장 속에 예술적 감상을 절묘하게 녹여 내는 제발문(題跋文)에 재능을 보여 당대에 높은 평가를 받았다.

동계 조구명은 그를 위한 애사(哀辭)에서 "분방한 필력이 힘차고 생기 있는데, 특히 산수 서화를 평하는 데 더욱 특장이 있어서 명나라 문인의 제지(題識)와 아주 비슷하다.(其放筆澹蕩活動, 尤長於評論山水書畵, 絶似明人題識.)"라 했고, 운와(芸窩) 홍중성(洪重聖)은 그에게 보낸 시에서 "그림을 펼쳐 보니 그윽한 뜻이 많고, 시문을 품평하니 속된 마음 없구나. 원중랑은 다시금 만나기 어려우니, 훌륭한 재목을 그 누가 알아줄까.(閱畵多幽意, 評詩不俗心. 中郞難再遇, 誰識嶧桐音.)"라고 평했다.

앞서 조구명이 말한 명나라 문인이 바로 홍중성이 일
컬은 원중랑이다. 문집 『두타초(頭陀草)』 18권이 남아
있다.

서화에 미치다

내 집 완위각(宛委閣)에는 다만 옛 그림 수십 점만 있을 뿐 근래 여러 작가의 작품은 하나도 없다. 내가 소장한 그림이 많지 않을뿐더러 그림을 구하는 데에도 검소함을 알 수 있다. 하지만 정보(正甫, 신정하)는 "지금도 많은데 더 욕심을 부린다." 하며 나를 놀린다. 또 일원(一源, 이병연)의 사랑이 느슨해져서 고기 잡는 사람의 보람을 온전히 거두게 되기를 바란다. 일원이 삼척동자가 아닌데 어찌 그 운무(雲霧) 속에 떨어지겠는가? 정보는 과연 묵은 병이 도진 모양이다. 한 번 웃고 재대가 또 쓴다.

해설

정선이 「망천저도(輞川渚圖)」를 그려 이병연과 김광수(金光遂)에게 각각 주었는데, 상대적으로 높게 평가된 이병연이 소장한 그림을 두고 이하곤과 신정하 두 사람이 욕심을 냈다. 신정하가 먼저 발문을 지어 "이병연은 그림을 모르니 이 화첩을 가지기에 합당치 않다.(以一源之不知畫, 不合有此帖.)"라 속내를 슬쩍 드러내니, 이하곤이 기다렸다는 듯 "어진 자는 많이 갖지 않는다.(仁者不富.)"라며 『맹자』의 구절("爲仁不富")을 살짝 비틀어 재치 있게 맞장구쳤다. 이에 신정하가 이하곤더러 "많이 가지고 있으면서 더 욕심을 부린다." 하고 타박하자, 이하곤은 그래도 이병연이 이런 그림에 욕심을 낼 리 없다면서 그림 선점의 욕심을 분명히 했다.

짧고 경쾌한 문장을 속도감 있게 이어 붙여 티격태격하는 모습을 잘 포착했다. 세 사람 사이의 두터운 우의(友誼)와 18세기 초 사대부들의 서화 애호벽의 일단까지 엿보인다.

정선 그림의
진면목

題一源所藏
海岳傳神帖

나는 평생 원백(元伯, 정선)과 일면식이 없었는데, 이제 이 화권(畵卷)을 통해 그의 화법만이 아니라 사람됨도 알게 되었다. 풍경을 묘사하고 색을 칠한 공교로움은 참으로 좋아할 만하고, 취하고 버릴 것을 자유로이 다루는 솜씨는 정녕 미치기 어렵다. 정양사 앞에 만약 일만 이천 봉우리를 배치했다면 한 폭의 분경도(盆景圖)에 지나지 않았을 것이다. 그러므로 안개와 구름이 자욱하게 내린 모습을 그려서 다른 공계(空界)의 본면목으로 돌아갔다. 특히 이 그림에서는 포치에 공을 들여 무한한 옥부용(玉芙蓉)을 환상적으로 그려 내 웅장하고 빼어난 필력을 뽐냈다. 이것이 바로 원백이 취하고 버릴 것을 자유로이 다룬 곳이니, 아는 사람은 알 것이다. 나는 임문중(任文仲)이 말한 '홍금보장(紅錦步障)'이란 말을 가장 좋아하는데, 다만 이러한 광경이 적으니 원백이 다시 나를 위해 그리지 않을까?

해설

정선의 『해악전신첩(海岳傳神帖)』 가운데 「내산총도(內山摠圖)」에 붙인 제발문이다. 내금강의 주요 승람처가 적절하게 포치되어 있는 「내산총도」
는 묘사가 치밀하고 색감이 뛰어나 당대 문사들로부터 많은 찬사를 받
았다. 특히 옥부용처럼 하얗게 치솟아 있는 바위산과 수풀로 우거진 흙
산이 완연히 대비를 이루어 금강의 진면목을 환상적으로 드러낸다. 금
강산을 오롯이 가슴에 품지 않고는 그릴 수 없다는 말이 실감 나는 그
림이다.

이하곤은 1714년 진천을 떠나 금강산을 여행하던 도중 김화 현감(金
化縣監)으로 있던 이병연을 통해 정선의 산수화를 처음 접했는데, 이때
만 해도 그의 화격(畵格)을 윤두서보다 낮게 보았다. 하지만 이듬해 이병
연이 소장하고 있던 이 화첩과 「망천저도」를 본 후 정선의 그림을 새롭
게 평가하고 그 가치를 인정하게 된다. 이후 정선은 이하곤의 바람대로
산수도를 그려 주었고, 이하곤은 정선의 그림을 애장하며 깊이 애호했
다. 두 사람은 서로 최고의 지기(知己)가 되었다.

그림 속 풍경,
풍경 속 그림

보슬비가 갓 개어 남헌에 앉아 석양을 보니 산빛이 몹시 고왔다. 높은
버드나무에선 매미 소리가 한바탕 서늘한 기운을 보내 준다. 이때 일원
(一源)이 소장한 이 화권(畵卷)을 펼치니, 어느 것이 그림 속 풍경이고 풍
경 속 그림인지 모르겠다. 동파 노선(老仙)을 불러 서로 더불어 한차례
증명하지 못하는 것이 한스럽다. 계묘년 팔월 사흗날 담헌 거사가 쓰다.

해설

짧은 호흡으로 쓴 제화문(題畵文)이다. 보슬비가 개자 석양빛이 더 곱다.
붉은빛을 받은 산빛은 몽환적이다. 그때 버들가지 꼭대기에서 매미가 운
다. 소리만 들어도 가을이 선뜻 다가올 것 같다. 문득 생각났다는 듯이
그는 이병연이 소장한 송나라와 원나라 때 명화로 꾸민 두루마리를 펼
친다. 눈앞의 풍경이 그림 속에 옮겨져 있고, 그림 속 풍경이 눈앞에 펼
쳐져 있다.

　이하곤이 뒷부분에서 갑자기 소동파(소식)를 끌어들인 데는 "화중경
(畵中景)"과 "경중화(景中畵)"의 표현이 매개가 되었다. 소동파가 일찍이 시

승인 혜숭(惠崇)의 「춘강만경도(春江晚景圖)」를 보고 시를 한 수 지었는데, 절창으로 회자되어 화중경과 경중화라 일컬어졌다. 지금 자신의 체험과 소동파의 당시 감각을 견주어 대화를 해 보고 싶을 정도라는 의미다. 일상 속에서 경험한 예술적 감상이 짧은 문장 속에 잘 녹아들었다.

여우의 아첨 　　　　　　　　　　　媚狐說

여우는 아첨하는 동물이다. 범에게 늘 아양을 떠는데, 범이 그 아양 떠는 것을 좋아해서 제가 먹다 남은 것을 먹게 했다. 여우는 그 먹이를 이롭게 여겨 더욱 범에게 아양을 떨었다.

하루는 범에게 말을 올렸다.

"우리 임금님을 일컫는 자들은 모두 산중의 왕이라고들 말합니다. 왕이 참으로 존귀하지만, 왕의 위에는 또 황제가 있어 그 존귀함이 더할 나위가 없습니다. 우리 임금님께서는 어찌 황제라 일컬어 모든 짐승들에게 존귀함을 보이지 않으십니까?"

범이 말했다.

"사양하겠다. 기린은 나보다 어진데도 황제라 일컬었단 말을 못 들었다. 사자는 나보다 용맹스럽지만 또한 황제라 부르는 것을 듣지 못했다. 나는 왕이면 충분하다. 무슨 덕이 있다고 황제란 호칭을 감당하겠느냐?"

여우가 또 말을 올렸다.

"기린이 비록 어질다고는 해도 용맹함은 우리 임금님께 미치지 못하고, 사자가 비록 용감하나 어짊이 우리 임금님께는 미치지 못합니다. 대저 우리 임금님께서는 어짊과 용맹함을 겸비하셨습니다. 사정이 이러하니 기린과 사자가 어찌 우리 임금님을 올려다볼 수 있겠습니까? 우리

임금님의 온전하신 덕을 가지고 황제가 되지 않는다면 대체 누가 황제가 될 수 있단 말입니까?"

범이 이에 기뻐하며 마침내 '산제(山帝)'로 일컬었다. 온갖 짐승들이 이를 듣고는 함께 가서 하례하였다. 그러자 범은 여우가 자신을 아끼고 높인다고 철석같이 믿었다. 또 여우를 '산상(山相)'이라 일컬으며 먹을 것을 만나면 먹지 않고 모두 여우에게 먹였다.

무릇 여우가 범에게 아첨한 것은 범의 먹이를 이롭게 여겨서일 뿐이다. 범으로 하여금 여우가 나를 아끼고 나를 존경한다고 말하게 하더라도 여우는 아첨을 잘했다고 말할 수 있을 뿐이다.

해설

짤막한 우언이다. 범에게 아양을 떨어 힘들이지 않고 먹이를 얻는 여우와, 여우의 감언이설에 미혹되어 그가 진심으로 자신을 위해 주는 것으로 착각하는 범의 이야기를 적었다. 산군(山君)인 범이 산중왕(山中王)의 호칭에 만족하지 못하고 여우의 꼬드김에 넘어가 산제(山帝)의 호칭을 가졌다. 범이 무섭기만 한 다른 짐승들은 모두 달려가서 아주 잘한 일이라고 축하했다. 여우는 그 보상으로 전보다 더 풍족한 먹이를 편안히 얻게 되었다. 달라진 것은 아무것도 없다. 진실을 파악하지 못한 채 여우의 아첨에 놀아난 범의 우스꽝스러움만 남았다.

글쓴이는 범과 여우를 통해 아첨의 본질을 꿰뚫고, 아첨하는 자와 아첨을 즐기는 자를 모두 경계했다. 모든 아첨은 여우처럼 욕망에 기대어 사랑과 존경을 가장하기 때문에 알아채기 쉽지 않을뿐더러 멀리하기는 더 어렵다. 그렇다 보니 호랑이처럼 눈이 멀고 마음이 닫혀 자신의 본분을 잊은 채 참람하게 되어, 앞으로 닥칠 화가 불을 보듯 뻔하다. 그러니 경계하지 않을 수 있겠는가?

흰머리에 대한 단상　　饒白髮文

나는 일찍부터 노쇠해서 나이 서른대여섯 살부터 귀밑머리에 이미 한두 가닥 센 것이 있곤 했다. 딸아이들이 이를 보면 보기 싫다고 족집게로 뽑아도 내가 그대로 두었다. 이제는 센머리가 귀밑머리의 반이나 되는데도 뽑는 것을 그만두지 않는다.

그러다 문득 내 나이가 이미 마흔다섯임을 떠올렸다. 이삼십 년 전을 되돌아보면 모습이 나이와 함께 변화하여 마치 전혀 다른 사람인 것만 같다. 하지만 내 마음과 몸, 말과 행실을 살펴보니 유독 바뀐 것이 없었다. 그렇다면 사람에게 쉬 변하는 것은 다만 모습이고 바뀌지 않는 것은 마음이란 말인가? 아니면 사람은 모습과 마음이 함께 바뀌지만 유독 나만 마음이 변화하지 않은 것인가?

아! 예전 거백옥(蘧伯玉)은 나이 육십에 육십 번 변하였으니 이는 마음과 모습이 함께 바뀐 것이다. 거백옥이 거백옥인 까닭이 여기에 있다. 나 같은 사람은 겉모습은 예전의 내가 아닌데 마음만은 홀로 예전의 나이다. 이것은 모습은 바뀌었는데 마음은 바뀌지 않은 것이다. 마음이 바뀌지 않았으니 옛날의 나에게서 벗어나고자 한들 벗어날 수가 있겠는가? 대개 내 머리카락이 셀 때마다 족집게로 뽑아 버렸기에 내가 보았던 것은 다만 검은 머리카락뿐이었다. 나는 애초에 늙었다고 생각하지 않았으므로 오히려 아이의 마음을 지니고 있다. 그렇다면 내 마음이 바뀔 수 있는데도 바뀌지 않게 만든 것은 또 누가 그렇게 한 일일까?

이로부터 나는 내 머리카락이 세지 않음을 걱정하게 되었다. 청컨대 오늘부터 시작해 흰 머리카락을 더 풍부하게 해서 아침저녁으로 살펴 내 바뀌지 않은 것으로 하여금 흰 머리카락을 따라 바뀌게 하리라.

해설

1721년 어느 날 딸자식들이 아버지를 늙지 않아 보이게 하려고 흰머리 뽑는 모습을 보다가 문득 떠오른 느낌을 글로 쓴 것이다.

글 속에 나오는 거백옥은 춘추 시대 위(衛)나라의 대신이었다. 공자가 어진 이로 높였던 인물이다. 『회남자(淮南子)』「원도훈(原道訓)」에 "거백옥은 나이 오십에 지난 사십구 년이 잘못된 줄을 알았다.(蘧伯玉年五十; 而知四十九年非)"라 한 내용이 있다. 거백옥은 한 살 먹을 때마다 지난날이 잘못된 줄을 깨달아 스스로를 향상했던 인물이다.

이에 반해 저자는 나이를 먹지 않은 것처럼 보이려고 부지런히 흰머리를 뽑았지만, 흰머리는 점점 늘어나 이제 어찌해 볼 수 없는 지경에 이르렀다. 문득 모습을 보면 늙수그레한 중늙은이인데 마음은 젊은 시절에서 조금도 변한 것이 없다. 그래서 젊게 보이는 것이 중요한 것이 아니라 나이에 맞게 몸과 마음이 변화하는 것이 더 중요한 줄을 깨닫게 되었다. 마음이 20년 전 상태에 머물러 있다는 것은 조금의 발전이 없었다는 증거이기 때문이다. 나는 무엇 때문에 젊게 보이려고 그토록 아등바등하고, 나이에 맞는 생각과 몸가짐을 갖지 못한 것을 부끄러워하지는 않았던가?

동심을 지닌 채 흰머리를 뽑으며 끊임없이 늙음을 지연시키는 것이 잘 늙는 일인가? 아니면 거백옥처럼 몸과 마음이 시간에 순응하여 자연스럽게 함께 변하도록 내버려 두는 것이 잘 늙는 일인가? 이하곤은 후자의 깨달음을 얻어 늙음을 있는 그대로 받아들였다. 그리고 변하지 않았던 마음, 곧 젊음을 붙잡고 늙음을 내쳤던 지난날의 마음이 흰 머리카락과 함께 변하기를 바랐다.

신유한

申維翰

1681~1752년

본관은 영해(寧海), 자는 주백(周伯), 호가 청천(靑泉)이다. 경남 밀양에서 출생해 1705년에 진사시에 합격하고, 1713년 증광 문과에 병과로 급제했다. 서얼이었던 탓에 높은 관직에는 오르지 못하고 성균관 전적, 무장 현감, 장사 현감, 연천 현감 등을 지내는 데 그쳤다. 교유의 폭이 넓어 최성대(崔成大), 이종성(李宗城), 최창대, 윤순, 이만부, 김창흡, 이병연 등 당대 최고의 문인 학자들과 당색을 초월해 인연을 맺었다.

"신유한의 『해유록(海遊錄)』은 매우 뛰어나 한 시대에 회자되었다. 무릇 남쪽 땅의 일개 선비로 도성에서 한 시대의 문장을 주도한 것이 30년이니 어찌 까닭이 없겠는가?(其海遊錄甚奇, 膾炙一世. 夫以南土一下士, 持一代文章, 柄於都下者三十年, 豈無以哉.)"라는 성대중(成大中)의 언급에서 보듯, 1719년 통신사행의 기록인 『해유록』을 저술한 뒤로 생을 마감할 때까지 시인이자 문장가로서 이름을 크게 떨쳤다. 특히 김창협 이후 노론계 문인들이 지향했던 당송 고문에서 벗어나 진한 고문을 깊이 천착했다. 또 『주역』, 『산해경(山海經)』, 『엄주산인사부고(弇州山人四部稿)』 등에 영향을 받아 기이하고 엄정한 문장을 구사했다. 모의와 표절로 대표되는 의고문의 한계를 그대로 노정하는 대신 의고문의 한계를 분명히 자각하고, 도문분리(道文分離)의 인식 아래 낭만주의적 문예 창작을 긍정하는 그만의 독자적 문학 세계를 구축했다. 더하여 노장과 불교에도 조예가 깊어 당대 문장가들과 사상적 차이를 드러냄으로써 문학을 보다 풍성하게 구성하게 된다. 이러한 차별성이 30년 가까이 조선의 문단에서 이름을 떨칠 수 있었던 힘이었다.

그의 문학은 이후 최중순(崔重純), 정창유(鄭昌兪), 정원시(鄭元始), 이미(李瀰) 등 여러 후학에게로 이어졌다. 저서에『해유록』과『청천집(靑泉集)』등이 있다.

피라미와 고래　　　　比鰍堂記

외숙이신 창연(蒼淵) 옹께서 호서 지방에서 말을 보살피실 적에 직산(稷山) 선비 한생(韓生)과 이따금 종유하셨다. 내가 지나는 길에 한생에게 들러 인사하니 예전부터 알고 지내던 사이처럼 기뻐하셨다. 그 소매를 펼치고 뜻을 펴서 시 두 편을 얻었는데 그중 하나는 창연 옹의 말씀이라 눈여겨보았다. 한생이 내게 부탁하며 말했다.

"일전에 내가 '호어(濠魚)의 즐거움'이라 내 집 이름을 짓고는 부족한 대로 나의 뜻에 맞다 여기고 있었습니다. 이제 그대와 함께 창연 옹의 글을 보다가 천 리 밖의 추(鰍)를 얻으니, 나는 예전의 나로는 돌아가지 않겠습니다. 청컨대 그대가 나를 크게 펼쳐 주십시오."

내가 정색을 하고 말했다. "아! 천하에 바다보다 큰 것이 없고 바다의 고기로는 추보다 큰 것이 없습니다. 그대가 능히 매미처럼 허물을 벗고 변화해 아득히 요천일(寥天一)의 경지에 거하게 된다면, 내가 서성이며 노래한 것이야 느릅나무와 다목나무 사이에서 한 번 비웃은 것이나 다름없이 볼 것입니다. 그대는 어찌하여 내 말로써 크게 알려지려 합니까?"

내가 말했다. "삼신산은 동해 가운데 있는지라 조룡(祖龍), 즉 진시황의 천하에 포함되지 않습니다. 천하가 '여섯 왕을 하나로 통일하고, 삼황(三皇)을 업신여기며, 시서를 불태울 수 있다.'라고 말했지만 바다 밖의 삼신산은 어찌해 볼 수가 없었습니다. 이는 바로 진나라의 천하가 추의 등 위에 세워진 것이 아니었던 까닭입니다. 이제 그대가 바닷가에 집을 짓고 안개 노을과 함께 지내며 섬 사이에서 노니니 삼신산을 잃고 얻는 것이 집 처마에 달려 있습니다그려. 그대가 바다를 따라 살펴보노라면 눈이 가물가물하고 마음은 아득해져서 서쪽으로 청제(靑齊)까지 가지 못하고 동쪽으로 이주(夷州)와 단주(亶州)를 다 가 보지 못하는 것은 경계에 한정이 있기 때문입니다. 그대가 집에 이름을 붙이고 거처에 집을 지어서 멍하니 책상에 고요히 기대앉아 글을 쓰면서도 바다를 육지와 같게 보고, 사람을 하늘과 같게 여기며, 지금을 옛날과 다름없이 본다면 굳이 문을 나서지 않아도 구주(九州)가 있음을 알게 될 것입니다. 바로 경계가 가없기 때문이지요. 이렇게 되면 진시황의 불로도 태울 수가 없고, 진시황의 천하로도 어찌해 볼 수가 없게 됩니다."

한생이 다급히 말했다. "훌륭합니다. 그만 말씀하십시오. 설령 다하지 않은 것이 있더라도 나는 감히 더 청하지 않겠습니다." 그러고는 집 이름을 비추당(比鰍堂)이라 하였다. 그 말은 창연 옹의 기문 속에 자세하다.

해설

직산 선비 한생의 비추당에 붙인 기문이다. 인물 간의 대화를 통해 해당 공간의 내력과 의미를 드러내는 기문의 서술 방식을 택했다. 그 속에 담긴 장자적 사유와 문체가 특별히 눈에 띈다. 서얼이라 정치, 사회적으로 소외될 수밖에 없었던 신유한은 일찍부터 노장과 불교에 침잠했다. 글에도 이 같은 취향이 잘 드러난다.

한생은 호수(濠水)에서 사는 피라미인 호어(濠魚)처럼 작은 물에서 만족하며 지낸다는 의미에서 집 이름을 낙호당(樂濠堂)이라고 지었다가 신유한과의 만남을 계기로 새 이름을 청했다. '낙호'의 뜻은 『장자』「추수(秋水)」에 나온다. 장자가 벗 혜시(惠施)와 호상(濠上)에서 노닐다가 물고기의 마음을 두고 벌인 토론이다. 한생이 낙호당이라는 이름을 버리고, 우물 안 개구리의 소견을 벗어나 바다에 사는 엄청나게 큰 추라는 물고기같이 큰물에서 놀기를 소망한다고 하자 신유한은 역시 『장자』에서 이름을 끌어온다. 하늘과 내가 하나가 되는 경지인 '요천일'의 개념을 구체화하면서, 경계에 얽매이지 않는 사유를 통해서만 장자처럼 될 수 있고, 그렇게 되면 굳이 남의 평가를 빌리지 않더라도 장대해질 수 있음을 말했다. 이에 한생이 자신의 거처에 비추당이란 당호를 내거는 것으로 끝난다.

창연의 기문은 남아 있지 않아 전후 맥락이 분명치 않다. 이 글은 한생에게 주는 것인 동시에 신유한 자신이 평생 견지한 자세를 밝힌 것이기도 했다. 사상과 붕당과 문학의 경계를 횡단했던 그의 삶이 이를 잘 말해 준다.

달마와 안연　　　　　　　　　　　念佛契序

보개산(寶盖山)의 청정한 한 사문(沙門, 승려)이 불교의 삼매(三昧)를 배워 원근 법계(法界)의 선남선녀와 수많은 중생들과 함께 한마음으로 발원하여 염불계(念佛契)를 만들었다. 내가 이 소식을 듣고 물었다. "계라는 이름을 어찌 쓴단 말인가?" 사문의 말을 전하는 자가 있어 이렇게 말했다. "서방의 성인께서 팔만 사천 다라니문과 평등의 법교(法教)를 가지고 사람들에게 청정한 도량에서 함께 살도록 하셨습니다. 시방 여래(十方如來)에 머리를 조아리고 한없는 부처의 이름을 외워 마음에 두고 눈으로 생각하면 무량한 공덕이 쌓여 곧장 성불하게 됩니다. 그러니 오이를 심으면 오이를 얻듯 억신(億身)의 금속(金粟)을 칠보로 장엄하는 일은 중생의 인과가 아님이 없습니다."

내가 이에 마음이 상쾌해져 기쁘게 말했다. "어찌 불법을 배우는 데만 그러하겠는가? 유가에서 성인의 말씀을 외우고 성인의 행실을 익히는 것도 한결같은 생각(一念)에서 비롯된다. 안연은 크게 탄식하고서 '우러러보면 볼수록 더 높고, 뚫으려 하면 할수록 더욱 견고하며, 바라보면 앞에 있다가 홀연히 뒤에 있도다.'라 하고, 또 '부자께서는 차근차근 사람을 잘 인도하시어 문(文)으로써 나를 넓히고 예로써 나를 단속하시는지라, 그만두려 해도 그만둘 수 없어 나의 재주를 다하고 보니 세운 바가 우뚝함이 있는 듯하다.'라고 했다. 이와 같은 것을 불가의 문도 가운데서 찾아보면, 달마가 전한 바 '밖으로 모든 인연을 끊고 안으로 마음을 심란하지 않게 하여 마음이 담벼락과 같게 되면 불도에 들어갈 수 있다.'라는 것이 아니겠는가? 나는 아직 사문이 염불하며 정진한 공을 알지 못하나, 과연 안연이 공자를 생각한 것과 같음이 있다."

일찍이 석가의 가르침에 대해 논한 적이 있는데, 그 역시 차근차근 사람을 잘 이끌었다. 지금 그 글을 읽어 보니, 비록 언어는 종종 중국과 다르지만, 저들은 '천하 사람들이 본래부터 불성을 가지고 있는데, 다만 무명(無明)과 번뇌가 뿌리 깊이 물들어 탐음노치(貪淫怒癡)와 온갖 종류의 망념에 휩싸여 생사의 고해에 떨어진다'고 여겼다. 그래서 마침내 염불하며 참회하는 방법을 가르쳐 사람들이 모두 개과천선할 뜻을 품게 했다. 또 도산검수(刀山劍樹)의 설을 퍼트려 사람들이 죄를 두려워하게 하고, 삼생(三生)의 업보와 보시의 공덕을 징험해 보여 사람들이 비로소 베풀기를 좋아하게 되었다.

대저 천하 사람들이 마음을 돌려 도를 따르고 잘못을 고쳐 선으로 옮겨 가며, 죄를 두려워하고 베풀기를 좋아해서 선을 행하려는 한결같은 마음으로 한시도 그치지 않게 한 것은, 안연이 인을 어기지 않고 잘못을 두 번 저지르지 않아 그 본성을 회복한 것과 같다. 이것은 이른바 '지극히 정성스러워 쉬지 않는다'는 것이요 '밝은 덕을 밝혀 지극한 선에 머물게 한다'는 것이니, 석가가 사람에게 염불을 하도록 한 까닭은 틀림없이 이와 같을 것이다.

그런데 훗날에 불법을 배우는 자들은 왜 그렇지 않은 것인가? 아침저녁으로 합장하고 부처의 이름을 외우며 말한다. "부처님, 저를 복되고 이롭게 하소서." 밥 한 그릇 공양하고 등불 하나 사른 뒤 부처의 발에 성대히 예를 올리며 말한다. "부처님, 저를 제도하소서." 부처상을 그리고 불탑을 세우며 경전을 보관하고 재실을 지어 제석(帝釋)의 가람에서 제 몸을 버리고 천하를 버린 자는 밀턴다. "부처님, 제게 공덕을 베푸시고 두터운 보답을 주소서."

이것은 오직 부처의 신령에 힘입어 탐욕과 음욕을 구하는 짓이다. 청정한 불성에 그러한 욕망들이 어찌 깃들 수 있겠는가? 나는 이로써 과거 경전의 가르침 중에 사람을 이끌어 도(道)로 들어가게 하는 여러 방편이 모두 누런 잎을 황금이라 속여 아이의 울음을 그치게 하는 것임을 알았다. 만약 누런 잎이 돈이 아님을 안다면 염불계를 두고 더불어 말할 수 있겠지만, 그렇지 않으면 염라왕의 쇠몽둥이를 맞게 될 것이다.

해설

보개사의 승려가 중심이 되어 결성한 염불계(念佛契)에 붙인 서문이다. 유교를 주로 해서 노장과 불교를 동일한 차원에서 수용하려 했던 당대 사대부의 특징을 잘 보여 주며, 불가의 염불계에 사대부가 붙인 보기 드문 글이기도 하다.

크게 세 단락으로 구성되어 있다. 먼저 전해 들은 염불계의 결성 목적을 제시하는 것으로 글머리를 열었다. 이어 염불 수행에서 유교의 정신과 회통하는 바를 읽어 내 염불계를 긍정하는 것을 중심에 두고, 잘못된 염불 신앙을 경계하면서 글을 마무리했다. 달마와 안연을 같은 선상에서 논하고 있는 만큼, 염불 수행의 본질을 깨우치지 못한 불자들에 대한 비판은 결국 성인의 학문을 제내로 익히지 못하는 동시대 사대부들에 대한 비판으로도 읽힌다.

　연원이 깊은 계(契)는 조선 시대에 들어 친목과 공제(共濟)만이 아니라 비밀 결사와 같은 다양한 성격을 띠며 발전했다. 염불계는 당시 계 조직이 유교 사회를 넘어 불교 사회까지 확산되었음을 나타낸다. 실제로 18세기가 지나면 갑계(甲契)와 염불계를 중심으로 한 사찰계가 전국에 확산되어, 사찰의 재정적 기반을 마련하고 염불 신앙을 선도하는 등 다양한 역할을 수행했다.

부와 지식의 세습　　　　　　　木覓山記

목멱산(서울 남산)에 오르니 산의 높이가 수천 길이나 된다. 서북쪽으로
백악산, 삼각산, 인왕산 등 여러 산들이 바라보이는데, 높다랗게 치솟아
드넓게 서려 있어 두 손을 맞잡은 듯 서로 안은 듯하다. 동쪽으로는 백
운산 자락이 비스듬히 이어져 내려와 남산과 합쳐진다. 산의 능선을 빙
둘러 성가퀴와 문루(門樓)가 늘어서 있어 종소리와 북소리가 들리는 듯
하다. 이것이 성안의 지세이니 가로로 십여 리, 세로로는 그 삼분의 이쯤
된다.

　여기에 종묘사직과 궁궐, 창름(倉廩)과 부고(府庫), 벽옹(璧雍)과 원유
(苑囿)를 세웠고, 그 바깥은 삼정승, 육조 판서의 집무처와 문무백관의
관청이다. 그 나머지는 만백성이 기거하는 집 그리고 온갖 재화가 가득
한 상점과 열 개 거리의 시장이다. 낱낱이 손바닥 안에 있으니 북경이나
주나라의 수도 풍호(豊鎬)는 논하지 않더라도, 역사서에 전하는 임치(臨
淄)나 우한(雨汗), 언영(鄢郢)과 운몽(雲夢)이야 여기에 비하면 한참 떨어
질 듯하다.

　그리하여 이 땅에는 인재가 많고 넉넉해서 덕업으로는 이윤과 부열,
지능으로는 관중과 제갈량, 문장으로는 사마천과 사마광, 고을 수령으로
는 공수(龔遂)와 황패(黃霸)와 탁무(卓茂)와 노공(魯恭) 등이 모두 이곳에

서 나왔다. 하지만 멀고 외진 곳의 한미한 집안에서 얻은 자는 백에 하나도 없다. 또한 그런 데에서 취한 자라고 해도 갑과 을이 가부를 따지고 제(齊)와 초(楚)가 승부를 가리는 형국을 만들어, 앞서 갑의 말을 옳다 여기고 갑의 사람을 귀하게 여기면 백에 하나라도 을의 말과 사람을 쓰지 않고, 뒤에 가서 을의 말을 옳다 여기고 을의 사람을 귀하게 여기면 또한 반대로 한다. 이 땅의 인재들이 늘 열에 두셋도 쓰이지 못할까 근심하는 이유이다.

대저 설(契)이 사도(司徒)가 되었을 때 기(夔)는 전악(典樂)이었고, 고요(皐陶)가 사(士)였을 때 용(龍)이 납언(納言)이 되어 가는 곳마다 화합하지 않는 경우가 없었다. 그래서 구공(九功)이 펼쳐지고 여러 공적이 모두 빛나 집집마다 봉(封)을 받을 정도가 되었고, 월(粵)에는 호미가 없고 진(秦)에는 창 자루가 없었다.

아! 이것이 땅의 신령함이 인재를 기를 적에 도성 안은 풍성하게 하고 도성 바깥은 인색하게 해서 그런 것이겠는가? 주관(周官) 세록(世祿)의 제도가 만들어진 지 오래되다 보니, 부형이 가르치고 자제가 따르는 일을 제대로 단련할 겨를도 없이 집집마다 높은 벼슬감이요, 호호마다 경륜감이라 익숙하게 보고 들어서 그런 것이다. 하지만 구구하고 비루한 곳에 사는 선비는 밭두둑 사이에서 몸을 일으켜도 그 재주로는 관직 하나도 제대로 복무하지 못하여, 발이 부르트도록 천 리 길을 넘어 이르지만 벼슬에 나가서는 뜻을 얻지 못하고 물러날 적에는 또 황급하니, 슬프다.

해설

서울 남산에 올라 서울의 전경을 바라보며 인재 등용 시 경향(京鄕) 간의 차별의 문제를 다룬 기문이다. 보통의 기문처럼 남산의 승경을 낱낱이 훑어가는 대신에 시론(時論)을 전면에 내세워 의론성이 강한 한 편의 산문을 완성했다.

첫 두 단락에서 백악산과 삼각산과 인왕산에 둘러싸인 서울의 전경과 중국의 옛 수도에 뒤떨어지지 않는 형세를 말해 문장의 기세를 일으켰고, 다음 단락에서 인재를 등용할 때 출신에 따라 차별하고 당파로 나뉘어 배척하는 폐해로 내용을 전환하고 주제를 부각했다. 이어진 단락에서는 경향 간의 차별이 없었던 주나라 때의 모습을 묘사해 당대의 조선이 나아가야 할 방향과 변화의 가능성을 제시하면서 문제의 근원을 짚어 내고 마지막 단락과 자연스럽게 연결했다. 주관 세록의 제도가 오래되어 부와 권력의 세습이 의문 없이 이루어진 데서 문제의 원인을 찾은 것이다.

조선 후기가 되면 경향 간 양반의 차이가 크게 벌어진다. 서울의 양반인 경화세족(京華世族)이 국가 권력을 장악해 여러 특권을 누린 데 반해, 지방 양반은 권력의 경계 밖으로 내쫓겨 여러 차별에서 자유로울 수가 없었다. 이 글은 이러한 시대 현실에서 배태된 것이다. 신유한의 비판 속에는 지방 출신에다 서얼이었던 까닭에 문과에 급제하고도 낮은 관직과 외직을 전전해야만 했던 울분 또한 담겨 있다.

이름 없는 인골을 묻고 　　　　　　瘞人骨文

연일현(지금의 경북 포항 연일읍)에서 북쪽으로 칠 리쯤 가면 큰 바다가 하늘에 맞닿아 있는데, 강물이 넘실넘실 바다로 들어가는 곳은 물결에 부딪혀 모래가 무너지고 언덕이 끊어져 있다. 언덕의 위아래로 길이 나 있어 수많은 사람들과 우마의 흔적이 가운데로 이어진다. 그 흙과 모래를 살펴보니 메마르고 부서진 뼛조각이 뒤섞여 있는데, 큰 것은 한 치 정도 되고 작은 것은 그보다 훨씬 작았다. 둥근 것과 길쭉한 것, 뾰족한 것과 구멍이 난 것들이 햇빛에 드러나고 이슬에 젖은 채 점점이 길에 흩어져 있어 그 수를 헤아리기 어려웠다.

일전에 나는 마침 그곳에 나갔다가 흘깃 보고는 놀랍고 상심하여 이렇게 말했다.

"사람으로 태어나 죽은 자가 구천에서 뼈가 썩으면 귀천의 구분 없이 똑같다. 지금 밖으로 드러나 지나다니는 사람들의 발에 짓밟히게 된 것은 누가 이렇게 만들었는가?"

연일현의 백성들이 서로 전해 말했다.

"이곳은 물이 없고 언덕과 비탈 지형이라 원근에서 동사하거나 아사한 사람과 역병에 걸려 죽은 사람, 북쪽에서 온 상선이 부서져 죽은 사람을 박장(薄葬, 관이나 곽을 갖추지 않고 간단히 장사한 것)하고 고장(藁葬,

짚이나 풀 따위를 덮어서 장사한 것)한 것에다 관을 갖추고 흙을 쌓아 봉분을 만든 것까지 크고 작은 게 아주 많습니다. 불가에서 말하는 시다림(尸陀林, 시신을 내다 버리는 곳)이라 할 만하지요. 지난 임술년(1742년)에 큰 홍수가 덮쳐 육지가 강이 되었는데, 이때 동쪽으로 흘러와 바다에 이른 뼛골들이 그 반이나 됩니다. 관이 깨지고 나무가 썩어 간혹 모래 언덕에 얽히거나 길에 흩어진 것은 또 누구의 등뼈이고 누구의 팔뚝인지, 누구 해골이고 정강이뼈인지 알 수가 없어, 거두지도 묻지도 않은 채 닳아서 없어지도록 그대로 둔 것입니다."

이 말을 들으니 더 슬퍼져, 구월 스무닷샛날 임자(壬子)에 하인들에게 명해 흙과 모래 속 뼈들을 주워 모아 종이 부대에 담고 돗자리를 성대히 깔아 북송정(北松亭) 옆 맑고 깨끗한 땅에 묻어 주었다. 그리고 밥과 국과 술과 포를 마련하여 고했다.

"그대들은 누구인가? 그대들은 누구인가? 나는 연일 현감 신 아무개일세. 통달한 자의 말에 '죽으면 무지하여 땅강아지와 솔개를 가리지 않는다.'라고 했는데, 그대들은 이미 무지해졌으니 진실로 강과 바다에 떠다니고 비와 이슬에 젖더라도 유감이 없을 것이네. 하지만 나는 이 땅을 맡은 관리로 뼈를 묻어 주는 어진 왕정(王政)을 받들어야 하니, 어찌 차마 그대들의 메마르고 흩어진 유골들이 강가에서 바람과 서리에 노출되고 교룡의 침과 짐승의 발굽에 치여 문드러지게 할 수 있겠는가? 이제 또 그대들의 마디마디 끊어지고 바둑돌처럼 흩어진 뼈를 한 구덩이에 모아 두니, 참으로 연일현 백성들의 말처럼 누구의 등뼈이고 팔뚝인지 구분하지 못했음을 혹 그대들이 알게 되면 번뇌가 없을 수 없을 것이네. 비록 그렇지만 예전에 들으니 금나라 오랑캐가 송나라 황제의 여러 능을 도굴하여, 그 뼈가 우미의 뼈와 뒤섞여 부도(浮屠)가 되었다는 데, 그대들은 인골에 인골이 섞였으니 송나라 황제에 비하면 나은 듯하네. 천추만세토록 그대들은 이 언덕에서 편안하시게나. 여단(厲壇)이 옆에 있어 봄가을과 겨울에 제를 올릴 것이니 그대들은 배불리 흠향하시게. 그리고 이렇게 편안하고 모여 있게 되었으니, 역병으로 백성들을 근심케 하거나 장마와 가뭄으로 농사를 망치지 마시게나. 근심 없이 떠나 빛나는 신령이 되었으니 그대들에게도 혼이 있으리라. 혼이 있다면 이내 정성 살펴서 이 땅에 복을 내려 주시게."

해설

신유한은 1745년 8월 부안 현감으로 재직하던 중 사헌부의 탄핵을 받아 체직되었다가 이해 다시 연일 현감에 제수되었다. 이 글은 당시 연일 현 북쪽 바닷가 언덕에 흩어져 있던 주인 없는 인골들을 수습해 함께 묻어 주고 지은 제문이다. 주인 없는 뼈를 묻은 터라 제문의 일반적인 형식, 즉 죽은 자의 가계나 행적 따위를 길게 기술하는 방식을 버리고, 제문을 짓게 된 계기를 간단히 정리해 서문으로 삼은 뒤, 그들을 위안하고 자신의 소망을 드러냈다.

임금을 대신해 현민에게 인정(仁政)을 베풀어야 하는 지방관의 책무에 더하여, 역병과 기근을 막아 민생을 안정시키려는 애민 의식이 짙게 배어 있다. 여러 해 동안 지방 관직을 두루 거친 경험과 무관해 보이지 않는다. 신유한은 1722년에 무장 현감, 1727년에 평해(平海) 군수, 1739년에 연천 현감, 1745년에 부안 현감, 1745년에 연일 현감을 지냈다.

나의 문장 공부 自叙

처음에 나는 겸손하지 못하고 고문(古文)을 무척 좋아해 때때로 서문과 기문과 잡저 따위를 즐겨 짓곤 했다. 또한 나고 자란 곳이 멀고 외져서, 일찍이 박학하고 단아한 당대의 군자로부터 질정을 받지 못했다.

나이 서른다섯이 되어서야 비로소 서울을 유람하고, 곤륜(昆侖) 최 학사(최창대)를 찾아가 뵈었다. 옹께서는 내가 젊어서 지은 문고(文藁)를 다 찾아 읽어 보더니 아주 기뻐하며 말씀하셨다. "자네는 참으로 옛것을 좋아하고 기력이 있으니 과거보다 진전이 있겠지만, 어떤 길로 가야 할지 제대로 알지 못하네그려. 자네는 터럭이 옛사람과 같아지기를 바랄 뿐 근골과 신기(神氣)가 옛사람과 같아지기를 바라지 않네. 그런 까닭에 편편마다 글자와 구절이 사마천, 좌구명, 장자, 양웅과 비슷하네만, 무릇 비슷하다고 말하는 것은 모두 진짜가 아니니 이것은 우맹이 손숙오가 된 데에 불과하네. 자기에게 좋은 집이 있는데, 어찌 애써 다른 사람의 울타리 아래 깃들어 자려 하는가?" 이어서 내가 평생 지은 글에서 병의 뿌리를 파헤치시니, 마치 창공(倉公)과 편작(扁鵲)이 사람의 간과 폐를 보고 맥을 짚어 병증을 논하는 것과 같았다.

그러고는 바로 책상 위에 있던 『당송팔대가문초(唐宋八大家文鈔)』 가운데 증남풍(曾南豊, 증공(曾鞏))의 책 두 권을 뽑아 나에게 주며 말씀하셨다. "가서 이 책을 읽어 보면 병을 고칠 수 있을 것이네." 나는 두터운 정에 감동해, 책을 가지고 집으로 돌아와 오래도록 읽으며 궁구했다. 다만 살펴보니 샘의 근원은 드넓지만 부연이 지나쳐 한 번 읽으면 물리고 두 번 읽으면 졸렸으며, 헤아려 본들 조금도 서로 융합되는 것이 없었다.

그래서 남영주(南榮趎)가 열흘 동안 근심하다 다시 노자를 찾아갔던 일처럼 소매에 책을 넣고 가서 돌려 드리고는 다시 물었다. "이 약으로는 제 병을 고칠 수가 없습니다. 저의 고질을 어찌하면 좋습니까?" 그러자 옹이 웃으며 말씀하셨다. "이것은 뒤집어진 자네의 오장이 풀리지 않아 그런 것이니, 그 병은 어찌할 수가 없네. 그래도 그만둘 수 없다면 『한서』를 전공하는 것만 못하네. 표절하고 모의하는 자네의 습속을 없애고, 간결하게 쓰기를 오래 하면 마땅히 절로 바뀔 것이네." 내가 말했다. "삼가 가르침을 받들겠습니다."

『한서』를 익히 좋아한 터라 돌아와 뜻에 맞는 부분을 손수 수십 번 베껴 쓰고, 글자마다 탐색해 붉고 푸른 비점을 찍어 가며 수개월 동안 침잠했다. 이후 간간이 일용 사물에 대해 기술하여 문장을 지으니, 흡사 손무(孫武)와 오기(吳起)의 군진(軍陣) 가운데 서서 깃발과 북을 잡고 군령을 듣는 양 반걸음조차 제멋대로 할 수 없음을 곧 깨달았다. 마음에서 펼쳐져 손에 응한 것이 구속되어 뜻이 시원스레 통하지 못하는 것이 자못 근심이었다.

다시 글 한 편을 새로 지어 옹에게 가서 물으니, 옹께서 빠르게 읽어 보시고는 깜짝 놀라 말씀하셨다. "근래에 『한서』를 몇 번이나 읽었는가? 이제 이미 앞서의 습속을 열에 여덟아홉은 씻어 내 그 본질을 잘 드러내었네. 해서 조금 난삽하고 뻗대던 기운이 문장에서 비로소 바뀌었어. 잃지 않고 지키며 의심치 않고 믿어서, 날마다 조금씩 나아가고 달마다 융화되어, 소리가 뒤섞임 없이 순수하고 색깔이 거짓 없이 진실해지면 자연스럽게 습관이 될 것이야. 이것을 지닌 뒤로는 내 장담컨대 자네는 세상에 이름을 떨칠 것이네."

몇 년 뒤 공께서 돌아가시는 바람에 나를 알아주는 사람의 논평을 달리 들을 데가 없었다. 나 또한 세상일에 얽히고 타고난 분수에 한계가 있어 끝내 더 나아가지 못했다. 하지만 옹의 말에 감복해 삼십 년을 하루같이 몸에서 『한서』를 떼놓지 않았다. 생각해 보면 옹께서는 나를 무척이나 아끼셔서, 처음에는 송나라 문장 가운데 가장 쉬운 것으로써 나의 광간(狂簡, 뜻은 크지만 주밀하지 못해 소홀하고 거친 흠)을 한번 바꾸려 했고, 물이 돌 속으로 들어가지 못하자 굳이 그 좋아하는 바를 비난하지 않으셨다. 그리고 나의 천성이 국한되어 있음을 알고 내가 행하지 못할 것을 헤아려 온전히 『한서』를 사용하게 하셨으니, 지금까지 조금이나마 성장한 것은 오직 옹의 말에 힘입은 것이다.

가의(賈誼)가 이런 말을 했다. "좋아하는 것을 택해 반드시 먼저 가르쳐 주고 이어서 그것을 맛보게 하며, 즐거워하는 것을 택해 반드시 먼저 익히고 이어서 그것을 하도록 하라." 나는 여기에서 '문자의 공은 각기 타고난 바가 있음'을 더욱 믿게 되었다. 왕안석의 집요함은 결국 소식의 소방함이 될 수 없는 법이다. 나의 일을 대충 기록해서 후생을 권면한다.

해설

신유한은 1715년 곤륜 최창대를 처음 만나 사제의 연을 맺고 그로부터 문장 지도를 받았다. 옛 문장을 흉내 내는 혐외를 없애고, 뜻은 크지만 거친 광간의 문제를 바로잡으려 곤륜은 먼저 송나라 증공의 글을 읽게 했다. 하지만 신유한의 성향에 맞지 않는 글이라 제대로 된 결과를 내지 못한다. 그러자 곤륜은 당송 고문을 읽으라 강요하지 않고 진한 고문인 『한서』를 추천해, 신유한이 자기만의 고문 세계를 완성하는 데 일조한다.

신유한이 18세기 초 당송 고문의 범람 속에서도 진한 고문에 침잠할 수 있었던 데는 곤륜의 『한서』 중심 문장 지도가 큰 역할을 했다. 창하(蒼霞) 원경하(元景夏, 1698~1761년)가 신정하의 문장을 두고 "좌구명의 화려함, 반고와 사마천의 전아함, 왕세정과 이반룡의 간결하면서도 뜻깊음을 지녔다.(左氏之華, 班馬之典雅, 弇州于鱗之簡奧.)"라고 평한 것도 같은 맥락에서 이해할 수 있다.

그런데 신유한은 곤륜의 가르침을 통해 자신의 문장 세계를 완성하는 한편 문장 공부의 중요한 원리 또한 깨닫게 된다. 즉 문자의 공은 각기 타고난 바가 있어서 그에 맞게 가르치고 배워야 한다는 것이다. 이는 "좋아하는 것을 택해 반드시 먼저 가르쳐 주고 이어서 그것을 맛보게 하며, 즐거워하는 것을 택해 반드시 먼저 익히고 이어서 그것을 하도록 하라."라는 한(漢) 대의 학자 가의의 말에 잘 드러나 있다. 이것이 후학들에게 권면하고자 한 핵심 내용이자 이 글을 짓게 된 근본 이유인데, 수요자 중심 교육의 한 전형을 보여 준다는 점에서 주목된다. "왕안석의 집요함은 결국 소식의 소방함이 될 수 없다."라는 마지막 말을 곱씹어 볼 만하다.

주

註

허목

나의 묘지명 21쪽

• 고문으로 된 공씨전(孔氏傳) 중국 한(漢)나라 때의 사람인 공안국(孔安國)이
  주석을 단 『상서』와 『효경』 등의 책을 말한다. 이 책들은 노나라 공왕이
  공자의 옛집을 허물었을 때 나온 책으로, 금문(今文)으로 된 책과 구분하
  여 고문(古文)이라 하였다.

『기언』을 짓다 24쪽

• 금인(金人)의 명(銘) 공자가 주나라 태조의 사당을 구경하다가 세 겹으로
  입을 봉한 금으로 만든 사람을 보았는데, 본문에서 인용한 명문이 이 금
  인의 등에 쓰여 있었다고 한다. 『공자가어(孔子家語)』「관주(觀周)」 편에 보
  인다.
• 정미년(1667년) 원문은 강어협흡(強圉協洽)이다. 강어는 정(丁)의 고갑자 이
  름이고 협흡은 미(未)의 고갑자 이름이라 정미년이 된 것이다.

중국 고문의 역사 28쪽

• 우하(虞夏) 이래로 요사(姚姒)의 혼혼(渾渾)함과 은주(殷周)의 호호(嘷嘷)하고 악
  악(噩噩)함 한나라 양웅(揚雄)이 상고의 글을 평하면서 한 말이다. 그는 『법언
  (法言)』에서 "「우서」와 「하서」는 혼혼하고, 「상서」는 호호하며, 「주서」는 악악
  하다.(虞夏之書渾渾爾, 商書灝灝爾, 周書噩噩爾.)"라고 했는데, '혼혼'은 혼후(渾
  厚)하고 질박한 모양을, '호호'는 끝없이 광대한 모양을, '악악'은 엄숙하고 정
  대한 모양을 말한다. 요(姚)는 순임금의 성이고, 사(姒)는 우임금의 성이다.

거지 은자 삭낭자 30쪽

- 지금 정승으로 있는 원 공(元公) 원두표(元斗杓, 1593~1664년)를 가리킨다. 그는 조선 중기의 문신으로 본관은 원주, 자는 자건(子建), 호는 탄수(灘叟)·탄옹(灘翁), 시호는 충익(忠翼)이다. 인조반정 때 공을 세워 정사공신 2등에 책록되어 원평 부원군(原平府院君)에 책봉되었고, 1624년에 이괄의 난을 평정한 공으로 전주 부윤이 되었다. 이후 요직을 거쳐 1656년에 우의정이 되고, 1662년에 다시 좌의정에 올라 군기시의 도제조를 겸직하였다.

우리나라의 명화들 35쪽

- 십이장(十二章) 고대 천자의 관복에 그리거나 수놓은 열두 개의 휘장을 가리킨다. 해와 달, 별과 산, 용과 화충(華蟲)은 윗옷에 그렸고, 종이(宗彛)와 마름(藻), 불(火)과 분미(粉米), 보(黼)와 불(黻)은 치마에 수놓았다. 『서경』 「익직(益稷)」에 보인다.
- 구회(九繪) 곤면(袞冕)에 쓰인 구장(九章)을 가리키는데, 앞선 십이장에서 해와 달과 별을 빼고 용과 산과 화충과 불(火)과 종이를 윗옷에 그리고 나머지는 치마에 수놓았다고 한다. 『서경』 「익직」에 보인다.
- 무정(武丁)은 얼굴을 그려 부암(傳巖)의 들판에서 부열(傳說)을 얻었다. 무정은 은나라 고종이며 부열은 그의 재상이다. 무정이 꿈에서 자신을 보필할 사람을 본 뒤 그 얼굴을 그림으로 그렸는데, 이후 부암의 들에서 은거하던 부열을 찾아내어 재상으로 삼았다. 『서경』 「열명 상(說命上)」에 보인다.
- 명당(明堂) 중국 고대의 제왕이 성대한 의식을 행하던 곳이다. 이곳에서 제왕들은 조회를 열고 제사를 드렸으며 선비를 선발하기도 했다.
- 형산(衡山)의 구정(九鼎)에는 괴이한 동물과 요망한 귀신과 도깨비들을 그려

넣었고 형산의 구정은 우임금이 홍수를 다스린 뒤 구주(九州)의 쇠를 모아 주조한 것이다. 각종 형태의 이물을 새겨 넣어 사람들이 산림에서 도깨비들을 피할 수 있게 했다고 한다.

• 영광전(靈光殿)에는 비익(比翼)과 구두(九頭), 인신(鱗身), 사구(蛇軀)와 태고 시대의 질박한 모양을 그렸다. 연광전은 한나라 경제(景帝)의 아들인 노 공왕(魯恭王)이 지은 궁전이다. 왕연수(王延壽)의 「노영광전부(魯靈光殿賦)」에 날개를 나란히 하며 나는 오룡(五龍)과 머리가 아홉 개인 인황(人皇), 비늘 달린 몸을 한 복희(伏羲), 뱀의 몸을 한 여와(女媧), 태고 시대의 질박한 모양을 그렸다는 내용이 보인다.

• 어진 재상과 용맹한 장수를 그린 것은 기린전(麒麟殿)에서 시작되었다. 기린전은 한나라 무제(武帝)가 기린을 잡은 것을 기념하기 위해 지은 궁전이다. 한나라 선제(宣帝) 때 곽광(霍光)과 장안세(張安世), 한증(韓增)과 조충국(趙忠國), 위상(魏相)과 병길(丙吉), 두연년(杜延年)과 유덕(劉德), 양구하(梁丘賀)와 소망지(蕭望之), 소무(蕭武) 등 11명의 공신 화상을 그려 놓았다고 한다.

예양의 의리 38쪽

• 조삭(趙朔)의 시절에 정영(程嬰)과 공손저구(公孫杵臼)의 일이 있었고 춘추 시대 진(晉)나라 경공(景公) 3년에 도안고(屠岸賈)가 조삭을 죽이고 조씨를 멸족시키려 하자 조삭의 문객이었던 공손저구와 그의 친구 정영이 조삭의 아들을 구해 의리를 지킨 일을 두고 한 말이다. 공손저구는 가짜 아들을 만들어 데리고 있다가 먼저 죽었고, 정영은 15년 뒤 조삭의 아들이 후계자가 되자 공손저구와의 의리를 지키기 위해 자살하였다. 『사기』「조세가(趙世家)」에 자세하다.

• 삼진(三晉) 춘추 시대 대국이었던 진(晉)나라에서 분리되어 세워진 한(韓)나라, 위(魏)나라, 조(趙)나라를 일컫는다. 이 삼국의 분할로 전국 시대가

열리게 된다.

• "옷을 다 베자 피가 나왔고, 조 양자(趙襄子)의 수레바퀴가 한 차례도 채 못 돌아서 죽었다." 『사기』에 따르면 예양이 조 양자를 죽이지 못하고 죽게 되자 조 양자에게 그의 옷이라도 벨 수 있게 해 달라고 청한다. 이에 조 양자가 자신의 옷을 내주었고, 예양은 칼로 세 번을 내리친 뒤 자결하였다. 그런데 『전국책』에서 이때의 일을 서술하면서 이를 과장하여 조 양자의 옷에서 피가 나왔으며 수레바퀴가 한 바퀴 돌기 전에 죽었다고 했는데, 본문은 여기에서 따온 것이다.

• "까마귀 머리가 희게 되고 말에게 뿔이 솟아났다." 진(秦)나라에 볼모로 잡혀 있던 연나라 태자 단(丹)이 자기 나라로 돌아갈 것을 청했을 때 진나라 왕이 "까마귀 머리가 하얗게 되고 말에게 뿔이 솟아나면 허락해 주겠다.(烏頭白, 馬上角, 乃許耳.)"했는데, 태자 단이 하늘을 우러르며 탄식하자 까마귀 머리가 하얗게 되고 말에게 뿔이 솟아났다고 한다. 본문은 이 고사에서 따온 것이다.

김득신

정사룡, 노수신, 황정욱, 권필의 시를 평한다 47쪽

• 호음(湖陰) 정사룡(鄭士龍)과 소재(蘇齋) 노수신(盧守愼), 지천(芝川) 황정욱(黃廷彧) 세 사람은 성률과 용사의 엄격한 적용을 바탕으로 한 형식미를 추구해 해동강서시파(海東江西詩派)로 불렸던 인물들이다. 흔히 세 사람의 호에서 한 글자씩 따서 호소지(湖蘇芝) 삼걸(三傑)로 일컬어진다. 홍만종은 『소화시평(小華詩評)』에서 정사룡의 '조직정치(組織精緻)'와 노수신의 '웅발부섬(雄拔富贍)', 황정욱의 '횡일기위(橫逸奇偉)'가 솥발과 같이 호각을 이루고

있다고 평한 바 있다.

- 석주(石洲) 권필(權韠) 선조조의 시인이다. 당시풍에 뛰어나 동악(東岳) 이안눌(李安訥)과 함께 당대의 이두(李杜)로 병칭되었고 각체에 두루 능했다. 백의로 제술관에 선발되어 중국 사신을 접빈하는 행사에 참여하는 등 젊어서부터 시명이 높았다. 광해군의 어지러운 정치를 풍자하는 시를 썼다가 역옥(逆獄)에 연루되어 심하게 곤장을 맞고 유배 길에 올랐는데 장독(杖毒)이 솟구쳐 동대문 밖에서 죽었다.
- 대저 옛사람은 시를 평하면서 선(禪)을 논하는 것에 견주었다. 송나라 엄우(嚴羽)가 『창랑시화(滄浪詩話)』에서 "시를 논하는 것은 선을 논하는 것과 같다. 한·위·진과 성당의 시는 곧 제일의이다.(論詩如論禪, 漢魏晉與盛唐之詩, 則第一義也.)"라 하고, 또 "대저 선도는 다만 묘오에 있고 시도 또한 묘오에 있다.(大抵禪道惟在妙悟, 詩道亦在妙悟.)"라 한 데서 나온 말이다.

남용익

술을 경계하다 56쪽

- 임보(林甫)의 구밀(口蜜) 임보는 당나라의 종실로 이부 시랑(吏部侍郞)과 예부 상서(禮部尙書) 등을 지낸 이임보(李林甫)를 가리킨다. 구밀은 구밀복검(口蜜腹劍)의 준말로 입으로는 꿀처럼 달콤한 말을 하면서도 배 속에는 칼을 품고 있다는 말이다. 당시 이임보의 성품이 교활하고 술수에 능하여 세상 사람들이 이렇게 불렀다. 환관과 비빈들과 결탁하여 조정에 있던 19년 동안 전횡을 일삼았다.
- 유필(柳泌)의 조약(躁藥) 유필은 당나라 헌종(憲宗) 때의 방사(方士)다. 이도고(李道古)가 추천했지만, 그가 만든 단약을 헌종이 먹고 갑자기 죽고 말

았다. 조약은 이 단약을 말한다.

- 제나라 왕이 맹자에게서 햇볕 쬐는 이야기를 듣고 맹자가 제나라 왕에게
  왕도를 가르친 것을 두고 한 말이다. 『맹자』「고자 상(告子上)」에 나오는
  다음 구절에서 따왔다. "비록 천하에 아주 쉽게 생장하는 물건이 있더라
  도 하루 햇볕을 쬐고 열흘을 춥게 하면 제대로 생장하는 것이 없을 것
  이다. 내가 만나는 날은 드물고 내가 물러 나오면 춥게 하는 자가 이르
  니 내가 싹을 틔워 준들 무슨 소용이 있겠는가?(雖有天下易生之物也, 一日
  暴之, 十日寒之, 未有能生者也. 吾見亦罕矣, 吾退而寒之者至矣, 吾如有萌焉, 何
  哉?)"
- 위후(衛侯)가 가자(歌者)에게 땅을 하사하는 것을 못 하게 한 것 위후는 전국
  시대 조(趙)나라 열후(烈侯)를 가리키는 것으로 보인다. 그는 음악을 좋아
  하여 자신이 아끼던 가인(歌人) 두 사람에게 각각 1만 무(畝)의 전지(田地)
  를 하사하려 했는데, 상국(相國) 공중련(公仲連)에게 저지당한 적이 있다.
- 대우(大禹)가 그것을 미워하고 의적(儀狄)이 처음 술을 만들었을 때 그 맛을
  본 우가 미래에 나라를 망칠 자가 나올 것을 염려하여 그를 멀리한 것을
  두고 한 말이다.
- 「주고(酒誥)」 『서경』「주서(周書)」의 편명으로 주 무왕이 지었다. 술의 해로
  움과 그에 대한 경계의 내용을 담고 있다.
- 「빈지초연(賓之初筵)」 『시경』「소아(小雅)」의 편명으로 위(衛)나라 무왕이 지
  었다. 술에 대한 경계를 담고 있다.

『기아』 서문 60쪽

- 『청구풍아(靑丘風雅)』 조선 전기에 김종직이 간행한 시선집으로 7권 1책이
  다. 신라 말에서 조선 초에 이르는 126가(家) 각 체의 시 503수를 정선하
  여 실었다.

- 『속청구풍아(續青丘風雅)』 조선 중기에 유근(柳根)이 편찬한 시선집으로 7권 1책 분량이다. 김종직의 『청구풍아』를 속선한 것으로, 세조 때부터 선조 때까지 여러 시인들의 작품을 각 체별로 모아 엮었다.
- 『국조시산(國朝詩刪)』 조선 중기에 허균이 편찬한 시선집이다. 정도전부터 권필까지 35가의 작품 877수를 수록했다.
- 『당시품휘(唐詩品彙)』 1393년에 명나라의 고병(高棅)이 찬한 시선집으로 습유는 1398년에 나왔다. 오언고시부터 칠언율시까지 각 시체에 따라 정시(正始), 정종(正宗), 대가(大家), 명가(名家), 우익(羽翼), 접무(接武), 정변(正變), 여향(餘響), 방류(旁流) 등 9목(目)으로 분류하여 수록하였다. 620명의 작품 5769수가 실려 있다. 습유에는 61명의 시 950수가 수록되었다.
- 성씨를 뺀 불성씨(不姓氏) 세 사람 모역의 혐의를 받고 죽은 허균, 박정길(朴鼎吉), 이규(李逵)를 가리킨다.
- 지금 시대를 중심에 두려는 뜻 원문은 '오종주(吾從周)'이다. 『논어』 「팔일(八佾)」에 나오는 다음 구절에서 따왔다. "주나라는 하와 은을 귀감으로 삼았나니, 찬란하도다, 그 문화여. 나는 주나라를 따르겠노라."(周監於二代, 郁郁乎文哉. 吾從周.) 먼 과거를 따르지 않고 그를 이어받은 바로 앞 시대를 따른다는 말인데, 여기서는 앞선 왕조의 시풍을 이어받은 지금 시대의 시를 중심에 둔다는 뜻으로 사용하였다.

남구만

최명길에 대한 평가 70쪽

- 하늘이 아직 흐려 비가 내리기 전에 능히 출입문을 보수하여 남으로 하여금 감히 나를 업신여기지 못하게 하지 못했소. 환란을 미연에 대비하지 못

해 야기된 결과임을 말한 것이다. 『시경』의 시 「치효(鴟鴞)」에 나오는 다음 구절에서 따왔다. "하늘이 흐리고 비가 오기 전에, 저 뽕나무 뿌리를 주워다가, 창문을 감는다면, 이제 이 아래 있는 사람들이, 어찌 감히 나를 업신여기랴.(迨天之未陰雨, 徹彼桑土, 綢繆牖戶, 今此下民, 或敢侮予.)"

- 태왕(太王)과 구천(句踐)의 일 태왕은 문왕의 조부인 고공단보(古公亶父)를 가리키며, 구천은 와신상담으로 유명한 월나라 왕이다. 태왕이 훈육(흉노족)을 섬기고, 구천이 부차의 오나라를 섬긴 것을 두고 한 말이다. 맹자는 이 둘의 일을 두고 소국으로 대국을 섬긴 지자(智者)라 평하였다. 『맹자』 「양혜왕(梁惠王)」에 보인다.

좋은 경치에 배부르다 83쪽

- 자장(子長)이 문장에 자신의 뜻을 깃들이고 연공(燕公)이 시에 도움을 받았던 것 자장은 사마천의 자다. 그는 약관의 나이에 낭중으로 한 무제를 수행하여 강남, 단동, 하남 등지를 여행하기도 했는데, 그의 대표작인 『사기』 또한 이러한 여행을 기반으로 탄생한 역사서로 평가된다. 자장이 문장에 자신의 뜻을 깃들였다는 것은 이를 두고 한 말이다. 연공은 당나라 현종 초에 연국공(燕國公)에 봉해졌던 재상 장열(張說)을 가리킨다. 그는 소정(蘇頲)과 함께 대수필(大手筆)로 일컬어질 정도로 문학에도 조예가 깊었다. 이에 악주 자사(岳州刺史)로 좌천되었을 때 악양루를 중수하여 두보와 범중엄의 시문이 탄생하는 것을 도왔고, 그 자신 또한 주변 지역을 유람하며 많은 시를 지었다. 본문은 이를 두고 한 말이다.
- 실로 백 년 인생에 홀로 명산을 저버렸다는 기재(企齋)의 여한 기재는 신광한(申光漢, 1484~1555년)의 호이다. "백 년 인생에 홀로 명산을 저버렸다."는 신광한이 영동군(嶺東郡)으로 부임하러 가는 당질(堂姪) 신잠(申潛)을 전별하며 써 준 시에서 한 말이다. "기이한 봉우리는 일만 하고 이천인데,

306

바다 구름 다 걷히니 옥같이 아름답네. 젊어서는 병 많았고 지금은 늙었으니, 백 년의 인생에 끝내 명산 저버렸네.(一萬峯巒又二千, 海雲開盡玉嬋妍. 少時多病今傷老, 終負名山此百年.)"

박세당

시, 단련하고 단련하라 97쪽

- 가도(賈島) 중당(中唐) 때의 대표 시인으로 자는 낭선(浪仙), 호는 갈석산인(碣石山人)이다. 수차례 과거에 실패한 후 스님이 되었다가 한유와 교유하면서 환속했다. 이후 사창참군(司倉參軍)으로 있다가 병사했다. 그의 시는 정서의 풍족함이 부족하여 파리하다는 평가를 받지만, 서정시에서 세련되고 정밀한 묘사가 돋보인다고 일컬어진다. 『장강집(長江集)』이 남아 전한다.
- 유득인(劉得仁) 당나라 때의 시인으로 생몰년은 미상이다. 문종 개성(開成) 연간부터 선종 대중(大中) 연간까지 형제가 모두 현달했지만, 유득인은 성취를 이루지 못했다. 목종(穆宗) 장경(長慶) 연간에 시명이 있었으며, 시집 1권이 전한다.
- "다섯 글자 시구를 읊조리느라, 평생의 심사를 허비하였네.(吟成五字句, 用破一生心.)" 방간(方干)이 「전당현의 노 명부에게 주다(貽錢塘縣路明府)」란 시에서 한 말이다. 방간은 당나라 때의 시인으로 자는 웅비(雄飛), 호는 현영(玄英)이다. 관력은 미미했지만 시명이 있어서 『전당시』에 그의 시가 6권으로 편집되어 실려 있다.

김석주

선집이 필요한 이유 107쪽

- 사현(謝玄)이 비수(淝水)에서 큰 승리를 거둔 일 중국 동진(東晉)의 장군인 사현이 전봉도독(前鋒都督)이 되어, 비수에 진을 친 전진(前秦) 부견(符堅)의 백만 대군을 격파한 것을 말한다. 사현은 동진의 재상이었던 사안(謝安)의 조카로 삼촌인 사석(謝石), 사촌이자 사안의 아들인 사염(謝琰)과 함께 대승을 거두었다.

- 우 공(虞公)이 채석산(采石山)에서 승리한 일 우 공은 중국 남송(南宋) 때의 문신인 우윤문(虞允文)을 가리킨다. 금나라가 대군을 거느리고 침공해 채석산 아래 진을 치고 있을 때 우윤문이 소수의 패잔병을 수습해서 용감하게 싸운 끝에 승리한 것을 말한다.

- 동오(東吳)의 감흥패(甘興霸) 중국 삼국 시대 오나라의 장수인 감녕(甘寧)을 말한다. 그의 자가 바로 흥패(興霸)다. 조조가 오나라로 쳐들어왔을 때 적벽에서 수군을 지휘해서 대승을 이끈 주역이며, 관우가 오나라를 공격했을 때도 방어했다. 유수에서는 조조의 40만 대군을 맞아 승리하기도 했다.

- 자문씨(子文氏)의 형제 김계명(金啓明), 김두명(金斗明, 1644~1706년) 형제를 말한다. 자문은 김계명의 자이다. 이 가운데 김두명은 조선 중기의 문신으로 이름이 있다. 본관은 청풍, 자는 자앙(子仰), 호는 만향(晩香)이다. 윤증을 사사했으며 1671년 정시 문과에 병과로 급제한 뒤 헌납·사간 등을 지냈고, 1687년 기사환국으로 삭탈관직되었다가 1694년 갑술환국 뒤에 승지·병조 참의 등을 지냈다. 『식암유고』에 두 사람에게 보낸 시(「증동종김자문자앙형제(贈同宗金子文子昻兄弟)」)가 실려 있다.

못 물고기의 죽음을 슬퍼하다 114쪽

- 미려(尾閭) 큰 바다의 깊은 곳에 있으며 물이 끊임없이 빠져나간다는 구멍을 말한다. 미려혈(尾閭穴)이라고도 하는데, 『장자』 「추수(秋水)」에 관련 고사가 보인다.
- 예환(鯢桓) 고래가 헤엄치는 깊은 연못으로 『장자』 「응제왕(應帝王)」에 나오는 말이다. 고요한 가운데 자유로운 삶을 사는 것을 비유할 때 주로 쓰인다.

게딱지만 한 집 117쪽

- 탁왕손(卓王孫)과 정정(程鄭)과 의돈(猗頓)과 도주공(陶朱公) 같은 큰 부자들 모두 중국 역대의 대부호들이다. 탁왕손은 전한(前漢) 촉군(蜀郡) 임공(臨邛) 사람으로 집안이 부유해 가동(家僮)만 800여 명 있었다고 한다. 정정 또한 탁왕손과 같은 시대에 살았던 임공의 거부다. 의돈은 춘추 시대 노(魯)나라의 거부로 의씨(猗氏)라는 고을에서 재산을 일으켰기 때문에 의돈이라 불린다. 도주공은 춘추 시대 월나라의 공신인 범여(范蠡)를 가리킨다. 도(陶)에 살면서 큰 부호가 되었기에 도주공이라고 불리었다.
- 목란(木蘭) 목련으로 두란(杜蘭), 임란(林蘭)이라고도 한다. 과거 배를 만드는 재목으로도 많이 쓰였다.
- 문행(文杏) 은행나무 재목을 일컫는 말이다. 이덕무의 「여원약허유진서(與元若虛有鎭書)」에 "은행나무를 한 글자로 별칭한 것은 없으며 그 열매는 은행(銀杏), 그 재목은 문행(文杏), 그 잎은 압각(鴨脚)이라 한다.(銀杏樹別無一字, 名以其實則爲銀杏, 以其材則爲文杏, 以其葉則爲鴨脚)"라는 구절이 보인다.
- 홍언명(洪彦明) 홍기(洪頎)를 가리키는 것으로 보인다. 본관은 남양, 자는 언명, 호는 해갑(蟹甲)이다. 현종 7년(1666년) 병오(丙午) 식년시(式年試)에서

병과(丙科) 19위로 등과하였다. 이후 1668년에 가주서(假注書), 1669년에 함경 도사(咸鏡都事), 1670년에 예조 정랑, 1673년에 병조 좌랑 등을 역임했다.

- 옛사람이 돌피를 가지고 사람의 몸뚱이에 비유했다고 하더군. 범준(范浚)의 「심잠(心箴)」에 "아득하고 아득한 하늘과 땅은 굽어보고 우러러봄에 끝이 없는데, 사람은 그 사이에 조그맣게 몸을 두었으니, 이 몸의 작음은 큰 창고의 돌피와 같구나. 참여하여 삼재가 된 것은, 오직 마음이 있어서네.(茫茫堪輿, 俯仰無垠. 人於其間, 渺然有身. 是身之微, 太倉稊米. 參爲三才, 曰惟心爾.)"라는 구절이 있다.

- 달팽이의 뿔에는 나라가 두 개나 있지만 『장자』 「칙양(則陽)」에 나오는 "달팽이의 왼쪽 뿔에 있는 나라는 촉이고 오른쪽 뿔에 있는 나라는 만인데, 마침 땅을 다투어 서로 싸우느라 엎어진 주검이 수만이나 되었다.(有國于蝸之左角者曰觸氏, 有國於蝸之右角者曰蠻氏. 時相與爭地而戰, 伏屍數萬.)"라는 구절에서 따온 말이다.

마음을 살찌워라 122쪽

- 남위(南威) 춘추 시대 진(晉)나라의 미인이다. 진나라 문공(文公)이 남위를 얻고 3일 동안 정사를 게을리하다가 마침내 그를 멀리하면서 말하기를 "후대에 반드시 여색으로 나라를 망치는 자가 있을 것이다.(後代必有以色亡國者.)"라고 말한 고사가 전한다. 『전국책(戰國策)』 「위책(魏策)」에 관련 기사가 보인다.

김창협

보지 못한 폭포 130쪽

- 대유(大有) 대유는 김창협의 아우 김창업(金昌業, 1658~1721년)의 자다. 김
  창업의 호는 노가재(老稼齋)이며, 1681년에 진사가 되었으나 벼슬에는 나
  가지 않았다. 1712년 형인 김창집(金昌集)을 따라 북경을 여행하고 남긴
  기행문인 『노가재연행일기(老稼齋燕行日記)』가 유명하다. 그림에도 조예가
  깊어 산수와 인물을 잘 그렸다.

요절한 막내아우 135쪽

- 김수항(金壽恒) 본관은 안동, 자는 구지(久之), 호는 문곡(文谷), 시호는 문충
  (文忠)이다. 1651년 문과에 급제한 뒤 주요 관직을 두루 거쳐 1672년 44
  세의 젊은 나이로 우의정에 발탁되고, 이후 영의정에까지 올랐다. 그러나
  당쟁의 소용돌이 속에서 정치적 부침을 계속하다 1689년 기사환국 때
  진도로 유배되어 사사되었다. 김상헌의 손자로 송시열, 송준길 등과 종유
  하며 한동안 노론의 영수로 활동했으며, 시문에도 뛰어나 변려문에서는
  당대 제일로 손꼽혔다. 1694년에 신원, 복관되었고, 진도의 봉암사(鳳巖
  祠), 영암의 녹동서원(鹿洞書院), 영평의 옥병서원(玉屏書院) 등에 제향되었
  다. 지은 책으로 『문곡집(文谷集)』이 있다.
- 민정중(閔鼎重) 본관은 여흥(驪興), 자는 대수(大受), 시호 문충(文忠)이다.
  1649년에 문과에 급제한 뒤 이조 판서, 공조 판서, 좌의정 등을 거쳤다.
  1689년 기사환국 때 남인이 득세하자 벽동(碧潼)에 유배되어 그곳에서
  죽었다. 사후 효종의 묘정과 양주의 석실서원에 배향되었다. 지은 책으로
  『노봉문집(老峯文集)』 등이 있다.

- 열 살 때 돌아가신 아버님을 따라 남쪽으로 갔는데 1675년 7월 김수항이 숙종의 유지에 응하여 진언하다가 멀리 전라도 영암으로 유배되었는데, 이때 함께했던 것으로 보인다.

기둥이 세 개뿐인 정자 140쪽

- 복희(伏羲)와 하우(夏禹) 복희는 중국 고대의 제왕(帝王)으로 황하(黃河)에 출현한 용마(龍馬)의 무늬를 숫자로 치환하여 하도(河圖)를 그린 뒤 팔괘 (八卦)를 처음 만들었다고 전해지는 인물이며, 하우는 중국 하나라 우임금 으로 치수할 때 낙수(洛水)에 출현한 신귀(神龜)의 반점을 숫자로 치환하 여 홍범구주(洪範九疇)를 만들었다고 전해지는 인물이다.
- 음양 기우(奇耦)의 수 기우는 기수와 우수로 기(奇)는 양(陽)이 되고 우(耦) 는 음이 되며, 다시 음과 양이 서로 뒤섞여 천지조화가 이루어진다.
- "토끼 파는 것을 보고도 또한 괘를 그릴 수 있다." 중국 송나라 때 학자인 정이(程頤)가 평범한 사물 속에도 역의 수가 담겨 있음을 강조하여 한 말 로, 『이정유서(二程遺書)』에 다음과 같이 실려 있다. "토끼 파는 자를 보고 이렇게 말하였다. '성인께서 하도와 낙서를 보고 팔괘를 그렸지만, 어찌 반 드시 하도와 낙서여야만 하겠는가? 단지 이 토끼만 보고도 팔괘를 그릴 수 있다.'(見賣兔者曰: '聖人見河圖洛書而畵八卦, 然何必圖書. 只看此兔, 亦可作八 卦.')" 작가가 원문을 그대로 차용하지 않고 변용한 만큼, 정이의 의도를 제 대로 파악하기 위해서는 원문에 충실하게 해석할 필요가 있다.
- 포정(庖丁)의 눈에는 더 이상 온전한 소가 없는 것 포정은 『장자』 「양생주 (養生主)」에 나오는 인물로, 소를 능수능란하게 잘 잡았던 백정이다. 그 솜 씨가 매우 뛰어나 문혜군을 감탄케 했다고 한다.

호조 참의에서 물러나며 144쪽

• 해가 벌써 여섯 번 바뀌었습니다. '해'의 원문은 찬수(鑽燧)로, 찬수개화(鑽燧改火)의 준말이다. 찬수개화는 계절이 바뀔 때마다 그 철에 맞는 나무를 비벼 새로 불을 취하는 일을 말한다. 『논어』「양화(陽貨)」에 관련 구절이 보인다. 이에 본문에서는 해(年)로 번역했다.

• 전횡(田橫)의 식객들은 혈육의 은정(恩情)이 없는데도 다만 의기로 서로 감응하여 한번 죽기를 주저하지 않고 지하에까지 따라 들어갔습니다. 유방이 천하를 통일하고 한나라를 세우자 그와 맞섰던 전횡이 500명의 식객을 거느리고 섬으로 들어갔는데, 유방이 후환을 없애려고 회유하여 낙양으로 불러들이자, 전횡이 상경 도중에 자결했다. 이에 함께 간 부하와 섬에 남은 나머지 식객들이 모두 따라 자결했는데, 본문은 이 고사에서 따왔다. 『사기』「전담열전(田儋列傳)」에 보인다.

• 제(齊)나라 여자가 하늘에 부르짖자 궁전에 폭풍이 몰아쳤고 춘추 시대 제나라 경공(景公) 때 시누이의 죄를 억울하게 뒤집어쓴 과부가 원통함에 하늘에 울부짖자, 경공의 궁전에 벼락이 쳤다는 고사를 말한다. 『회남자』「남명훈(覽冥訓)」에 보인다.

• 연(燕)나라 신하가 통곡하매 한여름에 된서리가 내렸습니다. 춘추 시대 연나라 혜왕(惠王) 때 억울하게 감옥에 갇히게 된 추연(鄒衍)이 하늘을 향해 통곡하자, 무더운 여름에 서리가 내렸다는 고사를 말한다. 『논형』「감허편(感虛篇)」에 보인다.

• 부승(負乘)의 경계 『주역』해괘(解卦)에 나오는 부승치구(負乘致寇)의 경계, 즉 등짐을 지는 사람이 귀한 사람이 타는 수레를 타고 다니면 도둑을 불러 결국에는 모든 것을 빼앗기게 된다는 경계를 말한다.

• 지족(止足)의 가르침 모든 일에서 그치고 만족할 줄 알아야 한다는 가르침을 말하는데, 『도덕경』에 나오는 다음 구절에서 따왔다. "만족할 줄 알면

욕을 당하지 않고, 그침을 알면 위태롭지 않아 장구할 수 있다.(知足不辱, 知止不殆, 可以長久.)"

「곡운구곡도」 발문 149쪽

- 고개지(顧愷之) 중국 동진 때의 화가로 자는 장강(長康)이다. 호두장군(虎頭將軍)을 지낸 까닭에 고호두(顧虎頭)로도 불린다. 364년 건강(建康, 지금의 남경)의 와관사(瓦官寺) 벽에 유마상(維摩像)을 그린 이후 화명(畵名)을 떨쳤다. 중국 회화사에서 인물화를 가장 잘 그린 인물로 일컬어진다.

- 육탐미(陸探微) 중국 남조 송나라를 대표하는 화가다. 고개지의 제자로 인물을 주로 그렸고, 선작(蟬雀)과 백마(白馬) 등 조수(鳥獸)도 잘 그렸다고 한다.

- 종소문(宗少文) 소문은 종병(宗炳, 375~443년)의 자이다. 그는 중국 남조 송나라 때의 화가로, 거문고와 책을 좋아했고 서화에도 뛰어났다. 평생 벼슬하지 않고 명산을 두루 돌아다녔는데, 말년에 형산에 거처하며 평생 동안 돌아다닌 지역을 모두 그림으로 그려 두고서 즐긴 것으로 유명하다. 지은 책으로 『화산수서(畵山水敍)』 등이 있다.

중국 여행길 153쪽

- 팽택(彭澤)의 남촌처럼 좋았다. 김창협 자신과 유영숙의 사귐을 도연명과 남촌 사람의 사귐에 비겨서 한 말이다. 팽택은 지금의 중국 강서성(江西省) 호구현(湖口縣) 동쪽에 있는 지명으로, 진(晉)나라 도연명이 현령을 지냈던 곳이다. 도연명이 이곳 현령을 그만두고 고향인 시상현(柴桑縣)으로 돌아갔을 때, 남촌에 순박한 사람이 많다는 소문을 듣고 그곳으로 이사하여 마을 사람들과 수시로 왕래하며 살았다고 한다.

- 영척(甯戚)과 유응지(劉凝之)의 일 영척은 춘추 시대 위(衛)나라 사람이다. 제나라 환공이 위나라에 왔을 때 소뿔을 두드리며 「백석가(白石歌)」를 지어 불렀는데, 환공이 이를 듣고서 이야기를 나눈 뒤에 어진 인물임을 알고 대부로 삼았다는 일화가 『제서(齊書)』에 보인다. 유응시는 남조(南朝) 송(宋)나라 사람으로 노래자(老萊子)와 엄자릉(嚴子陵)의 기풍을 좋아하여 벼슬을 하지 않고 형산의 꼭대기에 은거했다고 한다. 관련 기사는 『송서(宋書)』「유응지열전(劉凝之列傳)」에 보인다.

- 중병(中兵)을 총괄했을 때 유영숙이 병조 판서가 되어 군대를 통솔하게 된 것을 가리켜 한 말이다. 본래 중병은 위(魏)나라 때 오병상서(五兵尙書) 중 하나로, 기내(畿內)의 군대를 관장하는 관원을 일컫는다.

- 군자는 현재의 처지에 맞게 행동하는 법이니 『중용장구』 제14장에 나오는 다음 구절에서 따왔다. "군자는 현재의 처지에 맞게 행동하고, 그 밖의 것을 원하지 않는다.(君子素其位而行, 不願乎其外.)"

- 지위가 높으면 의도하지 않아도 교만해지고 녹봉이 많으면 의도하지 않아도 사치해지는 것 『서경』「주관(周官)」에 나오는 다음 구절에서 따왔다. "지위가 높으면 의도하지 않아도 교만해지고 녹봉이 많으면 의도하지 않아도 사치해지니, 공손과 검소를 덕으로 삼고 너의 거짓을 행하지 말라.(位不期驕, 祿不期侈, 恭儉惟德, 無載爾僞.)"

- 종을 울리고 솥을 늘어놓고 음식을 해 먹더라도 원문은 종정(鐘鼎)이다. 종정은 공신들의 이름을 새겨 넣던 종(鐘)과 정(鼎)을 말하기도 하지만, 여기서는 종명정식(鐘鳴鼎食), 즉 '종을 울려 가족을 모으고 솥을 늘어놓고 음식을 해 먹는 부귀한 사람들의 생활'을 말한 것으로 보는 것이 타당하다. 왕발(王勃)의 「등왕각서(滕王閣序)」에 해당 구문이 보인다.

- 사십 년 동안 청정했던 유응지 황정견(黃庭堅)의 「배유응지화상(拜劉凝之畫像)」이란 시에 나오는 다음 구절에서 따왔다. "어느 누가 사십 년 동안이나, 이 청정함 물러나 지켰던가?(誰能四十年, 保此淸淨退.)"

『식암집』서문 159쪽

• 후파(侯芭) 한나라 양웅(揚雄)의 제자로 양웅으로부터 『태현경(太玄經)』과 『법언』을 배웠으며, 양웅이 죽자 무덤을 만들고 3년 동안 상을 치렀다. 이후 스승의 학통을 이어받고 스승을 위해 헌신하는 제자를 일컬을 때도 비유적으로 쓰인다.

김창흡

이가 빠지다 166쪽

• 올해는 사람들이 많이 죽어서 줄줄이 황천길로 돌아간 사람을 이루 셀 수가 없지만 1718년 『숙종실록』 7월 1일(무신) 기사에 숙종이 민진후(閔鎭厚, 1659~1720년)와 역병에 대해 논하는 대목이 나오는데, 도성의 많은 사람들이 죽었던 것으로 보인다. 민진후는 숙종에게 다음과 같이 진언했다. "도성의 백성으로 전염병에 죽은 자가 헤아릴 수 없을 정도로 많아 강시가 도로에 서로 잇대어 있습니다. 그 시체의 주인이 없는 경우는 모름지기 말할 필요가 없지만, 비록 주인이 있는 경우라 하더라도 집안사람들이 바야흐로 모두 전염되어 앓고 있으므로, 시체를 거둘 수가 없습니다." 김창흡이 말하는 대살(大殺), 즉 많은 죽음은 이를 두고 한 말이다.

• 매미 배처럼 홀쭉하고 거북이 창자처럼 굶주리게 될 테니 매미 배와 거북이 창자는 작은 배와 주린 창자를 일컫는 말이다. 매미는 이슬로 배를 채우고 거북이는 아무것도 먹지 않고 오직 기(氣)만 마신다고 여긴 데서 나왔다. 남조(南朝) 송나라의 단규(檀珪)가 녹(祿)을 구하기 위해 왕승건(王僧虔)에게 보낸 편지에도 관련 구절이 보인다. "매미의 배와 거북의 창자가

된 지 이미 여러 날이 되었다.(蟬腹龜腸, 爲日已久.)"

• 칠음(七音) 순음(脣音), 설음(舌音), 아음(牙音), 치음(齒音), 후음(喉音), 반설음(半舌音), 반치음(半齒音) 등 음운상의 일곱 가지 성음을 말한다.

• 팔풍(八風) 아악(雅樂)에 쓰는 여덟 가지 악기 소리인 8음 을 가리킨다. 즉 금(金), 석(石), 사(絲), 죽(竹), 포(匏), 토(土), 혁(革), 목(木)으로 된 악기의 소리를 말한다.

그리운 외손녀 171쪽

• 임하(林下)의 풍기 고상하고 품위 있는 취미를 가진 여인을 일컬을 때 쓰는 말이다. 중국 동진(東晉)의 유명한 재상인 사안(謝安)의 질녀 사도온(謝道韞)이 뛰어난 여류 문인으로 당대에 이름이 났는데, 어떤 이가 사도온을 두고 "정신이 소산하고 명랑한 까닭에 임하의 풍기가 있다.(神情散朗, 故有林下風氣.)"라고 한 데서 온 말이다.

• 『여계(女誡)』 반고(班固)의 누이동생인 반소(班昭)가 여자의 행실에 대해 논한 책으로 보인다. 반소는 자가 혜반(惠班)으로 조세숙(曹世叔)에게 출가한 까닭에 조대가(曹大家)라고도 불렸다. 남편과는 일찍 사별했다. 박학다식했던 그녀는 반고가 『한서』를 완성하지 못하고 죽자, 화제(和帝)의 명을 받고 『한서』 중 8편 「표(表)」와 「천문지(天文志)」를 완성해 편찬을 완결했다.

• 본받을 만한 자를 보게 되면 그들을 위해 말채찍이라도 잡으려 했고 너무도 사모하여 아무리 천한 일이라도 마다하지 않는다는 의미다. 『사기』 「관안열전(管晏列傳)」에 나오는 다음 구절에서 따왔다. "가령 안자가 살아 있다면 내가 비록 그를 위해 말채찍을 잡는다 하더라도 기쁘게 할 것이다.(假令晏子而在, 余雖爲之執鞭, 所忻慕焉.)"

• 천고의 칠실녀(漆室女) 노나라 칠실 땅에 살았던 여인을 가리킨다. 노나라 목공(穆公) 때 임금은 늙고 태자는 어려 나랏일이 매우 위급했는데, 이때

칠실 땅의 한 소녀가 기둥에 기대어 노래를 부르며 나라와 백성을 근심했다고 한다. 자신의 외손주가 어린 나이에도 임금의 병환을 근심했던 것을 보고 칠실녀를 떠올린 것이다. 칠실녀와 관련된 이야기는 한나라 유향(劉向)이 쓴『열녀전(列女傳)』에 자세하다.

운근정의 매력 175쪽

- 팔경(八景) 관동 팔경을 말한다. 관동 팔경에는 간성의 청간정(淸澗亭), 강릉의 경포대(鏡浦臺), 고성의 삼일포(三日浦), 삼척의 죽서루(竹西樓), 양양의 낙산사(洛山寺), 울진의 망양정(望洋亭), 통천의 총석정(叢石亭), 평해(平海)의 월송정(越松亭)이 속한다. 월송정 대신 흡곡(歙谷)의 시중대(侍中臺)를 넣는 경우도 있다.

- 옛것을 그대로 써야 원문은 '잉구관(仍舊貫)'으로 『논어』「선진(先進)」에 나오는 구절이다. 노나라 사람이 장부(長府)라는 창고를 만들려 할 때 민자건(閔子騫)이 했던 다음의 말에 이 구절이 들어 있다. "옛것을 그대로 쓰는 것이 어때서 하필 꼭 새로 지어야만 하는가?(仍舊貫如之何, 何必改作.)" 이에 공자는 "저 사람이 말을 하지 않을지언정 말을 하면 반드시 도리에 맞게 한다.(夫人不言, 言必有中.)"라고 평했다.

- 과아(夸娥) 우공이산(愚公移山) 고사에 나오는 신인(神人)으로 천제의 명으로 우공이 대대손손 옮기려 했던 산을 등에 지고 옮긴 인물이다.『열자』「탕문(湯問)」에 관련 고사가 보인다.

- 당나라 사람의 시 '퇴고(推敲)'라는 말의 유래가 된 가도(賈島)의 시 「제이응유거(題李凝幽居)」를 가리킨다. 가도는 이 시에서 "한적하게 거하여 어울리는 이웃 적고, 풀 덮인 오솔길이 거친 뜰로 이어지네. 새들은 못가의 나무에서 잠을 자고, 스님은 달빛 아래 문을 두드리네. 다리를 건너니 들빛이 나뉘고, 돌을 옮기니 구름 뿌리 움직인다. 잠시 동안 떠났다가 여기에

돌아와서, 은일의 약속을 저버리지 않으리오.(開居少鄰並. 草徑入荒園. 鳥宿池邊樹, 僧敲月下門. 過橋分野色, 移石動雲根. 暫去還來此, 幽期不負言.)라고 읊었는데, 경구(頸句)에 '운근(雲根)'이란 구절이 보인다.

홍세태

서호의 뱃놀이 그림 182쪽

* 이중숙(李重叔) 중숙은 이현(李礥, 1653~1718년)의 자다. 그는 조선 후기 서얼 문사로 본관은 안악, 호는 동곽(東郭)이다. 1697년 중시(重試)에 급제한 뒤 1699년 황해도 안악 군수를 지냈다. 1711년에는 제술관으로 뽑혀 일본 통신사행에 참여하기도 했다. 지은 책으로『동곽집(東郭集)』이 남아 전한다.

* 이인수(李仁叟) 인수는 이수장(李壽長, 1661~1733년)의 자다. 그는 조선 후기의 서예가로 본관은 천안, 호는 정곡(貞谷)이다. 1709년 청나라 사신 연갱요(年羹堯)로부터 동방의 제일이라는 찬사를 받았고, 1711년 통신사 사자관으로 일본에 가서 명성을 떨쳤다. 만년에 서학(書學)의 원류를 찾아 각종 문헌을 수집, 정리한『묵지간금(墨池揀金)』을 지었다.

* 이경숙(李景叔) 경숙은 이수기(李壽祺, 1664년~?)의 자다. 그는 18세기에 활동한 중인 의관으로 본관은 천안이다. 이수장과는 형제간이다. 1690년 식년시 의과에 합격한 뒤 전의감 의원으로 오랫동안 활동하였다. 1725년에는 귀후서(歸厚署) 별제(別提), 1727년에는 서부(西部) 주부(主簿), 1728년에는 전생서(典牲署) 주부를 맡기도 했다. 지은 책으로 의안류(醫案類) 문헌『역시만필(歷試漫筆)』(1734)이 있다.

* 나는 영남으로 벼슬살이를 떠나 1719년(67세)에 울산 감목관이 되었던 것

을 두고 한 말이다.

- "만족스럽게 풍류를 즐긴 장소도 일이 지나고 나면 문득 슬프고 처량한 감정이 생긴다." 『채근담(菜根譚)』에 나오는 "만족스럽게 풍류를 즐긴 일도 한번 지나고 나면 슬프고 처량한 감정이 생긴다.(風流得意之事, 一過輒生悲凉.)"라는 구절에서 두 글자를 바꾼 것이다.

평생에 유감스러운 일 185쪽

- 육예(六藝) 중국 고대 교육의 여섯 과목인 예(禮), 악(樂), 사(射), 어(御), 서(書), 수(數)를 말한다.

- 지난 잘못을 바로잡는 원문은 '식경보의(息黥補劓)'다. 『장자』「대종사(大宗師)」에 나오는 "조물주가 내 묵형(墨刑)의 흔적을 없애고 베인 코를 보완하여 완전한 인간의 몸으로 선생의 뒤를 따르게 해 주지 않을 줄 어찌 알겠는가?(庸詎知夫造物者之不息我黥而補我劓, 使我乘成以隨先生耶?)"라는 구절에서 따왔다. 지난 잘못을 바로잡아 새롭게 되는 것을 말한다.

- 하루 볕을 쬐고 나면 열흘은 추위에 시달리느라 원문은 '일포십한(一曝十寒)'이다. 『맹자』「고자 상」에 나오는 "비록 천하에 쉽게 자라는 사물이 있더라도 하루 동안 햇볕을 쬐고 열흘 동안 춥게 하면 제대로 자라는 것이 없을 것이다.(雖有天下易生之物也, 一日暴之, 十日寒之, 未有能生者也.)"라는 구절에서 따왔다.

- 위(衛)나라 무공(武公)에 비하면 아직 멀었으니 「억(抑)」이란 시로 경계한 뜻을 힘쓰지 않을 수 있겠는가? 위나라 무공이 아흔다섯의 나이에도 「억」이란 시를 지어 사람을 시켜서 날마다 곁에서 외우게 하여 스스로 경계한 고사에서 따왔다. 『시경』「대아(大雅) 억(抑)」에 자세한데, 시의 내용은 주로 위의(威儀)를 삼가고 말을 조심하라는 것이다.

이의현

송도남의 절의 191쪽

- 곰 발바닥과 물고기를 취하고 버리는 것 두 가지 가운데서 더 좋은 것을 선택하는 것을 두고 한 말이다. 『맹자』 「고자 상」에서 "물고기도 갖고 싶고 곰 발바닥도 갖고 싶지만, 두 가지를 다 얻을 수 없을 때는 물고기를 버리고 곰 발바닥을 취한다.(魚我所欲也, 熊掌亦我所欲也. 二者不可得兼, 舍魚而取熊掌者也.)"라고 한 데서 따왔다.

재주와 운명 198쪽

- 내재(耐齋) 홍태유(洪泰猷) 숙종 대에 활동한 문인으로 본관은 남양, 자는 백형(伯亨)이다. 아버지 홍치상(洪致祥)이 1689년 기사환국으로 유배지에서 사사되자, 여주의 이호에 내려가 내재를 짓고 살았다. 가문의 불행 때문에 평생 벼슬하지 않고 학문에 전념했으며, 금강산 등지를 유람하며 많은 시문을 남겼다. 문집 『내재집(耐齋集)』이 남아 있다.
- 왕실 부마의 후손으로 원문은 '금련지여(禁臠之餘)'로 금련은 왕실의 부마를 일컫는다. 홍태유의 할아버지 홍득기(洪得箕, 1635~1673년)가 바로 효종의 차녀인 숙안 공주에게 장가들어 익평위(益平尉)에 봉해졌기에 이렇게 말한 것이다.
- 종조제(從祖弟)인 침랑군(寢郎君) 홍태유의 육촌 아우인 홍제유(洪濟猷, 1689~1721년)를 가리킨다. 홍제유는 홍치중(洪致中)의 아들로 자는 중경(仲經), 호는 애라자(愛懶子)다. 이덕수(李德壽)를 사사했고, 죽을 때까지 학문을 놓지 않은 것으로 유명하다. 문집으로 『애라자문고(愛懶子文稿)』가 전한다.

최창대

글은 다듬어야 한다 204쪽

- 『서경』의 「상서(商書)」는 호호(灝灝)하고 「주서(周書)」는 악악(噩噩)하며 한나라
  양웅(揚雄)의 『법언(法言)』에서 따온 구절이다. '호호'는 끝없이 광대한 모
  양을 말하고, '악악'은 엄숙하고 정대한 모양을 일컫는다.
- 『시경』의 풍(風)과 아(雅)와 송(頌) 풍은 『시경』의 「국풍(國風)」을, 아는 「대아
  (大雅)」와 「소아(小雅)」를, 송은 「주송(周頌)」과 「상송(商頌)」과 「노송(魯頌)」
  을 말한다.
- 청제(靑齊) 청주(靑州)와 제주(齊州)의 합칭으로, 현재 중국의 산동반도 일
  대를 가리킨다. 이곳을 거점으로 제나라와 노나라가 성장하였다.
- 누이에게 보낸 글 『곤륜집』 권6에 실려 있는 「북정기(北征記)」를 일컫는다.
  문집을 보면 "병든 누이에게 보내다. 경진년(寄病妹○庚辰)"이란 소주가 달
  려 있다. 경진년은 1700년이다.

재능을 감추는 방법 210쪽

- 유후(留侯) 장량(張良) 한나라 유방의 책사로 자는 자방(子房), 시호는 문성
  공(文成公)이다. 홍문연에서 위기에 빠진 유방을 구하는 등 한나라의 통일
  에 일조한 바가 컸던 인물이다. 그 공으로 유후에 봉해졌다.
- 육국(六國)을 다시 세우는 것이 바른 계책이 아닌 줄은 진작부터 알고 있었
  지만 반드시 젓가락 빌릴 때를 기다려서 이를 펼쳤고 역이기(酈食其)의 계책
  에 따라 한나라 유방이 육국의 후손을 다시 세워 초나라 세력을 약화시
  키려 하자, 장량이 유방 앞에 있던 젓가락을 빌려 잘잘못을 따져 보인 일
  을 말한다. 『사기』 「유후세가(留侯世家)」에 자세하다.

- 세 사람에게 땅을 내주는 것이 좋은 계책인 줄을 오래전부터 알았으나 반드시 말안장에 올라앉은 날에야 이를 청하였다. 초나라 팽성을 점거한 유방이 항우의 공격을 받아 위기에 처했을 때, 유방이 말안장에 기댄 채 누구에게 땅을 나눠 주어야 친하를 얻을 수 있을지 묻지 유방이 경포(黥布)와 팽월(彭越)과 한신을 추천한 것을 두고 한 말이다.

- 패상(霸上)으로 군대를 돌릴 적에도 반드시 번쾌의 간언을 기다려서 성사시켰고 한나라 유방이 진나라의 수도 함양을 점령한 후 아방궁의 화려함에 반하여 궁 안에 머물려 하자 번쾌가 나서 먼저 간하였고, 장량이 이어받아 패상으로 군대를 옮기는 일을 성사시켰다.

- 관중으로 도읍을 옮길 적에는 반드시 누경(婁敬)의 주장이 있은 뒤에 찬성하였다. 한나라 유방이 도읍을 어디로 정할지 고민할 적에 관동 출신의 여러 공신들이 관중에 들어가기를 꺼려 낙양에 도읍을 정할 것을 청하였다. 이때 누경이 관중으로 정하기를 청하자, 장량이 이를 지지하며 일을 성사시킨 것을 두고 한 말이다.

- 옹치(雍齒)가 후(侯)의 지위에 합당함을 안 것이 하루 이틀이 아니었으나 반드시 복도(複道) 위에서 묻기를 기다렸고 유방이 천하를 통일한 뒤 반란하는 공신들을 진압할 방법을 묻자, 장량이 유방이 가장 미워했던 옹치에게 벼슬을 내려 주어 공신들의 마음을 수습하라고 청하였다. 당시 유방은 자신을 여러 차례 위험에 빠뜨렸던 까닭에 옹치를 무척 미워하고 있었으나, 장량의 말을 듣고 십방후(什方侯)에 봉하였다. 이후 유방 휘하의 공신들이 옹치 같은 사람도 후에 봉해지는 것을 보고는 안도하며 반란하려는 마음을 접게 된다.

- 상산사호(商山四皓)가 태자의 자리를 안정시킬 수 있음을 헤아린 것이 하루 이틀이 아니었지만 반드시 여후(呂后)가 굳이 요청할 때까지 기다렸다. 천하를 통일한 유방이 여후의 아들이 아니라 척 부인의 아들을 태자로 삼으려 하자, 그 오라비인 건성후(建成侯) 여택(呂澤)을 통해 장량에게 계책을

간청하였다. 이때 장량이 내놓은 것이 바로 상산사호를 초청하여 태자 앞에 두는 것이었고, 이 계책을 통해 여후의 아들은 태자 자리를 보전할 수 있었다.

병 속에 지혜가 있다 214쪽

- 의화(醫和)와 편작(扁鵲) 의화는 중국 춘추 시대에 진(晉)나라 평공(平公)의 병을 고치기 위해 진(秦)나라에서 파견한 명의다. 편작은 중국 전국 시대의 명의로 신인(神人) 장상군(長桑君)에게 의술을 배웠다.
- 상보(尙輔) 이광좌(李光佐, 1669~1740년)의 자다. 그는 조선 후기의 문신으로 본관은 경주, 호는 운곡(雲谷)이다. 이항복(李恒福)의 현손으로 1694년(숙종 20년) 별시 문과에 급제한 뒤 이조 참의, 예조 참판, 예조 판서 등 요직을 두루 거쳐 영의정에까지 올랐다. 하지만 노소 분쟁이 심하던 때에 소론의 거두로 많은 정치적 부침을 겪었으며, 결국에는 1755년 나주 벽서 사건으로 소론의 준소 계열이 무너질 때 관직이 추탈되었다.

북관대첩비 218쪽

- 이정암(李廷馣, 1541~1600년) 조선 중기의 문신으로 본관은 경주, 자는 중훈(仲薰), 호는 사류재(四留齋)·퇴우당(退憂堂)·월당(月塘), 시호는 충목(忠穆)이다. 1561년 식년 문과에 병과로 급제한 뒤 병조 정랑, 사헌부 지평, 이조 참의 등의 내직과 양주 목사 등의 외직을 지냈다. 임진왜란 당시 왜장 구로다 나가마사(黑田長政)의 침입에 맞서 연안성을 지켜 낸 공으로 사후(1604년) 선무공신(宣武功臣) 2등에 책록되고 월천 부원군(月川府院君)에 추봉되었다. 지은 책으로 『서정일록(西征日錄)』, 『사류재집』 등이 있다.
- 두 왕자와 달아나던 재상을 붙잡고 여러 수령들을 결박하여 적에게 내주며

환심을 샀다. 『고대일록(孤臺日錄)』 인명록(人名錄)에 따르면, 국경인은 선조의 아들인 임해군(臨海君)과 순화군(順和君) 및 그들을 호종했던 대신 김귀영(金貴榮), 황정욱(黃廷彧)과 황혁(黃赫) 부자, 남병사(南兵使) 이영(李瑛), 부사 문봉헌(文夢軒), 온성 부사 이수(李銖) 등을 ㅗ 가쪽과 함께 잡아 적진에 넘겼다고 한다.

이덕수

분별지를 버려라 228쪽

• 담무갈(曇無竭) 범어 다르모드가타(Dharmodgata)의 음역으로 『신화엄경(新華嚴經)』 권45 보살주처품(菩薩住處品)에 나오는 보살의 이름이다. 보통 법기보살(法起菩薩)로 많이 알려져 있는데, 이 밖에도 법희보살(法喜菩薩)·법기보살(法基菩薩)·보기보살(寶基菩薩)·법상보살(法尙菩薩)·법용보살(法勇菩薩) 등의 별칭이 쓰인다. 담무갈은 금강산을 주처(住處)로 삼는데, 이 금강산은 이설이 있지만 우리나라의 금강산을 주로 가리킨다.

소유할 수 없는 집 232쪽

• 소식(蘇軾)은 보살에 관한 글을 판에 기록해서 사람이 가져가는 것을 막았고 소식이 「대비각기(大悲閣記)」를 지어 천수관음보살에 대해 기록한 것을 두고 한 말이다.

• 이덕유(李德裕)는 이에 다시금 자손에게 경계를 남겨 평천장(平泉莊)의 풀 한 포기 돌 하나도 남에게 주지 못하게끔 했으니 이덕유는 중국 당나라 때의 재상으로, 자는 문요(文饒)다. 무종(武宗)의 회창(會昌, 840~846년) 연간에

권세를 누렸지만, 선종(宣宗) 즉위와 함께 실각했다. 평천장은 이덕유의 별장으로 하남성(河南省) 낙양현(洛陽縣)의 남쪽에 있었는데, 기화이초(奇花異草)와 진송괴석(珍松怪石)으로 당대에 유명했다. 이덕유는「평천산거계자손기(平泉山居戒子孫記)」를 남겨 "후대에 이 평천을 파는 자는 내 자손이 아니며, 평천의 나무 한 그루와 돌 하나라도 남에게 주는 자는 훌륭한 자제가 아니다.(後代, 鬻平泉者, 非吾子孫也. 以平泉一樹一石與人者, 非佳子弟也.)"라고 경계했다.『사문유취(事文類聚)』에 관련 기록이 보인다.

- 유운(柳雲) 조선 중기의 문신으로 본관은 문화, 자는 종룡(從龍), 호는 항재(恒齋)·성재(醒齋)다. 1504년에 문과에 급제한 뒤 대사간, 충청도 관찰사 등을 거쳤다. 사림파와 정치적 노선이 달라 배척을 받았지만 사림들의 정계 진출에 도움을 주기도 했다. 기묘사화 때 남곤에 의해 대사헌이 되었으나 도리어 사림파의 사람됨을 높이면서 적극적으로 그들을 보호하다 파직되었다.

- 유희분(柳希奮) 조선 중기의 문신으로 본관은 문화, 자는 형백(亨伯), 호는 화남(華南)이다. 1597년 별시 문과에 급제한 뒤 요직을 두루 거쳤다. 특히 광해군의 처남이었던 까닭에 그의 일문이 요직을 차지했는데, 이이첨 등과 함께 유영경 일파를 숙청한 뒤 정권을 장악했다. 이후 임해군과 영창 대군 등을 죽이고 인목 대비를 폐위하는 데 관여했고, 결국에는 1623년 인조반정 때 참형을 당했다.

- 상당(上黨) 한명회(韓明澮) 한명회는 조선 전기의 문신으로 본관은 청주, 자는 자준(子濬), 호는 압구정(狎鷗亭)·사우당(四友堂), 시호는 충성(忠成)이다. 계유정난에 적극적으로 가담하여 수양 대군을 왕위에 등극시킨 공으로 인해 오랫동안 정권을 장악하고 실세로 군림했다. 그러나 1474년(성종 5년)에 자신의 정자인 압구정에서 명나라 사신을 사사로이 접대한 일로 탄핵되어 모든 관직에서 삭탈되었다. 그리고 1504년 갑자사화 때에는 윤비(尹妃) 사사(賜死) 사건에 연루되어 부관참시를 당하기도 했다. 여기서

상당은 청주의 이칭인데 한명회가 상당 부원군(上黨府院君)에 봉해졌으므로 이렇게 부른 것이다.

작문의 요결 243쪽

- 함지(咸池) 고대 중국의 악곡 이름으로, 요임금이 황제(黃帝)의 음악을 다 듣어 쓴 것이라는 설이 있다.
- 정일(精一)의 심법(心法)과 신휘(愼徽)의 오전(五典)인 셈이고 유교의 심학(心學)은 '정일을 통해 인심을 바로잡고 오전을 아름답게 하는 것'에서 벗어날 수 없음을 들어 글이 뜻을 위주로 해야 함을 말한 것이다. '정일의 심법'은 『서경』 「대우모(大禹謨)」에 나오는 "인심은 오직 위태롭고 도심은 오직 은미하니, 오직 정밀하고 한결같아야 진실로 그 중을 잡을 수 있다.(人心惟危, 道心惟微, 惟精惟一, 允執厥中.)"라는 구절에서 따왔다. 순임금이 우임금에게 한 말로 이 네 구는 이후 심학의 연원이 되었다. '신휘의 오전'은 『서경』 「순전(舜典)」 첫머리에 있는 말로 "삼가 오전을 아름답게 한다.(愼徽五典)"라는 뜻이다. 주희는 이 오전을 오상(五常)이라 하여 부자유친·군신유의·부부유별·장유유서·붕우유신 다섯 가지로 보았다.
- 충(忠)과 질(質)과 문(文)으로 숭상함을 달리한 것 『근사록(近思錄)』에 나오는 다음 구절에서 따왔다. "삼대의 왕이 번갈아 일어나 삼대의 왕의 예법이 크게 갖추어졌다. 하와 은과 주는 각각 자(子)와 축(丑)과 인(寅)으로 정월을 세우고, 충(忠)과 질(質)과 문(文)을 각각 숭상하였다.(曁乎三王迭興, 三重既備, 子丑寅之建正, 忠質文之更尙.)" 삼대는 도(道)라는 본질에서는 같았지만 법이라는 형식에서는 서로 달랐음을 말하기 위해 끌어온 구절이다.
- 자사(子史) 옛 서적을 경(經), 사(史), 자(子), 집(集)의 사부(四部)로 나눌 때 자부(子部)와 사부(史部)에 편재된 서적을 아울러 이르는 말이다. 제자(諸子)의 책과 역사 등이 여기에 속한다.

나를 이끌어 준 아내 250쪽

* 옹희(雍姬)의 일 옹희는 춘추 시대 정(鄭)나라 대부인 제중(祭仲)의 딸로 옹규(雍糾)에게 시집갔다. 당시 제중이 나랏일을 제멋대로 하자 정백(鄭伯)이 옹규에게 제중을 죽이도록 명했다. 그런데 이 사실을 안 옹희가 제중에게 고하여 자신의 남편인 옹규가 죽임을 당하게 만들었다. 옹희의 일은 이를 두고 한 말이다. 『춘추좌전』 환공(桓公) 15년조에 보인다.
* 미지산 경기도 양평에 있는 용문산의 옛 이름이다.

마음을 기르는 법 256쪽

* 상심(觴深) 『장자』 「달생(達生)」 편에 나오는 못 이름이다. 안연이 이곳을 건너다가 배를 귀신같이 다루는 사공을 만나 자신도 그 기술을 배울 수 있는지를 묻는 장면이 나온다. 대탄의 험한 물길이 이어지는 상심(上心)을 제대로 오르내리기 위해서는 상심(觴深)의 뱃사공 같은 기술이 필요하기에 이렇게 이름을 붙인 것이다.
* 천오(天吳) 조양(朝陽)의 골짜기에 사는 수신(水神)의 이름이다. 사람의 얼굴에 머리와 다리와 꼬리가 모두 여덟 개이고, 청황색을 띠고 있다고 한다. 『산해경』에 나온다.
* 선추(鱓鰌) 물고기의 한 종류인 뱀장어와 미꾸라지를 가리킨다. 소식이 「제구양문충공문(祭歐陽文忠公文)」에서 "깊고 큰 못에 용이 사라지고 호랑이가 죽으면, 변괴가 뒤섞여 나와 뱀장어와 미꾸라지가 춤을 추고 여우와 살쾡이가 호령한다.(深淵大澤, 龍亡而虎逝, 則變怪雜出, 舞鱓鰌而號狐狸.)"라고 일컬은 뒤에는 소인배를 뜻하는 말로도 쓰인다.
* 헤엄을 잘 치는 자에게 몹시 부끄러웠다. 『장자』 「달생」 편에서 안연이 상심의 뱃사공에게 배를 부리는 방법을 배울 수 있는지 물었을 때 뱃사공

이 말한 대답에서 따왔다. "헤엄을 잘 치는 사람은 몇 번 만에 배울 수 있고, 잠수를 잘하는 사람은 배를 본 적이 없어도 곧 배울 수 있습니다.(善游者, 數能, 若乃夫沒人, 則未嘗見舟而便操之也.)" 세상의 바다에서 제대로 배를 몰지 못한 자신을 부끄러워하며 한 말이다.

- 잠수를 잘하는 자가 깊은 못 보기를 언덕처럼 여기고 배 보기를 수레 보듯 함 『장자』「달생」 편에 실린, 공자가 했다고 하는 다음 말에서 따왔다. "잠수를 잘하는 자는 배를 본 적이 없어도 노를 저을 수 있는 것은 그가 못을 언덕처럼 여기고 배가 뒤집혀도 수레가 뒤로 물러난 것처럼 여기기 때문이다.(若乃夫沒人之未嘗見舟而便操之也, 彼視淵若陵, 視舟之覆, 猶其車卻也.)" 잠수를 잘하는 사람은 앞서 나온 헤엄을 잘 치는 사람보다 형해(形骸)에 구속됨이 적어 배를 더 쉽게 잘 모는 사람이다.

- 하조(荷篠) 공자와 동시대를 살았던 은자로 늘 삼태기를 매고 다녀 하조장인(荷篠丈人)이라 부른다. 위나라에서 경쇠를 두들기며 천하에 뜻을 두었던 공자의 마음을 꿰뚫어 보고는 "비루하구나. 너무도 단단하구나. 나를 알아주는 이가 없으면 그만두어야 할 것이니, 물이 깊으면 옷을 벗고 건너고 물이 얕으면 옷을 걷고 건너야 하는 것이다.(鄙哉. 硜硜乎. 莫己知也, 斯已而已矣. 深則厲, 淺則揭.)"라고 비판했던 인물이다. 『논어』「헌문(憲問)」 편에 보인다.

이하곤

정선 그림의 진면목 268쪽

- 임문중(任文仲)이 말한 '홍금보장(紅錦步障)'이란 말 문중은 임규(任奎, 1620~1687년)의 자다. 임규는 조선 중기의 문신으로 본관은 풍천, 호는 석문(石

門)이며 1670년 별시 문과에 급제한 뒤 경주 부윤, 동부승지, 황해도 관찰
사 등을 지냈다. 홍금보장이란 붉은 비단 장막을 가리키는데, 1671년 회
양 부사였던 임문중이 김창협에게 금강산의 아름다움을 일컬어 한 말이
다. 김창협의 「동유기(東游記)」에 보인다.

신유한

피라미와 고래 280쪽

- 창연(蒼淵) 김중겸(金重謙)의 호. 최중순(崔重純)이 쓴 신유한의 행장에 따르
  면 김중겸은 문장으로 이름이 높아 신유한에게 많은 영향을 주었던 것으
  로 보인다.(內舅蒼淵金公重謙亦以文詞鳴, 相與敎導之.) 식산(息山) 이만부(李萬
  敷, 1664~1732년)와 교류한 정황이 보이지만, 그 외 생애는 제대로 알려져
  있지 않다.
- 호서 지방에서 말을 보살피실 적에 신유한의 연보에 따르면 김중겸은
  1716년(숙종 42년)에 성환 찰방(成歡察訪)이란 외직에 나간 적이 있다. 찰
  방이 조선 시대 각 도의 역참을 관리하던 종6품 외관직임을 감안하면 이
  때가 아닌가 싶다.
- '호어(濠魚)의 즐거움' 호어는 호수(濠水)에서 사는 피라미로 『장자』 「추수」
  에 나온다. 처음 한생의 당호인 '낙호당(樂濠堂)'은 주어진 분수에 만족하
  며 한가롭게 산다는 의미로 쓴 것이다.
- 천 리 밖의 추(鰍) 추는 바다에 사는 큰 물고기인 해추(海鰍)로 노척경(露脊
  鯨)을 가리킨다. 『운회(韻會)』에 "해추는 큰 놈은 수십 리에 달하고 바다 밑
  바닥에 굴을 파고 산다. 굴에 들어가면 바다가 넘쳐 조수가 된다.(海鰍大者
  數十里, 穴居海底, 入穴則海溢爲潮.)"라는 구절이 보이고, 당나라 허혼(許渾)의

「세모에 광강에서부터 신흥까지 왕복하던 중에 협산사에 제하다(歲暮自廣江至新興往復中題峽山寺)」란 시에도 "해추는 조수 위에서 보이고, 강곡 소리 안개 속에서 들려오네(海鰍潮上見, 江鵠霧中聞)"라는 구절이 보인다.

- 요천일(寥天一) 고요한 하늘과 하나 되는 경지를 말한다. 『상사』「내종사(人宗師)」의 다음 구절에서 따왔다. "안배를 편안히 여기고 변화를 따르면, 곧 고요한 하늘과 하나 되는 경지에 들게 된다.(安排而去化, 乃入於寥天一.)"

- 느릅나무와 다목나무 사이에서 한 번 비웃은 것 『장자』「소요유(逍遙遊)」에 나오는, 매미와 비둘기가 붕새를 비웃으며 한 말 가운데서 끌어왔다. "우리는 힘껏 날아올라야 느릅나무와 다목나무에 머물고, 때로는 이르지 못해서 땅에 떨어진다. 어찌하여 구만 리나 올라가 남쪽으로 가려 하는가?(我決起而飛, 搶楡枋而止, 時則不至, 而控於地而已矣. 奚以之九萬里而南爲.)" 자신의 시가 보잘것없음을 비겨 말한 것이다.

- 여섯 왕을 하나로 통일하고, 진시황제가 제왕(齊王), 초왕(楚王), 연왕(燕王), 한왕(韓王), 위왕(魏王), 조왕(趙王) 등 여섯 왕을 통합해 진나라를 세운 것을 두고 한 말이다.

- 삼황(三皇)을 업신여기며, 삼황은 천황(天皇), 지황(地皇), 진황(秦皇)을 일컫는다. 천하 통일 초기에 이사(李斯) 등이 고대의 삼황 가운데 진황이 가장 존귀했다며 진황이란 존호를 올리자, 황(皇) 자를 취하고 상고 시대의 제(帝)라는 칭호를 더해 황제라 칭했다.

- 이주(夷州)와 단주(亶州) 이주는 후한 때 동이(東夷)의 하나로, 임해(臨海) 동남 편에 있어 눈과 서리가 없고 초목이 시들지 않으며 사면이 산으로 둘러싸였다 한다. 단주는 섬 이름인데 진(秦)의 서복(徐福)이 신선을 찾으러 가 있던 곳이라 전한다. 동해에 있다고 여겼기에 일본을 지칭할 때 단주라 하기도 했다.

달마와 안연 283쪽

- 삼매(三昧) 불가에서 마음을 한곳에 모아 조금도 산란하지 않게 하는 정신 작용이나 그 경지를 일컫는다.
- 억신(億身) 천백억 화신(千百億化身)으로 부처가 오취(五趣)의 중생을 제도하기 위해 알맞은 대상으로 화현하는 것을 말한다.
- 금속(金粟) 금속 여래(金粟如來), 즉 과거세의 부처인 유마힐 거사(維摩詰居士)다.
- 도산검수(刀山劍樹)의 설 지옥의 끔찍한 풍경과 그 속에서 행해지는 수많은 가혹한 형벌을 보여 줌으로써 악을 짓지 않고 선을 행하게 하는 불교의 각종 설들을 일컫는다. 도산검수는 산과 나무가 모두 칼과 검으로 되어 있는 십지옥(十地獄) 중 하나인데, 도산검수(刀山劍水)라고도 쓴다.
- 제석(帝釋) 불가의 설화에 나오는 도리천(忉利天)의 주재자다. 수미산(須彌山) 정상의 선견성(善見城)에 살면서 불법을 옹호하고 아수라(阿修羅)를 몰아내는 것으로 되어 있다. 그 범명(梵名)은 석가제환인다라(釋迦提桓因陀羅, Śakra devānām Indrah)다.

부와 지식의 세습 287쪽

- 창름(倉廩)과 부고(府庫), 벽옹(璧雍)과 원유(苑囿) 창름은 주로 곡식을 보관하는 창고이고, 부고는 문서나 재물 따위를 보관하는 창고다. 벽옹은 태학이니 성균관이 이에 해당하고, 원유는 천자나 임금을 위해 마련한 원림을 일컫는다.
- 임치(臨淄)나 우한(雨汗), 언영(鄢郢)과 운몽(雲夢) 임치는 서주 시대 제나라의 수도였고, 언(鄢)과 영(郢)은 춘추 시대 초나라의 두 수도였다. 운몽은 초나라에 있던 큰 호수 중 하나인데 지세가 뛰어나 역사서에 이름을 올렸

다. 조선의 한양이 중국의 이들 공간에 비해 전혀 못하지 않음을 말한 것이다. 우한은 미상이다.

- 공수(龔遂)와 황패(黃霸)와 탁무(卓茂)와 노공(魯恭) 공수와 황패는 전한 시기에, 탁무와 노공은 후한 시기에 선정을 베풀어 이름을 떨쳤던 지방관이다. 공수는 발해군 태수였고, 황패는 영천 수령을 지냈으며, 탁무는 밀현 현령을 거쳐 경부승이 되었고, 노공은 중모령이었다.

- 설(契)이 사도(司徒)가 되었을 때 기(夔)는 전악(典樂)이었고, 고요(皋陶)가 사(士)였을 때 용(龍)이 납언(納言)이 되어 가는 곳마다 화합하지 않는 경우가 없었다. 설과 기, 고요와 용은 모두 순임금 때의 명신들이고, 사도(교육 담당 관직)와 전악(음악 담당 관직), 사(법 담당 관직)와 납언(왕명 출납 담당 관직)은 순임금 때 국정을 담당했던 아홉 관직에 속한다. 순임금 때는 인재를 고루 등용해 나라가 잘 다스려졌음을 말한 것이다.

- 구공(九功) 육부(六府)를 다스리고 삼사(三事)를 정비하는 천자의 아홉 가지 선정을 말한다. 육부는 수화금목토곡(水火金木土穀), 삼사는 정덕(正德)·이용(利用)·후생(厚生)이다. 『서경』「대우모(大禹謨)」에 관련 내용이 보인다.

- 집집마다 봉(封)을 받을 정도가 되었고 정치가 잘 이루어지고 교화가 사방에 두루 미쳐 집집마다 모두 봉을 받을 만큼 덕행이 뛰어난 인물이 많았다는 말이다. 천하가 잘 다스려져 풍속이 순후했다는 뜻이기도 하다. 『논형(論衡)』에 "요순의 백성은 집집마다 다 봉할 만했고, 걸주의 백성은 집집마다 다 죽일 만했다.(堯舜之民, 可比屋而封, 桀紂之民, 可比屋而誅.)"라는 말이 보인다.

- 월(粵)에는 호미가 없고 진(秦)에는 창 자루가 없었다. 『주례(周禮)』「고공기(考工記)」의 다음 구절에서 따왔다. "월에는 호미가 없고 연(燕)에는 갑옷이 없으며, 진에는 창 자루가 없고 호(胡)에는 활과 수레가 없다.(粵無鎛, 燕無函, 秦無廬, 胡無弓車.)" 진짜로 없다는 뜻이 아니라 사람들이 모두 그러한

도구를 만들 줄 알아 국공(國工)이 필요치 않았다는 것이다. 앞의 '비옥지봉(比屋之封)'과 마찬가지로 나라가 잘 다스려졌다는 비유이다.

- 주관(周官) 세록(世祿)의 제도 세록이란 선대의 녹(祿), 즉 수조지(收租地)를 반환하지 않고 세습하는 것을 말한다. 문왕이 기(岐) 땅을 다스릴 때 세록을 행한 것을 두고 주희는 다음과 같이 풀이했다. "선왕의 세대에 벼슬한 자의 자손을 모두 가르쳤는데, 가르쳐 훌륭한 인재가 되면 벼슬을 시키고 만약 등용할 수 없으면 또한 이들로 하여금 그 녹을 잃지 않게 했다.(先王之世, 仕者之子孫, 皆敎之, 敎之而成材, 則官之, 如不足用, 亦使之不失其祿.)" 주관(周官)을 따랐기에 이와 같이 표현한 것이다. 세록 관련 자료는 『맹자』 「양혜왕 하」에 보인다.

이름 없는 인골을 묻고 290쪽

- 지난 임술년에 큰 홍수가 덮쳐 『영조실록』 영조 18년 8월 19일 을사조 기사에 "영남에 큰 홍수가 졌다.(嶺南大水.)"라는 기록이 있는데, 이때로 보인다.
- 여단(厲壇) 여제단(厲祭壇)으로 서낭신과 주인 없는 신에게 제사를 지내던 제단이다.

나의 문장 공부 293쪽

- 우맹이 손숙오가 된 데에 불과하네. 우맹이 손숙오를 흉내 낸 것처럼 진짜가 아니라 가짜임을 비유한 말이다. 손숙오는 춘추 시대 초나라의 명재상이고, 우맹은 초나라의 이름난 배우였다. 손숙오가 죽은 뒤에 처자식이 곤궁해지자 우맹이 손숙오 차림을 하고 장왕을 찾아가 노래를 지어 불렀는데, 겉모습이 하도 닮아 장왕은 손숙오가 다시 살아 돌아왔다고 착각했

다 한다. 『사기』 「골계열전(滑稽列傳)」에 자세하다.

- 『당송팔대가문초(唐宋八大家文鈔)』 중국 명나라 때 모곤(茅坤)이 당송 팔대가의 산문을 편집해 한데 모은 것으로, 당송 고문을 지향한 수많은 조선의 문인이 필독했던 책이다. 최칭대는 신유한의 문장에 보이는 진한 고문의 흔적과 모의의 병폐를 지우기 위해 당송 고문의 정수가 담긴 이 책을 권했던 것이다.

- 남영주(南榮趎) 춘추 시대 경상초(庚桑楚)의 제자로, 도를 듣기 위해 7일 밤낮을 걸어서 노자를 찾아간 인물이다. 『장자』 잡편(雜篇)에 해당 인물과 관련된 기사가 보인다.

許穆

許眉叟自銘 21쪽

叟, 許穆文父者也. 本孔巖人, 居漢陽之東郭下. 叟眉長過眼, 自號曰眉叟. 生而有文在手曰文, 亦自字曰文父.

叟平生篤好古文, 常入紫峯山中, 讀古文孔氏傳. 晚而成文章, 其文大肆而不淫.

好稀闊自娛. 心追古人餘敎, 常自守, 欲寡過於其身而不能也. 其自銘曰: "言不掩其行, 行不踐其言. 徒嘐嘐然說讀聖賢, 無一補其愆. 書諸石, 以戒後之人." (『記言』卷67)

記言序 24쪽

穆, 篤好古書, 老而不怠. 常戒之在心, 誦金人之銘曰: "戒之哉. 毋多言, 毋多事. 多言多敗, 多事多害. 安樂必戒, 毋行所悔. 勿謂何傷, 其禍將長. 勿謂何害, 其禍將大. 勿謂不聞, 神將伺人. 焰焰不滅, 炎炎若何. 涓涓不壅, 終爲江河. 綿綿不絶, 或成網羅. 毫末不扎, 將尋斧柯. 誠能愼之, 福之根也. 口是何傷, 禍之門也. 強梁者, 不得其死, 好勝者, 必遇其敵. 盜憎主人, 民怨其上, 君子知天下之不可上也, 故下之, 知衆人之不可先也, 故後之. 江河雖左, 長於百川, 以其卑也, 天道無親, 常與善人, 戒之哉."

易翼曰: "君子居其室出其言, 善則千里之外應之, 況其邇者乎? 居其室出其言, 不善則千里之外違之, 況其邇者乎? 言出乎身加乎民, 行發乎邇, 見乎遠. 言行, 君子之樞機, 樞機之發, 榮辱之主也. 言行, 君子之所以動天地也, 可不愼乎."

穆, 唯是之懼焉, 言則必書, 日省而勉焉. 名吾書曰記言. 說讀古人之書, 心追古人之緒, 日亹亹焉. 記言之書, 本之以六經, 參之以禮樂, 通百家之辯, 能發憤肆力且五十年. 故其文簡而備, 肆而嚴.

如天地之化育, 日月星辰之運行, 風雨寒暑之往來, 山川草木鳥獸五穀之資養, 人事之誼, 民彝物則, 詩書六藝之敎, 喜怒哀樂愛惡形氣之感, 禋祀鬼神妖祥物怪之異, 四方風氣之別, 聲音謠俗之不同, 記事敍事論事答述, 道之汚隆, 世之治亂, 賢人烈士貞婦奸人逆豎愚暗之戒, 一寓於文, 以庶幾古人者也. 強圉協洽日短至, 孔巖許穆眉叟書.(『記言』序)

文學 28쪽

太古載籍無傳, 虞夏以來, 姚姒之渾渾, 殷周之暉暉噩噩, 可見於六經. 聖人之文, 天地之文. 孔子之門, 稱文學, 子游子夏.

周道衰, 孔子沒, 聖人之文壞. 貳於老氏, 散於百家, 至秦則又焚滅而無餘. 天地純厚之氣, 至國語左氏, 簡奧猶在, 至戰國長短書則亂矣. 太史公繼先秦, 其後有揚雄氏, 不及古而入於奇. 然揚雄氏死, 古文亡矣.

魏晉以來, 蕭索盡矣. 唐時韓柳氏出, 而繼西漢之末, 其後. 蘇長公得變化而巧, 不及古遠矣.

又其後, 崆峒鳳洲, 渾厚不及韓, 變化不及蘇, 特爲瑰詭.

自秦漢以降, 古變而亂, 亂變而奇, 奇變而詭.

時上章閹茂莠葦葦下弦夕, 台嶺老人眉叟, 書于石鹿茅庵.(『記言』卷67)

索囊子傳 30쪽

完山乞者, 問其名, 曰不知, 問其姓, 曰亦不知. 或以洪號之.

能多食而不飽, 或不食而不飢. 風雪裸體而不寒, 人與之衣則不取. 乞米而食, 有餘則亦與之餓者. 未嘗與人居, 亦未嘗與人言, 宿於館舍下. 府中耆老人, 皆不知乞者始來之年代, 而容貌不改.

或號曰索囊子, 蓋結索爲囊, 行則荷之, 無它物, 亦無異事. 往往遊都下, 人莫知去來.

弊衣木履, 行乞於市. 今相國元公嘗爲完山尹, 心異之, 招延之甚厚, 亦不辭. 與之食則食之, 與之言則不言. 一朝不知所去. 其後南方大飢, 今不至者, 幾十年云.

斯人者, 蓋遊方之外, 而不與事物相攖, 樂忘世而泯其跡, 鶉居而鷇食, 土駘狂接輿之倫耶?

癸卯正月, 眉叟書. (『記言別集』卷14)

氷山記 33쪽

氷山, 在聞韶南四十七里. 山積石磊磈, 多竅穴, 若礨若扉若圭戶若竈若房, 殆不可數記.

立春寒氣始生, 立夏氷始凝, 至夏至之極, 氷益壯, 寒氣益冽. 雖大暑盛德在火, 爣燠方盛, 寒冽地凍, 草木不生. 立秋氷始消, 立冬寒氣盡, 至冬至之極, 竅穴皆虛. 以見氷於無氷之節, 志異. 故山謂之氷山, 溪謂之氷溪.

嘗聞天地之氣, 春夏則呴噓發育, 洇陰在內, 秋冬則闔歙閉藏, 溫厚在內. 此蓋巖竇竅穴, 疏通無底, 地中伏陰之氣, 於是焉泄矣. 故立春而始寒, 立夏而始氷, 夏至而氷壯, 立秋而氷消, 立冬而氷盡, 冬至而竅穴虛, 則一陰一陽, 消長往來之氣, 驗矣.

然槩論地氣之磅礴, 東南爲不足. 故其浮疏泄漏者如此. 其西百數十里主屹下, 有潮汐泉, 去海上四百餘里. 其盈涸, 與海爲消息云.(『記言』卷28)

朗善公子畫貼序 35쪽

畫雖不列於六藝, 亦書之次也.

載籍以來, 軒轅氏始作文章, 著貴賤, 唐虞氏作十有二章, 周公作九繪, 武丁象形, 得說于傅巖之野. 明堂畫堯舜桀紂忠臣烈女聖賢愚暗之戒, 衡山九鼎, 物怪神姦魍魎魑魅, 靈光比翼九頭鱗身蛇軀鴻荒睢盱, 圖畫良相猛將, 起於麒麟殿. 唐時摩詰畫孔子, 劉奉先作赤縣滄洲圖, 倪氏畫梅, 畢宏畫松, 夏少正畫竹, 名天下至今.

吾東方自新羅來, 海印佛壁, 見千年古畫, 稱吳道子畫. 高麗敬天石塔浮屠圖, 聖居華藏, 有恭愍照鏡自寫圖. 至我盛朝, 顧仁安堅稱絕畫. 其後多名畫.

今於朗善王孫書畫貼, 又見恭愍天山大獵圖, 安堅李上佐李楨李澄山水圖, 鶴林竹林二公子人物翎毛圖, 金司圃牧牛游馬, 石陽之竹, 魚少正之梅, 皆絕畫. 我朝人才, 絕藝其盛, 亦極於此云. 強圉協洽良月月半, 眉叟識.(『記言』卷29)

讀史記作豫讓讚 38쪽

趙朔時, 有程嬰杵臼之事, 及智伯亡, 又有豫讓, 三晉多奇絕之士, 有以也. 其事或成或不成, 而其殺身徇義, 死不滅名, 以激志士之心, 一也.

國事著豫讓事尤詳, 衣盡出血, 襄子車輪未周而死. 後世皆以爲怪. 余讀太子丹事, 稱烏頭白馬生角, 或者以爲太過. 然怨毒之感, 無所不至, 此不可知也. 悲夫! 豫讓者, 其志可謂烈矣.(『記言別集』卷14)

金得臣

讀數記 ^{41쪽}

伯夷傳, 讀一億一萬三千番. 老子傳, 分王, 霹靂琴, 周策, 凌虛臺記, 衣錦章, 補亡章, 讀二萬番. 齊策, 鬼神章, 木假山記, 祭歐陽文, 中庸序, 讀一萬八千番. 送薛存義序, 送元秀才序, 百里奚章, 讀一萬五千番. 獲麟解, 師說, 送高閑上人序, 藍田縣承廳壁記, 送窮文, 燕喜亭記, 至鄧州北寄上襄陽子相公書, 應科目時與人書, 送區冊序, 馬說, 朽者王承福傳, 送鄭尙書序, 送董邵南序, 後十九日復上書上兵部李侍郎書, 送廖道士序, 諱辨, 張君墓碣銘, 讀一萬三千番. 龍說讀二萬番, 祭鰐魚文, 讀一萬四千番. 合三十六篇. 讀伯夷傳, 老子傳, 分王者, 爲其博大變化也. 讀柳文者, 爲其精密也. 讀齊策, 周策者, 爲其奇崛也. 讀凌虛臺記, 祭歐陽文者, 爲其意思汨汨也. 讀鬼神, 衣錦章, 中庸序及補亡章者, 爲其理明鬯也. 讀木假山記者, 爲其雄渾也. 讀百里奚章者, 爲其語約而意深也. 讀韓文者, 爲其浩漫而醲郁也. 凡此讀諸篇之各體, 惡可已乎. 自甲戌至庚戌, 而其間莊子, 馬史, 班史, 庸學, 非不多讀, 而不至於萬, 則不載讀數記爾. 若後之子孫觀余讀數記, 則知余之不惰窳讀. 于庚戌季夏, 柏谷老叟, 題槐州醉默堂.(『柏谷集』冊7)

沙盃說 ^{44쪽}

九年前, 友人贈小沙盃. 余愛惜之, 常置案上, 酌酒以飲. 移居洛社也, 留其盃
不取去. 誡家督勿破. 其後家督至, 問盃之破否, 曰已破. 蓋不謹所致.

飲於館洞友人家, 見沙盃之光潔, 沾醉中奪之袖來, 屬之家人. 飲時必酌其
盃, 女奴不愼破之. 雖歎奈何. 又欲得之.

是年春往洛也, 他女奴獻沙盃. 比之前者所破, 則其體稍大. 余頗重之, 恐又
破, 不使女奴手犯之. 酌酒際, 親自酌, 飲罷卽置案頭, 至今不破, 幸爾.

沙盃必稱廣州, 而此盃出自廣州. 厥形正, 厥色潔, 固合酒人也. 然沙盃易破
物, 難可久全. 今日雖全, 明日不破, 不可知也. 是月雖全, 後月不破, 亦不可知
也. 非不知鍮盃之不破, 而鍮盃酒味變, 沙盃酒味不變. 余必取沙盃, 良以此乎.

昨日, 余之生朝也. 集朋友于堂, 以此盃酌而共飲之. 酒味之竗, 酒盃之故也,
何敢不愛. (『柏谷集』冊6)

評湖蘇芝石詩說 ^{47쪽}

今世之人, 詩必稱湖陰·蘇齋·芝川·石洲. 而只知湖蘇芝詩之大家, 不知石洲
詩之正宗. 其故奚盖不知詩而然也? 雖知詩者, 不知正宗優於大家. 吁不深知
詩矣.

大家何以劣於正宗. 正宗何以優於大家? 大家以雄健爲主, 而多有駁雜, 體
格不正, 深知詩者見而薄之. 大抵古人以評詩比之論禪, 禪道惟在妙悟, 詩道亦
在妙悟. 而悟於詩道者, 與悟於禪道者同. 悟於禪謂本色, 悟於詩謂本色者, 爲
正宗, 則詩之正宗, 非第一義乎? 爲大家者, 專務雄健, 不知詩之有本色, 則正
宗不大而斥之, 大家之優於正宗者鮮矣. 誰可與評詩之正宗乎? 昔吾友張季遇

曰:"正宗爲第一矣, 大家次之." 可謂深知詩. 而九原難作, 徒增哽塞.

麗代之正宗, 益齋而已, 大家指不可屈矣. 而我朝之正宗, 石洲而已, 大家湖蘇之外亦多有之. 何可枚數? 盖湖陰之沈着, 長於五七言四韻, 短於絶句排律歌行. 蘇齋之雄渾, 長於七言四韻五言排律, 而七言四韻則時有塞蹶處, 短於五言四韻絶句歌行. 芝川之奇健, 長於七言四韻排律, 短於絶句歌行. 其可謂悟於詩而得其本色耶? 然湖蘇芝中, 芝詩差可爲精. 湖詩不精, 蘇詩徒大而雜, 吾不取也.

石洲之正宗, 長於五七言四韻五言古詩五言排律五七言絶句歌行, 短於七言排律. 然皆精粹不雜. 此足可謂得本色而成章. 若使深知詩者見之, 必有能卜大家與正宗之優劣矣. 近來學士大夫輩, 皆法大明之詩, 以石洲詩爲元氣萎腇. 此論雖是, 豈知正宗爲詩之第一義也. 詩至於得本色而成章則至矣. 亦何有他說. 余評大家正宗之優劣, 以正隻眼之評.(『柏谷集』冊6)

苦雨誌 51쪽

己亥五月初二日, 劇雨莽莽下注, 至六月十三日而不止. 五月大水漲, 六月大水溢. 人不通, 柴未搬, 蒭未刈, 麥未取倈. 馬飢人亦飢, 堂宇滲漏, 書帙衣裳沾濕. 墙垣盡圮, 道途缺陷, 馬不能行.

至於王圻湖西崎南湖南, 潦水大積, 室屋沒, 畎畮折, 秔稻腐, 麯與麥漂沈. 人民大呼哭, 哭聲處處如雷. 雨之爲災, 前古不數有, 而余自髫齓迄老汕, 創見今歳之雨水矣.

蒼童從木岳還, 聽其言, 木花田麥田沈於洪濤, 水田一處, 頹其堰, 其外他水田多, 而不至於頹, 此乃適然耳.

世之人, 以乙巳年之雨, 至今常傳言之. 余未知乙巳雨之害田疇, 何如於今歳之雨也耶. 俟其潦縮而去木岳, 則先呼老農夫, 問今歲雨之害之多, 何如於乙巳也. 苦其雨以誌, 蓋爲他日之覽. 柏谷老翁題.(『柏谷集』冊6)

南龍翼

酒小人說 56쪽

古之飲者, 愛酒之甚, 至比於聖賢. 余之愛亦甚, 故亦謂聖謂賢矣. 今乃大覺酒非聖非賢, 乃眞小人也.

蓋酒之入於唇也, 其色冽, 其味香, 渴喉以滋, 煩胸以豁, 惺惺潑潑, 如得傅說之啓沃也. 酒之入於腹也, 其氣和, 其體充, 憂愁自消, 歡興自發, 皥皥熙熙, 有若顏子之春生也. 此之有聖賢之比.

而至其淪肌浹髓, 漸漬沈湎, 欲罷不能, 連日昏冥, 則入唇者, 林甫之口蜜也, 滿腹者, 柳沁之躁藥也. 以至耳目之官, 皆爲所使, 留連於絲管, 則江摠之導陳主也, 放肆於袵席, 則伯嚭之迷吳君也. 甚至喪心失性, 狂言妄作, 壞亂家政, 抛棄公務, 則韋顧之助桀, 尹暴之臟周, 恭顯之顚漢也, 終至臟腑受傷, 百疾交乘, 眞元日斲, 促壽亡身, 則飛惡之覆紂, 斯高之夷秦, 惇京之償宋也.

且病酒之人, 時或悔悟, 刻責痛戒, 數日停觴, 而忽思其味, 不覺流涎者, 梁武帝之不忘朱异, 唐德宗之猶思盧杞也. 當此之時, 百藥不能救其證, 八珍不能調其胃, 粥飯近前, 不禁嘔吐. 而若能徐徐進一粒, 勉勉添一匙, 漸使食氣勝而酒力退, 則神蘇志定, 自然忘酒. 此則齊王遇孟子之曝, 衛侯止歌者之田也.

噫! 食與酒, 皆出於穀, 而食能全穀之性, 淡無滋味. 故一日再食而不加, 一主長食而不厭. 能使人壽而康. 此非君子全天賦, 以事君無斁無惡, 而利人國家者乎. 酒則汨穀之性, 麴之蘗之釀之漉之, 或至燒之毒之, 必以酷烈爲美. 人皆悅其味, 而千鍾百杯, 晝夜無量, 能使人傷而夭. 此非小人之戕天賦, 以事君以浸以潤, 而凶于國害于家者乎. 此大禹所以惡之, 而書之酒誥, 詩之賓筵所以作也.

余少甚愛之, 近始疏之. 而猶未絶之甚. 故著此說以自警, 仍以爲有國有家者之戒.(『壺谷集』卷18)

箕雅序 60쪽

箕封而後, 我東始知文字, 孤雲入唐而詩律始鳴. 至勝國而大暢, 入我朝而彬彬焉. 掌故氏各有採輯, 而繁略不齊. 東文選, 博而不精, 續則所載無多. 青丘風雅, 精而不博, 續則所取不明. 近代國朝詩刪, 頗似詳核, 而起自國初, 迄于宣廟朝, 首尾亦欠完備.

余皆病之, 玆將三選中各體, 刻繁添略, 又取近來名家繡梓之已行者, 撮其可傳之篇, 至若草野韋布之詠, 亦皆旁搜而並錄. 曁其羽士衲子閨秀旁流及無名氏之類, 一依唐詩品彙例, 各附其末. 又附除姓氏三人於卷尾, 實遵古人不廢斯曄之言也. 上自孤雲, 下逮今時, 惣若干卷, 名之曰箕雅.

蓋以東方詩雅, 由箕而作也. 古排少於律絶者, 我東古詩大遜於中華, 排律則元非適用故也. 七言多於五言者, 詩家用功極於七字律, 而五字絶則工者絶無故也. 略於古而詳於今者, 蓋因前朝詩集, 存者無幾, 亦由於吾從周之義也.

竊嘗論之, 羅氏事唐, 正當詩運隆盛之際, 而孤雲以前, 若律若絶, 不少槪見, 何哉. 其後楚楚可稱者, 只朴仁範數子而止, 則抑何寥寥哉. 意者, 爾時椎樸猶未開, 而干戈搶攘, 亦未遑於文學故也. 麗代之英, 崔淸河始倡, 而作者輩出, 雄博則李文順, 李牧隱, 林西河, 豪放則金文烈, 金英憲, 鄭圃隱, 流麗則鄭司諫,

金內翰, 李銀臺, 陳翰林, 鄭雪谷, 鄭圓齋, 精鍊則李益齋, 高平章, 兪文安, 金
惕齋, 李陶隱, 李遁村. 諸公皆以所長鳴世, 各臻其妙, 可謂盛矣.

本朝之秀, 自鄭三峯, 權陽村以後, 握靈珠建赤幟者, 代不乏人. 而乘運躍鱗,
莫過於成宣兩朝. 方之李唐, 則開天之際, 比諸皇明則嘉隆之會. 或鏗鏘煥燁,
擅館閣之高名, 或淡泊枯槁, 極山林之幽趣, 或音調淸婉, 咀唐之華, 或情境諧
惬, 奪宋之髓. 此外查梨橘柚, 各有其味, 長短肥瘦, 無非本態. 下至蟲吟之苦,
螢爝之微, 皆足爲聲爲色, 而亦可見其性情右文之化, 猗歟休哉.

余自幼癖於比, 耳剽手剳, 積有年所, 藏之巾衍, 亦已久矣. 今適承乏文衡, 採
詩固其職, 而又得字, 始用印布, 而壽其傳, 它日國家, 如有續選東詩之擧, 則似
不無一助云爾.(『壺谷集』卷15)

南九萬

檀君 66쪽

舊史檀君紀云: "有神人降太白山檀木下, 國人立爲君, 時唐堯戊辰歲也. 至商
武丁八年乙未, 入阿斯達山爲神." 此說出於三韓古記云.

而今考三國遺事, 載古記之說云: "昔有桓國帝釋庶子桓雄, 受天符印三箇,
率徒三千, 降太伯山頂神壇樹下, 謂之神市, 是謂桓雄天王也. 將風伯雨師雲師,
在世理化. 時有一熊常祈于神雄, 願化爲人. 雄遺靈艾一炷蒜二十枚, 熊食之
三七日, 得女身. 每於壇樹下, 呪願有孕, 雄乃假化, 而婚之生子, 曰壇君. 以唐堯
庚寅歲都平壤, 御國一千五百年. 周武王己卯, 封箕子於朝鮮, 壇君乃移於藏唐
京, 後還隱於阿斯達爲山神. 壽一千九百八歲."

以此言之, 降太伯壇樹下者, 乃檀君之父, 非檀君也. 以其生於壇樹下, 故稱壇君, 非降檀木, 故稱檀君也. 第其說妖誣鄙濫, 初不足以誑閭巷之兒童, 作史者, 其可全信此言, 乃以檀君爲神人之降, 而復入山爲神乎? 且唐堯以後歷年之數, 中國史書及邵氏經世書, 可考而知也. 自堯庚寅至武王己卯, 僅一千二百二十年. 然則所謂御國一千五百年, 壽一千九百八歲, 其誣不亦甚乎.

筆苑雜記引古記之說, 云: "檀君與堯同日而立, 至商武丁乙未, 入阿斯達山爲神, 享年一千四十有八歲." 又云: "檀君娶非西岬河伯之女, 生子曰扶婁, 是爲東扶餘王. 至禹會諸侯於塗山, 遣扶婁朝焉.

今按堯之元年乃甲辰, 則此稱與堯同日而立者, 與戊辰歲立爲君, 庚寅歲都平壤者, 牴牾矣. 其稱商武丁乙未入山爲神者, 又與周武王己卯避箕子移藏唐京者, 矛楯矣. 厖雜如此, 亦可見其肆誣也. 且堯之卽位之日, 中國之書亦無可考, 則又何以知檀君之與之同日乎? 檀君立國千餘年之間, 無一事可紀者, 而獨於塗山玉帛之會, 稱以遣子入朝, 其假託傅會, 誠亦無足言者矣. 且其云娶河伯女者, 妖異尤甚.

遺事又云: "檀君與河伯女要親, 產子曰夫婁. 其後解慕漱又私河伯女產朱蒙, 夫婁與朱蒙兄弟也." 今按自檀君至朱蒙之生, 幾二千餘年. 設令河伯女果是神鬼而非人, 又何以知前嫁檀君, 後私慕漱者, 必是一女, 而前之夫婁後之朱蒙, 必是兄弟乎? 且其言檀君之壽者, 本旣虛誕, 而諸書錯出, 亦無定說. 獨權陽村近應制詩, 云: "傳世不知幾, 歷年曾過千." 其歷年之數, 不曰檀君之壽, 而曰傳世者. 其於傳疑, 或差近矣.(『藥泉集』卷29)

答崔汝和 _{70쪽}

自古弱國之事強敵以保其國, 譬猶飲食常事, 然夫誰曰不可. 至於我國之和淸,

則大異於是. 淸人方與明朝爲仇, 日事爭戰, 而我國之於明朝, 恩義深重, 非若
羅麗之於唐宋而已也. 與父母之仇, 結爲兄弟, 義所不忍. 故丁卯和時, 群議朋
興者此也.

然其時國力實弱, 決不可支吾, 天朝亦以海外之國, 不之深責, 許其姑爲緩禍
之計, 此猶可有自恕之地.

若使我國上下之心, 必有爲明朝致死之心, 則自丁卯至丙子十年之間, 其爲自
強之策, 必有可觀, 而非但無一籌之展, 至於丁卯姜弘立之挾虜入寇也, 我國
宰臣送書於弘立, 請其緩兵, 乃以兄稱之. 及淸人之以弘立還我也, 非但不正
其降虜陷軍之罪, 乃差備局提調, 使與論軍國之政, 以悅虜人之心.

且戊辰淸人脅我以刷送被虜逃還者, 上命收議朝臣, 多以爲與之便. 故依虜
言刷送之. 其後明使之到本國也, 胡將率數百騎, 來駐安州曰: "明使過去時,
我當縛取云." 而渠適自還去耳, 我則不敢以一言加責於彼, 人心國勢之靡靡,
一至於此, 夫復何望. 由此言之, 丁卯之和, 亦終歸於目前之乞憐, 非出於將以
有爲也.

淸人之勢, 浸浸有進, 至於肆然爲帝之後, 則兄弟不已, 必將稱臣, 稱臣不已,
必將絶明朝, 絶明朝不已, 必將攻明朝, 此乃必至之勢也. 以此丙子春斥和, 尤
激於丁卯. 夫豈但以事夷狄爲恥哉. 然淸人姑未發稱臣絶明朝之語, 而國力之
弱猶夫前日, 姑守前約, 亦或一道. 至於丁丑下城之際, 天之未陰雨, 旣不能綢
繆牖戶, 使人莫敢侮予, 而勢弱力竭, 及於此地, 當是時只有兩道.

若曰: "生我者, 我爲之死, 古之制也. 明朝前旣再造我社稷, 今爲明朝亡社
稷, 亦無所恨." 君臣上下, 效死不二, 此從義理之論也. 若曰: "三百年社稷, 不
可一時覆亡." 屈身忍辱, 稽首稱臣, 唯其言而莫敢違, 此從利害之論也. 此兩道
之外, 夫安有利害義理俱全之道也.

以此前日曾拜大府, 論及和議事曰: "大爺之主和, 度以事勢時宜, 似無不可.

但職在樞要, 勢可有爲, 而未聞有治兵詰戎之請, 若只恃和議, 以爲保國之策, 似不然矣." 大府答曰: "家尊雖居要地, 而與昇平相失, 凡有所言, 一不見施, 柰何云." 然則此非大爺之責. 而到今汎論其時之事, 在朝諸臣, 皆無爲明朝必死之心. 故其所以治國家者, 一無可恃, 陵夷至於下城. 然則所謂義理利害, 兩無所傷者, 可於丁丑以前勉之, 豈可於丁丑以後求之哉.

來教所引太王句踐事, 亦有與丁丑事不同者, 太王之事獯鬻, 只以皮幣珠玉而已. 何嘗降附而稱臣, 何嘗爲其所脅而絶臣事之國, 何嘗助兵仇讎而攻父母之邦乎? 此則本不必比擬. 至於句踐臣妾之辱, 殆同於我. 而然其助兵者, 唯在夫差伐齊之行而已. 設令夫差鳴鐘鼓向洛邑, 將取周天子九鼎, 而越兵在其顏行, 則竊恐孟子必不以畏天許之耳.

我國之媾和於淸人, 自初以爲至難者, 本在於背明朝. 而大爺前後疏箚數萬餘言, 所以陳析利害與義理, 無不詳備, 獨於此處不甚明辨. 丁丑下城時, 助兵攻明朝, 乃約條中所載, 而同擊椵島, 又其首發之請也. 其後必有西犯之徵兵, 人所共知. 豈大爺之明見不及於此哉.

及戊寅徵兵時, 大爺雖自請赴瀋, 以圖拒塞, 而考見柳兵使琳家狀沈政丞悅箚本及墓文, 大爺之行纔發, 我國之兵隨出矣. 蓋淸人只不加不善於大爺而已. 其所以危脅我國, 則決不可以大爺之行得其停止. 故其時朝廷亦不待大爺之到彼, 而已送助兵矣.

噫! 當初本以亡國爲重, 故不得不下城, 而下城之日, 亦旣約攻明朝, 且已助擊椵島矣. 寧以國斃, 旣不得決之於南漢, 則及至要領倒懸, 咽喉見搤之後, 乃欲自運其手足, 其可得乎? 以此大爺還朝之後, 未嘗有咨同列許助兵之語, 未嘗以不得請於彼人, 乞受辱命之罪者, 亦知事勢之必不可得已也. 然則大爺前後赴瀋, 雖義誠凜然, 只爲自潔一身之名而已, 自明一身之心而已. 其於國家計, 亦恐無所救矣.

來書, 且有經權之示, 權之難用, 前書已及之. 孔子曰: "可與適道, 未可與立, 可與立, 未可與權." 然則適道固未易言, 而權則又於適道上加二等矣. 此是聖人之大用, 下聖人一等, 則用權而得正, 豈不難哉.

朱子曰: "權所以稱物而知輕重, 可與權, 謂能權輕重使合義也." 若以此推言之, 則食色固輕, 禮固重矣. 飢而死, 重於禮食. 故雖不以禮食, 亦可以食矣. 不得妻, 重於親迎. 故雖不親迎, 亦可以得妻矣. 至於紾兄之臂而奪之食, 則雖飢而死, 亦不可爲矣. 踰東牆而摟處子, 則雖不得妻, 亦不可爲矣. 聖賢遺文說權輕重處, 此最明白. 我國之背明朝而助攻者, 其比紾兄臂與摟處子, 果有間乎, 其無間乎? 此等去處, 除非孔孟復出, 恐未易剖判, 何敢以僕之管見, 率易立說乎?

有宗社臣民之託者, 不可爲匹夫溝瀆之行云者, 誠是矣. 然亦當觀其事理輕重之如何耳. 孔子於子貢之問政曰: "去兵去食." 又曰: "自古皆有死, 民無信不立." 程子釋之曰: "信固人之所固有, 非兵食所得而先也. 是以爲政者, 當身率其民, 而以死守之, 不以危急而可棄也. 此獨非有宗社者之事耶.(『藥泉集』卷32)

釣說 ^{78쪽}

歲庚戌余歸田潔城. 家後有池, 縱廣數十武, 而深淺六七尺以下. 余長夏無事, 輒往見唫唱之.

一日隣人斫竹一竿, 敲鍼爲釣以贈余, 使垂綸於漣漪間. 余在京師久, 未嘗知釣鉤長短闊狹彎曲之度如何. 以隣人之贈爲善也, 垂之竟日, 不得一鱗焉.

明日, 有一客來見鉤曰: "是宜不得魚也. 鉤之末太曲而向內, 魚吞之雖易, 吐之亦不難. 必使其末少偃而向外, 乃可." 余使客敲而向外, 又垂之竟日, 不得一鱗焉.

明日, 又一客來見鉤曰: "是宜不得魚也. 鉤之末旣向外, 而曲之圈且太闊, 不可以入魚之口矣." 余使客敲而窄其圈, 又垂之竟日, 纔得一鱗焉.

明日, 又二客來, 余示以鉤, 且語之故. 其一客曰: "是宜得魚少也. 鉤之抑而曲之也, 必短其曲尖, 便僅可以擘粒. 此則曲尖太長, 魚吞之不沒, 必且吐矣." 余使客敲而短其尖, 垂之良久, 吞鉤者屢矣. 然引綸而抽之, 或脫而落焉.

旁一客曰: "彼客之言, 於鉤也得矣, 於抽也遺矣. 夫綸之有繫黜也, 所以定浮沈而知吞吐. 凡動而未沈也, 吞或未盡, 而遽抽之則爲未及. 沈而少縱也, 吞且復吐, 而徐抽之則爲已過. 是以必於其欲沈未沈之間而抽之可也. 且其抽之也, 抗其手而直上之, 則魚之口方開, 而鉤之末未有所撓, 魚順鉤而張齦, 如霜葉之脫條. 是以必側其手勢, 若汎篲然而抽之. 然則魚方吞鉤於喉中, 而鉤乃轉尖於呷裏. 左激右觸, 必有所捫攔而爬牽焉. 此所以必得無失也." 余又用其法, 垂之移晷, 得三四鱗焉.

客曰: "法則盡於是矣. 妙猶未也." 取余竿而自垂之. 綸余綸也, 鉤余鉤也, 餌余餌也, 坐之處又余處也. 所易者, 特持竿之手耳. 魚乃迎鉤而上, 骈首而爭先. 其抽而取之也, 若探之於筐而數之於盤, 無留手焉.

余曰: "妙蓋至此乎! 此又可以敎余乎?" 客曰: "可敎者法也. 妙豈可敎也? 若可敎也, 又非所謂妙也. 無已則有一說. 子守吾之法, 朝而垂之, 暮而垂之, 專精積意, 日累月久, 而習習而成, 手且適其適, 心且解其解. 夫如是, 則或可以得之與, 其未得之與, 或可以達其微而盡其極與, 悟其一而昧其二三與, 其或一未有所知而反有以自惑與, 其或恍然自覺而不自知其所以覺者與. 此則在子, 吾何與焉. 吾所以告子者, 止於此矣."

余於是投竿而歎曰: "善夫! 客之言也. 推此道也, 奚特用於釣而已哉. 古人云: '小可以喩大.' 豈若此類者非耶." 客旣去, 識其說以自省焉. (『藥泉集』卷28)

飽勝錄序 辛巳 ^{83쪽}

余於辛巳之夏, 僑居于江郊, 病暑呻吟, 如不可以終日. 不意金君人鑑惠然來顧, 眉宇襟袖之間, 帶得雲霞爽氣, 余固已異之. 坐旣定, 袖出一卷書, 名以飽勝錄.

曰: "吾於今玆四月之旬, 發自金臺之居, 徧歷金剛內外山及旁海之境, 二旬有六日而後返. 此其行錄也. 子其爲吾序之." 余於是欣然受讀, 頓覺酷炎之淸沈痾之輕. 君之起余者多矣, 余爲君又何愛一言. 君於此錄, 旣以飽勝爲目, 余請以飮食爲喩.

夫飮食與山水, 其於人爲外物均也. 夫然則雖悉天下之美味, 必入於口然後果於腹. 雖極宇內之壯遊, 必反於身然後壓於心. 不然則彼方丈之具水陸之品, 雖交錯於左右, 何益於吾腹之枵然, 流峙之形, 瓌詭之觀, 雖羅列於前後, 何補於吾心之怒如.

今見君所錄金剛之勝, 雖不可勝數, 若論其最, 在峯爲毗盧, 在淵爲九龍. 而君之自敍, 以爲窮而在野, 慕九淵潛龍不拔之志, 達而立朝, 學毗盧卓立不群之節, 以此言之, 君之此遊, 譬諸飮食, 可謂嚼其旨而歠其馨, 眞知其味者矣.

余未及閱此錄, 固已得君于眉宇襟袖之間. 苟非其飽之旣足於其中, 安能其勝之先見於其外者如此哉? 然則君之所得, 又非特子長之寓於文, 燕公之助於詩而已也.

至若錄中記載之詳賦詠之工, 觀者當自知之, 余不得具論焉. 如余者, 汨沒塵土, 餘生澟澟, 實有企齋孤負百年之恨. 今見此錄, 無異於畫餠而療飢, 夢甑而得飽, 尙何望有飫於仁智之樂哉. 可慨也已.(『藥泉集』卷27)

朴世堂

思辨錄序 _{88쪽}

六經之書, 皆記堯舜以來羣聖之言, 其理精而其義備, 其意深而其旨遠. 蓋論其精也, 毫忽之不可亂, 語其備也, 纖微之無或闕, 欲測其深, 莫得其所底, 欲窮其遠, 不見其所極, 固非世之曲士拘儒淺量陋識所可明也.

是以上自秦漢下逮隋唐, 分門割戶, 斷肢裂幅, 卒以破毀乎大體者, 不可勝數. 其陷溺異端者, 多假借近似, 以飾其邪遁之辭, 其抱持前籍者, 又膠滯迂僻, 全昧夫坦夷之塗.

嗚呼! 此豈聖賢所以勤勤懇懇爲此書記此言, 以明乎此法, 而庶幾有望於天下後世之意哉? 傳曰: "行遠, 必自邇." 此何謂也? 非所以提誨昏蔽, 使其能自省悟乎?

誠使世之學者, 有得乎此, 向所謂遠者, 卽可知自邇而達之. 然則所謂深者, 亦可自淺而入之, 所謂備者, 亦可自略而推之, 所謂精者, 亦可自粗而致之. 世固未有粗之未能而能先其精, 略之未能而能業其備, 淺之未能而能早其深, 邇之未能而能宿其遠者.

今之所求於六經, 率皆躐其淺邇而深遠是馳, 忽其粗略而精備是規. 無怪乎其眩瞀迷亂沈溺顚躓而莫之有得. 彼非但不得乎其深遠精備而已, 倂與其淺邇粗略而盡失之矣. 噫嘻悲夫! 其亦惑之甚乎!

夫邇者易及, 淺者易測, 略者易得, 粗者易識. 因其所及而稍遠之, 遠之又遠, 可以極其遠矣. 因其所測而稍深之, 深之又深, 可以極其深矣. 因其所得而漸加備, 因其所識而漸加精, 使精者益精, 備者益備, 可以極其備極其精矣. 又何有眩瞀迷亂沈溺顚躓之患哉!

夫聾則不聞乎雷霆之聲, 瞽則不覩乎日月之光. 彼聾瞽者病耳, 雷霆日月, 固自若也. 行乎天地而震烈, 耀乎古今而晃朗, 未嘗爲聾與瞽而聲光之或虧. 故及宋之時, 程朱兩夫子興, 乃磨日月之鏡, 掉雷霆之鼓, 聲之所及者遠, 光之所被者普. 六經之旨於是而爛然復明於世. 囊之迂僻者, 既無足以膠人慮而滯人意, 其近似者, 又不能以假之名而借之號, 邪遁之煽誘遂絶, 坦夷之準的有在.

究其所以至此者, 亦莫非操末探本沿流沂源以得之, 則是於子思所言之指, 眞有深合而妙契者乎. 然經之所言, 其統雖一, 而其緖千萬. 是所謂一致而百慮, 同歸而殊塗. 故雖絶知獨識, 淵覽玄造, 猶有未能盡極其趣而無失細微. 必待乎博集衆長, 不廢小善, 然後粗略無所遺, 淺邇無所漏, 深遠精備之體乃得以全.

是以輒忘僭, 汰橜述其蠡測管窺之所得, 袞以成編, 名曰思辨錄. 倘於先儒牖世相民之意, 不無有塵露之助. 故非出於喜爲異同, 立此一說. 若其狂率謬妄不挨疏短之罪, 有不得以辭爾. 後之觀者, 或以其意之無他, 而特垂恕焉, 則斯亦幸矣.(『思辨錄』)

康世爵傳 _{93쪽}

康世爵者, 自言淮南人. 父爲靑州虞候, 坐事謫戍遼陽, 世爵年十八, 隨父至遼陽. 牛毛嶺之敗, 父死焉, 世爵在軍中獨脫, 還走遼陽. 及後遼陽城陷, 世爵逃匿草間, 轉側山谷, 摘草木實以充飢, 不粒食十二日不死. 於是阻虜, 不得南歸故土, 遂東走渡鴨綠江. 游關西諸郡縣數月, 以近虜懼難, 去之踰嶺, 客咸興端川間八九年. 轉北至慶源鍾城, 亦屢遷移不定舍, 又未嘗遠之他郡以居.

世爵爲人不醲醲, 類非庸人. 粗識字, 性喜酒. 既久客北土, 多熟土人, 時過鄕里所與識者, 輒索飮, 至醉乃去. 常曰: "吾平生不欲作非義事. 故於人無所求. 然惟酒能忘憂, 吾每從而覓之. 吾獨於酒, 不辭而已." 爲州邑者, 憐世爵羈客異國不得歸, 招延之, 多厚遇者, 世爵與之無所失懽, 然未嘗爲困窮乞憐態. 又皆能知其才否長短, 言之, 未嘗不如其人.

所居田作, 郡嘗稅狼尾. 世爵乃之田間, 縛木爲棚, 宿臥其中, 候視之久, 乃罷. 詣郡言曰: "郡之稅也, 視田所出, 而田今無狼. 吾安所得狼尾而輸郡稅乎?" 郡卒無以責之. 又嘗夜漁于溪, 他漁者, 網塞下流, 魚不得上, 世爵置網無所得. 乃多取木葉, 竢漁者睡, 投諸水, 木葉流下, 擁漁者網, 水急網潰, 而漁者不之覺也. 於是, 世爵擧網, 大收魚以歸. 其玩俗不羈, 又如此.

余隨幕留北, 世爵適至. 時年六十餘, 鬚髮盡白. 與之言, 爲方語, 不能了, 笑曰: "吾少去中國, 今四十年. 旣忘中國語, 又習東語不成, 吾眞所謂學步邯鄲者也." 又曰: "吾知明之亡, 朱氏不能復興也. 漢四百年而亡, 雖以昭烈之賢, 不能復. 唐與宋, 皆三百年而亡, 明自洪武至崇禎, 亦三百年. 天之大數, 誰能違之? 虜其終有天下乎. 夫虜方强, 而中國之人, 困敝已極, 父子兄弟, 救死不給, 雖有英雄豪傑, 莫能抗也. 竢五七十年或百年, 虜勢少衰, 中國之人, 且得休逸. 奮於積恥之餘, 起而逐之, 如元氏之亡. 此其已然之跡, 可知也." 又嘆曰: "自吾年十三四時, 已有志在家爲孝, 在國而忠, 如有所樹立. 今吾忠不成於國, 孝不成於家, 爲不孝不忠之人."

世爵取東婦, 生二子, 有孫云.(『西溪集』卷8)

柏谷集序 _{97쪽}

人生而有情, 情有爲喜爲慍爲哀爲樂. 此數者, 蓄乎心, 不能不洩之言, 言之有長短節湊, 是爲詩. 詩本所以寫意道情, 則期乎情愜意當而止. 固無所事工. 三代至漢皆是.

始自魏晉, 爲詩而求工, 弊極於唐. 賈島劉得仁輩, 勞精敝神, 求工益力, 不以死生窮達夭壽貴賤易其慮而移其好, 用此以終其世, 可謂志勤而業專矣. 故其言曰: "吟成五字句, 用破一生心." 若是而卒未有以卓厲高踏追跡風騷者, 由不能反守本故也.

然其醒吟醉哦, 刻意敲推, 以摸寫象態, 窮極境會, 必求稱叶於皺眉撚髭之間者, 往往髣髴肖似而得其情之眞, 蓋亦有未可少者. 五季以來, 逮乎元明, 詩道益壞, 下者, 拘敝尖薄, 高者, 浮華險僻, 馳騖愈遠. 求其或近於性情, 罕見一二.

東方之詩, 各隨時代, 效學中國, 其陋彌甚. 就其能者, 亦僅僅拾前人唾餘, 粗成語, 理便已. 傳誦四遠, 聞者爲驚, 其人亦自足於此, 不復力求其工. 故遂亦終於此而已. 文章之得其則也, 若是難哉.

今論柏谷翁之爲詩, 其有合於風人之旨, 則吾不能以知之矣. 抑心慕唐之人, 而聞乎劉賈之風所謂不以死生窮達易慮移好, 用以終其世者, 方其役精神苦心脾, 一字千鍊, 擧臂指擬. 蹇驢款段, 躑躅街途, 雖騶道嗔喝, 傍人辟易, 而將亦不能自覺. 是以, 於境會象態窮極摸寫者, 怳然髣髴乎其眞. 山川道路羈旅困窮之狀, 花月朋酒愉悅歡適之趣, 披卷而莫不如在目中, 使讀之者, 感慨吁嗟, 而不能自已. 柏谷之詩, 其亦非他人之所能及乎.

柏谷姓金, 諱得臣, 字子公, 其先安東人也. 歲在丁卯仲秋, 潘南朴世堂, 謹序.(『西溪集』卷7)

金錫冑

論戶牌箚 103쪽

伏以今年戶牌之法, 旣命寢閣矣而復行之. 以木易紙, 則其事順而且便矣. 使無役者不佩, 則其應佩者亦不多矣. 前年而朝士佩之, 今年而有役之民又佩之, 則其爲法, 亦且有漸矣. 此固所謂今日戶牌有三善者也.

雖然, 以紙則刻一板而千萬可印. 以木則圓方有體, 長厚有度. 一有不合, 輒使改易. 有非窮閻下戶人人之所可自治者也. 此民之所以便於紙而不便於木者也. 紙則藏於內, 而木則佩於外. 內有可隱而外無所蔽. 夫鑑至明而嫫母憎焉者, 以姸醜之難逃也. 水太淸而大魚不藏者, 以鱗鬣之畢見也. 此民之所以便於紙而不便於木者也.

且伏聞造牌者皆務爲過厚, 以其書面可削役名可改也. 而其他種種奸巧, 將與法俱生, 爲法益密而長奸無已, 此亦非細慮也. 目今天怒日甚, 災旱轉酷, 遍祀群望, 牲璧無徵. 此正君臣上下齋心凝慮, 不妄動作之日也.

昔宋臣蘇軾有言曰: "凡擧大事, 必順天心. 天心向背, 今可見矣. 而斷然不顧, 興事不已, 比如人子得過於父母, 惟有恭順靜思, 引咎自責, 庶幾可解, 今乃紛然詰責奴婢, 恣行箠楚. 以此事親, 未有見赦於父母者." 此誠名言也.

此法雖善, 苟欲必行於今日, 則臣竊以爲殊有乖於敬天怒之道也. 京城五部之內, 街巷市廛之間, 去官府無四五里之遠. 而至於遠方大邑, 則其民或在數百里之外. 春糧而往, 治任而行, 一入官庭, 費日甚多, 考覈之際, 枷棒可畏, 刻烙之時, 需索難堪, 其間愁怨顚頓, 有不可盡言者.

噫. 郡邑廢務以務行此牌, 疲氓廢穡以務受此牌. 旣佩之後, 又未見其有大便益, 則臣以爲不如姑依初命仍且停止之爲愈也. 如其必不可停, 則姑觀前頭農事之如何. 且軫卽今民時之難奪, 差退其定期, 俾於冬間頒令, 自明春始佩. 亦不害爲從容勿迫之歸也.

且伏念炎炎熇熇, 數日不雨. 則民類將盡矣, 國不爲國矣. 及今可爲者, 只有疏釋罪累一事而已. 今若但憑始初行譴條目而議其可否, 則勘責之下, 誰非危辟. 論讞之際, 寧有寬語, 唯當於有罪求無罪, 重處求輕處, 以盡其推廣仁心, 導迎和氣之道焉耳.

臣今當進詣賓廳大臣諸宰之後, 若蒙賜對, 豈敢有隱. 第於群議駢進之時, 每有沮縮不盡之歎. 玆敢略具文字, 以備睿裁. 惟聖明觀省而進退之, 臣不勝惶恐.(『息庵遺稿』卷13)

古文百選序 107쪽

鄒孟氏有言曰: "寡固不可以敵衆, 弱固不可以敵強." 此語兵之常勢然也. 然而古之善用兵者, 往往能以小制大, 出奇而取勝. 若謝玄淝水之捷, 虞公采石之勝者是已. 夫以偏安不振之晉, 而覆符氏投鞭斷江之師, 則此誠可謂難矣. 然其兵尙號爲數萬, 用狃和忘戰之宋, 而破完顏鉦鼓千里之衆, 則此誠可謂尤烈矣, 然其兵猶至於累千.

至若東吳之甘興霸, 所領只麾下百騎耳. 夜俱襲魏武營, 出入跳盪, 如履無人之地. 其所擊殺傷甚衆, 魏武竟以此解兵去. 由是觀之, 兵愈少而其選愈精, 選愈精而其勝愈奇. 苟爲不然, 雖有齊山之甲如林之徒, 亦何與於勝敗之數哉.

噫! 是豈特兵爲然. 惟文亦猶是焉. 夫自代繩以來, 六籍紛然汗瀾. 費籐耗毫, 溢宇充棟, 而天下之書衆矣. 誦習之家, 恒不勝其繁且難, 而於是乎抄選之事作. 是亦用兵者之簡卒. 乘鍊鋒銳, 以資其出奇取勝, 其爲用又曷可少哉.

近世選文者, 西山有眞寶, 謝氏有軌範, 是二書最盛行于今. 然或以其雜採賦辭, 而章程未整, 偏取唐宋. 而詞氣漸俚, 蓋亦不能無病之者.

吾同宗子文氏兄弟頃自湖南俱來, 從學于京師間, 要余抄古今文, 以便服習. 余遂肅取秦漢以下至南宋諸家文, 掇其菁華, 拔其腴雋, 滿百而止. 分爲三篇, 書其目而歸之曰: "此猶貫寨之騎. 苟有善用乎此者, 雖髣髴採吳如魏武者, 猶足以褫其魄, 而況下於此者乎. 雖弱必強, 一戰而霸, 吾且刮目而俟之."(『息庵遺稿』卷8)

宅南小丘茅亭記 111쪽

地或有遇不遇. 有所蔽則宜不遇, 遠於人則宜不遇, 匪斯二者而猶不遇何哉.

吾宅之南, 有一小丘宜於亭, 去吾宅幾數百步而近, 匪遠也. 周其丘亦幾數百步而曠, 匪蔽也. 然不遇於人而亭猶闕, 宜玆丘之日榛焉而棘, 日墻焉而兀也. 余偶行而得之, 幸其不期而遇, 乃命童僕取斧銍, 劃夷其阯, 剔剪其蕪. 兀者易而棘者齦, 遂削木而棟焉, 埴土而墍焉, 編茅而茨焉.

於是玆丘始遇余而亭, 余亦日遊乎其亭. 亭麓於終南, 山之朝嵐暮煙, 輸蒼翠效變態者, 日與吾目會. 亭之前流以石澗, 亭之後被以松檜, 其聲之琮琤而叶環珮, 浙瀝而諧琴瑟者, 日與吾耳會. 亭之中置百家者書, 伊姚之記, 孔羲之經, 列莊之瑰麗, 左馬之道雄者, 日與吾心會. 余甚樂之, 益幸玆丘之爲余得也.

噫. 地有遊覽之勝, 宴息之適. 雖過於玆丘者, 或遠焉而在絶域, 則非吾所能得也. 或蔽焉而淪荒區, 則非吾所能得也. 今玆丘非遠而非蔽, 宜其終遇於余也. 昔者柳子厚雖羈於永州乎, 一岣嶁一渠澗, 尙皆有記. 況余得玆丘於園籬, 又烏可而不記.(『息庵遺稿』卷8)

悲池魚文 辛卯 114쪽

南池之始成. 適有以生魚餉者, 其廣二寸餘, 其長減乎尺, 亦二寸. 其鱗之脫于網, 殆十脊之三, 狀頗憊. 余甚憐之, 遂收而養之于池. 始舍洋洋然有生意, 意其遂生而不至死. 粤三日竟死. 余乃甚悲而爲之文以誄曰: "嗟哉魚乎! 夫尾閭之壑, 鯢桓之淵, 其浩浩乎深不測者, 是汝之所宮. 鯖鱐鯊鱨, 鰱魴鯉鱣, 其煦煦乎相群, 時躍而時潛者, 是汝之所朋徒. 翠翳紫菰, 靑綸繡組, 其猗那欹蕩, 蔓厓裏陂者, 是汝之所嬉息.

而今汝乃皆舍其所嘗樂者, 顧困於升斗之水. 鼓其浪, 曾不足以濡鱗, 與一二蛙黽蛆蚓, 蹠踔於甕盎之內, 汝之死固宜也. 始汝之獲於人, 其充乎庖俎, 特晷刻之須耳, 其能延數日之喘者, 固亦汝之所爲幸. 而余乃反爲汝而悲. 蓋悲余欲見汝之生, 而卒莫救乎其死也.

噫, 余之悲, 豈特汝之死而已, 抑將有大於汝者. 方今之民, 失其所多矣, 盼盼然無樂生之心. 擧將顚連於溝壑之間, 卒亦困而死也, 是何異於汝之鉤且網乎. 人見其鉤且網也, 方且爲之爝炰爛炙, 以自快乎其慾, 又烏能資其勺波斗水, 而以相活乎. 人見其困而死也, 方且爲之嬉然樂而相慶, 又烏能知其可悲乎. 今汝猶有余爲之悲, 則不亦愈於彼乎. 汝之未死也, 雖病, 猶意其或不死, 而其竟死者, 蓋不幸而遘也.

人之於民也, 則必致之死而後已. 雖有幸, 尙可得而生乎. 彼以人猶如此, 汝爲物之最微. 其失所而死, 又奚足怪. 汝苟有知, 亦必有以自慰也. 顧余於汝, 尤有所戚戚於心者. 非余之爲物者重而爲人者輕也. 縱彼無辜, 余賤且無力焉. 固莫得而救之. 若於汝縱不能轉之江海, 而猶可以活汝於深湖巨澤之間, 從鱗介匹儔, 上下以相樂也. 而竟厄之於沼, 渠爲德之不終也. 余以是悲, 汝尙亦有以知余之心乎. 噫.(『息庵遺稿』卷20)

蟹甲窩記 117쪽

累石以爲山, 視嵩華, 固眇然小矣. 然譬之搏沙聚塵, 爲至鉅. 中人衣食之家, 行乞者, 爲之流涎, 而卓鄭猗陶之輩猶且憐之. 蟲之屬有無足者, 夔 足, 而禽之屬二足, 獸之屬四足, 則獸笑禽, 禽笑夔, 夔笑無足, 無足固可笑. 然而又有笑四足者, 曰: "吾百其足. 故至死而不僵. 彼四足奚其少哉?" 則夫所謂衆寡小大之辨, 曷嘗有窮乎? 是特各因其所形, 而所視隨而變焉.

且古之帝王, 或有茅茨不剪, 土階三等, 而以爲居者. 後之人小之, 故有爲前殿東西五百步, 南北五十丈, 上可以坐萬人, 下可以建五丈旗者. 後之人又小之, 故有周圍二十八里, 而木蘭爲棼橑, 文杏爲梁柱, 金鋪玉戶, 照爛而煥爀者.

噫! 帝王一也, 而其居之不同, 猶若此, 何哉? 茅茨雖朴, 土階雖陋, 曆象日月星辰, 暨平水土, 以天下與人, 皆政之大者, 而猶足以命於是, 則是惟不知其小也已. 彼或高大壯麗, 至於二十八里, 而其於藏燕趙佳冶窈窕之女, 貯歌舞管絃之樂, 毛錯之珍, 紗錦之色, 蓄奇禽寶獸名卉異草, 以快娛耳目者, 猶不能盡其慾於是, 則是亦不知其大也已. 不知其小, 斯以爲大矣. 夫豈有旣以爲大而猶欲大之者乎? 不知其大, 斯以爲小矣. 亦豈有旣以爲小而能無欲大之者乎?

友人洪子彦明近築室於湖曲, 因其地之號, 扁之曰蟹甲窩. 鄙諺謂室之小者曰蟹甲. 洪子蓋亦以志其室之小也. 間嘗求記於余, 余聞而訝曰: "洪子其不知其室之大, 而乃以爲小也耶? 吾聞古人嘗以稊米喩人之一身. 夫以稊米之身, 而獲處於蟹甲之室, 豈不綽綽乎有餘裕哉? 且蝸之角, 有國二, 蟹甲尙爲一家. 其大小, 蓋不啻若獸之於禽禽之於夔蟲, 嵩華沙塵之間而已.

由此言之, 雖其室之果若蟹甲, 然顧亦未爲小也. 洪子之窩, 吾雖未嘗一就扣焉, 吾知其必能覆之以數把之茅焉, 架之以數條之椽焉, 必有所謂門戶階級者焉. 此古帝王之所堪居, 而布衣之樂, 極之, 不過圖書文史, 尙慕古聖賢以自娛而已. 無歌舞管絃之貯, 禽獸卉草之蓄焉, 則亦奚可以蟹甲而視其室哉.

噫! 物固有不必大者, 宮室之類是已. 有不可以不大者, 君子之學與業是已. 學不大, 不足以任道, 業不大, 不足以傳百世而不朽. 夫業乎士矣, 而以蟹甲而自視, 斯爲賢矣. 旣賢矣, 而以蟹甲而自視, 聖亦可以幾矣. 旣聖矣, 而以蟹甲而自視, 天可與之合矣. 士至於與天合, 業可謂大矣. 然士之能大其業者, 苟不以學爲先, 又何以哉? 洪子勉之.

抑吾聞之, 杜工部曰:"安得廣廈千萬間, 大庇天下寒士俱歡顔." 使洪子苟勉學脩業, 以進用於邦國, 果能得乎庇寒之資, 以不負工部之言, 則雖以蟹甲視其室, 亦宜.(『息庵遺稿』卷8)

醫訓 122쪽

金子病數月而出, 體益瘦. 問乎其室人, 曰:"甚矣, 子之瘦." 問乎其友, 曰:"吁! 子胡爲而若是瘦?" 問乎其僮僕與侍者, 又莫不言其瘦. 金子瞿然而憂于色, 將與醫者謀.

有國醫其術甚神, 居又隣, 遂迎而問焉. 醫始入坐定, 仄焉而若有睨也, 卬焉而若有聆也, 前而切其脈, 退而曰:"吾審子之音, 察子之色, 非類乎病者也. 吾切子之脈, 病已易矣. 子欲何之醫?" 曰:"吾欲醫吾瘦." 醫乃呀然而笑曰:"是非吾所治. 夫疾之在腠理, 吾以湯熨治, 在血脈, 吾以鍼石治, 在腸胃, 吾以酒醪治, 治之無不效也. 今子非病也, 瘦也, 吾何以施吾術? 且子之醫其瘦, 非欲其肥乎.

肥之資四, 子無一焉, 則亦何肥之求哉? 夫有養體之肥者, 有養口之肥者, 有養目之肥者, 有養耳之肥者. 子嘗見嵬然其宇, 傑然其居, 瑰宮麗館之是息, 綺軒繡檐之是娛, 若是而有癯乎其狀者乎? 羅千鍾列百釜, 炰鱗臑毛, 陸湊而海輸, 若是而有鑠乎其形者乎? 南威吳施之姣, 被珠玉而居者, 以百數, 宜笑微睇, 目窈而心與, 若是而有頠乎其容者乎? 吳之歈越之謳, 牙之絲倫之竹, 鏗鏘燁煜, 族居而互列, 若是而有繭乎其色者乎? 此四者, 人之所以資乎肥者也.

是以室廬之華也, 而安焉而肥, 飲食之侈也, 而味焉而肥, 容色之麗也, 而悅焉而肥, 聲律之妙也, 而娛焉而肥. 四者之在其身, 則未嘗勞勞乎求其肥, 而肥自至. 彼誠有其資, 而能肥者宜也. 今子既貧且卑, 蓬蓽之所居, 疏糲之所餐, 目未嘗覩五彩, 耳未嘗聆五音, 資之不蓄, 而惟肥之是求, 吾恐肥終不可得而反失子之良肥也."

金子曰: "唯唯. 吾誠鮮乎斯四者, 而又方病乎瘦, 抑烏有所謂良肥者乎?"

曰: "夫所謂良肥者, 非資乎華居侈食之謂, 非資乎娛音悅色之謂. 充之以道德, 潤之以仁義, 盎乎色而粹乎容之謂也. 斯固全其所固有, 而無慕乎素無者也. 斯固肥其心, 而不病乎瘦於身者也. 且子不聞楚賈之事乎? 蓄一荊山之玉, 其價連城不能易也. 一朝適於齊, 見金璣珠貝之錯于市也, 心悅之, 易之以歸. 夫金璣珠貝, 固富之資, 然不若一荊玉之爲良富也. 賈既喪其良富, 已而資亦盡焉. 故人言不善貨者, 皆笑楚之賈. 今子棄其良肥, 而求乎素無, 使其得之, 猶爲不善貨. 求之未得, 而又先喪其所固有, 人之笑之, 豈特楚之賈哉.

是以古之賢人君子, 先審乎其所宜肥, 先察乎其所宜病. 不以資焉而肥者, 肥其身, 而以良肥肥其心. 不以身之不肥爲病, 而以心之不肥爲病, 此之既全, 而彼之無慕, 豈以己之荊玉, 而貨其金璣珠貝哉.

金子曰: "味乎! 子之言. 願聞古人之良肥, 其亦異於人乎? 今吾欲全之, 其無可乎?"

曰: "子欲聞古人之良肥乎? 非有異於子之良肥也. 古人已全之, 今子將全之, 此全不全之異也. 古之君子, 未嘗以其瘦病. 故亦未嘗勞勞乎求全而良肥自全. 孔子菜色陳蔡, 而全其聖之肥, 顏淵糟糠不厭, 而全其賢之肥, 夷齊餓於首陽,而全其節之肥. 屈原枯槁於江湘, 而全其忠之肥. 斯皆惟義是比, 雖或死而無悔, 而況以其瘦而易其志哉.

且子之所乏者, 肥身之資, 而子之良肥, 固未之或缺. 古之君子, 嘗處於蓬蓽, 子亦處於蓬蓽, 子之所處, 古人之所處也. 古之君子, 嘗飯乎疏糲, 子亦飯乎疏糲, 子之所餐, 古人之所餐也. 色之邪不以迷吾視, 而有古人之明, 聲之淫不以亂吾聽, 而有古人之聰. 其資之所固有, 若斯之美也, 子欲全之, 斯全之矣. 是故孔子曰: '我欲仁, 斯仁至矣.' 何不可之有哉."

金子於是避席再拜而謝曰: "始吾聞室人之言, 徒知憂我而已. 聞朋友之言, 徒知憐我而已. 聞僮僕之言, 徒知驚我而已. 然卒不若子之言愛我之深也. 始吾見子, 將以醫於身, 及聞子之言, 卒以醫乎心, 吾雖不敏, 敢不服膺乎斯."(『息庵遺稿』卷20)

金昌協

凜巖尋瀑記 130쪽

直風珮洞之東, 爲凜巖谷, 其水西流, 至掃月石之下, 入于大川. 自吾家望之甚近, 然不見其有異焉. 一日, 村民黃姓者爲子益言谷中有瀑泉甚奇. 子益以告余, 遂欣然同往. 大有及寅祥嶽祥從之. 三人者皆騎, 而兩兒步焉.

至谷口, 見人家數四. 負山帶水, 田疇籬落蕭然. 叩之, 一老人僂而出, 鬚眉皓白, 可七八十. 問瀑泉何在, 爲指徑路所從入甚悉.

入谷行里許, 棄馬草中, 杖而前. 卽見一盤石, 陂陀可坐. 水流其上淙淙然, 二松覆之, 奇壯鬱跂. 傍有楓林, 亦高大, 葉正鮮紅. 同行遽喜甚, 不意此中有許佳勝也.

自是徑路曲折, 屢得佳處, 愈進愈可喜. 然迷不知瀑泉所從入, 第沿溪而上, 凡行五六里許, 瀑終不可得. 倦坐石上, 摘山果唆之, 俯仰四顧, 峰環嶺疊, 澗谷深窈, 彌望皆霜林紅黃. 其東北, 境益幽絶, 望之隱隱若有異焉, 意甚樂之.

然日既昳, 又瀑泉不可失也, 還從舊路而下, 始得一支徑. 髣髴向老人所指者, 試循之以行, 未幾, 卽行岡脊. 登登益上, 竟不知瀑所在.

俄聞谷中有人聲, 乃子益先從澗下至此. 謂已得瀑, 問其狀, 黔石嶄然重累, 潺流被之, 絶無可觀. 余與大有相視, 啞然而笑, 謂: "此何足以償鞋襪費." 遂不至而還, 飯于陂陀石上. 子益笑謂: "今日以後, 當益厭天下辯士無所信." 蓋恨爲黃姓人所欺也.

既下山, 見向老人, 告以所見, 老人曰: "非也. 此上自有眞瀑. 然從澗下, 則路絶不可到, 須從岡脊行, 可就而俯視." 乃知余所道者, 正是, 恨不益努力前行耳. 然亦喜瀑之實, 不止於子益所見, 而姑留此, 以供他日游, 更覺有餘味也. 游之日, 辛未八月二十一日, 其翼日, 爲之記. (『農巖集』卷24)

六弟墓誌銘 135쪽

吾弟昌立, 安東人, 先君子領議政諱壽恒第六男也. 年十六, 老峰閔公鼎重, 冠而字之曰卓而, 十七, 西河李公敏叙, 歸以女, 十八, 死. 死後七年, 而有己巳之禍, 禍之日, 先君子顧語昌協曰: "而弟之墓, 余欲誌焉, 久矣. 顧哀甚不能文, 今已矣. 汝宜卒誌之." 昌協旣涕泣受命, 而哀益甚, 愈不能文, 蓋又七年, 而始克叙而銘之云.

君爲人美晳俊朗, 幼卽勃勃露鋒鍔. 十歲, 隨先君子南遷, 已能控一驪, 獨馳千里. 及長, 乃更折節爲舒緩, 然其意氣高厲, 常慨然有矯世拔俗之志.

少從諸兄學, 則已聞風雅源流, 古今聲律高下之辨, 知所取舍, 而其識解透悟, 所自得者, 多矣. 於是, 悉棄去平日狗馬博雜之好, 專用力於文辭.

既壹以叔兄昌翕子益爲師, 而倡率里中同志五六人, 日夜游處, 相切劘爲事. 蓋自三百篇楚辭文選古樂府, 以及盛唐諸家, 無不沈浸酣飫, 以放於歌詩. 尤好太史公書, 每讀至慶卿高漸離擊筑悲歌事, 輒歔欷慷慨泣下. 顧謂同學者曰: "吾欲與若輩日飲酒, 吟諷離騷, 以終吾年, 足矣." 蓋其意, 於世俗富貴功名, 視之蔑如.

間出游庠序, 屢捷課試, 而亦不屑也. 然君慈良泛愛, 居家孝謹, 與人交有信義, 尤篤於朋友, 以故從其游者, 莫不誠心愛慕. 哭其死, 如喪同氣, 至有加麻者.

癸亥正月, 君輒大書于壁曰: "我年十八." 蓋自勵之辭也. 而竟以是歲十二月廿六日死, 人以爲讖. 君病時, 傍人竊聽其唫囈語, 皆文字間事. 間忽喟然曰: "至高之志." 而不能了其語, 然知其自歉矣. 又見父母焦勞, 輒嗟吁隱痛曰: "吾何貽此憂也." 其孝心至死如此. 嗚呼! 以君之才與志, 不幸短命, 不得有所成就, 斯誠終古之恨矣. 然以其孝心之篤, 則亦幸而蚤死, 不及見己巳之禍也.

悲夫, 君爲詩歌, 清婉豪宕, 格高而饒情致. 既沒, 同志胠其篋, 得數十篇, 就子益刪定, 因其所嘗講習之室而名之曰澤齋稿. 先輩諸公見者, 皆歎息以爲可傳.

墓在楊州栗北里, 距石室先壟數里, 先君子之藏, 在其東數十步. 我金肇自高麗太師諱宣平. 曾祖考諱尙憲, 左議政文正公淸陰先生. 祖考諱光燦, 同知中樞府事. 外祖, 海州牧使羅公星斗, 安定望族也. 君有一女無子; 子益以其子厚謙, 與君爲後, 今九歲矣. 銘曰: "其死也, 前先君之禍, 其藏也, 近先君之宅. 嗟爾之夭, 可樂非戚. 是頑然者, 以生爲毒. 涕漬爾銘, 唯哀是告."(『農巖集』卷27)

三一亭記 140쪽

亭在谷雲之華陰洞, 吾伯父所置也. 何以名三一? 三柱而一極也. 何取於三柱一極. 以爲有三才一理之象焉爾. 曰: "是象之而爲也歟? 亦爲之而有是象也."

始伯父杖屨於溪上, 有石焉如龜鼉之曝于涯. 其背可以亭也, 而前羸後殺, 劣容三柱. 因以成之, 而象具焉, 成而名之, 而義見焉, 是亦自然而已矣.

凡物於天地間者, 其爲數至不齊也, 而莫不皆有自然之象焉. 知道者, 默而觀之, 無往而不相値焉, 顧昧者, 不察耳. 河之圖也, 洛之書也, 人但見其十與九而已矣. 而伏羲夏禹得之, 則天地生成之序, 陰陽奇耦之數, 一擧目而森如也. 故八卦作焉, 九疇敍焉. 至後之君子, 乃謂觀於賣兔者, 亦可以畫卦.

蓋善觀物者, 不以物觀物而以象觀物, 不以象觀象而以理觀象. 以象觀物, 則無物而非至象也, 以理觀象, 則無象而非至理也, 譬之, 庖丁眼中, 無復有全牛焉.

今是亭也, 其爲三與一者, 山之牧兒蕘叟, 皆可指而言之, 而其理象之妙, 則先生獨默契焉. 蓋朝夕俯仰其間, 有足玩以樂之, 而無俟乎圖書之陳於前矣. 然則是亭之作, 而先生之名之也, 惟無意於取義, 而邂逅相値, 爲可喜耳. 豈區區象之云乎?

抑嘗讀易大傳, 古之制器用者, 棟宇舟車, 以至弓矢杵臼, 所取象, 凡十有三卦. 嗚呼! 聖人之神智創物, 果有待於逐卦取象乎? 亦觀於其旣成, 而以爲有是象焉耳. 故仲尼著之而曰蓋取, 蓋之爲言若然, 而不必然之辭也. 後有登是亭者, 觀於其法象, 苟亦曰: "蓋取乎." 則可也, 如必曰: "象之而後爲." 則非是亭之實也. 時癸酉季冬上旬, 從子昌協記.(『農巖集』卷24)

辭戶曹參議疏 144쪽

伏以臣天地間一罪人也. 自先臣被禍以來, 鑽燧旣已六易矣. 而頑然冥迷, 訖不能滅死, 泯泯而處, 踽踽而行, 忽焉若不知至痛之在己, 而苟活之爲可恥. 蓋將生爲不孝之人, 死爲不孝之鬼而已矣.

誠不自意, 天日重明, 朝著廓淸, 而愍恤之典, 首及於先臣. 凡所以開示聖意, 伸雪冤鬱, 以昭洗於泉壤者, 無復有餘憾. 雖天地之大, 河海之廣, 未足以喩此盛德. 臣於是, 俯仰感激, 且喜且悲, 五情摧咽, 不覺淸血之交迸也.

顧臣不孝之罪, 上通於天, 固已久矣. 而在今日, 益知其無以自贖焉. 昔緹縈, 一女子耳, 猶能以咫尺之書, 感悟主意, 脫父於刑禍, 田橫之客, 非有骨肉之恩, 而徒以義氣相感, 不惜一死, 以相殉於地下. 若臣當先臣禍變之日, 進旣不能碎首北闕, 以丐其生, 退又不能引伏歐刀, 與之同死. 是則身爲男子, 而曾不及一弱女, 親爲父子, 而反不若從游之客也.

且昔齊女號天, 震風擊殿, 燕臣痛哭, 嚴霜墜夏. 夫精誠之所感, 足以上干蒼天, 發見精祲. 而今臣竄伏窮山, 隱忍偸生, 曾不能奮發至誠, 感動陰陽, 以幸宸聰之一悟, 淹延歲月, 以至于今日. 向非殿下至仁至明, 則臣雖老死塡溝壑, 終無以白先臣覆盆之冤, 而洗其丹書之籍矣. 終古以來, 爲人子而不孝者, 豈復有如臣之甚者哉.

臣竊意, 鼎革之初, 百度惟新, 人倫風化之際, 尤所當加意, 如臣不孝者, 必將先正其罪, 以厲一世. 而乃反與無故廢置者, 同被甄敍, 遂至有地部新命, 此豈區區意念之所及哉.

抑臣尤有所隱痛於中者. 先臣立朝四十年, 事君行己之方, 憂國奉公之節, 具有本末, 不待陳述. 而惟其小心謹愼, 不以權位自居, 謙恭畏約, 終始如一, 其於鬼神之忌, 人道之禍, 宜無自以致之. 特以臣之兄弟無一行, 能夤緣幸會, 相繼登朝, 歷敭淸顯, 驟躋下大夫之列, 榮寵赫然, 爲世所指目.

而臣等罔念負乘之戒, 止足之訓, 冥行冒進, 乘至盛而不返. 終使滿盈之菑, 獨及於先臣, 而臣則倖免, 其爲不孝, 又莫大於此矣. 臣每念及此, 未嘗不慚痛冤酷, 汗淚俱下. 竊自誓長爲農夫, 以沒其世, 而不復列於士大夫之林, 久矣. 今若幸一時之會, 忘宿昔之志, 輒復影纓結綬, 以馳騁於當世, 則是將重得罪於仁孝君子, 而無以見先臣於地下矣. 臣雖甚頑, 豈忍爲此哉.

仰惟殿下德盛覆載, 化洽生成, 雖鳥獸魚鼈之微, 皆欲各遂其性, 如臣至情, 誠宜在所憐愍. 倘蒙俯垂仁恩, 亟命遞臣職名, 仍令刊去其姓名於朝籍, 不復有所檢擧. 則臣謹當優游畎畝, 涵泳聖澤, 日與樵夫牧叟, 抃手謳吟, 以頌祝太平萬歲, 而九地之下, 亦將結草以圖報矣. 惟聖明哀而察之, 不勝幸甚.(『農巖集』卷8)

谷雲九曲圖跋 149쪽

世言好圖畫, 必曰逼眞, 畫至於逼眞, 極矣. 雖顧陸, 不容有加. 人惟求其眞, 而不得然後, 退而求之於畫, 若宗少文之於山水, 是也. 今不知當時所畫, 果逼眞與否, 而彼旣曰: "老病俱至, 名山不可徧覩, 則雖髣髴形似焉, 猶賢乎己也."

若吾伯父之於谷雲, 則前後十數年間, 飮食起居, 枕席几杖, 率不離九曲之中. 凡其山谿之重掩, 草樹之蓊鬱, 皆吾之肺腑毛髮, 煙雲嵐翠, 皆吾之氣息呼吸, 魚鳥麋鹿, 皆吾之朋游伴侶, 亦何求不得. 而猶且假手丹靑, 若少文之爲, 何哉. 此誠不敢知者, 然不曰好之篤而樂之深, 則不可也.

畫者, 乃西都曹世傑. 先生實手携而面命, 逐曲臨寫, 如對鏡取影. 故其重岡複峽, 奇石激湍, 茅茨之位置, 園圃之耕鑿, 雞鳴犬吠, 驢行牛眠, 種種備具, 纖悉無遺. 使人一展卷間, 怳然若歷輞川之莊, 問桃源之津, 而渺然自遠於市朝埃墻之外. 先生殆將以此, 同其好於人, 而不私其樂歟.

然余聞往有一士人入山中, 偶逢先生騎牛過溪上, 鬚眉蕭然, 冠服清古, 一僮奴負杖隨後. 意象甚閒暇, 立馬凝望, 疑以爲神仙中人. 歸而爲人道之如此. 此一段光景, 絶可畫, 惜乎! 曹史在遠不可致. 略記於此, 以當繪事, 覽者觀之, 亦當爲之灑然也.

昌協旣爲此跋, 先生讀之而曰: "爾言善也. 然余之爲此圖也, 亦以吾兩脚不免時時出山, 此九曲者, 不能常在目中. 故用爲爾時觀耳." 嗟乎! 如先生之言, 不曰好之篤而樂之深, 信乎其不可也.

抑有一說. 世言好圖畫, 固曰逼眞, 而其稱好境界, 又必曰如畫. 豈不以佳山秀水勝美難該, 而其幽深复絶, 又人跡所難到, 能於其間, 著村莊民物雞犬煙火, 以粧點物色, 尤不易得, 而畫者却能隨意所到, 布置攢簇, 往往於筆下, 幻出一絶好境界故耶.

然則先生之在山也, 角巾藜杖, 相羊九曲之中, 便是畫境界, 其出山也, 閉戸隱几, 指點粉墨之間, 便是眞九曲, 其眞與畫. 又何分焉. 觀此卷者, 宜先了此公案.(『農巖集』卷25)

贈兪寧叔赴燕序 153쪽

昔年, 余家洞陰白雲山下, 寧叔時在山南龍虎洞, 數得從游於巖泉林壑之間, 有彭澤南村之好. 一日, 寧叔以其所爲騎牛歌者抵余. 蓋卽事記興, 而引古甯戚劉凝之事以自況. 余謂: "二子者, 其出處始終旣不同, 而寧叔亦非久於山野者, 苟異日富貴, 無忘騎牛之樂, 則善矣." 輒以是題數語以復焉. 去今蓋卄七年矣.

中間世道人事之變, 有不可勝言, 而寧叔旣歷職內外, 致位上卿, 爲國重臣, 余之前言, 果驗矣. 方寧叔出臨三藩, 擁旄節樹戟纛, 前走列城將吏, 入摠中兵,建大將旗鼓, 坐壇上, 指麾三軍, 以觀其進退, 未知其少日騎牛時意思, 尙有存者, 抑或未也. 君子素其位而行, 百官萬務, 金革之衆, 與一丘一壑, 惟其所遇而已. 一有欣厭取捨者, 存乎其中, 則固矣.

然而位不期驕, 祿不期侈, 亦自昔所同患. 故珮玉而不忘蓑笠, 鐘鼎而不忘簞瓢, 君子尙焉. 寧叔之賢, 庸詎不知此哉. 況寧叔向日所被人言, 誣衊已甚, 至不可聞, 若非主上明聖, 則幾無以自白矣. 此豈非官尊祿厚, 寵遇隆重, 有以致之者耶. 駟馬高車, 古人不以爲喜而以爲憂者, 蓋有見於此耳.

寧叔今旣折臂而知之矣. 其欲遂屛於田野, 復尋前日騎牛之樂者, 爲如何哉? 顧自卽閒以來, 未及期月, 而又被使命, 束裝赴殊庭, 臣子之義, 雖不敢告勞, 而亦豈其本懷哉.

醫閭遼野之間, 地曠多大風, 方冬氷厚一丈, 積雪漫漫, 與天無際, 車行其間, 終日不得息, 從者皆面如鬼, 馬毛如蝟縮. 於此時也, 念昔山裏, 叩角行歌, 何異隔世事. 昔馬伏波在浪泊西里, 仰視跕鳶, 輒思少游下澤款段語, 歎其不可得. 此固人情之所必至, 而事隨境遷, 或有時而忘之矣, 是亦寧叔之所宜勉也.

若余之禍故中廢, 雖不敢自比於四十年淸淨, 退而爵祿不入於心, 則久矣. 柴車黃犢, 往來山澤間, 以終吾年, 固其分耳. 唯俟寧叔竣事東還, 過我三洲之上, 相與劇論甯劉出處不同之故, 以卒究騎牛一案. 寧叔其尙有意哉.(『農巖集』卷22)

息菴集序 159쪽

國朝近世文章, 最推谿谷澤堂爲作家, 余嘗妄論二氏之文, 以謂: "谿谷近於天成, 澤堂深於人工, 比之於古, 蓋髣髴韓柳焉." 二氏以後, 作者多矣. 然其能追踵前軌, 卓然名世者亦少. 後乃始得息菴金公焉. 公之文, 雖天成不若谿谷, 而人工所造, 殆可與澤堂相埒. 乃其瑰奇沈灑之致, 鼓鑄淘洗之妙, 則又獨擅其勝云.

蓋嘗謂: "我東之文, 其不及中國者有三, 膚率而不能切深也, 俚俗而不能雅麗也, 冗靡而不能簡整也." 以故其情理未晢, 風神未暢, 而典則無可觀. 若是者, 豈盡其才之罪. 亦其所蓄積者薄, 所因襲者近, 而功力不深至耳.

公既才素高, 於學又甚博, 而尤好深湛之思, 鑱畫之旨. 自少攻詞賦, 已能一掃近世陳腐熟爛之習, 而自刱新格. 每試輒驚其主司, 而一時操觚之士, 競相慕效, 以求肖似.

及其爲古文辭, 上溯秦漢, 下沿唐宋, 以放於皇明諸大家. 參互擬議, 究極其變, 用成一家言. 大抵本之以意匠, 而幹之以筋骨, 締之以材植, 而傅之以華藻, 卒引之於規矩繩墨, 森如也. 章箚, 尤精覈工篤, 其指事陳情, 論利害辨得失, 能曲寫人所不能言, 往往刺骨洞髓, 而要不失古人氣格. 詩律亦沈健而麗絶, 不作浮聲慢調.

蓋其爲稿者, 凡二十五卷, 而試求其一篇, 近於膚率俚俗而冗靡者, 無有焉. 嗚呼! 公之於文章, 其人工至到, 雖謂之奪天巧, 可也, 而於以接武谿澤也, 其可以無愧矣. 然公蚤被枋用, 身總軍國之重, 鉛槧之業, 太半爲籌畫韜鈐所奪. 卒又限以中身, 不得大肆志於結撰. 而其所成就, 猶足以跨越一世, 焜耀後來, 此豈不尤難也哉.

始公既沒, 嗣子都事道淵, 用鐵字印公全稿若干本, 既行於世矣. 今靈光守洪侯璲, 卽公侯芭, 謂公文宜百世不朽, 而集無板刻, 難保於傳遠. 甫上官, 卽鳩工鋟梓, 來問序於余.

余竊念自公沒未幾, 己巳之禍作, 都事君以憂死, 夫人竄海島, 室家蕩析, 爲世所悲. 今雖世道更化, 幽枉畢伸, 而公家乃無一遺胤以尸其後事. 洪侯獨以舊門生, 能惓惓致力於遺籍, 以爲永久圖. 其義良足感人, 是不可無一語以相其

374

役. 且自以平生素慕公文, 而又嘗辱片言之獎, 顧不得一奉藝苑緒論, 以爲沒世恨. 今而託名卷端, 以效其區區之私, 實與有幸. 輒敢不辭, 而爲之序如此. 若公事業勳伐之盛, 國史自有紀, 玆不具論云.(『農巖集』卷22)

金昌翕

落齒說 166쪽

歲戊戌, 余年六十六矣. 板齒一箇無故脫落. 便覺脣頰語訛, 面勢歪蹙. 攬鏡視之, 駭若別人, 殆欲汪然出涕. 更細思之.

人自墮地, 以至耆老, 其間修促, 固多節次矣. 孩而死, 則齒未生也, 六七歲而死, 則齒未齔也, 八歲以及乎六七十而死, 則齔而後也. 更至耄期以外, 則齒又齯也. 計吾所得年數, 幾占四分之三, 而齒之爲壽, 亦周一甲, 則未可謂夭也. 且今年大殺, 纍纍歸泉壤者, 不知其數. 其能爲落齒鬼者, 有幾人哉. 持以自寬, 又何戚焉

然可悶則有之. 人之所待以養體力者, 莫如飮食, 飮食所由, 齒爲要路. 一朝豁焉, 又牙顚倒, 飮滲而飯硬, 間欲囓肥, 輒遇毒焉. 對案有難處之愁, 將無以扶攝衰軀矣. 其將蟬腹而龜腸乎. 是則可悶也.

然猶曰: "事關口腹, 可以忘置." 余自幼好誦書, 書未上口者尙多. 只擬以桑楡光景, 澗阿晨夕, 伊吾以卒業, 庶乎昏燭之照路, 不迷其源也. 今一呿口聲如破鐘, 疾徐靡節, 淸濁乖調, 七音之莫辨, 八風之未會. 始欲琅琅, 終成艾艾, 於是悵然而輟誦. 德性懈矣, 無可以維持是心, 是爲可哀之大者也.

昧昧又思之矣, 余旣年侵, 而輕健則有之. 步屧登山, 終日鞍馬乎長途, 或踰

千里, 而未覺其脚酸背墊. 視諸年同者, 罕有及之者, 以是頗自快. 由其自快也, 忘其旣衰, 而以爲猶壯也. 遇事妄動, 牽興遠適, 必至大倦, 而歸散漫莫收拾, 則自矢以斂迹息影終年不出門爲念. 而苟焉因循, 暮悔而朝復然. 蓋未有嶄然衰盛之限, 可以立防故也.

今突爾形壞, 醜態呈露, 持以向人, 莫不駭且悲. 則余雖欲一刻忘老, 而不可得矣. 自今始可以老人自處矣. 先王之制, 六十者杖於鄉, 不服戎, 不親學. 吾嘗讀禮, 而不講此義, 所以有無限妄作. 今乃大覺其非, 庶可以向晦入息. 是則齒之警乎余多矣.

朱子因目盲, 而專於存養, 却恨盲廢之不早. 以此言之, 余之齒落, 其亦晚矣. 夫形之壞也, 可以就靜, 語之訛也, 可以守默, 囓肥之不善, 可以茹淡, 誦經之不暢, 可以觀心. 就靜則神恬, 守默則過寡, 茹淡則福全, 觀心則道凝. 較其損益, 得便顧不多乎?

蓋忘老者妄, 嘆老者卑. 不妄不卑, 其惟安老乎. 安之爲言, 休也適也. 怡然處和, 沛然乘化, 游乎形骸之外, 不以夭壽貳心, 其庶幾樂天而不憂者乎. 遂歌曰: "齒乎齒乎, 爾壽何長. 一甲之周, 百味備嘗. 功成則退, 報盡則謝. 吾於吾齒, 可以觀化. 如星之燦, 隕爲醜石. 如木之茂, 得霜則落. 自是常事, 無悶無戚. 寥寥斂迹, 默默守中. 一榻之安, 萬緣斯空. 飽不須肉, 口不須童. 是惺惺者, 惟主人公."(『三淵集』卷25)

外孫女李氏壙誌 171쪽

哀我外孫李氏女, 可惜可悼, 又可念. 秀慧姿性, 洞澈表裏, 豈非以玉映閨房而兼林下風氣者耶. 雖未讀女誡倣圖史, 而孝友婉嫕之實, 闇與之合矣. 乃獨從諺記稗說, 覽古人奇節偉行於忠臣烈士之可尚者, 願爲之執鞭, 其視蒩蘭珠貝, 若塵芥焉. 儼然有老成意度, 若在先朝之侍藥也, 憂甚於長者, 日三問其何如, 及至遏密, 食舍肉者累日, 千古漆室女, 蓋再見矣.

嗚呼! 以如是神明意用, 以如是淑哲性行, 蘊于幽閨, 終戕于一條玄木. 又將載素舸溯澌灘, 委之於古山荒壟之底, 終古掩抑. 誰憐而誰闡哉. 其尚不甘與凡骨同腐, 炯炯朗朗, 留神於月宇間耶.

平生愛爾者, 三淵七十翁, 病迫臨簀, 百不用情, 僅以數行短文, 寄納于掩埏之前, 靈其知耶. 其不知耶. 去歲夏, 余自華陰出, 會汝于終南山榭, 老人疲甚, 偃身乎大牀淸簟, 則汝在我側, 張燈讀古記不倦. 每至其奇聞可擊節處, 輒起而嚼水瓜吸綠漿以遣鬱蒸. 時鍾定人閴, 林園淸森, 白雨洒箔. 或散霏於牀頭, 衰意甚快適也. 到今思之, 非幽明之爲限, 乃僊凡之永隔也.

余嘗欲携汝入華陰洞天, 娛汝以巖泉, 博汝以詩書, 以汝有靈心高韻, 可共幽淡, 非比齷齪簪珥習氣可厭故耳. 蓋累設其約, 而終莫之諧. 此固汝抱恨之深者, 余豈忍忘之哉. 思及淚落. 又括兩端以續之, 靈乎其不昧不. (『三淵集』卷28)

雲根亭記 175쪽

關東勝棨, 盖有所謂八景者, 皆濱海也. 隨地闊狹, 各一面勢, 而其必以一長擅奇則同. 惟杆城之淸澗亭不競, 以其處地之卑而集勝者寡也. 自昔遊人之沿海者, 載輿而來, 興盡乎此, 以爲不足留眼, 其爲亭之羞久矣.

亭之南側, 有樓幾間, 頗宏麗. 肇于鄭使君瀁時, 歲久將頹矣. 權侯益隆大叔莅邑三年之庚寅, 謀欲重創, 以書來詢于余. 余答以事固有仍舊貫爲可, 而一有不可者. 斯役也, 盍圖所以突兀與蜃樓爭奇, 以解遊人之嘲哉. 大叔爲政, 固不安於仍陋就苟, 而所不足者, 非智調方略. 故每隨事出奇, 吏民驚以爲神.

於是有激於余一言, 遂走而彷徉搜抉, 得一高阜於亭南百餘步, 勢出雲雨之上. 大叔撫掌而喜曰:"吾得亭基矣. 顧安所備木石乎?"西望有銀峰山, 自近聳出, 礧礧萬石叢委, 若玄圃積玉. 大抵六面或四五稜, 不假人工, 自中繩尺. 大叔又指顧而笑曰:"吾得亭材矣."

號令所到, 若有鬼叱娥移, 而轉致乎皁上者, 凡數十餘具. 皆質勁而色蒼, 尺度有餘. 竪之仍礎爲柱, 加以上棟旁翼, 作芝盖形, 卽其八楹之內, 可容十餘客樽俎. 而橫爲蘭砌, 皆叢石合成. 於是大叔問名於余, 余命以雲根. 盖取唐人詩移石動雲根之意.

試往覽焉, 則東面而粘天無壁, 在所不論, 以西則橫亘百里之勢. 自金剛來驚者, 蜿蟺扶輿, 峙爲雪嶽天吼, 隱軫烟霞之窟宅, 中貫以彌嶺圓巖之驛路, 降而邐迤爲大野平蕪. 夫蒲葦之港, 荷蕈之陂, 樵橋釣灣, 與渚鶴汀, 繚繞森羅, 呈妍獻奇者, 奄爲亭之所有, 可謂該矣.

大叔擧觴而謂余曰:"斯亭也, 基則發地慳, 材則仍天造, 局面則乾端坤倪, 襟帶則岳崇野闊, 豈不爲八景冠乎?"余曰:"子言則夸矣. 然余所徧履, 可無揚推者乎? 三日竹西蕭灑而背乎海, 鏡浦月松闊遠而隔於山, 望洋臨岸而無他奇, 洛山觀日而有未做. 若夫叢石則是亦叢石已. 如是論之, 則居一於八. 包綜衆美者, 殆其在玆, 雖謂之無雙可也. 亭旣斷手, 樓亦完創, 而增侈高下, 聯比以及萬景臺, 而燈燭笙歌之交互, 尤爲映發. 自此杖鞋之賓輶軒之使, 必將淹留忘返, 而無復如前之寂寥矣. 亭雖欲無名得乎? 或疑亭太突兀, 不堪待風雨而支悠久以爲憂, 此則有不然者. 屹然八柱, 自可撐雲霄而歷浩刼, 繼大叔而隨葺其簷瓦者固當有之. 不然而脫去嶄巖, 露身而立, 人將不憑倚乎? 於是不謂之亭而呼曰雲根臺, 亦無不可. 然則大叔神明之稱, 配石而難朽者, 夫豈有極哉."以是爲雲根亭記.(『三淵集』拾遺 卷23)

洪世泰

西湖泛舟圖序 182쪽

此余與李重叔李仁叟李景叔, 西湖泛舟圖也. 當是時, 得吾輩數人, 坐此舟上, 亦一奇事.

中流沂洄, 左右遊覽, 酒酣. 余與重叔聯句, 或唱和, 仁叟從旁而書之. 淋漓跌宕, 樂以終日, 將歸, 余命僕夫立馬沙渚間, 更擧一盞而飮. 顧謂重叔曰: "今日之遊樂乎? 吾當更出以續之, 可與此湖山爲證." 相向一笑, 而別後竟參差未果. 就粤數年, 重叔病不起, 又未幾, 余官嶺表, 三年後歸. 追思舊遊, 茫然如隔世事.

今景叔作此圖來示, 要余一言以叙之. 余始見惝怳, 久乃稍稍省記, 吾未知當時舟上之人是耶? 今日畫中之人非耶? 未滿十年, 人事已變, 則指畫中之人爲夢中之人, 亦可也.

嗚呼! 重叔今已作千古, 仁叟又出于外, 余老病甚. 雖更欲爲此遊, 以追前約, 得乎? 古人云: "風流得意之處, 事過輒生悲涼." 余於此, 不覺感歎, 而題之.(『柳下集』卷9)

自警文 185쪽

余平生有所恨, 人所不知而己獨知之者. 盖以其求志不高用才不廣爾.

余生五歲, 卽知讀書, 稍長從人受學, 僅數卷而已. 至於經書, 皆自取讀, 而微辭奧旨, 似若有暗解於心者. 若推此而擴之, 以求乎六藝之本, 則庶幾有所得者矣. 而家素貧賤, 急於衣食, 未遑爲大志業. 及其中歲, 屯難阨窮, 東西怵迫,遂未免廢學. 而遇有牢愁感憒欝悒不平之氣, 則獨於詩而發之, 人之見者, 皆謂之能, 而輒以詩人目之. 一得此名, 無以辭焉.

孟子曰: "術不可以不愼." 此與巫醫何異? 使其果能也, 亦不過爲一鸚鵡耳. 每念之, 未嘗不內自慙悔. 燕居無事, 輒斂膝危坐, 讀聖賢書, 深繹玩味, 冀得有一分之益, 以爲息黥補劓之地, 而一曝十寒, 終莫能就也. 駸駸半生, 蹉過歲月, 今已老矣. 雖歎奈何?

今年夏病臥杜門, 連日有雨, 意甚亡憀. 强起而坐, 發濂洛諸書讀之, 撫卷興慕, 慨然歎息. 自念生質不至昏鈍, 使早歲時得賢師友, 從事問學, 而且無禍故迫厄以敗沮其志, 則當不爲此人矣. 乃以其一生光景, 做得許多無用之詩, 豈非可惜也哉? 此余之所以爲恨而蓄於心者也.

今乃發之以示, 知我者使知余之素有此志而失之, 則當亦爲之悲矣. 朱夫子嘗論李太白事, 曰: "詩人之沒頭腦如此." 余甚恥之. 夫人而不知學, 則何得以爲人? 顧余今年七十; 朝夕人耳. 然而若比之衛武公, 則未也. 抑戒之義, 其可不勉乎哉? 噫! 老病如此, 其何能爲, 而夕死之前, 卽聞道之日也. 聊且書此掛壁以自警云.(『柳下集』卷10)

李宜顯

贈禮曹參判宋公神道碑銘 幷序 191쪽

仁祖反正之五年丁卯, 降帥弘立導虜入寇, 義州安州相繼崩潰, 宋公圖南以永柔縣令死之. 朝廷襃尙其忠, 贈禮曹參判, 遣禮官致祭, 給祿終三年. 肅宗乙卯, 命旌閭, 壬戌, 以觀察使李公世華言, 立祠安州, 與同時死事諸人合享之. 事聞,賜額忠愍, 又遣官以祭.

公文吏也, 折衝禦侮, 非其所長, 而乃奮然而起, 以仁義爲干櫓, 不勝則橫屍原壄, 以效臣子敵愾之節, 永垂聲於千億, 豈不亦毅然烈丈夫哉.

公雅有操秉. 當光海時, 倖相朴承宗結奧援, 勢焰熏灼, 諸附麗者, 舔庹仕立登崇顯者, 相望也. 公以其中表近親, 避之若厲, 終無所點染. 賊臣爾瞻倡廢母論, 臺官鄭造尹訒儒生李偉卿等, 交章罪狀母后, 中外憤痛而不敢言, 公與李安眞等, 抗疏請按法誅之. 旣登第, 路逢兇黨, 便叱斥不顧而去. 由是分隸芸閣, 兼太常末僚, 以挫辱之, 尋黜爲平安評事. 其平素所樹立, 已如此矣.

及任永柔, 虜大搶西關, 至安州. 兵使南以興牧使金浚方留屯以扼賊, 一路守令, 各領兵齊赴. 文宰則例代送將校, 吏以舊例白. 公曰: "兵大事也, 以代將領赴可乎?" 乃自領往. 南公惜公徒死, 勸去甚力, 公慨然曰: "臨難忘身, 獨武夫事耶?" 南公知公意堅, 爲兼從事官, 使之草檄諭虜中. 公操筆立成, 辭意激烈, 觀者感服. 南公亦動色, 恐挑彼怒, 至勸公略改.

正月廿一日曉, 賊以木梯犯城, 南公已慮城必陷, 城南低北高, 陷必自南始, 令公守北. 且遺鐵衣, 公掛之樹上曰: "城將陷矣, 衛身何爲." 始公將赴安州, 招二子面之, 無一語及家. 至是手書男兒事業今日決矣八字以貽家.

是夕, 賊攀梯蟻附, 我兵用槍劍相搏, 勢不能敵. 俄頃, 賊已彌滿, 鏖殺狼藉. 南金二公知事不濟, 遂放火硝黃自燒死. 軍民散亂, 賊悉驅而魚肉之, 降者踵相接. 公着戰袍, 立城頭, 彎弧射賊, 賊射中公頰, 血淋漓被面. 公色亡變, 徐拔佩刀, 斫衣裹瘡, 至死終不釋弓. 賊矢如蝟集, 公遂枕堞而絶. 傔人金承李縣屬韋典等, 收公屍, 以矢復之. 享年五十二.

公字萬里, 號西村, 系出鎭川. 遠祖舜恭, 新羅阿飡. 本朝, 有諱愚, 左司諫, 號松亭, 曾祖諱世曾, 社稷令. 祖諱賀, 左承旨, 與其兄判敦寧贇, 俱有名於穆廟時. 考諱應一, 司瞻奉事. 妣密陽朴氏, 別提應賢女, 吏曹判書忠元之孫.

以萬曆丙子生, 己酉, 中生員試, 癸丑, 拜活人別提, 轉義禁都事. 乙卯, 擢文科, 天啓癸亥, 仁廟正位, 爲平安道宣諭御史, 拜江原都事, 遞拜戶曹正郎, 移兵曹. 俄除義州判官, 病未赴. 時議疑其厭避, 謫配本州.

公性骯髒負氣岸, 在昏世, 斥絶奸兇, 固其宜也, 泊時淸, 衆賢彙征, 亦閉戶不事交歡. 以此知者寡, 不悅者多. 棲湟冗散, 間被齮齕. 其自謫還, 偶過名流, 其人曰: "子已蒙叙乎?" 公曰: "若叙, 何可過君?" 其人憮然有慚色.

公風姿魁梧, 美鬚髥, 膂力過人, 善射. 工文詞, 李澤堂植見公檄, 歎曰: "宋公能文如是哉!" 接人寬而恭, 居家嚴而簡, 常謂諸子曰: "我死, 以爲人强項不屈於人, 書諸墓石足矣." 噫! 熊魚取舍, 固非倉卒間所辦. 試觀公請斬斁倫之賊, 不附擅權之相, 雖善類, 在要地, 則絶迹, 斯其志節之卓, 豈不爲後日殉義之本根也耶?

公有子三人. 長曰遈早夭, 次曰炅, 次曰旻, 俱以公任拜參奉, 後頗凌替不振. 肅宗末年, 旻之孫國緯登文科, 爲司憲府持平. 已又其兄國經繼上第, 爲禮曹正郎. 公葬在楊州祝石峴. 夫人高靈申氏, 宣敎郎應河女, 後公七年卒而祔焉.

公之名節, 固已耿著竹帛, 而羡道之刻, 尙此缺闕, 行路爲之嗟惋. 曩持平君抱狀乞銘, 余諾而未果. 今聞遽歿, 不覺愴涕. 余雖老病倦筆硏, 顧何忍食言於逝者? 遂叙次爲銘. 文曰: "余嘗讀高苔軒起兵檄, 輒爲之感慨而起立, 今見宋公所草檄, 其忠義凜烈, 殆過之而無不及. 若夫論華夷逆順之辨, 又極森嚴, 使虜氣自懾. 然則公之死, 不特爲偏邦, 實爲皇明大義是執. 亦其亢厲不屈之節, 確秉於平素. 故臨難所成就. 乃若是光明煒煒. 嗚呼! 公之墳封, 纔數尺兮, 其孰不視若泰山之高, 瞻仰而敬揖."(『陶谷集』卷10)

耐齋集序 198쪽

余嘗考觀歷代紀蹟, 其以文行著稱者, 大率多窮而少達. 懷奇抱義, 坎壈不偶, 徒使後人挹餘馥而興嗟. 嗚呼! 才命之相仇, 乃如是耶? 苟或有遭權不幸, 志關於危途, 身困於蓬纍, 幽憂佗際以沒其世, 而獨留其文章, 僅得以表見素蘊, 則又豈不重可哀也. 然則其殘篇斷裒之零落於蠹魚中者, 烏可任其埋滅而無傳也耶?

耐齋洪君, 以名家子. 爲人介潔, 粹然如玉. 出自禁臠之餘, 能劬心儒術, 不爲綺紈所移. 先故用文學蜚聲朝右, 君亦若將承繼前業, 舒翹颺英, 以鳴國家之盛. 而年未弱冠, 酷遭家難, 遂杜門塞兌, 絶跡世路.

結舍先墓下, 與里中數三士友, 密以古聖賢書, 曉夕硏磨, 深有所造. 發而爲文詞, 瞻閎典則, 繩墨井井, 詩格健調雅, 不作塵俗語. 猶恐聲聞之出世, 專以沉晦不耀爲務. 又不克享半百之壽, 所謂志關身困, 幽憂佗際, 實爲君一生究竟事, 則豈非今世之畸人, 天下之鮮民也.

然三淵金公間嘗得其作而奇之, 許爲詞林高手. 尤隆推人物, 謂非叔季所及. 余惟士之窮居自修, 得先達鉅儒獎飾以垂名簡策者, 從古盖希有焉. 君之被賞識於斯文宗工, 視古人爲何如耶? 莊生不云乎? 萬世之後, 一遇知其解者, 是朝暮遇之也. 夫旣遠期於萬世, 況當其世而得之者乎? 其亦不可謂不偶者矣.

今其遺胤取其亂稿, 曾經三淵刪定者, 付之剞劂氏, 以傳通邑大都, 鬱而不發者, 將大宣明於後代. 人之惜君之有而悲時命之迫阨者, 至此而庶其少有解釋也夫. 余乾沒纓組間, 不獲與君周旋, 而顧嘗憐其心而尙其操, 盖亦有素. 今於弁卷之託, 不容無一言, 略書感慨之意以歸之.

君有從祖弟寢郞君, 亦好古力學, 一以君爲師表. 多所論著, 又不免早夭, 詩草盡逸無存. 只有文若而篇, 附於君稿之後. 雖少, 足可見才思之不羣, 而一家

文獻, 亦可以徵於斯云爾.(『陶谷集』卷25)

崔昌大

答李仁老德壽 204쪽

向者, 得足下書, 極論文章之體, 而規僕求工好古之太過. 僕游藝有年, 得交於當世名士亦多, 未嘗見論說及此. 今忽得之於足下, 竊自增氣, 爲之屢歎. 然其中有一二可復者, 聊復言之.

足下云: "文字者, 言之寓也, 詞達而可耳." 甚善甚善. 然所謂詞達, 亦豈敷多冗長之謂? 獨不曰言之不文, 傳而不遠乎? 孔子曰: "質勝文則野, 文勝質則史, 文質彬彬, 然後君子." 吾於文章, 亦云然. 文質彬彬有道, 明理以樹其本, 擇術以端其趣, 修辭以致其用. 三者闕一, 不可. 循是三者, 俛焉日有孳孳, 則隨其材而自有所至.

若文句之險易奇順, 非必同也. 雖以詩書六經言之, 商書之灝灝, 周書之噩噩, 春秋之簡嚴, 易繫之醇邕, 其險易奇順之異同, 何如也. 今以春秋周書, 謂不合於詞達之旨, 可乎? 且夫古人之文, 又必以簡寡爲貴, 以言乎談理, 則孟子之言, 寡於荀韓, 曾思之言, 寡於孟子, 孔子之言, 又寡於曾思. 以言乎記事, 則左氏寡於馬班, 春秋尚書, 又寡於左氏. 以言乎詠歌, 則楚騷寡於漢魏, 風雅頌, 寡於楚騷. 其餘道家之道德經, 縱橫家之陰符, 兵家之三略, 醫家之素問, 皆寂寥短篇, 多不過百千言. 然說約而義愈博, 辭近而指愈遠, 何則?

於理則見其本源, 於事則舉其體要也. 故僕常作話頭曰: "古人識高, 故其文精, 今人識下, 故其文粗." 譬之, 欲觀青齊之大勢者, 馳車驟馬, 日走乎齊魯之郊, 不如登太山之頂, 而表裏四邊, 旁陬曲折, 一流目而擧之, 不待多言而得其要耳. 又觀馬遷贊高祖, 不過曰: "寬仁愛人, 好謀能聽." 班固叙霍光爲人, 不過曰: "沉靜詳審." 夫帝王如高祖, 宰相如霍光, 而論贊之詞, 止此數語, 毋亦太草草乎? 然其能一言而盡之者, 亦其見本源擧體要也.

由是言之, 爲文而不務出此. 徒以騈枝漫汗之言, 羅列以出之, 自託於詞達之旨, 而不知所以裁之, 吾未見其可也. 後世工於文者, 推韓愈爲首, 而平生作文指訣, 亦曰: "惟陳言之務去." 又曰: "人譽之則憂, 人笑之則喜." 又曰: "不專一能, 怪怪奇奇." 凡若是者, 非苟爲異也, 只是良工心獨苦耳. 且所謂務去陳言, 怪怪奇奇, 亦豈琱琢云乎哉, 華藻云乎哉? 觀於韓氏之文, 豈有背於理乎? 豈嘗無渾質流動之意乎?

足下所引燕喜亭記, 雖曰平正, 結撰布置, 儘有法度, 豈復有流蕩率易, 如後人之文哉. 雖然若樊紹述孫樵, 險僻以爲奇, 李攀龍王世貞, 剽剟以爲古, 僕亦嘗深疾而力排之. 數子之終於險僻剽剟, 蓋亦不知本之過也. 本者, 何也? 向所謂明理擇術修辭也, 見本源而擧體要也. 足下所稱藝苑哲匠, 短促其句節者, 雖未詳所指, 而其失亦在乎不知本也. 懲於此而過於詞達, 無乃近於吹薤矯枉耶? 足下以爲如何?

寄妹書之模擬簸弄, 足下之評, 當矣. 然殆見吾杜德機也, 他文豈至是哉. 草稿一編, 不敢終諱陋拙, 亦欲求正於明者. 輒此納往, 一覽便還, 仍示以得失. 然有作輒錄, 不復刪正, 亦在足下擇其善者而觀之耳. 不宣.(『昆侖集』卷11)

留侯論 癸酉 **210쪽**

凡才之難, 非有才之難, 用才之難也, 非用才之難, 藏其用之難也. 夫所謂藏其用者, 非藏而不用之謂也, 用之可用之時而人不厭其用云爾.

自古才傑之士, 不患智謀之不足, 常患機鋒之太露. 其明有以燭之, 其智有以及之, 則不免爲才智所役. 明言善議, 自得其計, 奮臂揚袂, 矜自己出, 事成而德日亡, 功大而主益忌. 若此者, 其不至於夷滅, 幸矣. 此則巧於謀事, 而拙於藏用者也. 以余迹留侯終始.

方楚漢紛爭之際, 爲高帝腹心臣, 處帷幄而權謨畫者, 夫幾年矣. 凡於攻奪勝敗之數, 安危定傾之幾, 留侯固未嘗不在其間, 則其謀爲之多, 籌決之殷, 未有若留侯者矣. 然而人必曰: "善藏其用者." 何也? 用之可用之時而人不厭其用焉耳.

復立六國, 久知其非計, 而必於借箸之時發之, 捐之三人, 久知其長策, 而必於據馬之日請之. 還軍灞上, 必因樊噲之諫而成之, 徙都關中, 必因婁敬之說而贊之. 雍齒之當侯, 聞之非一日也, 必待複道之問, 四皓之可安太子, 策之非一日也, 必待呂氏之强請.

凡若是者, 言之必可行也, 行之必可成也. 然方其未也, 寂然不動, 似若無所知者, 及乎事至而幾當, 迫而後應, 不得已而後言, 言既讎矣, 事既成矣. 翕然而斂, 脩然而返, 由然若無所與者. 故利被天下, 而主不疑焉, 功在社稷, 而人不能名焉. 此非所謂用之可用之時, 而人不厭其用焉者耶? 雖以高帝之狙中自大, 果於誅殺, 蕭樊之重也, 而困於桎梏, 信布之勳也, 而駢於葅醢, 獨於留侯, 無一不豫色相加, 是豈愛遇之獨偏哉. 特其無迹之可乘耳.

夫善射者, 見中而後發, 故無失鏃, 善劍者, 見當而後擊, 故無折刃. 善用其才者, 見可而後用, 故無遺策, 而人不厭其用. 若所謂巧於謀事而拙於藏用者, 失鏃折刃之類也. 智謀之士, 苟有見乎此則幾矣. (『昆侖集』卷14)

疢疾說 贈李尚輔

孟子有言曰: "人之有德慧術智, 恒存乎疢疾." 斯義也, 以余善病而深知之. 方余之病也, 慮患不敢不密, 持戒不敢不謹. 其於耳目情欲之感, 起居飲食之節, 惟懼其或忽, 小心如跣足而涉春氷, 固守如嬰城而禦猛敵. 一日而病去身安, 心日泰而氣日張, 向之小心而固守者, 日以解弛益縱. 徐而自省, 則蓋其善者常在乎病, 而不善者常在乎不病.

夫一人之心, 千萬人之心也. 而卑屈阨窮, 恒人之所甚病也, 富貴顯榮, 恒人之所甚安也. 余於是始知人之善者, 多在乎所甚病, 而其不善者, 多在乎所甚安也.

嘗觀於近世君子, 其蔽於所甚安者, 何其多也. 是惟不耕而稻粱之食也, 不織而裘帛之衣也, 游居廈屋, 役使僮僕. 此固生而貴者, 夫焉知天下有阨窮卑屈之爲病也哉.

其或父世有足席也, 勢位有足挾也, 黨援有足恃也, 則其爲不善, 又豈可勝道哉. 此猶其粗者, 若其藝術足以自文, 言論足以自飾, 名譽足以自重者, 見慕於人滋廣, 則爲蔽於己益痼. 彼其揚揚, 自可志橫體忕, 矜肆之心, 與學識而並進, 狠勝之氣, 隨血膚而俱壯, 其日月以增長者, 無非性術之蠹而心髓之疾也. 然且漸漬習貫, 不自覺悟, 自以博雅無方, 而卒爲道德之棄. 高明莫亢, 而不可與入於堯舜之道, 豈不哀哉?

此皆溺於所甚安而不知返之過也. 孔子曰: "如有周公之才之美, 使驕且吝, 其餘不足觀也已." 此之謂也. 然則病乎勢位者, 猶可醫而去之, 病乎性術者, 吾恐和扁望門而却走也. 欲治斯疾者, 其可不痛自剟剔, 湔濯肺腸, 而蘄其少愈耶. 書曰: "若藥不瞑眩, 厥疾不瘳." 旨哉言乎!

吾與尚輔皆素羸, 實有同病之憐, 其於愼疾之道, 必有與余同者. 而吾二人俱

원문 387

居所甚安者, 恐其膏肓於性術. 敢以監戒於人者告焉, 因用自警.(『昆侖集』卷14)

北關大捷碑 218쪽

在昔壬辰之難, 其力戰破賊, 雄鳴一世, 水戰則有李忠武之閑山焉, 陸戰則有權元帥之幸州焉, 有李月川之延安焉. 史氏記之, 游談者, 誦之不倦. 雖然此猶有位地, 資於乘賦什伍之出也. 若起單微奮逃竄, 徒以忠義相感激, 卒能用烏合取全勝, 克復一方者, 關北之兵爲最.

始萬曆中, 倭酋秀吉, 怙强驁逆, 規犯中國, 怒我不與假道, 遂大入寇. 長驅至都, 宣廟旣西幸, 而列郡瓦解. 賊已陷京畿, 其驍將二人, 分兵首兩路, 行長躡行朝西, 淸正主北攻. 其秋, 淸正入北道, 兵銳甚, 鐵嶺以北, 無城守焉.

於是鞠敬仁等叛應賊. 敬仁者, 會寧府吏也. 素惡不率, 及賊到富寧, 隙危扇亂, 執兩王子及宰臣奔播者, 並縛諸長史, 與賊效欵. 鏡城吏鞠世必, 其叔父也. 及明川民末守木男, 連謀相黨, 並受賊所署官. 各據州城, 聲張勢立, 殺脅惟所指, 數州崩駭, 人莫自保.

鏡城李鵬壽, 爲氣士也. 奮曰: "縱國家創攘至此, 兒徒敢爾耶?" 乃潛與崔配天池達源姜文佑等, 謀起義兵. 諸人地相夷, 莫適爲將. 評事鄭文孚有文武才, 無兵可戰, 脫身匿山谷間, 聞義兵起, 欣然從之. 遂推鄭公爲主將, 鍾城府使鄭見龍慶源府使吳應台爲次將, 歃血誓義, 募兵得百餘人.

時北虜人侵北邊, 諸公使人誘世必, 並力禦北虜, 世必許之, 內義兵州城. 明朝, 鄭公建旗鼓, 上南城樓, 誘世必上謁, 時其入目, 文佑禽之, 斬以徇, 赦其脅從. 卽引兵南趣明川, 又捕末守等斬之. 會寧人亦討敬仁誅之, 以應義兵.

軍勢稍壯, 來附者益衆, 吉州人許珍金國信許大成, 亦聚兵爲聲援. 當是時, 淸正令偏將, 領精兵數千, 據吉州, 身率大軍, 屯南關以護之. 十一月, 遇賊于加

388

坡將戰, 鄭公部署諸將, 見龍爲中衛將, 屯白塔, 應台及元忠恕爲伏兵將, 分屯石城毛會, 韓仁濟爲左衛將, 屯木柵, 柳擎天爲右衛將, 屯涅河, 金國信許珍爲左右斥候將, 分屯臨溟方嶺. 賊狃勝不甚備, 諸軍並起掩擊, 乘銳蹙之, 士無不疾呼先登者. 賊敗走, 縱兵追之, 殺其將五人, 斬獲無數. 盡奪其馬畜兵械.

於是遠近響震, 將吏亡伏者, 爭起應之, 衆至七千餘人. 賊收入吉州城, 窘不敢動, 列伏于旁陜, 邀其出輒剿之. 已而城津賊, 大掠于臨溟, 率輕騎襲之, 草山設伏, 伺其還夾擊, 大破之. 又斬數百人, 遂剖其腹腸, 暴之大路. 於是兵聲大振, 賊益畏之.

十二月, 又戰于雙浦. 戰方合, 偏將引鐵騎橫衝之, 迅如風雨, 賊失勢, 不及交鋒, 皆散走. 乘勝又破之. 明年正月, 又戰于端川, 三戰三勝, 還屯吉州休士. 既而淸正知軍不利, 遣大兵, 迎還吉州賊, 我軍尾擊, 至白塔大戰, 又敗之. 是役也, 李鵬壽許大成李希唐戰死, 然賊遂退, 不敢復北.

當是時, 皇明將李如松, 亦破行長於平壤. 鄭公乃使崔配天, 間行奏捷行在, 上引見流涕, 贈鵬壽司憲府監察, 賜配天秩朝散. 時觀察使怒文孚不稟節度, 而疾義兵功聲出已, 聞奏率以誣捄. 以故賞不行. 久之, 顯宗時觀察使閔鼎重, 北評事李端夏, 聽於父老, 以實聞. 於是加贈文孚贊成, 鵬壽持平, 餘人贈官有差. 又建祠鏡城之漁郎里, 祀同事諸人, 賜額曰彰烈.

今上庚辰, 昌大爲北評事, 旣與義旅之子孫, 訪問前故, 得事蹟爲詳, 慨然想諸公之風. 又嘗路所謂臨溟雙浦者, 觀其營壁戰陣之所, 徘徊指顧, 爲之咨嗟, 而不能去. 間語其長老曰: "島夷之禍烈矣. 三京覆而八路壞, 諸公出萬死一生, 提孤軍摧勁寇. 使我國家興王舊地, 卒免於左袵, 而邊塞之人, 興於聽聞, 勸於忠義者, 又誰之力也? 幸州延安, 俱有碑碣, 載事垂烈, 東西者瞻式. 以關北之功之盛而獨闕焉, 庸非諸君之恥歟?" 咸應曰: "然. 惟鄙人志, 矧公命之." 遂伐石鳩材, 以人來請文. 辭非其人, 又來曰: "斯役也, 公實首議, 不得命, 將輟." 余乃叙其事, 系之銘曰: "有盜自南, 讐我大邦. 我王于蕃, 以國受鋒. 屹屹北原, 狼虓穴塘. 有蠢者氓, 不抗而從. 血口胥吞, 濟毒以兇. 士也朅朅, 俊羣攸同. 兵義莫利, 不屑戈弓. 旣殲叛徒, 寇莫我衝. 武夫鼓呼, 山摧海洶. 師征孔赫, 厥醜崩恟. 協底帝罰, 匪私我忠. 北土旣平, 爾蠶我農. 大君曰咨, 孰尙女功. 贈官命祠, 光惠始終. 士風其烈, 民可卽戎. 臨溟之厓, 有石嵸嵸. 刻之誦詞, 用眡無窮."

(『昆侖集』卷17)

李德壽

題海嶽傳神帖 228쪽

世人以東海之金剛爲眞金剛, 以帖中之金剛爲畫金剛. 妄生分別於其間, 是乃顚倒之見耳. 論其形色, 則流者峙者, 皓然而排空者, 悠然而赴壑者, 東海之金剛, 固具有之, 而帖中之金剛, 亦未嘗不具有之. 若眞與非眞, 離心無塵, 則帖中之金剛, 固心所現境, 而東海之金剛, 獨非心所現境乎? 除了一心, 大地元無寸土, 又何有東海之金剛與帖中之金剛乎?

以幻觀之, 帖中之金剛不獨幻, 而東海之金剛亦乃幻也. 以色求之, 東海之金剛不獨眞, 而帖中之金剛亦乃眞也. 本無分別之可言, 而妄生分別於其間. 故曰: "是乃顚倒之見耳."

噫! 人以有我. 故生分別. 有我有物, 分別愈細, 由是, 而得失榮辱之交爭, 慄然氷而熾然火. 析而觀之, 所謂我者, 果何在乎. 我旣非有, 而況其他? 小而一身, 大而山河, 孰非此心之現境. 捨心而觀, 境何所在. 境非實有, 分別卽幻. 旣謂之幻矣, 萬象森羅, 色色形形, 旋謂之眞矣, 執之不有, 俄又失之. 余嘗於此,

作一轉語曰:"心眞故境眞." 又曰:"心眞故境幻." 觀是帖者, 能作是觀, 曇無竭
必且以金剛眞面交付矣.(『西堂私載』卷4)

江居小樓記 232쪽

奇巧玩好之物, 居處宴息之所, 可以悅人之目, 而適人之體者, 古人未始不樂之.
然而得其適而適而已. 未嘗以爲可常也. 君子隨遇而安, 循理而往, 安往而非適
也. 處夢幻之世界, 而方且竊竊然私其有而憂其不守, 斯豈非大可哀者耶. 昔蘇
子瞻記菩薩板, 防人之取去者, 而李德裕乃復遺戒子孫, 使不以平泉一草一石與
人, 玆皆惑也.

豆毛浦之南, 臨江而有亭, 其勢隆然而高, 卽吾之居也. 其始柳公雲亭之而亭,
今廢而爲漁戶之所有. 一日欸門而告曰:"不勝逋債之日積, 願有以償之." 問其
價, 則七十金也. 余喜甚, 如其言歸其直而取之, 作亭於其上.

凡若干楹, 闢其西爲小樓, 以便遊覽. 旣成, 登而望焉, 則山之拱揖秀發, 挾
光景而薄星辰者, 水之澎湃崩騰而與風遇, 透迤瀄汨而徐行安流者, 與夫天之
高也, 野之曠也, 沖融渾涵, 而渺不知其端倪者, 莫不接乎目而得於心. 余樂之
忘倦, 旣而悟而歎曰:"斯地也, 其初固甞廢而不治矣. 柳公始斬夷之經營之, 及
柳公沒, 而子孫不能世其業, 則亭遂廢, 而地屢閱主, 卒爲吾之所有矣. 余未知
從今以往, 凡幾年而地又廢, 而爲所不知何人之有也. 玆其一興一廢, 固亦有
數, 存乎其間, 而莫之預者耶."

夫以漢水之勝, 甲於東國, 而緣江而亭者, 鼂房之附乎畏佳也, 蝸蜑之麗乎碕
岸也. 其衆若此, 而華扁麗搆之倒影浸江, 上下而蕩漾者, 非公子王孫, 則豪族
之以財雄者也. 地無餘可以置舍, 使斯地而爲斯人者所賞, 則誰少七十金哉. 必
有奪輸其價而不辭者矣. 顧乃不然, 隱伏而不顯, 必爲吾所得, 則玆又數之所存

也. 余因是而重有感焉. 天地之間, 物無長久而不變者. 故其成也毀也, 其毀也亦成也. 是以古人達觀而齊得喪. 死生變化, 日夜相交於前, 而猶浮雲起滅於太虛, 而不一動乎其中. 況區區之亭舍哉?

方吾之在斯亭也, 覽觀乎江山之淸曠, 雲物之變態, 憑欄欠伸, 一笑爲樂, 未始不自足也. 又安暇不是之樂, 而憂亭之廢興於百年之後爲乎哉.

彼柳公, 其立朝大節, 雖有可議者, 而其豪邁之氣, 卓犖之材, 固亦一世之人傑也. 今其遺風餘韵, 漫無可尋. 但見山高而水深, 掉謳漁笛, 相應於烟渚蘆洲之間而已. 則人之過者, 其孰不慨然而興思哉.

然此未足道也. 自此而望焉, 其近則故柳希奮之第, 而今屬洪相國, 遠則者韓上黨明澮之亭也. 此二人者, 方其志滿意得之時, 勢炎所及, 能使當時之人, 壘足而僉息. 雖山水之宜於高人逸士者, 亦不免效奇献態於欄檻之下, 則其程工致巧, 期不陀陁者, 顧如何哉. 而忽焉之間, 烟沉薰滅. 但見頹垣敗壁, 縱橫於荊棘之下, 則果哉驕奢之安可恃也.

此猶其小者也. 阿房之宮, 未央之殿, 豈非古今所謂窮極天下之瑰觀者哉. 而今亦旣已蕩爲灰燼, 鞠爲茂草矣. 然此猶不離臺舍而言也. 山有時乎崩, 水有時乎渴, 三光有時乎殞, 天地有時乎盡, 則凡物無大小, 及其不可常則一也.

惟理也者, 窮宇宙, 閱古今, 而未之或變者也. 先乎天地而未有其始, 後乎天地而未有其終. 聖人者, 知理之具於吾性而無性外之理也. 明吾之體, 而復吾之初, 參萬世而一成純. 若然者, 妙用無方, 屈伸在我, 莫得而名焉, 莫知其盡也. 視大小猶無大小者, 而疾舒未始有疾舒也. 彼且以豕牢爲王宮, 千年爲一瞬, 又焉知居處之華陋廢興之所由哉.(『西堂私載』卷4)

贈兪生拓基序 238쪽

兪生拓基將隨其大人官于嶺南, 前期以行告. 且曰: "吾有遠行, 親舊皆有以送我, 子獨無以送我乎?" 余曰: "古之人送人, 飮以酒, 今亦飮子以酒乎." 生曰: "酒非吾所嗜也." "古之人送人, 贈以詩, 今亦贈子以詩乎?" 生曰: "詩非吾所尙也." "然則古人贈行, 有以文者, 今亦贈子以文乎?" 生曰: "幸甚. 雖然吾年尙少, 不知讀書爲文之法. 願子道所以讀書爲文之法, 以勉吾行, 庶得以朝夕從事, 斯吾所望也." "夫讀書而鹵莽, 爲文而蔑裂, 世孰有如我者. 方將求其法於人, 遑可以其法告人乎? 雖然生之意勤, 不可以終無言, 則請誦舊所聞."

夫讀書, 貴浹洽. 浹洽則書與我融而爲一, 不浹洽則旋讀而旋失, 讀而與不讀者, 無甚相遠, 此所以書貴浹洽也. 驟雨之作也, 飄風驚電, 以助其勢. 大者如柱, 小者如竹, 急如翻盆, 猛如建瓴, 斯須之間, 溝澮皆盈, 其爲澤, 可謂盛矣. 然倏焉開霽, 日光下爍, 則地面如拭, 掘之數寸, 猶見燥土. 此無他. 其爲澤不能浹洽焉耳. 若夫天地之氣, 氤氳交感, 沛然興霖, 霏霏滛滛, 終朝竟夕, 則潤徹九泉, 澤周萬品, 斯所謂浹洽也. 讀書亦然. 務欲其交貫互徹, 繼以抽繹之功, 持以不輟之志, 以至於浸涵自得. 反是而惟速與多之務, 雖伊吾之聲, 不絶於朝夕, 而及其過也, 其中無得焉. 猶數寸之外, 尙爲燥土, 甚可戒也.

浹洽有道, 精斯浹洽矣. 未有精而不浹洽者, 不精亦未有能浹洽者也. 是故, 欲浹洽, 當求其精. 其讀古人文, 其意以爲人之爲言, 固當如是也者, 雖其自爲文, 其爲言亦固當如是也者, 吾之意與古人之言, 相安相適, 而無相迕相拂者焉. 苟不然, 則必其言有不合於理者也. 又不然, 則必吾之知與見, 有不逮於古人者也. 又不然, 則必其有殘編錯句者也. 與之反覆焉, 與之磨戛焉, 久則昭昭然, 白黑分矣. 斯所謂精也, 斯所謂精之至也. 如是而下筆, 有不沛然者乎.

雖然有患一任其滔滔莽莽, 則其失也流於靡, 爲是之慮, 而章揣句模, 則其失也流於局, 局與靡, 皆文之忌也. 縱而無至於放, 法而無至於拘, 使氣貫乎一篇, 而法行乎句節之際, 斯善矣. 兩陣相望, 闐然鼓之, 揮刃賈勇, 前突堅壘, 其氣若不可禦者, 而猶尙曰: "三步四步而止齊, 五步六步而止齊." 此固用兵之法, 而亦可喩於文者也. 夫爲文之工, 由乎讀書之浹洽, 讀書之浹洽, 由乎讀書之精. 苟精則浹洽矣, 浹洽則下筆而無滯矣. 生果能率由是道以求之, 生之爲文, 不憂不如古人矣.(『西堂私載』卷3)

與洪仲經書 243쪽

耐兄出示左右文數篇, 燭下, 與子愼互讀更贊, 旣又拊手抃喜. 文體壞敗之日, 乃能得此, 誠不啻衆蛙咬中, 聞咸池也. 抑吾之期於左右者, 不淺而深, 不可徒爲隨喜而不盡其所見. 始左右之初爲棧道論也, 其筆勢若瀾之翻於海, 若釰之發於硎, 望之可畏. 見者, 皆稱其氣勢之橫恣, 而恨其少法. 吾之所大喜, 則乃在於是.

今之諸作, 比舊加整齊, 而邁往之氣, 則少似沮縮. 囿於法而不能極其意之所欲言, 縛於法而不能恣其氣之所欲泄. 拘謹之態露, 而顧忌之病生, 有若駿馬欲驟, 而爲銜勒所制, 曲頸囓膝, 踢顧躑躅. 見者, 皆以年少文法之驟成爲奇, 而吾之所大憂, 則乃亦在於是, 何者.

文以意爲主, 而以氣爲輔, 隨事命意, 言以宣之, 氣以鼓之, 法在乎其中. 此作文之訣. 故古人之文, 言必有以盡其意, 氣必有以充其言, 而法則未必皆同. 今世之爲文者, 不求古人之意, 惟法之務, 字揣而句擬, 以求其肖似, 矩折而規轉, 以效其色皃, 尺度不失黍累. 驟讀誠若可喜, 徐而味之, 眞氣繭然, 千篇一律, 令人生厭. 此皆好法之過也.

雖以左右所喜二蕢之文言之, 彼未嘗求爲如是之法也. 意有所欲言, 言以發其意, 而適成如是之法也. 彼所未嘗有意者, 我乃以有意而求之, 則雖其在外之法, 未見其能善學. 且使二蘇之文, 果爲千古不易之定法, 則蘇之前, 有韓愈, 有柳宗元, 有李翶, 有杜牧, 其文皆不在蘇之下, 而韓有韓之法, 柳有柳之法, 杜牧李翶自有杜牧李翶之法. 何嘗盡與蘇同也. 蘇之同時, 有歐陽脩, 有李方叔, 有曾子固, 有王介甫, 是皆與蘇幷名齊譽, 而其爲法各異. 亦何嘗盡與蘇同也.

故欲學古人之文法, 當學古人之言, 欲學古人之言, 當學古人之意. 意與言, 能如古人, 法雖不同, 無害, 意與言, 不能如古人, 法雖同, 無取焉耳. 比之治體, 不可不同者, 道也, 不能無異者, 法也. 文之必以意爲主, 則猶精一之心法, 愼徽之五典, 其法之不必同, 則忠質文之異尙也.

又譬於物, 崇庳曲直, 室之不同, 而取材於木, 則無不同焉. 方圓闊狹, 器之不同, 而取成於陶, 則無不同焉. 順奇易險, 文之不同, 而成於意而發於言, 則無不同焉. 守圓而笑方, 知直而昧曲, 梓匠之陋也. 好奇而惡順, 執易而攻險, 文士之固也. 是故, 用陶木者, 曲直方圓, 隨形而成. 善爲文者, 往復曲折, 唯意之從. 此其事之相類, 而可以喩於左右者也. 左右誠喜法古人, 則當法古人之言意, 勿太尼於在外之法. 讀書之際, 亦以此求之, 其所得當有日深者矣.

莊子之文, 喜爲參差俶詭之論. 故一篇之中, 屢更其端, 層見疊出, 而意則愈明. 左氏班氏, 亦言簡而意著. 其法固皆不同, 而若其言能盡其意, 氣能充其言, 則無不同. 六經之外, 子史可讀者, 其此三書乎? 古人言欲學退之, 學退之所學莊氏左氏班氏, 固長公之所喜稱者也. 雖以讀長公文言之, 當觀其善能摸寫於人情物態, 筆端衮衮, 極其中之所欲言者, 而神注意會, 有得於其中, 斯爲善學. 何必規規摸擬於其外之尺度矩矱, 有若刻舟而求劍爲哉.

左右才高, 意之所向, 輒能善肖其體. 昔之讀雋永, 其文乃如雋永之文, 今讀蘇, 而便能效蘇之爲. 使讀莊氏左氏班氏之文, 吾知必能如莊氏如左氏如班氏, 能變轉, 能剴明, 能模寫. 如是而左右之年漸多工漸深, 霜降而水落, 則自當非莊非左非漢非蘇, 而別有左右之文法矣. 今則尙早也, 幸左右無以年少俊才自負, 而信取吾言, 吾將有深於是者, 繼進焉. 左右其報之. 不宣.(『西堂私載』卷3)

亡妻海州崔氏墓誌銘 250쪽

孺人名某, 姓崔氏. 崔爲海州望族, 在高麗, 有文憲公冲文清公滋, 其事迹在史冊. 入我朝, 有諱慶昌, 以文行著世, 世稱其號爲孤竹, 寔孺人五世祖. 祖諱某, 司導寺正. 考諱某, 敬陵參奉, 士友望, 早埸. 妣順興安氏, 贈戶曹參判壽星之女, 而文成公裕之後也, 貞懿有女士行.

孺人以甲寅四月七日, 擧於文化官舍. 英慧夙成, 爲祖父母所賢愛. 癸亥, 隨祖父官淮陽, 遭參奉公喪, 踰年而安孺人繼歿, 俱執喪哀戚, 如成人. 年十五, 歸于余. 明年己巳, 家君以校理, 被謫于海島, 孺人入李氏門, 未幾, 執匕鑰, 幹家事. 上奉祭祀, 下撫僕御, 皆井井有條理. 癸酉, 孺人有身八月而病, 娩而子死, 因悲悼傷歎, 病以轉劇, 至其年十月八日, 竟不起. 得年二十: 嗚呼痛哉! 用死之十一月, 葬于楊根古同山先壠下巳坐之原.

孺人少而敏悟, 長而端潔, 克以禮自持, 不妄言笑. 每內外親黨有宴會, 他婦人歡笑爲樂, 而孺人獨默然終日. 性又剛正, 見余有過, 必以義規警. 余或加以恚怒, 不少撓, 但曰: “吾而不言, 誰當言. 君又奚取於吾哉.” 余見世之婦人, 咸以伊優取悅爲事, 見君子所爲, 有不合於理者, 一再言而不改, 則不從而順成其非者幾希. 此則孺人之所深恥也.

孺人平日, 頗知愛文字, 雖古大作, 讀不數遍, 能暗誦不忘. 余讀書至疑難處, 或以問孺人, 孺人爲辨析皆當於理. 至左氏雍姬事, 孺人曰: “聞而不言父死, 言夫死. 無寧己死而父與夫生也.” 余曰: “何居.” 孺人曰: “遣二人. 一告于父以其夫之謀, 一告于夫以其己告于父, 遂自殺也.” 其能辨人難辨, 而理達識敏, 多類此. 至其病中, 猶聞余碁聲, 歎曰: "吾雖不識文, 聞君讀書聲, 輒心喜. 今奚此之爲耶?" 嗚呼! 吾豈復聞是言哉?

孺人之兄崔而順之言曰: "妹本稟操雅潔, 一毫取與, 無苟於心, 此則受誨於先妣者然也. 作於心然後, 發於口, 絶無作爲之態者, 類乎先君子. 好靜而惡鬧, 不事呶呶爭卞者, 酷似我. 此吾妹平生爲人, 而唯其沉靜不顯. 故雖族屬隣茲之間, 鮮有知其德者." 孺人之族之知孺人者, 謂其言之然也.

始參奉公之喪, 安孺人毀而欲自裁. 時孺人年甫十歲, 審其意, 未嘗離側. 一日, 安孺人若有持物置枕底者, 孺人探得小刃潛匿之, 至夜深, 安孺人果反枕, 而失所藏. 孺人益憂畏, 屢夜不就寢. 安孺人, 病且革, 乃撫孺人而泣曰: "若年幼, 吾不見若之長成也. 雖然吾舅姑愛若甚, 吾亡遺念於若矣." 安孺人旣卒, 孺人哭踊孺慕, 不自勝. 長者, 憐其弱而能毀也. 時勸以味之滋者, 孺人號泣, 不肯食. 長者, 亦不忍强焉. 蓋其篤孝天性然也. 然病亦崇此云.

方其病之甚也, 潛語傍人曰: "吾天地間窮人也. 早失父母, 至痛在心. 將移吾孝於舅姑, 而五年海外, 承顔無期. 今又不能置一子以死, 死將泯然於世間矣. 又孰有憐悲余者?" 因涕泣沾襟, 目爲之腫. 將絶, 開眼視余, 合已復開, 遂瞑不復開. 嗚呼! 吾何咎而天之忍而爲是也. 嗚呼哀夫.

銘曰: "彌智麓, 古同足, 李氏德壽, 敢告來後. 是惟亡室崔孺人之藏, 庶幾其壙之勿傷也." (『西堂私載』卷9)

操舟亭記 256쪽

自濱陽郡沿江而下十里, 有谷窈然, 阻北而通南, 有江山園林之勝, 土人稱爲上心. 余謂古人凡有所命名, 皆必有其義. 江水西流爲大灘, 以險聞於國中. 鼓枻上下者, 欲其盡夫操舟之術. 故名以觴深, 而音轉而訛耳. 余於北麓之下, 置精廬, 以爲歸老之計. 改舊名爲觴心, 而扁其亭曰操舟.

噫! 今之世卽海之險也. 余之操舟以游於其中有年矣. 每見摧檣敗楫, 相續於前, 而余之舟亦幾覆者數矣. 當其時, 大浪如山, 小浪如屋. 接於耳者, 汹湧奔騰之聲, 接於目者, 橫裂直立之狀. 天吳鱔鰌之屬, 又旁睨而側伺. 其可畏如此, 余怵然心爲之動, 蓋未甞一日而暫安, 則其有愧於善游者多矣. 況敢望沒人之視淵若陵, 視舟猶車乎?

及今歸卧斯亭, 則疑若忘乎世矣. 然猶未能忘形. 夫有形, 不得不養, 養有所不具, 則心爲之營, 飢而營食, 寒而營衣, 病則求醫, 困則思逸. 其爲養不一其端, 形旣得其養, 而心則爲之疲矣. 若是者, 雖果於忘世, 而猶有形之累, 猶忘水而未能忘舟. 其爲外重均也, 惡往而得其暇哉.

然則忘形, 固有術乎? 曰有之. 其惟移其養形者, 而養其神, 使全而無郤而已. 彼未甞見舟而便操者, 固不可幾矣. 若夫數能, 則唯在夫用志不分. 觴深之津人, 其有以告之矣. 津人其亦荷篠沮溺之流, 而隱於水者歟.

余因操舟而得養神之說, 於是作操舟亭記.(『西堂私載』卷4)

寫眞小跋 260쪽

向在乙卯歲, 余在燕館, 有南京畫師施鈺偶來見. 論及丹靑, 其言不讓自詫, 爲天下獨步, 求寫余眞. 觀其盤礴運毫, 流動自在, 信其爲能手也.

及余年至入耆社, 尹台季亨亦同陞, 要各圖像以繼故事. 於是, 張師學周來寫余眞, 凡六易草, 而始署得之. 眼也鼻也口也鬚眉也, 皆不失其眞, 而若論典刑風神隱隱筆墨外, 則遠不及施畫. 此由品格有高下之別故也. 鬚比前畫, 加白而稀踈. 七八年之間, 其衰如此.

聊記顚委, 留示兒孫.(『西堂私載』卷4)

李夏坤

題李一源所藏鄭數元伯輞川渚圖後 266쪽

余家宛委閣, 只有數十幀古縑, 如近日諸人筆, 絶無存者, 可知余蓄畫無多, 且廉於取畫也. 正甫今以富而益貪啁我. 又冀一源愛弛, 欲全收漁人之功. 一源非三尺童子, 焉能墮其雲霧中. 正甫則宿恙果發矣. 一笑, 載大又書.(『頭陀草』冊14)

題一源所藏海岳傳神帖 268쪽

余平生與元伯不交一面, 今因此卷, 不獨得其畫法, 兼得其爲人. 寫景設色之工, 固可喜, 其操縱殺活, 正自難及. 正陽前, 若排却萬二千峰, 不過爲一幅盆景圖. 故作烟雲晻藹狀, 還它空界本面目. 特於此段, 匠心布置, 幻出無限玉芙蓉, 以逞其雄秀之筆. 此正元伯操縱殺活處, 唯知者知之也. 余寂愛任文仲紅錦步障語, 但少此光景, 元伯能更爲我下筆否.(『頭陀草』冊14)

題一源所藏宋元名蹟 270쪽

小雨新霽, 坐南軒見夕陽, 山色極佳. 高柳蟬聲, 又送一陣涼意. 此時展一源此卷, 吾未知孰爲畫中景, 孰爲景中畫也. 恨不喚東坡老仙相與一證之. 癸卯八月三日, 澹軒居士書.(『頭陀草』冊18)

媚狐說 272쪽

狐, 媚獸也. 恒媚於虎, 虎悅其媚, 以其啗之餘啗之, 狐利其啗, 益媚虎. 一日進
言于虎曰: "稱吾君者, 皆曰: '山中王.' 王固尊也. 王之上又有帝焉者, 其尊莫尙
焉. 吾君盍稱帝, 以示尊乎百獸也." 虎曰: "辭. 麒麟仁於我, 未聞其帝也. 狻猊
勇於我, 亦未聞其帝也. 王於我足矣. 而帝以何德堪之." 狐又進言曰: "麒麟雖曰
仁, 勇不及吾君, 狻猊雖曰勇, 仁不及吾君. 夫仁與勇, 吾君兼之矣. 然則夫二者,
烏足以望吾君也哉. 以吾君之德之全, 而不以帝, 而孰帝焉." 虎於是乎悅, 遂稱
爲山帝. 百獸聞之, 率往賀焉. 虎於是乎益以狐爲愛我而尊我也. 又稱狐曰山
相, 輒遇物不食, 盡以啗狐.

夫狐之媚虎, 由乎利虎之啗而已. 使虎乃曰愛我也尊我也, 狐可謂善媚也耳
矣.(『頭陀草』冊14)

饒白髮文 275쪽

余早衰, 自三十五六, 鬢毛已有一莖二莖白者. 女兒輩見之, 輒惡而鑷之, 余不
禁也. 至今白者幾半鬢矣, 而鑷之猶不休.

余忽自念吾年已四十五矣, 回視二十年三十年前, 則貌與年化, 殆若二人. 而
吾考之吾之心身言行之間, 獨無所化乎哉! 然則人之所易化者特兒, 而所不化
者心歟? 抑人貌與心俱化, 而吾獨不心化歟?

噫! 昔蘧伯玉行年六十而六十化, 是心與貌俱化也. 伯玉之所以爲伯玉者此
也. 若吾者, 貌非故吾, 而心獨故吾也, 是貌化而心不化也. 心不化而欲免乎故
吾, 則其得乎? 盖吾髮隨白而隨鑷, 故吾所見者, 獨黑者耳. 吾未始以爲老也, 而
猶有童之心也. 然則使我心可化而不化者, 又誰之爲歟?

吾自此唯恐吾髮之不白也. 請自今日始, 饒汝白者, 朝夕覽汝, 使我不化者, 將隨汝而化矣夫.(『頭陀草』冊16)

申維翰

比鰍堂記 280쪽

內舅蒼淵翁視馬湖西時, 時從稷之士韓生游. 余過而揖韓生, 驩如舊相識. 發其袖, 得叙而詩者二, 其一蒼淵言, 余卽寓目焉. 生乃屬余曰: "日吾以濠魚之樂而命吾廬, 規規然自喩適志. 今吾與觀於淵翁之文, 獲夫千里之鰍, 而吾不爲故吾也. 請以子張吾大."

余矍爾曰: "嘻! 天下莫大於海, 海之魚, 亡上於鰍. 子能蟬蛻而化, 汎汎乎其爲寥天一之所居, 其視吾躩躩而歌者, 猶之一笑於楡枋間耳. 子何用余言而大聞." 曰: "三神山在東海中, 能不格于祖龍之天下. 天下謂六王可一, 三皇可侮, 詩書可燔, 而海外之三山不可能, 卽是秦天下不修於鰍之背也. 今子築堂于海上, 烟霞與居, 島嶼與游, 得亡三山者, 在堂之雷也乎. 子其遵海而眺, 目蒼蒼而心茫茫, 西不極于靑齊, 東不盡夷亶之州者, 境之有涯也. 爾名爾堂, 爾堂爾居, 嗒然隱几, 靜坐繙書, 視海猶陸, 視人猶天, 視今猶昔, 不出戶牖而知九有者, 境之亡涯也. 斯焉而祖龍之火不能燔, 祖龍之天下不可能."

韓生遽曰: "大哉! 譚止矣. 若有未竟, 吾不敢請已." 堂以比鰍名. 語具蒼淵記中.(『靑泉集』卷4)

念佛契序 283쪽

寶盖之山, 有一清淨沙門, 學佛三昧, 與遠近法界善男子善女人無量衆生, 一心發願, 作爲念佛契. 余聞之曰: "契名何居?" 有致沙門語者曰: "西方之聖, 有八萬四千陀羅尼門, 平等法敎, 敎人以同住淸淨道場. 稽首十方如來, 口誦恒沙佛名, 心存目想, 卽有無邊功德, 驀地成佛. 如種瓜得瓜, 所以億身金粟, 七寶粧嚴, 莫非衆生因果."

余迺灑然起色曰: "是豈獨學佛而然? 儒家之誦聖言習聖行, 亦自一念始. 顔淵喟然嘆曰: '仰之彌高, 鑽之彌堅, 瞻之在前, 忽焉在後.' 又曰: '夫子循循善誘人, 博我以文, 約我以禮, 欲罷不能, 旣竭吾才, 如有所立卓爾.' 若是者, 求之釋氏之門, 殆達摩所傳外息諸緣, 內心無喘, 心如墻壁, 可以入道者非耶. 吾未知沙門念佛精進之功, 果有如顔淵之念宣尼乎."

嘗論釋迦之敎, 亦循循善誘人. 今讀其書, 雖言語往往與中國異, 然彼以天下人人, 本自有佛性, 只緣無明煩惱染得根深, 被它貪淫怒癡百種妄念, 落在生死苦海. 遂乃綦之以念佛懺悔之法, 而人皆有改過遷善意. 又布之以刀山劍樹之說, 而始人人畏罪, 示之以三生業報, 布施功德之驗, 而始人人好施予.

夫使天下人, 已能回心而嚮道, 改過遷善, 畏罪好施予, 因其一念之善, 而念念不已, 如顔淵之不違仁不貳過, 以復其本有之性. 其斯謂至誠不息, 其斯謂明明德止於至善. 釋迦之敎人念佛, 必若是焉已矣.

奈之何後之學佛者不然? 朝暮合掌誦佛名而曰: "佛福利我." 供一飯爇一燈, 頂禮佛足而曰: "佛濟度我." 繪像建塔, 藏經設齋, 帝釋伽藍, 舍身舍天下者曰: "佛功德我厚報我."

是惟藉佛之靈, 以濟其貪淫. 衆欲烏在乎淸淨佛性. 吾於是乎知向來經敎中誘人入道種種方便, 皆黃葉而止兒啼也. 若知黃葉非錢, 庶可與語念佛契, 否

則閻羅王鐵棒在.(『靑泉集』卷4)

木覓山記 ^{287쪽}

登木覓山, 山高數千仞. 西北望白岳三角仁王諸山, 崔萃穹盤, 若拱若抱. 東得白雲枝麓, 宛延而下, 與南山合. 環山之脊而爲雉堞譙樓, 鍾皷之音相聞. 是其城中地勢, 衡可十餘里, 縱三之二.

於焉而立廟社宮闕倉廩府庫壁雍苑囿, 外爲三公六卿百官衙寮. 其餘爲萬人屋百貨肆十街市. 歷歷在指掌間, 卽亡論帝京豐鎬, 其視史傳所稱臨淄雨汗鄠鄂雲夢, 吾懼其辟三舍矣.

然是土也, 材博而饒, 德業而伊傅, 智能而管葛, 文章而兩司馬, 典郡而龔黃卓魯, 咸是之自出, 而得於遐陬豐蔀之家者, 百無一焉. 又以取於斯者, 設甲可乙否齊嬴楚輸之局, 前之是甲言貴甲人, 百不用一乙焉, 後之是乙言貴乙人, 亦如之. 所以是土之材, 常患於什不用二三.

然契爲司徒, 夔典樂, 皐陶作士, 龍作納言, 無往而不諧. 九功惟叙, 庶績咸熙, 其斯爲比屋之封, 粤無鑄秦無鑪矣.

於乎! 此豈地靈之毓材, 豊於內而嗇於外哉? 抑周官世祿之制, 作成已久, 父兄之敎子弟之律, 不假鍛鍊, 習熟見聞, 家黼黻而戶經綸故也. 而區區側陋之士, 起自耒耜, 材不能效一官, 而越千里重繭而至, 進墨墨不得意, 退又皇皇如也. 悲夫.(『靑泉集』卷4)

瘞人骨文 ^{290쪽}

維延日縣北七里許, 大洋黏天, 江水之漫漶而入于海者, 激而爲崩沙斷岸. 岸上下有路, 人羣男女馬牛之跡絡繹其中. 而視其塵沙, 襍以枯骸瑣骸, 大者以寸, 小者以銖, 或圓或脩, 或尖或竅, 曝陽泥露, 星星布路, 紛不知其數.

余於日昨, 適出而流睇, 駭焉傷心曰: "人生而死者, 骨朽於泉壤, 則無貴賤一也. 今暴於外, 被行旅蹂躪陵籍, 孰使之然." 縣氓相傳: "是土無水, 爲坡坨宛丘, 遠近之凍餒死癘疫死, 北來商客破船死, 薄葬藁葬及具棺築土而封者, 大小甚衆, 卽如佛家所謂尸陀林者. 而往在壬戌, 大浸懷襄, 陸化爲江, 是其形骸東流而達于海者半之. 敗棺朽木, 或罥於沙岸而零骸之布路者, 又不知甲脊乙膞, 誰髑何脛, 所以不收不瘞, 任其消磨云爾."

余聞而益悲, 廼以九月二十五日壬子; 命徒隷捃拾泥沙之骨, 裹用紙俗, 盛用草薦, 埋之於北松亭畔潔淨之土. 具飯羹酒脯, 設饋而告之.

曰: "爾何人? 爾何人? 吾延日縣尉申某也. 達者有言, 死而無知, 不擇乎螻與鳶矣. 爾旣無知, 固無憾於江海之漂雨露之濡. 而吾以掌土之官, 奉王政掩骼之仁, 豈忍使爾枯散之骸, 飽風霜于江濱, 蛟涎獸蹄之所集而糜爛爲哉. 今又爾寸斷碁置之骨, 而位歸於一坎, 則誠如縣氓之言, 不辨其甲脊乙膞, 儻爾有知, 得無煩惱於玆乎? 雖然昔聞金胡掘宋皇帝諸陵, 以其骨雜之牛馬骨而爲浮屠, 爾得以人骨附人骨, 其視趙宋皇帝, 亦似賢矣. 萬歲千秋, 爾樂斯丘. 厲壇在傍, 歲春秋冬享禮, 爾飽爾食. 是安是集, 無爲癘疫以憂黔首, 無俾水旱以瘁禾稼. 洋然而逝, 炳然而靈者, 爾尚有魂矣. 魂其鑑玆, 福我疆土."(『靑泉先生續集』卷2)

自叙 293쪽

始余不遜, 窃慕古文辭, 往往自喜塗墨爲序記雜著. 生長遐陬, 亦未嘗取質於當世博雅君子.

行年三十五, 始遊京師. 往謁昆侖崔學士. 翁盡索我少壯文藁見之, 沾沾喜曰: "君誠好古有氣力, 可進於古, 而茫茫乎不識所由徑矣. 君欲以毛髮肖古人, 而不以筋髓神氣求古人. 故篇篇字句, 似馬似左似莊似子雲, 凡言似者, 皆非眞, 是不過優孟之爲孫叔敖矣. 自己腔裏, 亦有好家居, 何苦寄宿人芭籬下." 因逆揣吾生平文字被病根委, 如倉扁視人肝肺, 診脉論症.

卽抽案上八大家文抄中曾南豊二卷, 授我曰: "試往讀此, 可以醫病." 余旣感荷盛意, 取卷歸舍, 翫繹久之. 第見泉源浩浩, 過於敷衍, 令人一讀而飫, 再過而睡, 計無以秋毫相入.

如南榮趎十日自愁, 復見老子, 袖卷而反之, 且訊曰: "此藥不能治吾疾. 奈吾膏肓何." 翁笑曰: "是君五內之懸未解, 疾不可也. 無已則莫如專攻漢書. 去君之剽習與摸擬, 居簡而行簡, 久當自化." 余曰: "謹受敎."

蓋於漢書, 已有宿好, 歸而手寫數十傳合意者, 字字探賾, 靑黃批點, 浸淫數月. 而後間取日用事物記述爲文, 則若立孫吳陣中, 執旗皷聽軍令, 便覺一跬步不得橫恣. 所以發於心而應於手者, 拘束而靡暢意, 頗悶焉.

復以新得一篇, 往質於翁, 翁驟看而驚曰: "近讀漢書幾遍耶? 今已澡濯前習十八九, 幡然露其質矣. 是其稍澁而矜厲者, 文之始革也. 守而勿失, 信之勿疑, 日漸月融, 聲不雜而純, 色不假而眞, 至於習慣如自然. 執此以往, 吾當卜君之鳴世."

後數年, 哭公之逝, 他無更聞於知己之論. 余亦以世故嬰身, 天分有限, 竟不得長進. 然自服翁言, 身不離漢書, 已三十年如一日矣. 念翁愛我甚厚, 初欲以宋文最易者, 一革吾狂簡, 而水不能入石, 難強以非其好矣. 知吾天性局滯, 度吾不能行者, 而使之純用漢書, 則至今尺寸之長, 惟翁所言是賴.

賈子曰: "擇其所嗜, 必先受業, 迺得嘗之, 擇其所樂, 必先有習, 迺得爲之." 吾於此益信文字之功, 各有天稟. 臨川之執拗, 終不可爲雪堂之踈放. 謾記吾事, 以勉後生.(『靑泉先生續集』卷2)

백광훈(白光勳)
과거를 준비하는 아들에게(寄亭南書)

윤근수(尹根壽)
함께 근무하는 동료들에게(金吾契會序)

이산해(李山海)
구름보다 자유로운 마음(雲住寺記)
가만히 있어야 할 때(正明村記)
대나무 집(竹棚記)
성내지 않는 사람(安堂長傳)

최립(崔岦)
그림으로 노니는 산수(山水屛序)
성숙을 바라는 이에게(書金秀才靜厚願學錄後序)
한배에 탄 적(送林佐郎舟師統制使從事官序)
고산의 아홉 구비(高山九曲潭記)

유성룡(柳成龍)
옥처럼 깨끗하고 못처럼 맑게(玉淵書堂記)
죽어도 죽지 않는 사람(圃隱集跋)
먼 훗날을 위한 공부(寄諸兒)

조헌(趙憲)
혼자서 싸운다(淸州破賊後狀啓別紙)

임제(林悌)
꿈에서 만난 사육신(元生夢遊錄)

김덕겸(金德謙)
열 명의 손님(聽籟十客軒序)

오억령(吳億齡)
옥은 다듬어야 보배가 된다(贈端姪勸學說)

한백겸(韓百謙)
나무를 접붙이며(接木說)
오랫동안 머물 집(勿移村久菴記)

고상안(高尙顏)
농사짓는 백성을 위해(農家月令序)

이호민(李好閔)
한가로움에 대하여(閑閑亭記)

장현광(張顯光)
우리는 모두 늙는다(老人事業)

하수일(河受一)
농사와 학문(稼說贈鄭子循)

이득윤(李得胤)
사람을 살리는 것이 중요하다(醫局重設序)

차천로(車天輅)
시는 사람을 곤궁하게 만드는가(詩能窮人辯)

이항복(李恒福)
시인과 광대와 풀벌레(惺所雜稿序)

윤광계(尹光啓)
어디에서나 알맞게(宜齋記)
아들을 잃은 벗에게(逆旅說)

허초희(許楚姬)
하늘나라에 지은 집(廣寒殿白玉樓上樑文)

이희경(李喜經)
중국어 공용론(漢語)

김재찬(金載瓚)
방아 찧는 시인 이명배(春客李命培傳)

유득공(柳得恭)
발해사 저술의 의의(渤海考序)
일본학의 수립(蜻蛉國志序)
평화 시대의 호걸(送洪儉使遊北關序)

박제가(朴齊家)
재부론(財賦論)
나의 짧은 인생(小傳)
백탑에서의 맑은 인연(白塔淸緣集序)

이명오(李明五)
향(香) 자로 시집을 엮고(香字八十首序)

이안중(李安中)
인장 전문가(金甥吾與石典序)

이만수(李晩秀)
책 둥지(書巢記)

정조(正祖)
모든 강물에 비친 달과 같은 존재(萬川明月主人翁自序)
문체는 시대에 따라 바뀌는가(文體)

이서구(李書九)
바둑의 명인 정운창(棊客小傳)

정약전(丁若銓)
소나무 육성책(松政私議)

권상신(權常愼)
나귀와 소(驢牛說)
봄나들이 규약(南皋春約)
정릉 유기(貞陵遊錄)
대은암의 꽃놀이(隱巖雅集圖贊)

서영보(徐榮輔)
물결무늬를 그리는 집(文漪堂記)
자하동 유기(遊紫霞洞記)
통제사가 해야 할 일(送人序)

장혼(張混)
고슴도치와 까마귀(寓言)

심내영(沈來永)
되찾은 그림(蜀棧圖卷記)

남공철(南公轍)
광기의 화가 최북(崔七七傳)
둔촌 별서의 승경(遁村諸勝記)

성해응(成海應)
안향 선생 집터에서 나온 고려청자(安文成瓷尊記)
백동수 이야기(書白永叔事)

신작(申綽)
자서전(自敍傳)
태교의 논리(胎教新記序)

이옥(李鈺)
소리꾼 송귀뚜라미(歌者宋蟋蟀傳)
밤, 그 일곱 가지 모습(夜七)
걱정을 잊기 위한 글쓰기(鳳城文餘小敍)
북한산 유기(重興遊記)

한국 산문선 5

보지 못한 폭포

1판 1쇄 펴냄 2017년 11월 24일
1판 3쇄 펴냄 2021년 9월 3일

지은이   김창협 외
옮긴이   정민, 이홍식
발행인   박근섭, 박상준
펴낸곳   (주)민음사

출판등록   1966. 5. 19. (제16-490호)
주소   서울시 강남구 도산대로1길 62
              강남출판문화센터 5층 (06027)
대표전화   02-515-2000─팩시밀리 02-515-2007
홈페이지   www.minumsa.com

ISBN 978-89-374-1571-5 (04810)
        978-89-374-1576-0 (세트)

* 잘못 만들어진 책은 구입처에서 교환해 드립니다.